BIANLIANG
CHANIANG

超次元梦游 著

图书在版编目（CIP）数据

汴梁茶娘 / 超次元梦游著. — 北京：新世界出版社，2019.12
ISBN 978-7-5104-6978-7

Ⅰ.①汴… Ⅱ.①超… Ⅲ.①长篇小说－中国－当代 Ⅳ.①I247.5

中国版本图书馆CIP数据核字(2019)第251963号

汴梁茶娘

作　　　者：	超次元梦游
策划编辑：	张铁成
责任编辑：	张晓翠
责任印制：	王宝根
出版发行：	新世界出版社
社　　　址：	北京西城区百万庄大街24号（100037）
发 行 部：	（010）6899 5968　　（010）6899 8733（传真）
总 编 室：	（010）6899 5424　　（010）6832 6679（传真）
http:	//www.nwp.cn
http:	//www.nwp.com.cn
版 权 部：	+8610 6899 6306
版权部电子信箱：	nwpcd@sina.com
印　　　刷：	三河市金元印装有限公司
经　　　销：	新华书店
开　　　本：	710mm×980mm　1/16
字　　　数：	405千字　印张：21.5
版　　　次：	2019年12月第1版　2019年12月第1次印刷
书　　　号：	ISBN 978-7-5104-6978-7
定　　　价：	45.00元

版权所有，侵权必究

凡购本社图书，如有缺页、倒页、脱页等印装错误，可随时退换。
客服电话：（010）6899 8638

目录

第 一 章	林岩来信心欢喜 / 001
第 二 章	两人竞标结梁子 / 006
第 三 章	千金宝琴赠佳人 / 011
第 四 章	为父求药下决心 / 016
第 五 章	为孙筹谋怜爱深 / 021
第 六 章	沈父病愈庆新年 / 027
第 七 章	新年道贺访万府 / 032
第 八 章	郊外踏青人欢乐 / 037
第 九 章	万老病重忽离世 / 042
第 十 章	落难公子始知愁 / 048
第 十 一 章	屋漏偏逢连阴雨 / 052
第 十 二 章	幸遇沈家得收留 / 057
第 十 三 章	上进求学定协议 / 062
第 十 四 章	与父争执泪如珠 / 067
第 十 五 章	讲解斗茶学技艺 / 073
第 十 六 章	茶楼上工受习难 / 079
第 十 七 章	七夕拜星心初动 / 084
第 十 八 章	林岩上京寻故友 / 089

第十九章	少女心事欲挑明	/ 094
第二十章	樊楼吃饭偶相逢	/ 098
第二十一章	三人对坐各有思	/ 103
第二十二章	欢乐已尽余恨生	/ 108
第二十三章	往事难追应相忘	/ 114
第二十四章	独自散心去消愁	/ 118
第二十五章	借酒装疯上樊楼	/ 123
第二十六章	夜深露重染风寒	/ 129
第二十七章	清欢探病喂汤药	/ 134
第二十八章	辞别茶楼入茶坊	/ 140
第二十九章	绿尘有心劝告真	/ 145
第三十章	祝福生辰送玉蝉	/ 149
第三十一章	茶园出事去四川	/ 156
第三十二章	无端茶树生怪病	/ 161
第三十三章	风波平定心暗惊	/ 166
第三十四章	事情解决回东京	/ 172
第三十五章	灵光一现制新茶	/ 176
第三十六章	两人赌茶争先后	/ 181

第三十七章	绿尘良言劝清欢 / 184
第三十八章	制作新茶保密严 / 188
第三十九章	研制花茶终成功 / 191
第 四 十 章	冬日收雪留花香 / 196
第四十一章	拜访杜若求帮忙 / 200
第四十二章	杜若搭桥请高官 / 205
第四十三章	筹办茶会准备忙 / 209
第四十四章	初开茶会获成功 / 213
第四十五章	明争暗斗压沈家 / 218
第四十六章	八大茶商共参与 / 223
第四十七章	茶会落幕名声扬 / 229
第四十八章	绿尘身世终浮现 / 234
第四十九章	得遇生父梦旧事 / 240
第 五 十 章	沈齐两家斗法忙 / 245
第五十一章	绿尘出嫁怀悲伤 / 251
第五十二章	争标水戏金明池 / 257
第五十三章	清欢樊楼辨真假 / 261
第五十四章	余杭查案遇齐飞 / 266

第五十五章	乔装打扮骗茶贩	/ 271
第五十六章	死里逃生真情现	/ 276
第五十七章	径山寺中闻梵音	/ 283
第五十八章	斗茶品水试高低	/ 287
第五十九章	翻山越岭寻白茶	/ 291
第六十章	古法旧制新时茶	/ 296
第六十一章	曜变盏出赴泉州	/ 300
第六十二章	叶氏来访忆往事	/ 305
第六十三章	旧日时光难再回	/ 309
第六十四章	斗茶获胜真相明	/ 314
第六十五章	两人斗气互吃醋	/ 320
第六十六章	诚心道歉误会消	/ 326
第六十七章	两人和好定婚礼	/ 329
第六十八章	情侣终成百年好	/ 333

第一章　林岩来信心欢喜

入宋元祐八年冬，东京汴梁，沈府。

寒风呼啸，天色渐晚，两个书生打扮的人背着包裹正一步步向沈府走来。

沈府的老门房云大爷坐在暖烘烘的火炉旁有些昏昏欲睡，一旁玩耍的小孙子见有客人来急忙推醒他。

两人在大门口交给了云大爷一封信和一个盒子，操着南方口音对他笑道："老人家，这是泉州林岩林公子，请我们代为转交给您家公子的信和东西。"

老门房一听是林公子所送，没有接过来，看了看两人的打扮后，连忙让小孙子喊小厮将两人请了进去，安排在前厅等着主人来见客。

沈清欢本来正裹着厚棉被偎在床头看书，贴身侍女兰香带着寒气推门进来向她禀报："娘子，林公子派人送信和东西来了，送信人正在前厅等您呢。"

闻听此言，沈清欢掀开棉被一跃而起，换上放在一边的男装外袍，套上棉鞋就要往外冲。

"急什么，信又不会飞。"

原本坐在床侧安静绣花的侍女绿尘笑着拉住她，为她披上雪白轻柔的暖裘，又往她手里塞了个暖炉，帮她整理着装。

绿尘这么一打趣，沈清欢急切的心情也渐渐平静了下来，便问兰香道："送信的是林公子的家仆？还是亲戚朋友？"

"不知道，不过看打扮像是两个书生呢。"

"知道了。"沈清欢点了点头，又问她道，"那两人看上去家境如何呢？"

兰香认真地回忆了两人的衣物配饰，说道："应该是不差钱的吧！"

绿尘仔细看了看沈清欢的打扮，觉得无甚疏漏，和娘子交换了个眼神，起身出了门："那我去库房取东西了。"

沈清欢带着兰香一起出门会客，在去前厅的路上，她看着稚气未脱的兰香，不由得叹了口气："你几时才能学会你绿尘姐姐的沉稳干练呢？"

兰香不解地看了看自家娘子，咬着下唇有些不开心地噘嘴道："绿尘姐姐服侍了您那么长的时间，我怎么及得上呢！"

"你呀！"沈清欢清楚她的心思，笑着点了点她的额头。

说话间前厅已经到了，兰香快步上前撩起厚厚的门帘，以便沈清欢通过。

屋里的两个书生正坐在椅子上喝着热茶暖身，听到动静看向门口，一时眼神都有些发愣，这位公子是男是女呀？

来人虽说一身男装打扮，但个头却不甚高，皮肤白皙无瑕，五官过于秀美。这是两人第一次进京，不免心中猜测，难不成这京城人士皆是如此俊秀？

只见沈清欢脱下暖裘，穿着半旧的棉袍向二人行了个叉手礼："两位兄台，在下有礼了。不知两位公子姓名，还请勿怪。也不知林公子让你们转交何物？"

这声音也更像是女子的声音呀！

两人面面相觑，齐齐站起来还礼。其中较矮些的一个书生向她介绍二人来历，二人是一母同胞的亲兄弟，他名叫李谨，是哥哥。另一个高些的叫李驰，是弟弟。两人此番进京是为了来年的春闱提前作准备，他俩在游学途中遇到林家公子，三人一见如故相谈甚欢，因此林公子才交托信物让两人相送。

李谨把信和一个盒子递给了她："这就是林公子所托付的物品，我们兄弟二人也不知道里面是什么。现在东西既已送到，我们就先行告辞了。"

"两位兄台何至于如此匆忙？天色渐晚，不如在寒舍用过晚膳后，留宿一晚，明日再走也不迟啊！"沈清欢笑着让二人留宿。

李驰刚想应下，但李谨连忙摆手推辞，说是已经和相识的朋友约好要相聚，就不打扰了。

沈清欢也不再勉强，恰巧绿尘从库房取物回来了，端着的盘子上有两个包装精美的礼盒。

沈清欢使了一个眼色给绿尘，绿尘便托着盘子向二人行礼笑道："两位公子一路辛苦了，既是不留宿了，便把这两饼茶叶拿去沏茶暖暖身子吧。如今寒夜渐长，喝点儿茶也能在夜里读书时解解疲乏。"

兄弟俩见并不是什么金银之类的俗物，主人家又说得殷切，于是就笑着收了，然后告辞出府。

刚刚被小厮送出府，李驰就不高兴地抱怨起来："哥，咱们哪跟什么朋友约好了啊！天都快黑了，在他们家住一晚再走，又能怎样？"

李谨恨铁不成钢地瞪了他一眼："难不成还让人明着赶客吗？你没看见人家的丫环把谢礼都准备好了？"

"不会吧！为什么呀？"李驰有些奇怪，沈公子蛮热情的呀。

"你是不是读书读傻了，你没看出来她是女的呀？怎么方便让咱们留宿？人家给你台阶下，你还不就坡下驴？"

"女的？一个女的做茶坊的主事人，这东京城可真奇怪！"

"阿驰，天子脚下你要慎言。"

"晓得了，那咱们赶快去找住的地方吧！"

李驰听完哥哥的话不再啰嗦，跟着哥哥找投宿的客栈去了。

沈府中，沈清欢在李氏兄弟走后，就催兰香拿剪子拆信，她小心地拆开信封，一字一句读得仔细。

清欢吾妹，见字如面。此番出海有幸觅得一株千年老山参，于途中托人随信一并送达。然行商之日久矣，旅途苦闷，思归心切，拟定于明年四月中旬归来，七月中旬必去拜访贵府。行旅匆忙，搁笔于此，重逢之日，再叙离情。林岩亲笔

沈清欢见信大喜，慌忙打开一旁盒子查看，里面是一棵成了人形的老山参。太好了，父亲的病有救了！她兴奋地大喊："绿尘姐，你看，千年老山参！"

绿尘上前拿着人参用手比了比长短，又看了人参须子，也高兴地笑了："果真已有千年了，人人都说这千年老山参难得，终于也叫咱们找到了，老爷的病是该大好了。"

"我告诉老爷夫人去，让他们也开心开心。"

兰香听了两人的话也是开心不已，忙不迭地跑去给沈老爷和沈夫人报喜去了。

不怪她们如此兴奋，因为沈清欢的父亲沈平已经卧床五年多了。当年他的病来得又急又凶，若不是花了百两黄金请了一个辞官的老御医，怕是连命都保不住了。只是到底落了病根，稍微走两步都会加重病情，一个七尺多的硬朗汉子只能卧床养病，每日精心调养着。

后来遇到一个游方道士，给了一个海上秘方。那老御医看了药方后也是啧啧称奇，

说用道士的方子是能去除病根的,只是上面的药材皆是珍贵难得之物,怕是十年八年都凑不齐。

天可怜见,花费了这五六年的工夫,沈清欢费尽力气把药材找了个差不离儿,如今又得了千年老山参,就差一味药引血灵芝了。

只是这血灵芝是集天地灵气所造就的灵物,非寻常药材可比,成熟之时遍体通红,气味芬芳,有时没等人摘就被守在旁边的灵兽吃掉了。就是因为血灵芝产量稀少,所以成了皇室的特供之物。偶有流落民间的,也是被人当作传家宝一样藏起来,秘而不宣。

"这千年老山参也找到了,只缺一味血灵芝了,你可有眉目吗?我隐约记得万家老太爷手中有一株。"绿尘提醒沈清欢道。

绿尘口中所说的万老太爷,是大宋八大茶商之首,亦是沈老爷的恩人、师父,沈万两家在早年间还定下了娃娃亲。当年给沈老爷看病的御医和游方道士都是万老太爷介绍的,而且万家这几年也没少帮着沈家找药材,着实出力不少。

"我才不要向万家求药呢!"沈清欢闷闷不乐道,"沈家欠万家的人情已经够多了,要是再添上这一笔,我何年何月才还得清呢?"

沈老爷是万家老爷子一手调教出来的,从一个逃难的小乞丐当到了万家茶坊的大掌柜,后来自立门户时,也多蒙万老太爷帮衬。当年沈老爷突染恶疾,手下的伙计心思各异,思退者有,背主者有,混日者有,若不是万老太爷为她撑腰,恐怕今日沈家茶坊早已改了姓。沈清欢不是不感念万老太爷的恩情,只是要她拿自己的一生幸福去还,她到底不甘心。

绿尘无奈地叹了一口气,心中很是心疼沈清欢,她比沈清欢大两岁,一贯把这个主子当作妹妹看,沈清欢的心思她清楚得很,只是她打心眼里不看好林沈二人的未来。

"若不向万老太爷求药,你要往何处去寻?老爷的病情虽已平稳,但还是拖不得的。"

"放心,我不会拿爹爹的身体健康去赌的,那味药在何处,我已得了消息,这两天咱们就去求取。"

绿尘心中纳闷,她和自家娘子一向焦孟不离,也没听见过血灵芝的消息啊!莫非……

"你该不会是要找得意楼的杜若姑娘去求药吧!她怎么可能会有?"

沈清欢结束南边的生意回家已经两月有余,除了去店铺里查账,照看自家父亲外,她时常与绿尘装扮成男子，和绿尘之弟翠涛，三人一起去得意楼捧头牌花魁——杜若娘子的场子。今日她如此言之，由不得绿尘做此猜想。只是想那杜若姑娘虽受达官权贵追捧，应该也无此珍宝啊。

"虽不中，亦不远矣。"沈清欢故作高深地卖了一个关子。

"是端王爷。"

绿尘一点就透，直接脱口而出。满京城谁不知道当今圣上之弟端王爷是杜若姑娘的入幕之宾。端王爷是皇上的亲弟弟，要说皇上将这血灵芝赏赐给他并不为过。

"真是什么事都瞒不过你！"

听了沈清欢的回答，绿尘有些担忧，自家娘子未免把这事想得有些简单了，区区一介歌姬岂能左右贵人的想法。

沈清欢似是看出她的想法，安抚地拍了拍她的手，笑着说："放心，我总会有法子的！"

第二章 两人竞标结梁子

沈夫人听了兰香的禀报，一路疾行到沈清欢的闺房，见了女儿便拉起她的手就哭了起来。

"我听兰香说，你找到了千年老山参。这下你父亲的病终于能好了，咱们俩这就去找你万爷爷要血灵芝去。"

沈清欢有些无奈地扶着母亲坐下，然后轻声哄着她道："今日时间已经有些晚了，咱们也不差这一时三刻的，明日我再去吧！"

沈夫人用手绢擦着眼泪道："我真是等不及了，你父亲听了也是着急得不行，咱们今天就去吧。只要你张嘴去要，你万爷爷肯定会把血灵芝拿出来的。"

沈清欢知道自己母亲心无城府，可是没想到她竟单纯至此。血灵芝何等地珍贵，要是万爷爷有心给他们，当年早就给了。如今正是拿这药当鱼饵，等着她上钩呢。无奈之下，沈清欢只能直言："那要是万爷爷逼我和万长生成亲呢？"

沈夫人闻言停了眼泪，口中讷讷道："你万爷爷不是那种挟恩求报的人。"

"我虽常年不在京城，但也听人说了，万长生三番五次地闹着要退婚，万爷爷却迟迟不肯解除婚约，你说万爷爷是要干什么呢？"

万长生是万家的独苗，父母早逝，被爷爷捧在手心里长大。他小时候体弱多病，万爷爷特意给他取了个小名叫万十三，希望阎罗王以为前面已经勾走了十二条人命，从而放过小孙子一马。

后来在沈清欢八岁时，万老太爷又听道士说沈清欢的八字贵重，能镇压邪祟，万老太爷也不在意她比自家孙子大上三岁，特意和沈家定了亲，希望她能佑护孙子平安长大。

这两年万长生长大了，听说沈清欢到处跑着做生意，觉得她不守女子本分有失体统，又嫌弃她比自己大三岁，闹了好几次要退婚，结果一向宠溺他的爷爷硬是没同意。

沈夫人听了女儿的话，仔细想了想觉得有道理，可丈夫的病又不能不管，女儿的幸福也不能不顾。左右为难，心下郁结，眼圈登时又红了。

"娘亲放心，女儿必定会取得血灵芝的，只是要委屈父亲两三日。"

"你父亲卧床那么久了，再忍两三日又何妨？只是盼你千万不要意气用事，凡事还要以你父亲治病为先。"

"母亲放心，明日女儿就去求药。"

见母亲这么体谅自己，沈清欢心中亦是难受，只得加快求药之事的进度。

沈夫人见事情有了转机，揽着女儿劝慰了一番，又回到沈老爷身边照料他去了。

沈父、沈母所居住的院子常年一股药味，纵使沈清欢拿了名贵的熏香日夜燃烧也遮掩不住，瘦弱的沈老爷就歪在床上等待妻子的归来。

"回来了，当真是找到千年老山参了吗？"沈夫人刚一进屋，沈老爷就着急地问她。

"是真的，明天欢儿就帮你找血灵芝去，你的病马上就要好了。"

沈夫人知道夫君的忧虑，她故作开心模样，希望能宽慰丈夫的心情。

看穿妻子的伪装，沈老爷忧愁地叹息道："我听说这药是林家那小子帮忙找的，如今血灵芝却在老爷子手中，老爷子又不肯让俩孩子退婚，咱们女儿可怎么办好呢？要是她一辈子不开心，我的病纵是好了，活着也没什么意思。"

沈老爷自觉亏欠女儿甚多，把一个娇滴滴的小姑娘逼成了锱铢必较的贪财商人。早年间定下的婚约，更成了女儿追求幸福的枷锁。如今要是女儿再被迫嫁人，他的心怕是要碎成一片一片的。

"你心疼女儿，女儿难道就不心疼你吗？她能眼睁睁看着你受病痛折磨吗？再说你也太小瞧咱们女儿了，她呀，早有主意了。"

沈夫人只管劝慰沈老爷，绝口不提女儿的婚事。两人说笑打岔了一会儿，沈夫人便侍候沈老爷进些饮食休息去了。

第二天早上，沈清欢早早便起床了，穿了一身男装，对着镜子好生修饰了一番。

只见镜中人五官俊俏，气质温润，正是翩翩公子俊模样，只是身量不高，有些弱了气势。

站在一旁侍候的兰香，看着自家娘子的男装打扮撇了撇嘴，心下暗道，娘子真是越来越不记得身为女子的本分了。

同样扮做男子的绿尘在外面安置好了一切，她从门口进来，向沈清欢禀报道："公子，幽兰苑派来的马车已经到了，我们可以启程了。"

沈清欢带着绿尘和翠涛一起出门了，三人坐上马车来到东京城西面的幽兰苑。幽兰苑外几个清俊的小厮正在外迎客，客人只有出示请柬才能被请进院子中。

早在马车上，沈清欢三人就戴上了黑纱蒙面的斗笠。因为此地的卖家买家都非寻常人，所竞宝物之中也不乏失窃盗墓之物，为避免麻烦，所以人人都是这般装扮。

沈清欢三人被小厮带入院中，虽不是第一次来到此处，沈清欢还是心下暗自赞叹庭院雅静别致，不同于寻常府邸。

小厮按照请柬把沈清欢安排在二楼靠近栏杆的座位上，奉上香茗茶点，放上一个烧着银丝炭的火炉后，就告辞离开了。

沈清欢心中着急来得稍早了些，满堂的座位连她自己在内，也不过坐了三个买家而已。其中一个华服公子正跟站在身后的小厮说话，只是声音略大了些，连隔了两个座位远的沈清欢也听得清清楚楚。

"小安子，你说小爷我要是把绿绮琴拍下来送给齐飞，他是不是就不生我气了？"

沈清欢虽然看不见小厮的表情，不过从语气中依然可以听出幸灾乐祸的味道。"我说少爷，您把齐少爷的珍藏画本弄坏了，以为买了这琴，他就会原谅您了？那可是李公麟先生的佳作。齐少爷最喜欢那幅画了，这绿绮琴虽好，到底也是比不了的。"

"我呀，也不求他满意，只求他露个笑模样，别每次来我家都哭丧着一张脸，让爷爷看见我就骂个不停，还我以前的清静日子就行了。"

沈清欢听了他们的话有些紧张，知道这人也是为绿绮琴来的。她刚才无意间看到男子身上佩戴的玉饰，不管是材质还是雕工，都是千金难得的佳品，这次两人目标相同，大出血也就罢了，关键是不知道自己带的银子能不能争过他。

就在沈清欢思考对策的时候，绿尘却趴在她耳边悄悄说了一句话："娘子，坐在那边的是万十三郎。"

"真的？"沈清欢扭头小声问绿尘，语气中有些不敢置信。

绿尘对沈清欢点了点头，她的心情越发不好起来，虽然隔着面纱她看不清对方的面容，但她还是忍不住地朝那年轻公子哥看去。

只见万长生穿一身奢华的蓝色苏绣袍子，细瘦的右手腕上套着大红的珊瑚手串，衬得这位公子的皮肤越发白嫩。腰间的玉佩仔细打量起来，像是莫家工艺的和田软玉，那可是价千金亦不可得的珍品。至于脚上穿着的鹿皮小靴，那做工一看就是出自名家之手。沈清欢心中默算了一番，心中暗自咋舌，感情这位爷穿了一套三进宅子在身上啊！家里也忒娇惯了。

万长生倒没在意沈清欢的仔细打量，觉得无聊的他从小厮万安那里拿了一本话本正看得起劲。

不多时，人来齐了，不过寥寥十几位买家，但每个人的派头都是十足的。话事人见客户已经齐了，上了一楼的高台，敲了一下桌上的金色小钟，示意拍卖开始。

首先拍卖的是一柄上好的玉如意，几番竞价下来，便被人拍走了。接下来的几样东西，虽珍贵但也算不上稀世珍品，众人也都不咸不淡地抬着价，凭着爱好各自买下了。

拍卖的重头戏是一盏前朝的夜光杯，许多好饮酒的客人纷纷加价，希望能在宴请客人时长长脸面。最后，这盏夜光杯，以白银一千八百两的价格被人买入，沈清欢深深地吸了一口凉气，感慨自己果然还是一个穷人啊！

"下一件拍品，司马相如弹过的绿绮琴，起拍价五百两银子，每次加价不得少于一百两。竞价现在开始，各位请。"

"一千两。"万长生上去便翻了一倍价格，引得众人好奇。

"一千一百两。"沈清欢心疼地跟着加价。

这绿绮琴放在夜光杯后面，并非因为它珍贵，而是为了给众位买家提供休息放松的机会，谁能想到有两位买家一掷千金呢？众人来了兴趣，暗自琢磨是不是自己看走了眼，于是有些人便也凑热闹地加起价来。

沈清欢心里恨得不行，只想把那个不懂加价规则的小公子咬死。眼看着他把价格报到两千两了，沈清欢直接闭上眼横下心大声报了个高价："两千五百两。"

万长生还欲加价，旁边的万安急忙扯住了他，在他耳边说道，"公子，咱们今天带的钱不够了呀。"他只好恨恨地放下竞价牌。

后面出场的几样拍品，不是前朝的珍宝，就是名人的书法，甚至还有藏宝图。万长生看得兴致缺缺，提不起精神。

"真是没想到啊！今天最高价格的拍品竟是那把绿绮琴。感谢各位的仗义疏财，拍品已尽，今晚幽兰苑便会把各位的拍品送到府上。"

赚了个盆满钵满，话事人笑得见牙不见眼，带着笑意宣布拍卖会结束。

众人各自离席，准备归家。万长生带着万安就向沈清欢疾步行来，挡住她的去路。

翠涛直接挺身拦住他的步伐，沈清欢也站起身来面对着他一语不发地对峙，过了一会儿万长生恶狠狠地"哼"一声，转身离开了庭院。

回去的马车上，沈清欢直接倒在绿尘的怀里，眼睛红红的都快哭出来了。

"你别在意，他不是有意的，他要是知道是你，肯定不会这般没风度的。"

绿尘以为她是被万长生吓住了，忙抚摸着她的头发安慰她。

沈清欢抬起头带着哭腔抱怨道："谁是因为那臭小子啊！"本来一千两左右就能买下的东西，结果价格翻了一倍还多。

心中有气的沈清欢又接着说："不对，就是因为万十三那个臭小子！我的血汗钱啊！白花花的银子啊！看着吧，总有一天我要把这小子修理得连他爷爷都认不出来他是谁！"

绿尘扶额哭笑不得，怎么忘了自家娘子是只一毛不拔的铁公鸡了！

第三章　千金宝琴赠佳人

许是因为完成了一件心事，回到家后的沈清欢睡得格外好。第二天早上，要不是睡在外间的兰香叫她，她肯定会错过早饭。

"翠涛，你一会儿就去得意楼订个位置，今晚我要去见杜若姑娘。"

吃完早饭后，沈清欢先打发翠涛订下今晚的约会，自己却和绿尘一起跑到闺房里学打络子去了。

"你看我的颜色配得怎么样？"沈清欢拿着五彩的丝线不断地比画着，要绿尘给她建议。

绿尘笑了："你怎么反倒问起我来了？我才和林公子见过几次面？说过几句话？可见是情使人愚。"

沈清欢听了这话不由得也乐了，一想到是为林岩打络子，心里便害怕他不喜欢，一时间只想找人问问讨个主意。

沈清欢认真地回忆了一下林岩的生活习惯，口中喃喃自语道："林大哥爱穿颜色深沉的衣服，他扇子的扇面又常是些山水画，按理说应该配红色的络子好看。可是他又不喜欢出挑的颜色，我还是用石青色的好了，等到最后再穿颗红色的珊瑚珠点缀一下。"

沈清欢刚挑好了丝线，她又为样式发起愁来。方胜结太直白，编出来自己脸上也发烧，可双钱结又太俗气。思来想去，终是挑了平安结，林岩常年出门在外，平安比什么都重要。

整整一个上午，沈清欢和绿尘都在说说笑笑间度过，连午饭也是兰香端着饭菜送来房间吃的。

送完饭菜的兰香不高兴地出了门，一路上都在和自己的帕子较劲，好好一方手帕被她抓挠得不成样子。

"好端端的，这又是怎么了？"

经过主房时，沈夫人的陪嫁张嬷嬷见她不开心便询问起来。

兰香不高兴地扁起嘴巴："幼时娘子明明和我最亲近，现如今眼里只有绿尘姐姐和她弟弟翠涛了。翠涛是个男的，我自是比不得的，可我哪点儿不如绿尘姐姐了？娘子外出带着她也就罢了，回到了府中，还是和她腻在一起，我这个贴身丫环当得还有什么意思。"

"你呀！"张嬷嬷拉着她走到无人之处狠狠地点了点她的额头，"我前两年就看出来你心里不痛快，没想到你到现在还是没想通，难为娘子还这么疼你。"

"嬷嬷这话是什么意思？"兰香睁着大眼睛，表示不解。

"绿尘和你自是不同的，人家可是良家子，并不曾卖身给沈家。初进府时老爷和夫人也没有把她当下人看过，更不用说这些年来，她和翠涛陪着娘子东奔西跑做生意，为沈家费尽心力。老爷夫人早把她看作半个女儿了。可你呢？你是娘子的贴身侍女，以后的陪嫁丫环，可是这些年你有什么长进？做事粗心，说话失言，娘子明面上却从没说过你什么，为你留着面子，对你是一教再教，可你就是不开窍。你还好意思怪娘子疏远你？"

兰香低着头默默不语，认真想了一会儿才抬起头说："嬷嬷说得对，兰香受教了。我以后一定谨言慎行，向绿尘姐姐学习，不叫娘子再为我操心。"

张嬷嬷欣慰地笑了。兰香八岁入府，是她看着长大的，眼看着小丫头的心思越来越拧巴，她心里也着急："明白就好，我回房陪夫人去了，你也去做事吧。"

兰香和张嬷嬷的谈话没被任何人听见，一场风波悄然而过，兰香从此歇了争强好胜的心，渐渐也学着绿尘那样沉稳起来。

等到了晚上，沈清欢饭也不吃，直接换上男装和绿尘、翠涛带着古琴往得意楼去了。

得意楼坐落在大街的正中央，一排排红色灯笼高高挂起，还未进门便能听到动人的丝竹之乐和娇俏的莺声燕语。

"哎哟，是沈公子来了，快请进，快请进，你连着几日没来，可想死我和杜若了！"

主事的老鸨彩英姑姑一看见沈清欢便贴了上去，拉着她的手往二楼花魁清倌杜若的房间走去。绿尘和翠涛对视一眼，无奈地跟了上去。

一楼大厅正在吃橘子的头牌柳依依不高兴地翻了个白眼："这年头女的逛窑子是越来越常见了，还个个点名要花魁，真是不知廉耻！"

周围的姑娘都知道她和杜若不对付，全当没听见，自顾自地和客人饮酒调笑。

二楼杜若姑娘房间门前，沈清欢拿出一锭银子答谢老鸨，彩英姑姑得了赏，眉开眼笑地退下了。沈清欢嘱咐翠涛守在门外，她和绿尘二人推门而入。

"清欢多日未见姐姐，真是想念得紧呢！今日一见，姐姐的风采更胜往昔了。"沈清欢冲着站在窗前练字的青衣美人恭维道。

杜若本来正安心凝神地作画，此时反而叫沈清欢打乱了心神，只冷着脸胡乱地"嗯"了一声。

沈清欢早已习惯了她的态度，知道就连端王爷也轻易讨不来她的笑脸，心中并不在意，她用眼神示意绿尘将古琴奉上。

"姐姐你看，我为你寻来了古时名琴——绿绮，听说前朝的司马相如就是用它弹奏的《凤求凰》，从而追求到卓文君的。"

绿尘打开裹琴的绸缎包，珍重地把琴放在屋子中央的桌子上，供杜若鉴赏。

杜若快步从窗边走来，细细打量眼前的古琴。只见琴身通体黑色，泛着隐隐的幽绿，有如绿色藤蔓缠绕。她用手轻轻地拨弄琴弦，听得其声铮铮然，又看到琴内有铭文曰："桐梓合精。"她不由得心中暗道，果然是绿绮琴。

"号钟、绕梁、绿绮、焦尾，四大名琴，得一而此生无憾矣。妹妹送我如此名贵的礼物，我实在不能收，也不敢收。"杜若婉言拒绝沈清欢，多年的欢场经验告诉她，礼下于人，必有所求。

"宝剑赠英雄，名琴赠知音。妹妹不通七弦之音，留下这绿绮琴岂不是明珠暗投。姐姐既认我这个妹妹，便应当留下这琴。"

"沈娘子说笑了，像您这般的人物岂有不通音律之理？"听到沈清欢随竿上的话，杜若立刻改了称呼。

"妹妹倒是学过几年吹箫，不过只是初入门而已。"

"那也无妨，乐曲贵情，技艺娴熟固然重要，但情真意切更能感人，下次沈娘子不妨带上洞箫与我合奏一曲。"

"不如此刻先请姐姐抚琴一曲，让我先听听仙界之音如何？"

杜若见猎心喜，实在按捺不住想要弹琴的欲望，直接坐下抚琴一曲。

只见杜若纤纤十指拨弄丝弦，一连串动人的音符倾泻而出。乐声泠泠，如同月夜下缓缓流淌的溪水，映衬着清冷的月光静谧无言，却一路清歌绝不停歇。甜蜜与哀愁糅合在一起，汇成淡淡的相思。

琴声从二楼向一楼蔓延，一时间热闹的得意楼突然静谧起来，每个人都仿佛被触动了心中的隐秘，无论是寻欢作乐的嫖客，还是逢场作戏的妓女，都回忆起自己一生最初的动情。

曲收声散，杜若幽幽说道："'人道海水深，不抵相思半。海水尚有涯，相思渺无畔。携琴上高楼，楼虚月华满。弹得相思曲，弦肠一时断。'人说相思之苦愁断肠，故此曲，名曰《断肠》。"

沈清欢听曲时想到自己的伤心之处，已满眼是泪，此刻听到曲名更是难受。她本欲张嘴问杜若有何伤心之事，自己可否帮得上忙，没想到却被杜若打断了。

"沈娘子，我早就对您说过，好人家的娘子不要出入风月场所，这于名声大有妨碍。您一而再再而三地来，究竟有何事要我效劳，您不妨明言。"

一曲弹完杜若也有些心烦意乱，最近一些不相干的人频频找来，她清净的日子一去不复返，实在忍不住的她索性直言。

沈清欢一时没防备，竟被她拿话噎住了："我……我……"

我对姐姐一见如故，这话太假没人会信。

"我的确有事要求姐姐，还望姐姐成全。"

"我一只笼中之鸟，能帮你什么忙？"

沈清欢见杜若说话做事爽利，索性把自家之事和盘托出，请她给自己一个和端王爷见面的机会。"端王爷从三年前至今一直闭门不出，除了偶尔招您进府小聚外，其他人连面都见不着，我只想面见王爷恳求此事。"

"唉！"杜若了解了事情的来龙去脉后，忍不住叹了口气，"不是我不帮你，只是你不可能成功的！端王爷的那棵血灵芝，已经用来给自己续命了，不然你以为他为何整日闭门不出？"

"什么？怎么会这样？"沈清欢一时承受不住打击，脑袋嗡嗡作响。

"让开，让我进去！我知道杜若娘子在！死老鸨还敢骗我说她不在，我倒要看看是谁在和我抢女人！"

没等沈清欢回过神，就听见门外吵吵闹闹的不像样子，后来一个满身酒气的公子哥直接和翠涛推搡着破门而入。

那公子看见杜若正满怀怒气地瞪着自己，用手推开翠涛，歪歪扭扭地傻笑着赔礼：

"杜若娘子，对……对不起，我……嗝。"

年轻的公子还不算太醉，知道打酒嗝时要避讳，可是他扭头的方向正对着沈清欢。一个臭气熏天的酒嗝熏得沈清欢眼泪都要掉下来了，恨得一时间只想捏死这个醉汉。

另一个在门外的书生，应该是他的朋友，连忙红着脸进来向杜若道歉："杜若娘子，长生不是有意的，他就是心里不痛快，想见见你罢了。"

沈清欢见到那名书生，发现竟是小时候自己的发小——齐飞。当她听到长生二字时终于反应过来，眼前的这个醉汉是谁。昨日未曾看见万长生的真容，今日她终于有幸得见。

万长生个头约摸比她高大半个头，虽说浑身酒气满脸通红，可一张脸仍是清俊非凡，一双桃花眼潋滟生光，就是咧嘴笑时有些傻。

新仇旧恨一起涌上心头，沈清欢登时就怒了："翠涛，把他给我架出楼外，给我往死里打，打得连他爷爷都认不出来他是谁。"

一旁的杜若自然是听说过二人关系的，只是挑挑眉毛，权当是看了一场不要钱的好戏，反正沈妹妹是不会下狠手的。

齐飞倒当了真，死命地拉着翠涛不让他带万长生走，嘴里还向沈清欢求情道："这位公子，是我们错了，我们向你道歉，你没必要下这么狠的手呀！你知道他是谁吗？他可是茶界泰斗万文杰老太爷的孙子，你不看僧面看佛面，饶了他这一回吧！"

"齐飞，你倒是越来越会给他擦屁股了，你睁大眼睛看看我到底是谁！"

第四章　为父求药下决心

齐飞闻言仔细分辨眼前之人，先是吃了一惊，然后轻声喊道，"清欢？"

随后齐飞就松开了抓着翠涛的手，苦笑道："你便是把他打死，我也无话可说了。"

沈清欢没理齐飞的话茬，盯着许久未见的童年玩伴细看。几年不见，齐飞这小子不光个头高了，长得也越发好看了。

"你倒是越来越有长进了，要是被齐伯伯知道你来这里，怕是腿都要给你打断。"

齐飞的父亲齐盛和沈老爷沈平都是万老太爷一手调教出来的，两人情如兄弟。不过沈平性子沉静温和，齐盛却严肃古板，要是被他知道儿子到秦楼楚馆来寻欢，齐飞怕是少不了一顿皮肉之苦。

"我这是第一次来，只是想跟着长生来见见世面，并不会做什么有违礼教之事。再者说，我对杜若娘子的文采也十分倾慕，一直想一睹娘子芳容。今日听君一曲，此生足矣。"齐飞却不害怕沈清欢告状，只是平静地解释道。

原来万长生毁了齐飞珍藏的画本后，万老太爷天天对他加以责怪。他原想买把古琴来求得齐飞的谅解，没想到却被沈清欢截了和。

无奈之下，万长生决定铤而走险，带着乖乖仔齐飞来到得意楼求见杜若姑娘。可杜若姑娘正在陪沈清欢没有空闲，老鸨两头都不敢得罪，只好推说杜若姑娘不在，另叫了歌姬陪他们喝酒取乐。结果杜若的琴声露了馅儿，引得喝醉的万长生勃然大怒，带着怒火上楼找人算账去了。

谁承想里面的人竟是沈清欢，万长生名义上的未婚妻子，这下齐飞怎么也说不出替万长生求饶的话来了。

不过翠涛也不是个傻子，自然不会真的去打万长生，只是把人从楼上拽下来，在后院用一瓢又一瓢冷水结结实实地给他洗了个脸。

数九寒天用冷水洗脸，那真是一件刺激的事儿，楼上楼下一时间充满了万长生如同杀猪一般的惨叫声。

听到惨叫，齐飞急忙向众人行礼告辞，慌里慌张地下楼寻万长生去了。

只见一楼的后院中翠涛站在一旁，状若无辜。万长生跌坐在地上，满头满脸全是水，还湿了大半前襟，他满眼都是不敢置信。

"小子，你有胆报上名来，明天小爷我就带着人去找你算账。"

坐在地上站不起来的万长生还是不肯安分，指着翠涛的鼻子叫嚣。

齐飞平生第一次觉得丢人，用袖子挡着脸去拉他离开："长生咱们快走吧，莫要再惹是生非了。"

"我就不走，那娘娘腔抢了我的绿绮琴不说，还跟我争杜若娘子，现在又纵容恶仆伤人，我跟他没完。"

清醒过来的万长生一下子就回想起来杜若奏曲所用之琴乃是绿绮琴，两次三番的失利，叫这位一贯事事顺心的公子哥心头恼怒，一心要找沈清欢算账。

"那你一个人在这和他们算账吧，我只管回家告诉万爷爷去。"

齐飞眼见事情要闹大了，甩甩衣袖硬邦邦地丢下一句话就自己走了。

听了齐飞的话，万长生缩了缩脖子，要是爷爷知道了这事，怕是又要禁自己一两个月的足了。思来想去，自己做事也有不妥之处，万长生还是忍下了这口气，追上齐飞一起回家。

二楼之上，沈清欢经过万长生这一打岔，恢复了以往的镇定，心中有事的她决定向杜若告辞离开。

"本来听琴是一件雅事，倒叫万长生弄得倒了胃口，如今夜已经深了，妹妹就先行告辞，改日再来看望姐姐。"

一向冷淡待人的杜若，这次难得地说了暖人心的话："下次妹妹若是想见我，只需要托人带句话就成，我自会出楼和你相见，一个小娘子还是不要来这种地方为好。"

"我知道了，姐姐。若是姐姐有事找我，也不要见外才是。"

沈清欢惊喜地应了一声，和绿尘下楼归家。

服侍杜若的小丫头云儿表示不理解主子的行为，问她道："沈娘子既是个女儿身，又非名门贵族之后，怎的娘子对她如此另眼相看？"

杜若轻轻拨弄着琴弦，垂下眼眸淡淡地笑了："每日迎来送往，我也会累呀，我也想要一个能说说话的朋友。"一个不含情欲，不掺利益的朋友。

沈清欢和绿尘二人行到一楼时，恰好碰见了前来探听情况的彩英姑姑，沈清欢拉住她询问道："万长生常到这里来玩吗？"

彩英姑姑偷眼看她，分不清她的话是关心还是厌恶，便实话实说道："头一回来是年初时，万公子跟着一帮朋友来玩，待了一会儿觉得没意思，就一个人走了，今天这才是第二次来这里，那些歌姬不知轻重非要灌他酒，所以才闹出了这场是非。"

听了老鸨的话，沈清欢心中息了对万爷爷告状的念头。看来万长生倒也不算十分可恶，至少他不好色。

回去的一路上，沈清欢坐在马车中都默不作声，想着求药之事，一张小脸板得死死的。绿尘有心想劝慰她一番，最终还是没有说出口，一声叹息很快消失在风中。

回到府中，沈清欢直接回到自己的房间，脱下衣服直挺挺地扑到床上便睡了。

在屋中等候良久的兰香用眼神询问绿尘，却见绿尘无奈地摇了摇头，兰香只好为娘子披披被子，吹熄蜡烛后去外间休息了。

月光透过窗子中的缝隙映照到沈清欢的脸上，睡梦中的她依旧紧锁眉头，不得一刻安宁。

十五岁的沈清欢正站在船头看海，潋滟波光中倒映着满天繁星，只有在这静谧无人的夜里，她才能闻到海水的腥咸气味。也只有在这个时候她才能放下防备，释放自己的脆弱。

忽然平静的海面刮起狂风，掀起无边的巨浪，船在摇摇晃晃中倾覆，她沉入深深的海底，被海水淹没，在浪涛中拼命挣扎，连一口气都透不过来。

沈清欢满身是汗地从梦中惊醒，睁开眼头顶上方是青色的帐幔，缓了缓神她才彻底清醒过来，她没有在无边无际的大海漂流，她在自己的家。她也不是那个遇事慌张无措的十五岁少女，而是一个精明能干的二十一岁大人了。

彻底睡不着的沈清欢从床上坐了起来，推开窗看见东方的天空已然蒙蒙亮，索性站在窗边心中默默盘算。

睡在外间的兰香听到动静，揉着眼睛打着哈欠起床了，她点燃蜡烛，预备侍候主子洗漱穿衣："娘子今天怎么起得这么早？"

看着兰香迷迷糊糊的样子，沈清欢勾起唇角笑了，"我睡不着想点儿事，也不着急洗漱，你再睡会儿也行，等需要洗漱时，我叫你便是。"

兰香没有回去睡觉，她用力晃了晃脑袋，头脑清醒了几分，她提起外间存着热水的壶，为娘子倒了一杯热水，又加些红枣枸杞佐味。

"娘子为什么睡不着呀？要是能对我说，便说来听听，也好让我替娘子宽宽心。"兰香搬来一个小绣墩坐在她身边。

"怎么一会儿不见，小兰香也长大了呢？"沈清欢笑着打趣她。

"娘子——"

沈清欢把她当半个妹妹看，见兰香拖着长腔撒娇，一时有些恍神，觉得回到了以前无忧无虑的日子。

"你呀，没法替我拿主意的，你还太小，没见过什么大世面。"沈清欢到底没把心事说出来给她听。

"娘子也只比我大两岁啊，怎么说话这么老气横秋的。娘子既然觉得我见识短浅，那下次您出去做生意时就带上我吧，也好让我长长见识。"兰香一脸的渴求，希望见见外面的花花世界。

"你以为做生意是上下嘴皮子一动那么简单的事吗？其中的弯弯绕绕多着呢，我和你绿尘姐当初吃了多少苦，才稳住局面。你跟着去又受苦又添乱的，我看你呀，还是在家玩吧。"

兰香不高兴地噘嘴，本想说娘子做生意也是慢慢学会的呀，可是她抬眼见娘子还是闷闷不乐的样子，就没敢回嘴，又回到外间绣花去了。

东方既白，鸡鸣日升，阳光一点点照进沈清欢的闺房，兰香备好热水侍候她净面。

"娘子，你今日还出去吗？又是做男装打扮吗？"

"没想好呢。"沈清欢依旧心中纠结，想了想后对兰香说道，"今天把去年做好的女装随意拿出一件穿吧，现如今东京城里时兴什么发式，你也给我梳一个吧。"

沈清欢回府的两个多月以来，每日不论外出还是在家都穿着男装，沈夫人已经暗地里责怪过兰香了，可兰香也很委屈，主子不穿，她有什么办法。难得娘子今天来了兴致，兰香心中也暗暗欢喜。

兰香笑眯眯道："如今未出阁的娘子们正流行梳流苏髻，我也为娘子梳一个吧。"

兰香拿着牛角梳子轻轻地为娘子拢发，她的双手左缠右绕，如同花中穿梭的蝴蝶一般灵巧，不多时就挽好了发髻，最后还特意斜插了一支珠钗做点缀。

沈清欢捋了捋耳边两缕长长的头发，只觉得做事吃饭时一定不会方便，只是这头发是兰香辛苦梳的，她不好意思开口吐槽。

兰香从衣柜中拿出几件冬装，看着都不甚满意，跟不上今年的流行呢。无奈之下，兰香挑挑拣拣地拿出一件葱黄色白狐狸毛滚边的小袄，配上一条绛色绫棉裙，又把近日自己才给娘子做好的绣花鞋拿了出来给沈清欢换上。

"您的衣服都过时了，应该请织锦阁李嬷嬷进府来为您再做几件新的。"兰香一边侍候沈清欢换衣，一边抱怨道。

"这衣服一年到头我也穿不了几次，做多了也是浪费。"

沈清欢倒不介意衣服样式是否流行，只盯着自己脚上的新鞋在看。

红色鞋面上绣着蝶戏牡丹，牡丹花色彩艳丽妩媚多姿，两只蝴蝶振翅欲飞栩栩如生，一针一线工序繁琐，想来兰香要花费月余的时间。

"下次别再给我做鞋了，仔细坏了眼睛。"

"娘子您出门在外东奔西跑多少路程，买的鞋哪有我做的合脚舒服？再说您时常出门不在家，老爷夫人那里有张嬷嬷和其他人侍候，我就跟个废人一样闲着。只有给您做几双鞋，我才觉得自己有些用处。"

沈清欢没想到兰香还有这等心思，往日只觉得她年纪小，心疼她，却没想到会让她觉得她自己没有用。

"下次如果有机会的话，我带你一起出门。"

"太好了。"兰香高兴得要跳起来了。

"什么太好了？"绿尘从屋外端着早饭进来，只听见个一言半语，于是笑着问道。

"绿尘姐，娘子说下次也带我和你们一起出门做生意。"兰香一边麻利地接过饭菜放在桌上，一边兴奋地说道。

绿尘点了点兰香的鼻头，取笑她道："那还真是一件好事，不过你到时候可不要哭着闹着要回来啊！"

兰香皱起鼻子，不服气地哼了一声，刚想说些什么，却被沈清欢打断了。

"绿尘姐，吃完早饭你去六安居买几样老年人爱吃的糕点，你嘱咐厨子要他做得香甜绵软些。还有千万记得，一定要买桂花枣泥糕和玫瑰山楂饼。"

"放心吧，万老太爷爱吃什么，我记得清清楚楚的。"

绿尘一听娘子的嘱咐就知道是买给万老太爷的，看样子自家娘子终究是下定了决心。

第五章　为孙筹谋怜爱深

临出门前，沈清欢先去看望了躺在床上的父亲。

沈老爷歪在床上听沈夫人拿着话本子给他念书听，沈夫人原来并不认识多少字，这几年下来竟长进不少。

"欢儿来了，你今天穿得可真好看，是有什么好事吗？"

沈夫人一抬头就看见了自家女儿，看到她恢复原本的女装打扮，开心极了。

沈老爷也注意到女儿的着装，只是不好意思夸她，只笑着叫女儿坐下说说话。

沈清欢从桌上果盘中拿起一只橘子剥开，除掉橘瓣上面的白络递给父亲。

"这是我特意托人弄来的上等佳品，怎么也不见你们吃呢？我问过大夫的，与父亲的病是无碍的。"

沈夫人笑着戳破沈老爷的心思："你爹呀，是舍不得吃，每天光看看他就能高兴一整天。至于我，你又不是不知道，我最讨厌吃这些冷冰冰、酸溜溜的东西了。"

沈清欢看向父亲，劝慰他道："这东西也没那么贵，您吃着好就行，吃完了我再给您买。"

然后她又挨蹭着母亲撒娇："不是女儿不疼您，只是寒冬腊月的，也就只有这几样水果了。您又不爱吃冻柿子、冻梨的，要不然今天我让人上街给您买些甘蔗吃？"

"别了，娘的牙口可不好，这大冷天能有碗热汤喝，我就心满意足了。"

一家三口说笑了一阵，买回糕点的绿尘站在屋外轻咳了一声，沈清欢知道她已准备齐全，于是找了个由头告别父母出门去了。

去万府的一路上，沈清欢都很沉默。明明是小时候最喜欢来玩的地方，现在对于她来说却无异于龙潭虎穴。

"娘子，万府到了。"绿尘轻声打断她的沉思。

沈清欢扶着绿尘的手下了马车，她整了整衣服，又理了理头发，才下定决心往万府大门口走去。

"哎呀！是少夫人来了，我这就告诉老爷去，你可不知道，他可想你了。现在他正在花园逗鸟玩呢，我领您过去？"

万府的管家万顺是伺候万老太爷的老仆，今天刚准备出府办事，就看见了未来的少夫人，于是他高兴地迎着主仆二人进府。

"那就多谢顺子爷爷了。"

听了管家万顺的称呼，沈清欢应也不是，不应也不是，只能当作没听见，别别扭扭地跟着万顺进了府。

成年之后，沈清欢来万府的次数少了很多，至多逢年过节坐上一坐就走了，不过每次来她都会油然而生一股仇富感。

万府是一座四进的大宅子，比沈家的房子足足大了一倍有余。院中亭台楼阁，假山流水，奇花异卉，小巧精致，曲径通幽，颇有几分江南园林的味道。而且明明万家家里就只有两个主子，小厮、丫环、厨娘、门房和家丁，却将近百人，这才是巨贾豪商应有的风采啊。

经过九曲回廊，穿过几道小门，万顺把沈清欢带到了万老太爷跟前。

"老爷，您看是谁来了？"

万老太爷正背对着他们拄着拐杖逗弄自己新得的画眉鸟，听见管家的话语他扭头一看便笑了："清欢来了。"

万老太爷不再逗鸟，引着沈清欢坐在花架下的石桌说话。

"我说怎么今天一大清早就听见喜鹊喳喳叫呢，原来是我孙媳妇要来啊！清欢，快坐下，快尝尝爷爷刚泡好的茶，咱们爷俩今天要好好地说说话。"

两人说话的时候，万老太爷冲万顺使了个眼色，他悄悄地退下了。

"万爷爷，这是我给您买的您最爱吃的糕点。"

沈清欢耳朵红成一片，不敢纠正万老太爷的称呼，低眉顺眼地把准备好的点心盒子双手奉上。

万老太爷直接打开盒子，随手捏了一块玫瑰山楂饼吃了起来。

"还特意买了爷爷爱吃的糕点，欢儿真是有心了，不过不知道什么时候，爷爷才能吃上孙媳妇亲手做的菜呢？"

"我手笨得很，什么都不会做。"沈清欢其实也会做两道家常菜，只是不愿在万老太爷面前提起。

"这怎么能叫笨呢？你这叫贵气！天生的好命。你什么都不用做，要不然我请那么多仆人是吃干饭的？"

听了万老太爷的话，沈清欢心里暗暗好笑。我天生好命？天生好命的是您的孙儿好吗？

闲话说了有一炷香左右，大多数时候是万老太爷问，沈清欢一板一眼地答。见他仍是气定神闲的样子，沈清欢忍不住进入了正题。

"万爷爷，我来是要求您一件事。"

"只要我孙媳妇开口，天上的月亮我也给你摘下来。"

"我是来求血灵芝的，而且我还想解除两家的婚约。您要是同意的话，我愿意把沈家茶坊每年七成的利润交给您。"

"你觉得爷爷会看上你们家那点儿小钱吗？好，你想退婚，我不拦着你。不过我先说好，这血灵芝是我当年买来给我孙子治病吊命用的，现在我准备把它当作我孙子娶亲的聘礼。你要是不嫁给他，我肯定不会给你。"

万老太爷给了沈清欢两条路，要么乖乖地和万长生成亲，要么眼睁睁地看着自己父亲缠绵病榻。

"万爷爷，我不算貌美，性情也不温顺，我真是不明白了，您怎么非要我做您家的孙媳妇呢？"

"只看表面的那都是俗人，你万爷爷我喜欢的就是你身上的这股子精明劲儿，以后你辅佐着长生打理万氏茶坊，生意肯定会蒸蒸日上。等你日后生个男孩，抚养长大了，一定能撑起万家的招牌。"

沈清欢明白了，万爷爷哪里是在挑媳妇，分明是在给孙子选一个永不背叛的管事人，还顺带把孙子的下半人生也安排得妥妥当当。

"万爷爷您就不怕我勾结外人，夺了您家的财产？"

"你不会！"万老太爷的话说得斩钉截铁，他相信自己看人的眼光。

沈清欢为他的信任无奈地笑了："您说对了，我还真不会。不过若是我和十三婚后关系不和，导致心情郁结疾病丛生，不幸先他而去，却没能为他生下一儿半女，他该怎么办？"

万老太爷一时竟被这小丫头说得哑口无言，只好愤愤道："那我便认命了，只能怪这小子没福气。不过现在你万爷爷我也只能火烧眉毛，且顾眼下了。"

"俗话说靠山山倒，靠人人跑。万爷爷何不亲自教导长生做生意呢？我爹和齐伯伯都是您一手教出来的徒弟，生意场上谁人见了不赞一声好？我这次回来见到了长生，他虽然性子顽劣些，可眉宇之间显得十分聪明，我相信您若是肯费心调教，他一定会大有长进的。"

万老太爷听了沈清欢的话，重重地叹了口气说："一是他不肯学，又不怕我，我教他，他也不听。二是我老了，这做生意的学问，他一年半载是学不会的，只怕我死了的那天，他还懵懵懂懂呢。"

"父母之爱子，则为之计深远，我今日算是体会到了。可是万爷爷，您看看您这只心爱的画眉鸟，它生活在笼子中看似无忧无虑，可若有一天没人再给它喂食，它就只能等死了。书上说置之死地而后生，您若舍得把这鸟放归山林，它自己就学会捕食了。"

万老太爷自然明白沈清欢的意思，她拿画眉鸟来比喻万长生，可他宠溺孙子惯了，怎么舍得孙子去受苦。

二人坐在石桌旁聊了很久，万老太爷步步紧逼，沈清欢寸土不让。后来沈清欢不知在万老太爷耳边说了什么，他皱着眉毛点了点头。

"那万爷爷咱们就说定了，我先回府了。"

"好，顺子，你把东西给她吧。"

去而复返的万顺把一个盒子递给沈清欢，她打开盒子后惊讶地睁大了眼睛，似乎觉得自己出现了幻觉，里面竟然是血灵芝。

"不管怎么说，你爹沈平都是我从小养大的徒弟，我是不可能看着他活受罪的。"万老太爷一早就准备好了血灵芝。

沈清欢心里暗道，万老太爷这手玩得太漂亮了。这可是堂堂正正的阳谋，既有情又占理。不管她嫁不嫁万长生，这天大的恩情，她都是还不起的。哪天他要是提起了这事，沈清欢怕是什么条件都得答应他了。

"谢谢万爷爷。"心里纵然是这样想的，可她却拒绝不了，想想父亲每日看见她和母亲就做出一脸开心的样子，背地里却愁眉苦脸，唉声叹气，她只能接下药材。

"顺子，你是不是觉得我做得过分了？我没办法啊！我老了，就长生这么一个孙子，不得不替他多想一些。"万老太爷看着沈清欢的背影问自己的老仆人道。

"您做事自有您的道理，清欢能嫁到万家是她的福气。"万顺开解自家主人道。

沈清欢前脚刚走，后脚在外游荡的万长生就回来了。听见爷爷说沈清欢来了又走了，嘴里就嘟囔个不停。

"她来咱家干什么呀？我说了好几次要和她退婚，她怎么还好意思来咱们家？"

"就你还看不上人家，你以为自己是块香饽饽呢，人人抢着吃啊？人家来就是为了退婚的，你个小浑蛋，把你爷爷的脸都丢尽了！"万老太爷气得吹胡子瞪眼睛的，手中的沉香木拐杖用力地戳着地面。

"什么？小爷还没先和她退婚，她倒先开口了。她以为自己是天仙美女啊，一个十足的疯丫头、母老虎。爷爷您可不知道，昨天晚上我和齐飞可在得意楼看见她了，你说一个姑娘家跑到那里像什么样子嘛……"

万长生浑然不觉自己说漏了嘴，一个劲地挑着沈清欢的毛病，不曾发觉身边的爷爷气得脸色都发青了。

"好呀，我说呢，怎么今天齐飞走路一瘸一拐的。我问他，他只说是他爹罚的，别的什么都没说，原来是你这个浑小子带着他去得意楼了，我们家的脸可真叫你丢尽了。你……你给我等着。"

得意楼，那是什么地方？那里面的狐媚子个个都是吸髓食骨的妖精，多少豪门子弟在其中挥金如土，有些败家玩意儿被引诱得连祖产都卖了，自己孙子怎么敢去那种地方玩。

万老太爷被气得是七窍生烟，平日里万长生不学无术，花钱如水，跟着一群狐朋狗友胡混也就罢了。如今不光敢去逛花楼了，竟还敢带着一直乖乖念书的齐飞一起去，真是要气死自己了。万老太爷左看右看没有趁手的工具，直接举起手中的拐杖就冲孙子打下去。

"爷爷，您这是要谋杀亲孙啊，您怎么舍得？我知道自己错了，我下次再也不敢了。"

万长生没有防备，背上挨了重重一击。眼看着万老太爷又是一拐杖打来，他连忙躲开，嘴里苦苦求饶。

"不敢了？你哪次改过毛病？不如现在我把你打死，省的我死了以后没人管你，留你在这世上受苦。你放心，我前脚打死你，后脚我跟着你去，到了阴曹地府见到你爹娘，咱们一家人好团圆在一起。"

万长生从来没见过自己爷爷这样说话，一时间也不躲了，直愣愣地挨了好几下拐杖。

万老太爷打了没几下，见孙子不躲了，反倒生气了："你是不是傻呀？我打你，你就不会跑？书上说，小杖则受，大刑则走，是为孝也，你没听说过呀。"

看到万老太爷恢复了往常的样子，万长生挥散心中不祥的预感，嬉皮笑脸地凑到老人家身边为他擦汗。

"爷爷才不舍得打我呢，我心里最清楚了。"

气呼呼的万老太爷再也绷不住面皮笑了，然后又故作恼怒地打开他的手。

"哼，用不着你献殷勤。你一会儿先去给你齐伯伯道个歉，把得意楼的事情说清楚了。就说我说的，不许他再罚齐飞了。至于你，两个月不许出门，在家每天给我把《茶经》抄上一遍。小安子，你负责监督，少爷要是没完成，小心你的屁股。"

"是。"万安同情地看了少爷一眼，然后听话地点了点头。

"爷爷！"万长生一想到没日没夜地抄书，头都要炸了，拉着万老太爷的袖子一个劲求饶。

可惜这套把戏用的次数太多，失灵了。不理会孙儿的求饶声，万老太爷回花园继续逗弄他心爱的画眉鸟去了。

第六章　沈父病愈庆新年

沈清欢带着血灵芝回到了家后，就催着精通药理的绿尘赶快按照方子给父亲制药。听到消息的沈父沈母也乐开了花，沈夫人还特地跑去给绿尘打下手。

经过两个时辰，绿尘才把配制好的药材揉成了一个又一个的褐色药丸，每个只有小指指肚大小。绿尘小心翼翼地把它们保存在白瓷瓶中，嘱咐沈夫人道："那方子上说了，每日一粒，不可多吃。半个月以后见效，能下床走动。一个月以后除根，和常人无异。"

"我吃了这药怎么一点儿感觉也没有啊！"拿到药丸后，沈老爷迫不及待地吞下，却感觉一点儿用都没有。

"是不是这药配错了？"沈夫人听了丈夫的话，也奇怪地问着女儿。

"哪会这么快就好了啊？您刚才没听绿尘姐说，至少要半个月才会见效。算算日子，一个月后正好是年底，说不定今年父亲能和咱们一起走亲戚呢。"

沈老爷有了盼头后，每天都数着日子过，半个月后果然能下床走路了，当时沈夫人搀扶着他在院子中走了一圈，他激动得眼泪都要下来了。

"阿弥陀佛！老爷，你的病总算是有起色了，我真是太高兴了，这两天我就让张嬷嬷去大相国寺去添笔香油钱。"沈夫人高兴得双手直发抖，嘴里一个劲地念佛。

守在一边的沈清欢也是开心不已，拉着绿尘的手激动得差点儿没蹦起来！

"绿尘姐，你看见没，我爹能走路了！"

"我看见了，再过半个月，估计老爷都不用人扶了。"

否极泰来，事情果然如同绿尘所言一般，半个月后沈老爷真的能独立行走了，虽然走的时间多一点，就会气喘吁吁，但总归不像往昔病歪歪地躺在床上了。全家上下都为他感到高兴，沈老爷的痊愈可以算得上是年里的一件喜事了。

万家老爷子听说徒弟的病好了,也特意来探望了一次,可能是怕徒弟忧心,他并没有提起两家的婚事。不过沈老爷倒有些羞愧,怎么能叫师父来看弟子呢?

自过了腊月二十三后,这日子便一天比一天过得快。沈清欢指挥着仆人打扫屋子、油炸干果、采买食材、准备年货、剪窗花、贴春联……做好过年的准备后,这时间也来到了大年三十。

由于沈老爷今年的病情大好,沈家的年夜饭也较往年丰盛了许多。

"绿尘、翠涛,你们也坐下来一起吃吧!"沈夫人见绿尘、翠涛仍是守在一边伺候,便招手叫他们也坐下一起吃。

"夫人,不了,我们一会儿回厨房吃。"

"绿尘,你可是为我爹治病的大功臣,我们理当谢你的,再说人多也热闹呀。快点儿,带着翠涛一起坐下吃吧。"

绿尘见推辞不过,就和弟弟一起坐在了沈清欢下首。宴席上一家人谈笑风生,说着京城里最近的新鲜事。

"爹,您尝尝这道清蒸鱼,这可是我特意为您学的。"

沈清欢夹了一块鱼肉,剔了刺后放进父亲碗中,沈老爷忙不迭接了,刻意用筷子举高,在自家娘子面前炫耀。

沈夫人有些吃味,说女儿偏心:"人家都说女儿是娘的小棉袄,我看你眼里只有你爹,一点儿也不关心我。"

"谁说的,您看这是什么?"沈清欢示意兰香端上一盅热气腾腾的燕窝汤,"我可是亲手为您炖的,您怎么说我不疼您呢?"

沈夫人喝着燕窝汤笑了,得意地冲沈老爷扬了扬眉毛。

沈清欢见父母二人像孩子一般较劲,不由得摇头笑了。

绿尘见翠涛情绪低落,知道他是在感怀身世,夹了一筷子小炒肉给他,翠涛看着姐姐也露出了笑脸。

"角子好了,一人一碗不许剩!"厨娘王嬷嬷把角子端上桌,特意又嘱咐他们一遍。

大宋的角子便是后世的饺子。因为角子音同交子,所以大宋过年时的角子代表的就是财源滚滚,谁要是吃不完,就代表来年的财运不够。

王嬷嬷刻意把角子提前端上了桌,是怕他们吃饱了没胃口,其实一众人都留着肚子等着吃她的拿手绝活呢。

"哎呀，我最喜欢吃王嬷嬷做的荠菜猪肉角子了，今年我要吃够本。"翠涛在王嬷嬷给三位主子盛完角子后，自己动手盛了一大碗角子埋头苦吃。

"有点儿出息啊，你慢点吃，活像没吃过角子似的。"绿尘哭笑不得地让弟弟吃慢点。

"你还真别说他，翠涛是练武的，又正是长身体的时候，吃得多点儿不丢人！再说，王嬷嬷包的角子就是好吃啊！"沈清欢怕翠涛不够吃，又亲手盛了一碗角子放在他手边，还笑着为他夹菜。

"哎！我吃到甜角子了，看来今年我是要翻身交好运了。"沈老爷举着一个吃了一半的糖角子兴奋地说道。

沈清欢看着王嬷嬷笑了，知道肯定是王嬷嬷在盛角子时做了手脚。

宴席进入到尾声，王嬷嬷端着屠苏酒过来了。按照年龄顺序翠涛先饮，然后是沈清欢，接着是绿尘，最后才是沈夫人和沈老爷。

"娘子，烟花准备好了，您看是现在放，还是等到子时再放？"

小厮把预备好的烟花在院中摆好，进来请示主人。

"等到子时再放吧，今年我和爹娘都要守岁，子时放完便去睡了。"

"是。"

吃完饭后，沈清欢一看时辰还早，让下人拿出叶子牌，叫上绿尘作陪，和父母一起打牌玩。

打了没几手牌后，沈夫人丢出一张三万贯，沈老爷当即就把她打了下去。看到父亲手中只余一张牌后，沈清欢往桌面上扫了几眼，心中默算了剩余的牌，她朝绿尘做了个小动作，绿尘心领神会地打出一张六文钱喂给沈老爷吃牌。

"我赢了，给钱给钱。"沈老爷兴奋地扔出手中的牌，嘴里嚷着要她们给钱。

沈夫人不服气地撇撇嘴拿出了银子，沈清欢和绿尘都装作不舍得的样子去掏银子，沈老爷见到三人的模样笑得更开心了。

打了一个多时辰，沈清欢和绿尘算下来竟输了十多两银子，沈父沈母二人是只进不出。不过两人到底是上了年纪，渐渐有些坚持不住，只是强撑着精神想要熬到子时。

"爹娘要是真的困了，就倚在美人榻上闭会儿眼，等到了子时我叫你们。"沈清欢见父母一个哈欠接着一个哈欠，于是心疼地劝他们。

"不行，不能睡，你爹的病好不容易好了，不能再犯忌讳。"沈夫人听了女儿的话精神起来，又泡了一杯浓茶递给丈夫喝，让他提提神。

"子时到了，请老爷、夫人、娘子，出去赏烟花吧。"

半个时辰后，小厮的话和一阵阵噼里啪啦的鞭炮声，解救了苦苦支撑的两位老人家。

一家主仆都来到院子中央看烟花，翠涛拿着一根点燃的香去烧烟花的引线，然后迅速离开。

只听见"砰"的一声，沈府上空幽暗的天幕上绽放开一朵又一朵五彩绚烂的烟花，照得天空亮晶晶的。

兰香兴奋地和张嬷嬷讨论着哪个烟花最好看，绿尘也和弟弟站在一起欣赏，沈夫人把女儿搂在怀里捂住耳朵，还当她是那个年幼怕响的小姑娘。沈老爷见状也揽起夫人的肩膀，让她依偎在自己怀里，沈夫人悄悄地羞红了脸。

烟花再美也有燃尽的时候，十几个烟花放完后，除了留下守夜的仆人之外，其余众人都各自回房休息了。

沈清欢穿着寝衣散着头发坐在床边发呆，手里还捏着林岩一个多月前寄给她的信。心中想着不知道在那遥远的异国他乡，林岩会怎样度过除夕之夜。六年前还有自己陪着他，今年他要是孤身一人该有多难过。

"娘子，累了一天乏了吧，泡泡脚赶快睡吧。"

兰香端着一盆热水过来给她洗脚，沈清欢见小丫头哈欠连天，笑着对她说："你先睡吧，我一会儿自己洗漱就行。"

"那怎么行？这是我的职责，娘子怎么能做这些粗活？"

"你也太小瞧娘子我了，这几年走南闯北的，你以为我还是以前那个什么都不会干的娇娇女啊！快去睡吧，你的眼圈都青了，今天过年嘛，只当我给你放个假。"

兰香确实是困得不行了，终于还是忍不住娘子的温言引诱，回到外间一头栽床上会周公去了。

沈清欢先把信压在枕头下面，然后开始洗脚，双脚放在热水中浸泡，她开始昏昏欲睡，坚持住把脏水倒在门外之后，她也躺回床上进入甜美的梦乡。

等到沈清欢醒来时已经是天光大亮，大宋过年时不许叫人起床，说是那样会把福气赶跑。兰香见娘子难得睡得安稳，于是等到早饭好时才推醒了她。

每年大年初一都是一样的，沈清欢吃完早饭后，就来到大厅里跪在地上向父母磕头，说吉祥话拜年。

"希望爹娘在新的一年里平安吉祥，万事胜意，财源广进。"

沈父沈母笑着把红彤彤的大红包递给女儿，又冲着绿尘、翠涛招了招手，也给他们两姐弟一人发一个红包。

绿尘、翠涛推辞着不肯要，沈老爷板着脸说话了："绿尘，你以为你和清欢昨天晚上打牌放水输钱给我，我没看出来？你们呀还嫩点儿！拿着吧，省得说我老人家占你们小辈的便宜。至于翠涛，出门在外保护娘子有功，该奖！"

绿尘、翠涛听了沈老爷的话对视一眼，跪下给两位老人家磕头。

"祝老爷夫人新的一年平安康泰，福寿绵长。"

"起来吧，起来吧，都是好孩子呀。"

两位老人挥手让他们起来，沈夫人拉着女儿说，明天要全家人一起去万府上拜年，要她早些准备。

"去万府拜年？为什么呀！"

"你这小没良心的，要不是你万爷爷的药，你爹能这么快好吗？"沈夫人听见女儿的话不高兴了，直说她不懂礼数。

"我不是说不去，而是明天是不是太早了。去万爷爷府上拜年的人那么多，万一我们冲撞了贵人不就不好了吗？"

"每年的大年初二，去给你万爷爷拜年的只有你齐盛伯伯和万家茶坊的管事们，算下来也就十来个人。而且那些管事们都是一起去的，通常待一个半个时辰就走的，能有什么冲撞的？"

往年为了避嫌，都是沈夫人独自一人去万府拜年，所以沈清欢并不知道其中详情，如今母亲一说，她才明白。

"那行吧，你们去就是了，我可不去！"

"你不去还不行呢，怎么越大越不听话了呢？"沈夫人直接给女儿下了命令。

沈清欢无奈地点点头，和绿尘去库房挑选合适的拜年礼物去了。

第七章　新年道贺访万府

"你怎么穿得这么素啊？兰香，你是怎么伺候娘子的？现在立刻带娘子回去换衣服，颜色一定要鲜艳喜庆。还有从万家前些年送来的首饰中拿出一两件来，给娘子戴身上，听见没有？"

大年初二吃早饭时，沈夫人看见女儿穿了一套群青色的衣裙，立马不高兴起来，连声催着她回去换衣服，连带着兰香也受了责怪。

"一大清早吃个饭也不得安生，女儿爱穿什么穿什么呗！我看颜色挺素雅的，干什么换来换去的呀？"

沈老爷听了沈夫人的话，也仔细打量了女儿一番，虽不出挑，倒也胜在娴静端庄，不知道自己娘子是怎么想的。

"这不叫素雅，叫老气。你什么眼光呀，还好意思说话，小姑娘家家的就该穿得艳丽一些。"沈夫人立刻拿话噎住了沈老爷，指挥兰香带着娘子回房换衣服，"我记得年前刚给娘子做了一套卷草纹的海棠色衣裙，你给她换上，再给她贴上花钿，抹上胭脂水粉，一定要把她打扮漂漂亮亮的。"

沈清欢一眼就看出了母亲的意图，直接装作没听见，坐在饭桌边端起碗开始吃饭。

"大过年的也不叫娘顺心，只是让你稍作修饰你也不肯。"沈夫人说着说着哭腔就出来了。

实在不忍心让母亲过年也不痛快，沈清欢只好服软道："我吃过饭再去换衣服，好吗？"

"好。"

沈夫人同意得干脆利落，一点儿都看不出刚才有要哭的迹象，沈老爷忍不住在心里给自己夫人的演技鼓掌，看来能治住女儿的还得是自己夫人。

吃完早饭，沈清欢回房里换衣打扮，绿尘指挥着小厮把出行的东西预备好，等到沈清欢打扮完毕，一家人就出门去万府了。

大年初二这天天气很好，没有寒冷刺骨的北风，只有暖暖的阳光撒向人间。沈家人乘坐着两辆马车带着仆人，缓缓向万府行去。

沈父、沈母坐一辆马车，沈清欢自己单独坐了一辆，她坐在车里有些闷得慌，于是掀开帘子一角，望着街上形形色色走亲戚的人解闷。

"去万府拜年，你就这么别扭呀！"陪在一边的绿尘笑着问她。

"肯定了，吃人的嘴软，拿人的手短。我现在受了万爷爷这么大的恩惠却无法回报，见到他我肯定会尴尬的。再说今天还要见万长生那个臭小子，想想我都来气。"

一想到今天还要和那浑小子坐在一起吃饭，她就浑身上下不自在。

"我也奇怪了，怎么一见到万公子，你就失去平日的沉稳呢？"绿尘好奇地发问。

"可能是小时候管他管习惯了，看见他现在这副不学无术的样子就气不打一处来。"

沈清欢想想童年记忆中乖巧听话的小跟班，再看看现在惹是生非只知玩乐的纨绔子弟，她心里的莫名火就涌了上来。

"那万公子小时候什么样啊？"

绿尘的话勾起了沈清欢的回忆，她托着下巴开始回想万长生小时候。

"他小时候呀，眼睛大大的，皮肤白白的，长得特别像个小姑娘。那时候我爹还没自立门户，我和齐飞、万长生三个人经常在万府玩。他每天都跟在我身后当跟屁虫，媳妇、媳妇的叫个不停，气得我呀用小石子砸他。结果有一次真的砸到他的头了，青了好一大块，结果万爷爷问他时，他却说是自己不小心摔的。"

"嗯，这样看来万少爷小时候真是挺乖的。"

"对呀！那时候他又乖又聪明，可不知道现在怎么就成了这副德行。"

沈清欢也有些奇怪，好好的一个孩子，怎么说长歪就长歪了呢？

"娘子，万府到了，请下车吧。"

赶车的仆人隔着帘子请她下车，沈清欢搭着绿尘的手下了车，跟着父母进了万府。

沈家人到万府已是巳时三刻，给万老太爷拜年的管事们都散了，只留下大徒弟齐盛陪他说话。听见小厮说沈家来人了，他拉着齐盛高兴地出门去迎。

"徒弟沈平带家眷给师父拜年了。"

进到大厅里沈老爷就带着妻子女儿给万老太爷磕头拜年，万老太爷急忙把他扶起来。

"你急着过来做什么？你身体才刚好，应该多在家休息休息才是。"

"六年都没给师父拜过年了，今天无论如何我也要来啊。"

"行吧行吧，谁叫你是病人呢，你最大。让她们娘俩去东厢房和齐盛媳妇说话去吧，咱们师徒三个今天也好好聚聚说说话。"

沈夫人听了万老太爷的话，和女儿一起向他和齐盛行了礼，带着女儿和下人去了东厢房。

"阿平，我侄女儿可了不得啊，我听手下的伙计说你们今年利润翻了两番呢。要我说你就退休享清福，把生意都交给她好了。"齐盛见人都走了，笑着调侃自家师弟。

"师兄家的齐飞也不差啊，今年的乡试他考了第六名——亚魁，你走路都要抖起来了吧！"

沈平真心实意地夸赞齐飞，这小子是他从小看着长大的，没想到竟在学问上有这么大的造化。

"干吗！你俩成心气我，是不是？"万老太爷不高兴地咳嗽了两声，看看别人家的孩子，再看看自己家不争气的孙子，真是羞愧难当。

"怎么会？清欢再有本事，也终归是您的孙媳妇，齐飞能耐再大，也是您的徒孙啊！这最有福气的分明是您。"

听了万老太爷的话，齐盛忙不迭地回话哄他开心。听到孙媳妇三个字的沈平坐在一边有些尴尬，他是知道自己女儿的心事的。

这边师徒三人谈笑不断，东厢房里的气氛却有些凝固。本来几位女眷说话说得好好的，谁成想齐飞带着万长生闯了进来。

没想到东厢房还有其他长辈在，两人规规矩矩行了礼，然后和沈清欢陪坐在一边不敢言语。

"你俩又做什么坏事了？"沈清欢一眼就看出两人之间有猫腻。

"关你什么事啊，瞎打听个什么劲儿。"万长生白了她一眼，小声说道。

"长生！"齐飞瞪了他一眼，好歹是小时候的玩伴，怎么能这么说话，他笑着跟沈清欢解释道，"长生花了大价钱请人补好了我的画，我原本是想请母亲去看看的，谁知道你们都在这里，我也不好开口了。"

"是李公麟的画吗？带我去开开眼吧！"沈清欢想起拍卖会时万长生的话，立刻反应过来，央告着齐飞想去看看。

"行啊,画就在长生的书房,咱们一块去看看!"

齐飞痛快地答应了,三人向长辈告退,一起去万长生的书房观画。

没想到万长生着装奢华,书房却古朴淡雅,不过细心的沈清欢看见了书桌上放着一摞厚厚的话本子,想来这位公子正经读书的时候很少。

"齐飞,你快来看,是不是和当初的画一模一样?你不知道我求了那位画师多长时间,他才肯为我修补残画,直到大年二十九他才把画给我送来。"

"啊!花了一个多月的时间修缮呀,那可真是辛苦他了。"

齐飞掐指算了算日子,这修画的时间可真不短。

"什么呀,他早就修好,只是一直在临摹学习绘画技巧,眼看要过年了才不得不送回来。"

沈清欢没有参与二人的谈话,仔细地欣赏这位画坛巨匠的佳作。

这幅画画的是洛神出水图,只见涛涛江水之中一位女神飘然出尘,面目恬淡柔和,天上祥云朵朵,四周有花瓣飘落,当真是一幅好画。尤其画中人物衣袂飘飘,颇有几分吴带当风的味道。

"你懂画吗?装出如痴如醉的样子给谁看呢?"万长生就是看沈清欢不顺眼,一个劲儿地挑她的刺。

"李公麟,字伯时,号龙眠居士,善绘丹青,以白描人物画见长,只是他更痴迷于画马,所以骏马图的名声更大。这几年他身体不好,所以就更难见到他的人物画了。没想到齐飞你真有运气,竟得了一幅真迹。"

沈清欢侃侃而谈,吓了齐飞一跳,原以为沈清欢忙着做生意,不会对这些风雅之事有所了解,没想到她也精通画作鉴赏。

"懂了一点儿皮毛就肆意卖弄,果然是个粗人。"万长生不服气地翻了个白眼,依旧不把沈清欢放在眼里。

"那是,我这种粗人怎么配懂画,只是附庸风雅罢了。不过在附庸风雅方面,谁又比得上万公子您,这我可要向你好好学习学习呢。"沈清欢不知道为什么万长生一直针对自己,只觉得他实在是孩子脾气,随口讽刺了他两句。

万长生刚要开口回敬,齐飞跳了出来和稀泥,实在不希望两位儿时玩伴闹别扭。

"大家都少说两句吧,长生,你真的不记得小时候大家一起玩的日子了吗?清欢是个姑娘家,你多少让让她呀。"

"我让让她,她怎么不让让我呀,她还比我大三岁呢!"

"行啊,你叫我一声姐姐,我就让着你。"

"你休想!"

齐飞夹在斗嘴的二人中间左右为难,还好叫三人吃饭的小丫头来了,结束了这令人尴尬的局面。

喜欢热闹的万老太爷决定中午吃火锅,三家人围坐在一张大桌子上谈笑风生,万老太爷还时不时地给沈清欢夹菜,惹得万长生心里更不痛快了。不过当着大人的面,他不敢口出妄言。

吃过午饭后,万老太爷让众人在万家小憩一会儿再走,众人纷纷推辞不受,要告辞回家。万老太爷见他们坚持,于是带着孙儿一起送客至大门口。

在沈清欢躲在一边等大人们寒暄告别时,万长生蹭到了她的身边。

"我听我爷爷说你不想嫁给我了?我有哪里不好吗?"

万长生还是问出了困扰自己一个多月的问题。他之所以想知道答案并不是因为他喜欢沈清欢,而是因为少年人的自尊。

沈清欢笑了笑,说出了一句在万长生听来甚是莫名奇妙的话:"十五岁之前我曾经是想嫁给你的,如果我没有见过海上的明月和繁星的话。"

第八章　郊外踏青人欢乐

自新春以后，天气渐渐暖和起来，一时间草长莺飞，花开燕回。

沈清欢在书房里拿着算盘对着账本，一笔一笔地核算收入，每清算一笔账目，她眼里的笑意就加深几分。

因为今年有会试，年后大批举子涌入京城。当然也有过年之前就来的，李家兄弟就是例子。

读书人行事作风文雅，京中的笔墨纸砚的价格自然水涨船高，不过让沈清欢没想到的是，茶叶的价格也跟着上浮了不少。仔细想想也有道理，在天子脚下外来的举子自然规规矩矩的，要是喝醉了酒在考试之前闹出事情来，怕是一生的功名前途都要毁了。所以不管是深夜温书，又或是走亲拜友，这茶叶都是他们的不二选择。

沈清欢心中暗想，可惜这时间过得还是太快了，转眼就考试完毕，没有中选的士子大多离开了京城，害得生意也清淡了几分。

"娘子，齐少爷下了帖子邀您一起出游，现在正在大厅等您呢。"

兰香气喘吁吁地跑到书房来叫自家娘子，一张小脸红扑扑的。

"知道了，咱们这就去见见他。"恋恋不舍地放好账本，沈清欢疾行到大厅见客。

"齐飞，恭喜恭喜啊！如今看起来你当真是一飞冲天鱼跃龙门了，现在你过了殿试，可就是天子门生了。等再过一段时间你放了外官，就是为我们当家做主的父母官了，到时候见了面还要叫一声官人呢。"

刚刚走到门口，沈清欢就开始打趣自己的童年玩伴，见到他耳朵都红了笑着坐到他身边的椅子上。

有道是何物动人，二月杏花八月桂。三月春闱大比之后，齐飞虽然没能进入一甲，却在二甲之列。

"瞧你说的，我哪有那么大福气去外地做官，能留在京城做个小官，就是我的造化了。"

"那可不一定，你看你长得眉眼飞扬，鼻挺口阔，一看就是有福气的，说不好真会去外地做官呢。"

"此话当真？"齐飞有些兴奋又有些不敢相信，他心中十分想干出一番成绩。

"当真！"

沈清欢笑着应了，不过却不是从面相上推测出来的。当今圣上锐意改革，做外官通常升迁得比京官快。据她猜测，万爷爷和齐叔叔肯定舍不得齐飞这个宝贝疙瘩受委屈，一定会想方设法地托关系给他谋个好职位。

在京城做官，虽说离家近，又靠近皇权，但毕竟不好出头。若是放了外官在那繁华富庶之地，安分守己地干个几年，就能体体面面地升官调回京城。齐叔叔不选这条路才怪呢。

"对了，邀请我出去玩，派个下人来通知一声就行了。你又亲自来干什么呀？"

听了她的话，齐飞有些害羞，"唰"一声打开了随身携带的折扇拼命扇风："我听闻你和得意楼的杜若娘子相熟，想让你请她出来见一见，也算是了了我一桩心事。"

"原来你喜欢杜若娘子呀，可你应该只见过杜若娘子一面吧。"

"没你说的那么严重，我只是欣赏她的才华，欣赏你懂吗？杜若姑娘不光精通音律舞蹈，还作得一手好诗。京城里的士子十个有八个都读过她的诗，若她是男儿之身，今朝的金榜也该有一席之地。考试之后，我也曾去求见过，可是老鸨说了，除了前三甲以外，其余的她概不接见。"

"不对啊！杜若姐姐可不是这样拜高踩低的人，肯定是那老鸨在搞鬼。"

"我想也是，所以才来拜托你。"

"好，三日之后，汴河之畔，不见不散。"沈清欢痛快地答应了。

沈清欢让翠涛去得意楼给杜若下了帖子，杜若欣然应允，说好辰时一刻在东京城外的河畔一同踏青。

三日之后，河畔的悠然亭中，沈清欢和万长生正陪着杜若一边说话一边看人放风筝。

"不好意思，我来迟了！"

齐飞匆忙赶到，见两位娘子早早地到了，连忙施礼道歉。

"原本说好的辰时一刻相见，我们早早地便来了，如今都快午时了。要不是杜若姐姐脾气好，我就一个人先走了。说吧，你是遇见街道堵塞了，还是碰到拐子、骗子了？又或者是哪位大人看上了你这位青年才俊要榜下捉婿，让你被媒人缠住了脚步？"

沈清欢看似问责，其实是在替齐飞找个台阶下，让他说说自己迟到的原因。

"清欢，长生，还有杜若娘子，我原本早就动身了，谁料还没出城门，家仆就追上来说吏部的任命下来了，让我回去交办手续，所以这才耽误时间了。"

齐飞解释清楚原委后，沈清欢仍是怪他道："那你也该派人给我们传个信，真是让我们好等。"

"我当真是又惊又喜，忙得忘了这事了。等从吏部回来，才想起这件事，立马就赶来了。"

"陛下任命你去什么地方做官呀？"沈清欢问他道。

"去杭州府下的余杭做知县。"

"余杭可是个好地方，你到了那里要好好干呀！"

"我会的。"齐飞微微一笑。

"那你干吗又从吏部跑过来呀，你倒不怕我们三个走了？"万长生好奇地问他。

"你们要走了，依你和清欢的脾气，头件事就是去我们家找我算账，我回家既没见着人，那必定是你们还在此处等我呢！"

"看来齐公子不光精于诗书，也颇有知人之明！"坐在一旁没说话的杜若开口夸了齐飞一句。

"杜若娘子您看这时间也到中午了，不如我们回城找个酒楼先吃饭吧。"齐飞抬头看了看日头，心中万分不舍地开了口，总不能让人饿着肚子说话吧。

"不必了，我听清欢说今日要来游玩，便做了几道菜和糕点，三位若不嫌弃我的手艺，咱们就在这青山绿水之中就餐吧。"

"不嫌弃，不嫌弃！"三人赶紧摇着头说着一样的话，这杜若娘子的手艺尝过的人恐怕没有几个，他们今天算是捡着大便宜了。

杜若被三人的举动逗笑了，招手示意丫环云儿把食盒中的饭菜端出来。

一道荣黄炒肉，一道木耳鸡蛋，一道清炒虾仁，一道醋溜白菜，一海碗酸笋鸡汤，以及一盆米饭。糕点是四色如意饼和开胃山楂糕。不过所有的饭菜，端出来时都还冒着热气。

"我可真是佩服姐姐了,您这菜怎么还是热的呢?"沈清欢好奇地问她,这菜至少也要放两个时辰了,怎么还热气腾腾的。

杜若只是对她笑了笑,旁边的侍女云儿开口了:"这是因为我们用的食盒下面分为两层,底下一层用铁隔开,内置热炭,方便加温。"

"要是夏天吃冷饮,就可以用冰块降温,杜姐姐的心思当真巧妙。"沈清欢举一反三,一眼就看出了其中的玄妙。

"大家吃饭吧,边吃边聊!"杜若举起筷子给沈清欢夹菜,示意大家动筷。

一顿饱餐之后,四人河边漫步聊天。沈清欢刻意走得慢了一些,她见万长生没头没脑地想往齐、杜两人身边挤,直接示意翠涛把万长生拉到自己身边来。

"你干吗呀,我还想和杜若娘子说话呢。"万长生掰开翠涛的手,问沈清欢想要做什么,"你不要以为我和你出来玩,就是想和你在一起了,我只是冲着杜若娘子才来的。"

"我可没说你是想和我在一起呀!我只是没见过你这样笨的人,你没看出来齐飞喜欢杜若娘子吗?你凑上去干吗呀。"

"什么?"万长生还真没看出来自己好兄弟的心思,如今叫沈清欢一点破,他看着前面行走的一对璧人,觉得真是天造地设的一对佳偶。原本对杜若还有些心思的他,只好心里默念:朋友妻,不可欺。

齐、杜两人俱是见识广博之人,从诗词歌赋聊到琴棋书画,一时聊得兴起,便把其余人抛在身后。

万长生委委屈屈地看着两人越走越远,只和沈清欢有一搭无一搭地说着话,以至于渐渐语塞,两人相对无言。

沈清欢有些气恼地问他:"万长生,你当真这样讨厌我?连说句话也不肯?好歹我和你也是从小玩在一起的。"

"我没讨厌你呀!"

"对,你没讨厌我,你只是不喜欢我。谁叫我既不漂亮又不温柔,还比你大三岁呢!不过你放心,我死也不会嫁给你。"

万长生仔细打量着沈清欢,鹅蛋脸、柳叶眉、大眼睛,再加上小鼻子小嘴巴,显得格外脸嫩,一点儿都看不出来她比自己大。她说自己不漂亮其实不对,她只是不够惊艳,尤其是和杜若比起来。

不过和沈清欢柔美的外表不同,她说话做事格外干脆利落,有时候让人恍惚觉得这是一个霸道的男人。

"我真没有讨厌你，我就是和你相处得不自在。我爷爷天天在我耳边念叨你，念叨得我都烦了。虽然小时候咱们常在一起玩，可你十岁和你爹走了以后，咱们就没见过面。要我娶你，我怎么可能愿意？"万长生知道沈清欢也不满意这桩婚事，便把心事和盘托出。

沈清欢见他说了实话，也不生气了，笑着和他说道："既然咱们的想法都一样，你就别老是对我抱着敌意了，好歹也是小时候的玩伴，咱俩好好相处就是了。"

万长生也不是小心眼的人，接受了沈清欢的示好。解开心结之后，两人说话就自在了，一起说说笑笑地聊些京中八卦。

和志趣相投之人说话，时间便过得飞快。眼看着日落西山，残霞一片，四人也都累了，便坐上马车回城了。

万长生回到府中正叫着饿，让厨娘抓紧时间上菜时，万老太爷出现了。

"我听小安子说，你、清欢还有齐飞，一块出去玩了？"

"嗯。"

万长生歪在椅子上，有气无力地应了一声。

"怎么样，玩得高兴吗？是不是觉得清欢还挺好的？"

听了爷爷的问话，他警觉地坐直身子，喝了口水道："马马虎虎吧！"

"那爷爷最后问你一次，你愿不愿意娶清欢？"

万长生翻了个白眼："我说了多少次了，我不愿意。"

万老太爷子这次没有再喋喋不休地说着沈清欢的种种好处，拄着拐杖落寞地回了房间。

看着爷爷的背影，万长生第一次觉得爷爷老了。他的头发越来越白，年轻时挺直的脊梁也佝偻起来。万长生在心里懊悔，自己的话是不是太让爷爷伤心了？

第九章　万老病重忽离世

一大清早还没吃饭，沈清欢就哭着跑到母亲房间里。

"娘，爹生病时，你是不是在城外的济云寺许过愿呀？"

"这时间久了，我有点儿不记得了，你怎么想起问这事了？"沈夫人爱怜地把女儿搂进怀中，询问她哭泣的原因。

"昨天夜里我做了个梦，梦见佛祖问我你阿娘为什么说话不算话，妄许诺言。"

沈清欢抽抽搭搭地说着自己的梦，沈夫人却一头雾水。沈老爷当初生病时，她是遇庙就进，遇佛就拜，她自己也记不清自己到过几个庙，许过什么愿了。

"佛祖给你托梦说我妄许诺言，可阿娘真不记得自己许了什么愿啊？"

"没关系，佛祖在梦里告诉我了。他说您说了，要是爹的病好了，您就带他去济云寺还愿。要吃素念经诚心侍佛一个月，结果您忘了。佛祖说他对您太失望了，要降罪给咱们家。"

"啊！佛祖果真是这样说的？可是我不记得自己去过济云寺啊！"

听了女儿的话，沈夫人登时慌了起来，佛祖若是生气了，那可就不得了了。可济云寺是个本地不出名的小庙，印象中自己没去过啊。

"您不记得我记得，咱们去过的，您亲口许的愿，我记得真真的。难怪佛祖要给我托梦呢，他一定知道您忘了，要我作证提醒您呢。"

"是吗？果真是事多，我给忘了？那佛祖有没有说让我怎么补救呀？"沈夫人疑心真是自己年纪大了把事给忘了，连忙问女儿该怎么办。

"佛祖说了，念在您这些年行善积德、时刻供奉的分上，您要是现在就去还愿，他就不怪罪了。"

"好好好，我这就带你爹向佛祖还愿去。张嬷嬷，我和老爷先走，你们收拾好东西马上跟来。"

沈夫人连饭都顾不上吃，拉着沈老爷坐上马车就往京城郊外山上的济云寺赶去。

沈清欢在父母走后，进了母亲屋里的小佛堂，跪在佛像面前诚心告罪："请佛祖千万要原谅我的胡言乱语啊！小女子虽然假借您的名义说了谎，但也是无奈之举，事成之后我必定施粥施药，救助贫苦之人。"

祈祷完毕以后，沈清欢去了万府。被下人引入府中时，万老太爷正在院中练太极。

"清欢来了，吃过早饭没有？"万老太爷停下招式，笑着问她。

"还不曾吃过，只因我父母急匆匆地跑去了济云寺，怕您有事找他们，我特意来告诉您一声。"

万老太爷一面挥手让一旁的下人下去给沈清欢备饭，一面指着一盆玉树花让沈清欢欣赏。

"清欢，这可是我最心爱的玉树花，你看它长势如何呀？"

这玉树花本不是大宋的物种，是一些商人出海时带回来的稀罕物，南方种得多北方种得少。万老太爷得了这盆花后不久孙子就出生了，因此对它是爱逾珍宝，特意向花匠请教如何侍弄，自己亲力亲为地养护着。

"万爷爷的东西自然都是好的，不过这花该修枝了。您太爱这花了，不舍得给它修枝，反倒影响了它的生长。"沈清欢跟着父亲也学过养护花草，她凑近看了看，从伺候花草的工具中拿出一把小剪子，为玉树花修了修枝。

"我老了，伺候不了这花了。除了你，我也信不过别人，我把它交给你了，希望你能好好待它，让它早日开花。"

万老太爷出神地看着这盆玉树花，养了十八年了，至今还未开花，交给沈清欢侍弄一番，或许在有生之年自己还能看见这花开放吧。

沈清欢离开万府的时候，带走了这盆玉树花，只是她没想到这竟是和万老太爷的最后一次会面。

看着沈清欢离开后，万老太爷对管家万顺说道："我有礼物要送朋友，可惜离得太远了，让别人带去我又不放心，你让万安去送吧。"

"是。"万顺点头同意了，看着老爷死气沉沉的样子，他不放心地问着，"我看您不太舒服，要不要请大夫来看看。"

"不用了，我就是闷了，你让人把齐盛叫来陪我说说话。"

"好。"

四月暖阳催人睡，午饭过后沈清欢本来想坐在书房的窗边看会儿书，不料却拿着书磕睡起来了。

"娘子不好了，万老太爷没了。"

兰香慌乱地闯进书房，惊醒了打盹的沈清欢。

"我知道了，暂且不要把这事告诉父亲和母亲，父亲大病初愈怕是受不了这打击，况且他们正在还愿也回不来。你备上奠品，我们先去祭拜一番。"沈清欢抬起头冷淡地回答。

兰香有些不解，这万老太爷过世是大事，就算再为老爷考虑，基于师徒情分也要告知他这件事啊。只是娘子这样吩咐了，她也不敢有别的意见。

万老太爷去得突然，当时只有齐盛守在他的身边，说是自己给师父讲了一个笑话，万老太爷笑着笑着气息就弱了，等大夫来时人就没了。

万长生正和朋友在瓦舍看杂耍，管家万顺满脸泪水地找到了他，开口第一句是，"少爷，老太爷没了。"

万长生觉得四周一下子就安静了下来，他只看见万顺爷的嘴巴一张一合的，却什么声音都听不到。他推开管家伸过来搀扶的手，跟跟跄跄地往家跑。

等万长生跑回家中，被齐盛按着换上丧服跪在爷爷的棺材前时，他才回过神来。一手摘掉头上的孝帽，他站起身来，强笑着和齐盛说，"齐伯伯，你让我爷爷别和我开玩笑了，你告诉他，他说什么我都听，叫他出来吧。"

齐盛闭上眼睛叹了口气，无奈地把他拉到还未钉棺的棺材前，"你自己看吧！"

棺材中万老太爷穿着寿衣，面色灰白，脸上还涂着两团可笑的红晕。

"爷爷你起来，你起来啊！你说什么我都答应，你别逗我玩了！你快起来，你让我娶沈清欢我同意了，你听见没？我同意了，你快起来……"

万长生翻来覆去地叫着爷爷起来，可万老太爷依旧嘴角含笑安安稳稳地躺在棺材中。万长生喊了无数声爷爷，可他再也不能应了。

万长生的眼泪一点一滴地流下来，眼前一片朦胧。从小时候起，爷爷就是他头顶遮风挡雨的天空，今天他的天塌了！从此他连一个亲人也没有了，他不禁后悔自己以前不听话，让爷爷为自己操了那么多的心。

沈清欢赶到时，万家茶坊的管事人也都到齐了，他们围着哭得伤心的万长生要说法，看万老太爷临死之际是如何安排的。

万长生正是难过的时候，听见众人逼问，便愤怒地大吼道："过一段时间再问不成吗？我爷爷还没下葬，你们就合起伙逼起我来了！一个个都是白眼狼。"

茶坊的一个管事无奈道："少爷，不是我们逼您，而是别家的茶坊在逼您啊！一听说老太爷没了，他们就掸掇着咱们手下的茶贩子不给咱们供茶，还出高价挖走了好几个管事的。有些还在街上传谣，说是咱们万家要不行了，催着那些供货商问咱们要账，咱们现在虽是把账清了，可明天那些大供货商要来了，咱们账上现在可没银子啊！到底怎么做，您拿个主意呀。"

万长生一向不管万家茶坊的事，如今一桩桩一件件都要他拿主意，他哪会有办法。沈清欢站在一旁冷眼看着，知道这些管事的未必真没办法，只是有心想拿万长生一把，她不禁想起七年前的自己，也是这般手足无措干站着。她本想上前解围，可细想想又没什么资格，只好站在一边当木头人。

"闭嘴！瞧你们一个个没头苍蝇的样子，看来是这些年过得太安逸了，遇见屁大点儿事就让你们慌起来了。"

齐盛一声厉喝，众人都不敢再吭声。现在万老太爷没了，万少爷又没主意，齐盛是万家茶坊的最高管事人，大家自然以他马首是瞻。

"越是这个时候咱们越不能慌，咱们要是慌了，别人就知道咱们没底气了，那万家才真算完了。现在多少双眼睛盯着咱们呢，你乱了章法，他们正好乘虚而入。"

听了齐盛的话，众管事擦擦头上的汗，理了理衣服，找回了精气神，等着听他下一步安排。

"王掌柜，你先拿着交子去银号支一万两银子，记得取银子回来时动静要大，让那些茶贩子们看看咱们的家底。李管事，你把那几个走了的管事名单抄给我，我倒要看谁敢用他们！刘管事，你去茶马司报案，说有人恶意造谣，扰乱秩序，让衙役们去捉人。"

刘管事明显有些蒙，傻乎乎地问道："传谣这事有些小，衙门不接状子怎么办？"

"你是猪脑子啊，事小你就不会给它吹大啦。就说他们扰乱茶叶市场，就是和太宗皇帝的政策过不去，就是要谋反。再者说你就不会使使银子，他们的头儿是个清官不假，可他手下的兵都是要过日子的。"

原本大宋的茶叶乃是朝廷专卖，几十年前太宗开恩特许民间卖茶，也是那时候万家才一跃成为八大茶商之首，一直保持到如今。

王掌柜、李管事、刘管事忙不迭跑着出去办事了，剩下的几位管事也被齐盛叫到书房商量对策去了，整个大堂只留下万长生和沈清欢。

"你不要伤心了，万爷爷活到这把年纪算是喜丧了。去的时候没有受苦，也是值得高兴的。"沈清欢走到哭泣的万长生身边安慰他。

"又不是你爷爷，你上下嘴皮子一碰自然说得轻松。"

万长生此刻正是伤心的时候，沈清欢的劝慰不光没能帮他缓解难过，反而让他更加恼怒。不过沈清欢理解他的心情，没有跟他计较。

万长生跪在万爷爷身边，想起刚才众人围着他，他却一个主意都没有的事，哭得更难过了。

一个时辰后，齐盛带着众管事出来了，他对万长生拿出了一张字据，要他仔细看清楚。

"这不可能！我不信！"

看完字据的万长生满眼都是不敢置信，字据上写着因为他顽劣不堪，所以万老太爷决定把家业交给自己的徒弟齐盛，至于孙子万长生生性顽劣不学无术，令他失望至极，他决定把他除去家谱赶出家门。

齐盛把字据上万老太爷的签名和手印指给他看，说道："刚才众位管事已经在书房中辨过真伪了，大家都说是真的，你看这签名和指印都是你爷爷临死之际留下来的，他对你很失望！"

万长生像是第一次认识这个从小看着自己长大的长辈，谁能想到他会趁人之危？他冷笑着说："你的字是我爷爷亲手教的，你模仿他的字迹是轻而易举的事，至于这指印，你完全可以在我爷爷死后拿他的手指按上。"

"你这可就冤枉我了，不信你问管家万顺，写字据之时他也在场。"

接万长生回来时，万顺还哭得像个泪人一样，去了书房之后他的泪倒没有了，他躲闪着万长生的目光小声说道："这字据确实是老爷写的，我当时也在场！"

眼见事情的发展愈演愈烈，沈清欢赶紧明哲保身地悄声离开了万府。

万长生气得浑身发抖，他环伺四周，竟没有一个人站出来为他说话。他攥起拳头就要打齐盛，结果被众人按倒在地，他恶狠狠地咒骂齐盛。

"齐盛你不得好死！我爷爷把你从死人堆里捡出来，给你吃，给你穿，教你读书识字，教你待客行商，没想到你是个不知感恩的白眼狼，你对得起我爷爷吗？"

骂着骂着，万长生似是想通了什么，挣扎着仰起头问齐盛："我爹娘的死是不是和你有关系？你和他们一起去外地做生意，怎么土匪就只杀了他们俩？是不是你做了什么手脚？"

原本无所谓的齐盛一下子变了脸色，蹲在万长生身边给了他一记耳光，"不许胡说！"

万长生得了答案，一瞬间眼泪汹涌而来。原来自己的父母就是被他害死的，亏自己以前还把他当作值得敬重的长辈，看得和自己爷爷一般重要，自己可真傻啊！

"来人，万长生既然已经被家谱除去，现在就把他给我赶出去。"

齐盛吆喝着家丁赶人，把挣扎咒骂的万长生丢出了万府门外，派人把守住大门不许他进来。

在万府门口，尚未离开的沈清欢，看见万长生满身脏污被扔了出来，叹息了一声上马车回家去了。

第十章　落难公子始知愁

万长生躺在大街上,头顶是明晃晃的太阳,他不明白为什么一夜之间世界就变了样,他一时哭来一时笑,引得过路人纷纷瞧他,远远地从他身边绕行。

"我能怎么办?我该怎么办?爷爷您教教我呀!"万长生蜷缩在墙角喃喃自语,希望已经去世的爷爷能给他出个主意。可惜没人可以再给他撑腰了,他要学着自己长大。

回想起往日爷爷的话,他决定先去找沈平叔叔帮忙,希望他能助自己一臂之力!

万长生来到沈家后是沈清欢接待的他,他想起来之前祭拜时,也是沈清欢独自一人去的。这沈叔叔究竟是不在家,还是不愿意蹚这趟浑水,他也不知道真相。

"沈平叔叔不在家吗?"

"我爹娘都去济云寺拜佛了,一时三刻回不来,现在我们家是我当家,你有什么事和我说是一样的。"沈清欢坐在主位,看着兰香刚给自己指甲上涂的蔻丹,看也不看他一眼。

"你刚才在我家也听见了,我爷爷是疯了吗?他怎么可能把家产全给齐盛,肯定是齐盛在暗中搞鬼。你要是能帮我夺回家产,我必有重谢!"

沈清欢斜睨着万长生,不知道这位公子哥是天真还是蠢!"现在万家已经是齐伯伯当家做主了,沈家这条细胳膊可拧不动万家这条粗大腿!你要是说手里没钱了要我帮衬几个,这是行的。可是替你夺回家产这事,我是无能为力了!绿尘,你去账房支几两碎银来,好歹也别叫万少爷空手走啊!"

绿尘从自己的荷包里拿出三四两碎银,放在了万长生手边的桌子上:"万少爷,我们沈家也实在是不宽裕,这点钱还是我一点一点攒的,你拿着吧。"

"你……你们……"万长生被两人气得说不出话来,站起身怒气冲冲地出了沈府。

"哎,别走啊!这银子你好歹拿着啊,也不枉咱们相识一场!"

沈清欢冲着万长生的背影叫喊，只听见对方恶狠狠地撂下一句话："我就是死外边，也不要你一个铜子儿。"

听了这话，沈清欢笑着和绿尘说："还是年轻气盛啊，得好好吃吃苦头磨磨脾气！"

"你倒是不年轻了，若你遇见这事该如何处理？"绿尘笑着问她。

"你竟考起我来了，要是我啊，三四个主意还是有的。"沈清欢皱起眉头想了想，"这一嘛，自然是告官，既然此事蹊跷，就应当让官府来裁决，找个好讼师来帮忙，尚有翻盘的余地。二嘛，是找万爷爷的旧部下谈心，从内部寻找破绽，动之以情诱之以利，总有会上钩的。三嘛，就是赶快去济云寺找我爹，我爹受万家恩惠甚大，又是知恩图报之人，一定会帮忙主持公道。这第四呢，乃是最下下之策，索性揣上一把尖刀趁人不备一刀捅了齐伯伯便是，虽然自己也会丢了性命，但也算是报仇雪恨了。"

沈清欢想到这里，再看看万长生此时无措的表现，她失望地摇了摇头："可惜万长生虽然十九岁了，还是一个单纯天真的少年，既无谋略又无血性。我几句话就能把他挤对走了，他还是需要好好磨砺一番啊。"

"你当人人都像你一样鬼精灵？"绿尘听了沈清欢的主意笑了，看起来这些年娘子果真长进不少，不再是那个遇到事情就束手无策的天真少女了。想到过去的事情，她又担心起万公子来。

"对了，要不要派人跟着万公子呀，我怕他受打击太大，会一时想不开。"

"你倒提醒了我，翠涛，你带几个家丁跟在他身后，千万别让他发现了。不要让他做傻事，也别让那些不长眼的混账伤了他。要是真有什么要紧事，赶紧来通知我。"

虽然不明白娘子葫芦里卖的什么药，可翠涛还是从家丁里挑了四五个好手，悄悄跟在万长生身后保护他。

万长生从沈府出来就茫然地走走停停，两只眼睛里充满了血丝，可他还是咬牙忍着不哭，生怕被别人看笑话。

去衙门告齐盛！眼看管事们都不和他一条心，他只能求助于官府。万长生在心里拿定主意，看着自己满身的脏污，他找了一间客栈要了热水去梳洗。

梳洗过后，万长生拉着店小二开始询问："小二哥，我问你，东京城中哪个状师最厉害？"

店小二想了一下，笑着说："公子要打官司的话，自然是找大状师宋书豪啊，但凡他接的状子就没有赢不了的。不过他要价也高，替人打一场官司就要上百两银子呢。"

店小二的话让万长生陷入了苦恼，因为他向来丢三落四，所以出门时身上很少带钱，平日里出来玩都是按个指印挂万家的账。如今荷包里才十几两银子，怎么请得起宋书豪呀。

万长生想了想，还是决定去找好友借些钱财，可是令他万万没想到的是，连敲了几家的门，门房都说自家主子不在家出远门了，一年半载回不来。

一家这样说万长生还信，四五家都这样说，万长生再信就是傻子了。看着眼前轰然关上的大门，万长生气得想骂人，可他还是忍住了，这一场变故叫他看清了世态炎凉。

从朋友家离开，万长生来到了东京城里最大的当铺前。往日这当铺时常派人通知自己，店里收了什么好玩意儿，让他看看有什么喜欢的没有。如今自己却成了典当之人，想想也是讽刺。手在腰间玉佩上摸了又摸，万长生在当铺门前徘徊不定，最后还是下定了决心，迈步进了大门。

"掌柜的，你看这件玉佩能当多少钱？"

胖墩墩的掌柜原本在柜台后面打盹，被万长生一下惊醒了。看着面前巧夺天工的玉佩，他看了看万长生，嘴里咽了咽唾沫，这个败家子！

掌柜的举起一片水晶透镜，睁开小眼左看右看仔细端详，又用手摸了摸玉的质感，清咳一声，装作不在意的样子说，"不过就是一块破玉罢了，看在万公子的分上，鄙小号五百两银子收了。"

"五百两？这是我爷爷特意托人弄来的和田籽玉，又找了玉雕世家的莫家高手雕刻，上上下下花费两千两银子都不止。你五百两就想买走？"

掌柜的一下变了脸，把玉佩扔在柜台外："万公子，你可着满东京城打听，看看还有人会给您更高的价格吗？今天中午，万家可发话了，说你已经被逐出了家门，谁要是敢帮你，谁就是和万家过不去！我收你这块玉冒了多大的风险啊，你爱当不当！"

万长生这才明白朋友拒见的原因，原来是齐盛发了话，看来是想要活活逼死自己啊！他咬牙说道："我当，五百两就五百两，你把这玉佩给我放好，我只当一年，日后会来赎的。"

"那是自然，您看您是要现银，还是要交子？"掌柜心中暗笑，这进了自己手里的东西还能出去吗？他原本担心万长生一生气不当了，一颗心悬在半空中。现在见买卖做成了，眼看着大笔银子要进账，他乐得小眼眯成了一条线。

"我当然是要交子了，那么重的银两我拿得动吗？"万长生不耐烦地翻了一个白眼。

在掌柜的写好当票后，两人一手交钱一手交货。摸着这薄薄的两张纸，昔日一掷千金的万长生心里第一次对钱有了概念，戏文中说的真是不假，一文钱真的能难倒英雄汉。

前脚万长生刚走，后脚就蹿出来一人进了当铺。

"掌柜的，刚才万公子在你这里当了什么？"那人问道。

掌柜的上下扫了一眼，就看出来人并没有什么身份，于是不客气地说道："关你屁事儿，打听这么多闲事干吗，你要当东西就快当，不当就滚蛋。"

"行，你等着。"那人受了蔑视有些难堪，撂下一句狠话走了。

不多时，那汉子引着齐盛来了。

"掌柜的，听说我大侄子在你这儿当了一些东西。到底什么东西啊？也拿出来让我掌掌眼呀。"

"他……他也没当什么东西啊，就是把这块玉当给我了。"

掌柜的头上直冒汗，慌慌张张地把玉从货架上的盒子里拿出来，小跑着递给齐盛。

"就这一块儿破玉，能值几个钱呀？一两银子？"

"哪能啊，花了我五百……"掌柜看见齐盛冷笑着眯起了眼睛，赶紧转了口风，"花了我五百文钱呢。"

"行，我给你一两银子，你还赚五百文。"

齐盛拿着玉佩就要走，掌柜的慌忙拦住他："齐老爷，这……这万公子押的是活当，他要是来找我赎，我拿什么给他呀！"

"得了，我还不知道你们这些人玩的把戏，什么死当活当的。只要到了你们手里，好东西就没有出来的时候。对了，我忘了，你是在说行规丢一赔十对吧。行，老爷我再给你五两银子成了吧？"

"我……我……我送您出去。"

话在嘴边过了几遍，掌柜的还是没敢张嘴，含着泪恭敬地把人送了。他站在门口，眼看人都走远了，忽然听见风送来几句只言片语。"傻子""败家子""缺心眼"……

掌柜的觉得每个词都是在形容自己，疼得肝直抽抽。他恼火地回了店铺，直接让伙计把铺门给关上了。今日大凶，诸事不宜。

第十一章　屋漏偏逢连阴雨

宋书豪的住处离当铺不远，于是万长生把当票和交子塞进荷包后，就步行前往宋书豪的家里。

街上正是热闹的时候，许多人都出来逛街买东西，一时不防一个年轻人和万长生撞了个满怀。那人赶忙道歉，万长生也没在意，直接摆手让他走了。

不多时，万长生来到了宋家门前，他轻轻叩门，一个十一二岁的小门童出来接待了他。

"公子前来所谓何事？"

"我来找你家老爷替我打官司，他在家吗？"

"在，我这就带您见他。"

知道是生意上门了，门童不敢怠慢，把万长生引到大厅坐着，赶忙去找老爷出来见客。

宋书豪出来后笑着对万长生说道："我当是谁，原来是万公子。"

宋书豪是一个瘦瘦的中年男子，脸上留着八字胡，一脸的精明相。他以前也曾研读经文，十几年没能入选，一气之下改了行，倒混出了名声。

"怎么？先生知道我？"万长生有些好奇，印象中二人并无交集。

"我是一个讼师，城里所有富贵人家的家里人我都认识。"

万家的事宋书豪早有耳闻，在万长生来之前，他也做过研究，欲捞上一笔，可惜没有找到破绽。

"那先生应该知道我此番前来所为何事吧？"

宋书豪心想，虽然没十足把握打赢，可要是赢了自己的声望就能更上一个台阶。输了嘛，也可以敲上这落魄少爷一笔，不算亏本生意。

"自然是知道的，不过我要价可高，至少一千两润笔费。"

万长生手里只有五百两，但他毫不露怯道："一千两当然没问题，不过我只能先付你五百两定金，事成之后再付你另外一半。"

宋书豪不知道这个小少爷是在装阔，于是点头同意了："行，那先交付定金吧！"

万长生把手伸向荷包，却摸了个空。自己的荷包呢？

万长生顿时慌了起来，在身上摸索个不停，可是一无所获。忽然他想起出门时和那个年轻人的相撞，那人肯定是个小偷，他的钱被偷了。想通关节的他，一下子瘫坐在椅子上。

看着万长生的举动，宋书豪心下了然，于是拱拱手道："看来万公子今日忘带钱了，改日把钱带来时，我们再细谈详情吧。我乏了，童儿，你送万公子出去吧！"

听见宋书豪要赶他走，万长生急切地开口道："宋先生，你先帮我把这场官司打赢，我拿回家产之后，随你开价。"

"万公子把我看成三岁小孩儿吗？你这场官司上下打点所需花费巨大，难不成还要宋某先给你垫钱？官司一旦输了，宋某可是血本无归啊！您啊，还是准备好钱再来吧！"

听了宋书豪的话，万长生一张脸涨得通红，不等仆人送他，自己就直接走了。

失魂落魄地离开宋家，万长生心头郁闷只觉得万物失色，为什么坏事总是落在自己头上呢？他一路走走停停，若不是腹中饥鸣惊醒了他，他都不知道已经天黑了。

摸着饥饿的肚子，他想找个地方吃饭，却记起自己手中没有钱，于是狠心把衣服也当了。

穿着从街边当铺买来的棉布衣服，万长生只觉得身上有无数的跳蚤和说不出的怪味。他拿着当衣服的十几两碎银，找了一家小店要了间上房住了下来。

"小二，有清蒸鲍鱼吗？"万长生问道。

"没有。"店小二答道。

"有红烧熊掌吗？"万长生又问道。

"没有。"

"有鱼翅捞饭吗？"

"没有。"

……

连问了几道菜，店小二都说没有。万长生发怒道："什么都没有，你开什么店呀？"

店小二也不是个软蛋，看了看万长生身上的棉布衣服，说道："您要真那么有钱就去白樊楼吃饭啊。我们这店小，除了家常菜，啥都没有。"

万长生本来就是在装面子，听了这话降低了声调道："那就拿手菜上两三个，再来一壶酒就行了。"

店小二一甩毛巾，翻着白眼去后厨报菜了。

沈清欢在家里听了翠涛通报了万长生一天的事情，一时憋不住笑了："还不算太傻，最起码还知道当东西换钱。不过都这样了还敢装阔，以后有他哭的时候。"然后又皱起眉头问他，"偷钱的小偷你们抓住了吗？"

"抓是抓住了，可刚把那小偷抓住，另一伙人就跳了出来，把他救走了。"翠涛气呼呼的，要不是自己惦记着娘子的交代，一定追上去为万公子讨回公道。

"另一伙人？"沈清欢有些不解地问。

"对呀，在监视万公子的时候，我们发现还有另一伙人也跟着他呢。要不要我去调查一下他们的来历啊？"

沈清欢略一思索就想明白了，于是嘱咐翠涛道："你不用管他们，也不要和他们起冲突，只管做好我交代你的事就行了。"

万长生在小店里一住十几天，原本娇生惯养的他一再降低生活水准，从上房降为大通铺，从每日三餐变成每日一餐，从三菜一汤变为素面一碗，可手里的钱还是一分都没有了。他眼见着要交不出房费了，于是只好退房走人。

没有住处的万长生又一次来到了沈府，可云大爷一看见来人是他，就请他吃了一碗结结实实的闭门羹。

万长生有心想赖在沈府门口不走，恶心恶心沈清欢，可终归脸皮太薄，还是走了。

天色渐渐暗了，没有住处的万长生只好缩在城里的一个角落睡了下来，不知道明天该怎么办。

"什么，睡在角落里了？他就不会找个破屋破庙去住？"原本坐着的沈清欢听了翠涛的话，气得一下子站了起来，"这个笨蛋，我都告诉他我爹在济云寺了，他都不会去找。现在他是要干吗？准备做乞丐呀？不行，我得找他去。"

"现在哪能去，天都这么晚了，只能明天去。"绿尘赶紧拉着她，不让她冲动。

"行吧，好歹现在也入夏了，不会冻着他。翠涛，你让咱们守夜的人看好，别让醉汉或者乞丐欺负他。"沈清欢想想绿尘说得有道理，忍着气嘱咐着翠涛。

"我知道，回府前我就交代了。"翠涛机灵得很，对娘子交代的话记得真真的。

第二天一早，沈清欢连饭都顾不上吃，就带着绿尘跑到万长生夜宿的地方去了。看见他可怜地缩成一团在墙角睡觉，又是好笑又是生气又是心疼。她板起脸走到他身边，用脚踢了踢他。

"哎，醒醒！"

万长生迷迷糊糊地睁开眼一看，自己身边站了个沈清欢，他一下子站了起来。

"你来干什么？看我的笑话来了？"

"谁稀罕看你的笑话，我来这吃早饭，看见你了打个招呼。"沈清欢傲娇地指了指不远处的一个早点摊道。

"那你吃饭去吧，不用理我。"万长生只觉得在她面前丢了人，直接要赶她走。

"怎么在这里睡了一夜，这儿就成了你万公子的地盘了，我待一会儿都不行啊。"

万长生听见沈清欢的话就来气了，还敢说她不是来看笑话的，那她这话什么意思。

"哎呀，我没注意，万公子身边好多铜钱呀！这都是你赚的？"沈清欢看见万长生脚下有几个铜板，于是矫揉造作地惊呼起来。她又对绿尘说道，"绿尘，你去前面摊上给我买个破碗，我也坐在这里发发财，这样来钱可真是轻松啊。"

"你骂谁是乞丐呢？"万长生又不是真傻，自然能听出沈清欢话里的嘲讽。

"你不是乞丐呀？可我看你和乞丐没什么两样啊！一个年纪轻轻有手有脚的男子汉，不去干活赚钱，却食不果腹，居无定所，还要别人施舍你，你不是乞丐是什么？"

"我从来没向任何人乞讨过，你凭什么说我是乞丐？"沈清欢的话，一下子刺痛了万长生，他握紧拳头生气地反驳她。

"对，你不是乞丐。从前呢，你是败家子，现在呢，你是流浪汉，这总成了吧？"

沈清欢把万长生挤对得无话可说，看着万长生哑口无言的样子，她弯下腰将地上的铜板一一捡起，数了数有七枚。她笑着对绿尘说道，"好歹是七文钱呢，咱俩一人两个糖馒头加一碗稀粥，还能剩一文钱。万公子，您在这晒太阳吧，我们先去吃饭了。"

说罢，沈清欢拿着钱带着绿尘，去了前面的早点摊吃饭，留下万长生走也不是，不走也不是。

吃过饭后，沈清欢拿了一个糖馒头，回到万长生身边递给他，"喂，刚才剩下的一文钱买的，你爱吃不吃。"

万长生咽了咽唾沫："君子不食嗟来之食。"

"就你还君子呢？我没听说过哪家的君子是流浪汉的。我要是你呀，羞也羞死了。"

"你凭什么这么说我！"

"就凭你笨！你不是识字嘛，去支个摊给别人写书信也能赚钱啊。再不济那码头上有扛大包的，你去那里干活也能赚个吃饭钱。总比你躺在地上做白日梦强。"

万长生忽然想明白了，沈清欢不是来羞辱自己的，而是来给他出主意的。他冲沈清欢笑了笑，拿过糖馒头吃了起来。

沈清欢没想到万长生会对自己笑，一时愣住了。过了一会儿，回过神的沈清欢哼了一声，带着绿尘走了。

这天夜里，沈清欢突然从梦中惊醒，发现屋外电闪雷鸣大雨如注，她慌里慌张地跑去翠涛那儿问他："万长生找到住的地方了吗？"

"还没有啊，万公子今天没能赚够房钱。"翠涛不明白她什么意思。

"我不是让你跟码头上领头的人说，给万长生分点儿清闲的活嘛。"

"可是娘子，就连码头上最小的包裹，万公子也扛不动几个呀。"

"那他今晚睡在哪儿？"

"还是昨天那个地方呀。"

"啊？快走，咱们去看看他去，别让他被大雨淋病了，到时候感染了风寒就不好了。"

沈清欢吩咐翠涛拿伞，两人坐上马车就往万长生睡觉的地方赶去。

急急忙忙地跑到万长生昨天睡觉的地方，沈清欢就气笑了。这小少爷还算聪明，正抱着一条脏兮兮瘦条条的小黑狗蹲在人家屋檐下避雨呢。

万长生摸着小黑狗，看着地下的水坑发愁，自己今晚可怎么睡呢？忽然一条沾着水迹的水红色裙子映入他的眼帘，他顺着裙子往上看，看见了两腮泛红的沈清欢。

你来干吗？万长生想问她，可他张了张嘴，还是没有开口。

沈清欢看着他别扭的样子，无奈地叹了口气："跟我回家吧。"

万长生把小黑狗举过头顶，可怜巴巴地看着她，意思是要把小狗也带走。

"行，上马车吧。"

沈清欢把伞举在万长生上方，带着他上了马车回家。

娘子的好就行了。"

万长生心里怪道，沈清欢前几日还对他横眉冷对，如今怎么又改变了态度呢？莫不是沈叔叔回来了？可今日也没见着他的踪影啊！

"我沈叔叔是不是从济云寺回来了？"

"没有，老爷和夫人还得十三四天才会回来呢。"

小厮正好抹完药，于是扳着手指算了算日子。

原来是沈叔叔快回来了，沈清欢才想着亡羊补牢。万长生自以为猜到了原因，不禁一声冷笑，十分感激消磨掉了三分。

沐浴之后，因为家里没有适合万长生的男装，所以万长生只好穿着寝衣随小厮去了书房，好在是夜里没有外人看见，也算不上失仪。

跟着小厮穿过走廊，回到书房后，万长生看见了丫环送来热气腾腾的馄饨，不觉肚中饥饿，吃得十分香甜。丫环在他吃饱后，收了碗勺告辞离去。

万长生在丫环走后吹灭蜡烛，躺在软绵绵的床上，翻来覆去地睡不着。他索性又把灯点亮，开始打量四周。

沈家的书房还不及万家书房的一半大，不过布置得却很雅致。

书房里的东边那面墙放着书架，书架上面摆满了书籍。另一面墙放着博古架，放着几样古董，看上去像是沈叔叔喜欢的。墙上挂着名家的四时花鸟图，临窗的书桌上的笔墨纸砚也均是佳品，屋里的家具也都是上好的木材所制，再佐以时令花卉，当真有几分书香门第之家的意思。

万长生从床上爬起来，走到书架前，认真辨识着上面的书籍。《茶经》《煎茶水记》《十六汤品》《荈茗录》《东溪试茶录》《茶录》《品茶要录》……

书架上大多都是关于茶叶的书籍，偶有几本杂书，也是关于考证茶叶的。查询一遍书架后，万长生随意抽出了一本来看，这本书是讲茶的来历和演变历史的，上面密密麻麻地写满了注解和心得。

万长生认识沈叔叔的字，因此一看这精致秀气的簪花小楷，就知道是沈清欢的手笔。他不由得心下暗叹，沈清欢在茶叶上功夫下得够深。

渐渐地万长生被沈清欢的文字记录所吸引，倚着书架不断地在脑海中演绎起茶叶的历史来。

不过毕竟是操劳了一天，万长生过了一炷香后也犯起困来，把书做好标记放回原处，他开始上床睡觉。

"万公子，万公子……"

一大清早，恼人的声音隔着门板穿进屋内，万长生觉得自己仿佛刚睡下就被人叫醒了，他愤怒地一踢被子，趿拉着鞋起床去开门。

"干吗！"

来人是一个清秀的小厮，正是昨晚伺候他的那个。小厮没防备被他吓了一跳，又见他面色不愉，赶紧把手上的衣服捧到他面前。

"娘子害怕您早起没有衣服穿，特意派我来给您送衣服。"

"这不是我昨天穿来的衣服吗？"万长生原以为是新衣服，仔细一看还是自己的旧衣。

"您放心，昨天柳大婶就把衣服给您洗干净了，为了您今天能穿上，还特意在火炉边上给您烘干。"

万长生本来想问为什么沈清欢没有给自己买新衣裳，可见小厮说得殷切，竟不好意思再提了，他挥手示意小厮离开，转身准备进房洗漱。

谁知小厮并未离开，反而跟着他进了房间。

万长生有些不解地问小厮道："你跟进来干什么？"

小厮一边手脚麻利地侍候他更衣洗漱，一边回答他的话儿。

"小的名叫白泉，娘子指派我来伺候您，以后就给您当贴身小厮了。"

白泉的话让万长生想起了万安，也不知道这小子怎么样了！这小子出远门办事也不知道回来了没有。不过就他算回来了，估计也不会再理会自己这个落魄的旧主人了。

万长生想了想，自己身边没人照料确实不行，留下白泉也好，于是矜持地点了点头表示同意。

洗漱完毕后，白泉又告知万长生沈家的规矩。

"万公子，娘子要我告诉您，沈家是辰时一刻吃早饭，过时不候。现在是辰初，咱们这就过去吧。"

万长生站起身随白泉去用餐，一路上见沈家虽然门户不及万家高大，但庭院环境雅致，往来仆人也是规规矩矩的，不比万家差多少。

走了一会儿来到饭厅，沈清欢正一人坐在桌边等他，看见他来了后说道："你可算来了，赶快坐下吃饭吧！"

万长生见桌上不过摆了几碟时令小菜，放着一盘花卷炊饼，一盘荠菜馒头以及一大海碗红枣桂圆粥，不由得有些气恼。

"你故意的是不是？谁家一大清早吃这么寒酸？"

沈清欢愣了一下，挥挥手让除了绿尘外的下人都离开，而后拿起一个荠菜馒头边吃边道："这不是万公子落难饥肠辘辘之时了，难怪您看不上这些饭菜！不过这饭菜可不寒酸，这城里大半人家吃的还不及它呢。"

万长生一时收敛不住往日的少爷脾气，此时倒叫沈清欢臊了没趣，不禁面色通红，哑口无言。

沈清欢也不是得理不饶人的人，见他知错，亲手盛了一碗粥给他："我知道你是富贵人家的金贵公子，可是在别人家做客要守别人家的规矩。再者说，这饭你尚未入口，怎的就说寒酸？"

万长生接过粥碗尝了一口，米粥香甜软糯，又尝了桌上的小菜，也是十分可口，于是出声说道："我错了，我下次不会这样了。"

沈清欢有些惊讶，难得见这公子哥低头，于是就把原因解释了一番。

"这饭菜是我家多年的厨娘王嬷嬷准备的，你说不合口味也无妨，可你说它寒酸，被丫环小厮们传到她耳中，岂不是伤了她的心？再者说你这几日肠胃受了不少折腾，一时间大鱼大肉你也受不住，这饭菜是我特意为你准备的，等几日后你好了，自然由着你的性子来。"

万长生这才明白沈清欢预备饭菜的用意，这几日来他遍尝人世冷暖，听到这关心的话语心中感动。一股热气从心头涌出，眼圈泛红几乎要哭出声来，又怕人嘲笑，只是"嗯"了一声。

第十三章　上进求学定协议

　　吃过早饭后，沈清欢带着万长生到了前厅，两人坐下谈话。

　　"你今后有何打算？"沈清欢问起万长生对未来的想法。

　　"我想找城东的宋状师为我打官司，我就不信天理昭昭王法公正，我竟不能讨回一个公道！只是他要价不菲，不知你能不能帮忙！"

　　万长生如实相告，请求沈清欢的帮助。

　　沈清欢笑道："借钱这倒不是难事，只是日前我也曾替你问过几名状师，人人都说是告不赢的。除了这法子，你还有别的主意吗？"

　　万长生到底是经事少，一听告官不成，心里也没了主张，只好求教沈清欢："我是没什么主意了，你有什么好办法吗？"

　　沈清欢看着万长生叹了口气，心道这公子哥也不怕自己把他卖了，无奈地笑道："我也没什么主意，不过这日子总要过下去的，你种地是不可能的，做工匠也不行。依我看你不如向齐飞学学，读个几年书，也做个官当当！"

　　士农工商，商为最末，宋朝经济发达重视商人地位，也给了商人不少便利，不过到底是及不上读书人的。万家祖先虽然经商，但也早早地置办了田地，是地主阶级，因此万长生想要捡起书本，从仕做官也是可以的。

　　"哪有你说的那么容易，齐飞寒窗苦读十多年才一朝高中，我不如他在读书方面有天赋，只怕七老八十也难中选。"

　　"那要不然，我花大价钱替你捐个官当当如何？"

　　"你为什么总想让我做官呢？就算花了大价钱捐了官，不是虚职就是微末小官。再说不是正经科举出身的，朝廷里也没人看得起的。"

　　"那你说，你想做什么？"沈清欢故意七绕八绕，只让万长生自己去说。

"我想学经商，替我爷爷把万家的产业夺回来。"万长生想起死去的爷爷，不由得攥紧拳头。

"这倒可以，不过茶叶这一行水可深得很呐！你打算如何入手？"

万长生站起身来，深深地向沈清欢鞠了一躬："还请沈姐姐教我！"

沈清欢抬眼看他，只见少年满眼希冀渴望，脸上的神色认真无比，心中竟是一动，想起了自己的昔年往事。

"你怎么要我教你？我还以为你会向我父亲请教。"

"你说笑了，谁不知道你青出于蓝而胜于蓝，这沈家是到了你手中才真正发了起来。昔日沈叔叔经营茶坊不过是稍有盈余，自七年前你接手生意至今，沈家茶坊已经直逼八大茶商了。学无长幼，达者为先。我自然是向你学习经商之道了。"

万长生的话不假，沈家茶坊如今正是商场新贵，人人都知道沈平生了个好女儿。只是众人更欣羡万长生的福气好，一个聚宝盆竟是落到了个浪荡公子手里。

"要我教你也可以，只是你先叫我声师父听听！"沈清欢听了他的话后笑得开心。

原本躬身求教的少年涨红了脸："我才不叫，你本是我的未婚妻，我叫你师父成什么样子！"

"胡说什么！"沈清欢没想到他会提起这茬儿，也涨红了脸庞。

"再说，我爷爷是你爹的师父，你又成了我的师父，这辈分该怎么算！"

沈清欢本来就是逗他玩，见他认真得过分，也收住了笑容，郑重地说道："要我教你也不是不可以，只是我有一个条件要你答应！"

"什么条件？"

"只要你答应退婚，我必定用心教你！"

"什么？"万长生万万没想到她会提出这样一个条件，一时间头晕脑涨。

"我实话与你说吧，你前几日来我家求救，我是故意逼迫你的，就是想和你退婚。没想到你竟有几分骨气，倒弄得我下不来台。如今你若是愿意退婚，我一定倾尽全力教你，绝不藏私。"

万长生此时才明白爷爷说过的退婚一事，原本以为是爷爷和沈清欢串通起来做戏的，没想到竟是真的："为什么？是我不好？"

"虽然你浪荡贪玩，但不赌不嫖。又天资聪颖，生性善良，其实算得上是个好男人。"沈清欢见左右无人，索性说了实话，"是我有了喜欢的人。"

"原是如此，你要早说，爷爷活着时我就和你退婚了。"

沈清欢不禁一声冷笑："你以为你能做得了你爷爷的主？"

"你要退婚可以，可必须在我学会本领之后。"万长生怕退婚之后她会藏私。

"不行，你先退婚。"沈清欢急着要回自由。

"你先教我。"万长生不肯退让。

"你先退婚。"

"你先教我。"

……

两人车轱辘话说了一圈，最后沈清欢无奈地妥协："三年为期，待到你初见成色，我们就退婚。"

"行，那我们现在就开始学吧。"

"你可真心急，我先考考你，看你对茶叶掌握了多少。"沈清欢要了解他的水平。

"你可知茶叶的历史？"

"不知。"

"你可通制茶之术？"

"不通。"

"你可知如何保存茶叶？"

"不知。"

"你可会分辨茶叶优劣？"

"不会。"

"你可精通斗茶之术？"

"不会。"

"你可会品水之术？"

"不会。"

"你可会谈判之术？"

"不会。"

"你可会算账盘账？"

"不会。"

……

沈清欢先是考了他茶叶的历史、制造、储藏、优劣和烹煮，又问了他经商的必备技能。结果万长生是一窍不通，一连串的"不"字把沈清欢砸得头蒙，只觉得千头万绪无从下手。

无奈地叹了一口气，沈清欢只得从头教起。她扬声叫来一个小厮，让小厮从家中的库里拿各色茶叶出来。

"咱们现在只能先从简单的学起了，你住在我家的书房可有什么发现没有？"等待茶叶的过程中，沈清欢开口和万长生闲聊起来。

"我看到你家书架上放了许多关于茶叶的书籍，从茶叶的历史、制造、烹煮、用具，……各色书籍一应而足，你还在书上留下了不少注解，我看了大有感悟。"

"你在家读不读你爷爷写的书？我的注解和他老人家可有出入相悖之处？"听到万长生读了自己的注解，她不由得打探起万老太爷的见解。

万长生羞惭至极，以往他看见书就头痛，哪里看过爷爷的著作："不曾读过爷爷的书，我只是常年被爷爷罚抄写《茶经》罢了。"

"一通百通，万爷爷用心良苦啊，茶圣陆羽老先生的《茶经》我也是常常读的，不过时移世易，这书中的一些做法已经不适合如今的饮茶之道了。"

万长生没想到沈清欢会对先贤之书产生异议，但她的话仔细想想颇有道理。

知道万长生常读的书是《茶经》，沈清欢就考了他一些《茶经》中的知识，没想到万长生对答如流，倒叫她刮目相看。这小子到底是茶叶世家出来的，虽然不尽心学习，但耳濡目染也知晓不少知识。

"娘子，您要的茶来了。"

小厮一路小跑地回来了，把手中的盒子奉上。

"辛苦了，下去歇会儿吧。"

沈清欢命小厮下去，打开盒子给万长生看，其中放了三种茶叶，沈清欢从中拿出了一样考万长生。

"你随便说吧，看你有什么发现。"

万长生观其形，察其色，闻其香，又拿起一片茶叶放入口中嚼了嚼品尝其味，而后说道："这是散茶，其形不匀，其色不正，其香不纯，其味不甘，乃是茶叶中的下下之品。怎么你们家还卖这些茶叶？"

沈清欢见他说得清楚，不禁点点头。又见他质疑自家的茶叶品质，便开口道："你可真是富贵人家的公子哥，不曾吃过苦头。咱们大宋有句俗话叫开门七件事，柴米油盐酱醋茶，这茶也是人们的生活必需品之一。可虽说大宋富庶，却不是人人都是有钱人，因此这茶乃是市井小民中穷人家常喝的。你们万家常年做的是名门望族的生意，你自然不知道这种茶叶在茶叶流通中也占了很高的比重。"

沈清欢见万长生一脸受教的样子，欣慰地点了点头，又接着说道，"这做生意不论贫富贵贱，每个人都有可能是我们的客人，只看你会不会替顾客着想。来，你再看看这茶。"

万长生拿起沈清欢拿出的第二种茶又是重复步骤，观形察色闻香品味："这是片茶，也叫蜡茶，属于中等人家用的。这茶叶形状均匀，颜色纯正，气味淡雅，味道微苦甘甜，只可惜用料不好，一叶二芽，其中还有些白合、乌带没有去除，只能说是差强人意吧，我见街上的茶舍茶楼就多是用的这种茶叶。"

沈清欢满意地点了点头："没错。"接着又拿出第三种茶给他看。

万长生仔细分辨后，说道："这是团茶，是茶中佳品，贡茶龙团凤饼也是如此。这茶叶用料上等，芽如雀舌谷粒，又或一叶一芽，形状或方或圆，团饼上还印有精美的图案，饮用时步骤繁琐，是富贵人家常用的，有些高级的茶楼也会准备一些招待贵客。"

沈清欢笑着看他："没想到你竟是谦虚了，你哪里是对茶叶一窍不通？我看你有天分得很呢。"

万长生不好意思了，开口说道："这些都是平日里听爷爷常讲的，没想到如今派上用场了。"

沈清欢又开始考较他："好了，既然你粗通茶道，一会儿我们再说点儿茶的事。现在我再问问你关于茶叶商人的事。"

"我知道茶叶圈子中有茶行的存在，由八家领头人共同掌握，他们调控茶叶价格，制定行业规则。这八大茶商以我家为首，其余七家分别是刘、吴、王、高、杜、李、乔。不过现在吴家势弱，都快被挤出来了，也许你们沈家会替补而上。"

"若是能成为八大茶商中的一家，那么我也算是美梦成真了。只是吴家是瘦死的骆驼比马大，只怕沈家是此生无望了。"沈清欢有些失落地说道，而后继续问他，"除此之外，你可知茶叶产地分布何处？"

"咱们附近的信阳郡就出产茶叶，其余的茶园多数在南方，我家的茶园就在建州，你们沈家的好像在建州也有茶园，对吧？其余的茶叶产地也多是离得不远的，不过这几年蜀茶大盛，许多茶叶商也在那里置办了茶园。"

"没错，你知道的倒是不少，不过这些都是皮毛。你须知万理书中来，万事路上见，你既然短时间内没法远游，那么就要加倍读书，从书中学习知识。同时也要留心好问，有不懂的只管来问我。这几日，你先读书，我第一次教人学做生意，也要好好想想从何教起。"

"好。"

第十四章　与父争执泪如珠

万长生就此在万家住下，每日埋头苦读，沈清欢为他制订了计划，先让他把自己定的书单读一遍，每日下午固定抽出两个时辰在书房给他讲书解惑，并且教授茶艺。

日子过了十三四天后的下午，沈平带着夫人从郊外山上的济云寺回来了。

"娘子，不好了，你快去看看老爷吧！"侍女兰香慌慌张张地跑进书房。

"我爹怎么了，又犯病了？"沈清欢听见兰香的话霍地站起来，害怕父亲旧病复发。

"不是，老爷和人打架了，脸上青了好大一块，腿还一瘸一拐的。"

"啊！？"

沈清欢和万长生同时惊呼，沈老爷年纪这么大还和人打架呀！两人对视一眼快步赶去大堂。

大堂里沈夫人正在一边给沈老爷上药，一边唠叨他："你说你年纪这么大了，还这么冲动，以为自己是毛头小子啊！年轻时也没见你这么大火气啊！"

"爹，您这是在哪儿和谁打的架啊！"

"万家，齐盛！"沈老爷说得简短有力，由此可见有多么生气。

"爹，你和齐伯伯打架了？齐伯伯下手这么狠？把你打成这样啊？"沈清欢想了想齐伯伯健壮的身材，又看看自家爹单薄的小身板，心想齐伯伯也太过分了。

沈老爷没有回答女儿的问题，兀自生着闷气，沈夫人一个忍不住笑了，替他回答。

"你齐伯伯哪有对你爹动手啊，是你爹非要打人家，你齐伯伯就躲他呀。结果呢，你爹就没防备摔在地上啦。而且你爹快要摔倒时，你齐伯伯还伸手拉他呢，你爹又不肯。你齐伯伯只好伸手拉他的衣袖，你爹一挣扎，于是衣袖扯破了，人也受伤了。"

"我就说齐伯伯不是那种人嘛。"沈清欢印证了自己的猜想，看着爹爹脸上的伤，又是心疼又是好笑。

正好沈夫人为沈老爷上好了药，沈老爷别扭地双手环胸，对女儿说道，"以后不许再叫他伯伯，你没有这种忘恩负义的伯伯。我也没他这个狼心狗肺的师兄！还有清欢，我师父辞世时你为什么不派人通知我？"

"事起突然，我也没防备，等我回过味来，又想起母亲许的愿，你们正在还愿不可半途而废，必定回不来，叫你们知道了，平添心烦而已。"

沈老爷气得直哼哼，又无法反驳。之后沈老爷把万长生叫到身边，拉起他双手，心疼地看着他："孩子，你瘦了，这段时间吃苦了吧？叔叔在山上消息不通，今天回来才知道你爷爷去了的消息。你放心住下，以后这儿就是你的家，等你孝期过去，我就给你和清欢举办婚礼，以后你就是沈家的女婿，我一定会好好待你的。"

万长生为难地看了沈清欢一眼，犹豫着和沈老爷说了实话："沈叔叔，我决定和清欢姐姐退婚了。"

"啊！为什么？你嫌弃清欢？"

"不是，我决定和清欢姐姐学习经商之道，她提出条件要和我退婚我同意了，你放心不是她逼迫我的，我是心甘情愿的。我不是君子，可也懂得成人之美。"

沈老爷气得不行，当着万长生的面不好发作，于是强笑着让他先出去："长生你先下去歇会吧，我要和我女儿说点儿私事。"

万长生刚刚出门，沈老爷就把手"啪"的一声巨响拍在桌子上，对女儿怒道："我不同意你退婚。"

"为什么，爹爹以前不是同意了吗？"沈清欢不明白父亲为什么变卦。

"此一时彼一时，当时我师父还健在，我可以想办法用其他方式报答他的恩情。可如今师父去得仓促，只留下长生这一个血脉，我自然要好好爱护他。而且师父在世时的心愿就是你们两人成亲，长生成了我的女婿，岂不两全其美？"

"那您就不替女儿想想？我一生的幸福，就为了您要报恩而牺牲吗？"沈清欢没想到父亲迂腐至此，竟可以无视自己的幸福。

"我……我，……清欢，爹不是不心疼你，可爹身受师父重恩，焉能不报？我看长生近日也长进了不少，而且他出身清白，长相仪表堂堂，人又聪明伶俐，也不失为一个好夫婿之选啊。"

"我听闻母亲说过，父亲当初在外时做生意救了一个落难女子。那女子长得可比母亲好看，又识文断字。她为了报恩，愿嫁给您做小妾，母亲因为膝下无子也同意了，但您却拒绝了。您对母亲说，只求一心人白头偕老，可到了女儿这里，您怎么就变了呢？

己所不欲，勿施于人，您真是过分。"

沈清欢想起自己这些年的委屈不由得泪流满面，说完话后直接哭着跑回自己的房间了，兰香也跟着追了出去。

"你可真是个糊涂蛋！"沈夫人见女儿受了委屈，直接教训起丈夫，"当时师父在世时，我就算再巴望着女儿富贵，也不会强逼着她嫁入万家。现在你为了报恩，就让女儿为你填坑，你也太过分了。"

"那你说怎么办？师父的恩情就不报答了吗？"

"当然要报答了，我也记得师父的恩情呢。师父活着时也不是霸道的人，肯定不会像你这样强逼清欢的。我们只需要把长生培养成才，就算是完成了师父的心愿。到时候我们再想办法帮长生把万家夺回来，就更是锦上添花了。"

"那若是夺不回来万家呢？我今日看到了师兄，不，齐盛手中的信件不似作伪，也许师父真把家业留给了他呢？"

"不可能！师父要真把家业留给了齐盛，也定然会给长生留下余地的，不可能把心爱的孙子赶出家门。纵然信件是真的，那么齐盛也一定隐瞒了部分事实。"

听完妻子的分析，沈老爷点了点头，表示认同。沈夫人又接着说道："至于日后长生万一真的不能夺回万家，咱们养他一辈子又何妨？清欢不是看上泉州林家那小子了吗？她日后一嫁人，只留下咱俩孤苦伶仃的。正好咱们把长生养在身边，也算是半个儿子了，以后这家业他和清欢一人一半，不算亏待他吧。"

沈老爷没想到妻子会如此大方，感动地拉着她的手连声道谢。

"你可别谢我，把我闺女气成这样，我再也不想理你了，我去看我的宝贝女儿去。"

沈夫人翻了个白眼，站起身看女儿去了。

"哎，你等等我。"沈老爷想起女儿刚才哭得楚楚可怜，也拖着伤腿跟在夫人身后看望女儿去。

沈清欢哭着奔回了自己房间，趴在绿尘肩头哭得凄惨，自己不过是想嫁个自己喜欢也喜欢自己的人，这事就这么难吗？

坐在房里查账的绿尘见娘子哭得伤心，原是不解，听了紧随其后的兰香说明事由后，她伸手拍着沈清欢的后背道："好了，好了，快别哭了。咱们再好好和老爷商量就是了，老爷不会不心疼你的，他只是一时事情来得急，钻了牛角尖罢了。"

沈清欢在绿尘的劝说下，渐渐止住了大哭，抽抽搭搭地和自己的小姐妹诉委屈："为了替爹报恩，我想了多少办法，爹知道吗？如今眼看着胜利在望，爹又改了主意，他话又说得么重，我多难受呀！"

绿尘拿出手帕为娘子擦泪安慰她道："老爷不明白真相，当然会这样了，你是他的女儿，还不了解他的脾气。我知道，你不是气老爷，你是借机散散委屈，如今哭了出来就好了。你看老爷夫人都赶来劝你了，你赶快去洗把脸，别让他们担心。"

绿尘的目光正对门外，看见夫人正搀着老爷焦急地向这里走来，安慰好娘子后，连忙和兰香出门迎接："夫人，您今日旅途劳累了，让我和兰香扶着老爷吧。"

沈夫人把丈夫交给两个小丫头搀扶，随即问到女儿的情况："刚才清欢哭得伤心，现在好些了吗？"

"娘子没事了，绿尘姐姐开解过她了。"兰香心直口快地回答。

沈夫人含笑看着绿尘，暗道自己没有看错人，绿尘是个十足十的良善孩子。

等到沈父沈母来到女儿的房间后，只见女儿眼睛红红地坐在凳子上，心中都心疼不已。沈夫人狠狠地剜了丈夫一眼，她上前搂住女儿。

"娘的心肝，娘的宝贝，你放心，你做什么娘都支持你，我刚才已经教训过你爹了，他不敢再乱点鸳鸯谱了。你快别伤心了，你一哭，娘的心都要碎了。"

听了母亲的话，沈清欢又流泪了，不过这次是喜极而泣，她搂住母亲不断地感谢父母两人对自己的包容。

沈夫人被女儿带动了情绪也流下热泪，一旁的沈老爷也是鼻酸得转过头去，绿尘兰香两人也是心头感动不已。

沈老爷走到母女二人身边开口说道："咳，是我想错了，报恩的方法不止一种，我不该逼迫女儿替我报恩。既然话都说开了，你们就别哭了，哭哭啼啼的像什么样子。"

母女二人同时抬起头瞪了沈老爷一眼，沈夫人拉着女儿进行洗漱，然后赶走了沈老爷，要和女儿说说心里话。

"你当真喜欢林家那个小子？"沈夫人在沈老爷走后直接问道。

"是。"见母亲问得严肃，沈清欢大大方方地承认了。

"唉！其实原来我是不同意的，一是泉州太远，我和你爹就你一个女儿，不舍得让你远嫁；二来听说那小子是庶出，偏偏又家大业大的，家里纷争不断，母亲实在害怕你嫁过去以后吃亏受委屈；三来当时你万爷爷还在世，婚约也实在退不掉。如今事情发生了这么多变化，母亲也不再反对了，只不过到了现在，我们只见到了林家小子送来的各样东西，还没见过人，你什么时候把他叫来，让我们见见呢？"

"他说了，七月中旬的时候就来，你们见了一定会喜欢他的。"

沈夫人听了大喜，掰着指头算了算日子："还有两个多月。"

这里母女正在说私房话，那边沈老爷找到万长生聊天。

"清欢怎么把你安排住这里？我让下人给你换个房间住。"沈老爷被小厮搀扶到书房，随后便皱起眉头，不满意女儿的安排。这书房的里间有些蹩促，住在这里太委屈师父的孙儿了。

"沈叔叔，不必了，这里很好，想看书方便得很。"万长生已经住习惯了，于是谢绝沈老爷的安排。

沈老爷直直地盯了万长生一会儿，拉住他的手歉意地说道："唉，长生，沈叔叔对不起你。清欢是我唯一的女儿，我不能拿她的幸福替我报恩，不过你放心，我一定会帮你夺回家业的。"

"沈叔叔，你不用抱歉，被人逼迫的滋味我懂，将心比心，我不会逼清欢姐姐的。"

"好孩子，你放心，叔叔不会亏待你的。"

"叔叔，我想求您一件事。"

"你说。"

"爷爷过世已经一个月了，我除了头一天替他守了孝，之后连他下葬都被人拦着没能去看，更别说头七二七三七了。这么长时间，我都是在外祭拜爷爷的，我希望您能带我回万家祭拜爷爷一番。"

"这……"沈平有些为难，"我和齐盛闹翻了，现在怕是去不成万家了。不过你放心，我知道师父葬在哪里，我会带你去祭拜的。"

"谢谢沈叔叔，我想问您一件事。"

"说吧，孩子。"

"当年我爹娘是因为什么死的，您知道吗？是不是齐盛害死他们的？我提起这事时他恼火得不行，我想其中定有曲折。"

"没错，你爹娘的确是因他而死的，可这事却不能怪他。"沈老爷回忆起了当年的事情说了起来，"你爹娘和他带人贩茶时遇见了山匪，你母亲被山匪害了，你爹当时腿受伤了走不了，又见你母亲没了心里悲痛欲绝，就让齐盛先逃去报官，自己和山匪同归于尽了。所以你提起这事，他情绪激动也是正常的。"

"我家对他这么好，他还这么对我，他就是个白眼狼！"万长生从未听爷爷提过父母去世的原因，如今知道后更是恨齐盛忘恩负义。

"他以前不是这种人，可见是财帛动人心，他已经不是当年的那个他了，我自此以后就当没有这个师兄了。"

沈老爷和万长生谈了很长时间的话，对这个无依无靠的少年进行开解和劝慰。

第十五章　讲解斗茶学技艺

万长生读了一个多月的书，又学了一个月的茶艺，他已经粗通茶道。平日里都是万长生点茶，沈清欢都是口头指导。今天沈清欢决定为万长生亲手点一碗茶，于是她把所有的用具都准备好，演示给他看。

一张茶床上摆满了瓶瓶罐罐，沈清欢先是把用具名称和用法介绍了一遍。

"点茶要雅，首先是煮水用的燎炉必须用上好的炭。扇风要轻，免得烟熏火燎的，失了意境。接着是煮水用的长流汤瓶，最好是陶瓷的。烹茶所用之水以活水最佳，比如泉水雨水雪水等，井水次之。江河之水泥多腥气，不可用之。"

"可我看《茶经》上说，江水比井水要好。"

沈清欢冷笑道："尽信书则不如无书，《茶经》是唐时所著，那时盛行煎茶，可以在茶中放盐，所以能遮掩味道。而今宋人却是点茶，讲究香甘重滑。"

在等待水沸的时候，沈清欢又拿起了罗碾介绍："罗碾以银为上，熟铁次之，罗必轻而平，碾必力而速，才能磨出正好的茶叶末。先用纯棉纸包茶，压碎茶叶，然后入茶碾，碾茶要迅速，不能长时间碾茶，否则有损茶末的新鲜度，会让茶色暗淡。还有，如果不是当年的新鲜茶饼，最好将茶饼烘烤后再碾，以激发陈茶封存过久的香气。"

"我知道，范老先生的诗中写道，'黄金碾畔绿尘飞，紫玉瓯心翠涛起。'绿尘和翠涛的名字也是由此而来，对吗？"

"没错。"沈清欢一边回答一边把茶饼掰下一块，用罗碾弄成茶叶末，当看到水面呈现鱼眼大小、蟹眼大小的沸泡时，她又说道，"点茶时水温是最重要的，过高难以咬盏，过低则没法打起乳沫。有些点茶高手可以不看水泡，听声辨水。"

沈清欢先是暖盏，而后用小勺把茶叶末放入茶盏中，注入少量沸水调成糊状。

"取茶叶末时要用小勺，保证清洁。对了，你在调膏之前，要先暖盏。茶盏自然是以青黑色有兔毫斑的建盏最佳，茶盏的大小要适宜。调膏时不能过稀，也不能过稠的，否则会失之颜色。"

沈清欢最后直接向茶碗中注入沸水，同时用茶筅搅动，茶色鲜亮纯白。

"茶筅以竹老者为佳，一定要多而厚重。搅拌时用劲要巧，轻匀有度。共要注水七次，以击拂之法泛起雪沫乳花。"

沈清欢点茶的第一汤，水环绕着茶注入，泛起白沫。第二汤，沸水快注快停，来回呈一条直线。第三汤注水时，运用茶筅要轻盈均匀，此时茶面乳沫丰富。第四汤，注入的水量很少，茶筅的击拂也更加舒缓。第五汤，注入开水时沈清欢觉得乳沫还是太少，又用了些力度。第六汤，注入水后沈清欢缓慢搅拌。最后的七汤，沈清欢看乳沫厚薄正好，凝固稳定，不由得笑了。接着又如法炮制了两杯。

"点茶的茶色以青翠为上，乳沫以蓝白为佳，香气以兰香、纯香为正，味道以甘滑为佳，现在请您品鉴。"

万长生观其茶色青翠，乳沫雪白，观之如疏星朗月，闻之纯香，举杯品尝味道甘润，不由得赞叹道："好茶。"

"现在就看看最后的这盏茶能咬盏多久才散吧。"沈清欢也饮用了一杯，她对自己的手艺一向自信。

两人等了近一炷香，茶杯边沿才出现水痕。万长生击掌而叹："果然是姐姐的本事大，要是我只怕半炷香就败了。"

"只要你勤加练习，有朝一日定能和我一较高下。如今我看你也粗通茶道，有心让你去一个地方磨炼一下技艺，不知你肯不肯？"沈清欢笑着鼓励他，提出了自己的想法。

"去什么地方磨炼？"万长生十分好奇。

"书上道理你是通了，可人世道理你还未通。这做生意就是要和形形色色的人打交道，我想让你去我家茶楼屈就，当几日茶博士，也正好磨炼一下点茶技艺，你看如何？"

"茶博士？我还以为你让我当茶楼掌柜的呢！"万长生觉得沈清欢小看了自己。

"怎么，你看不起茶博士？我劝你可千万不要小看了茶博士。不管齐伯伯，还是我父亲，当年都是从一个小小的茶博士做起的。做茶博士，一呢，要会察言观色，揣测客人的心思；二呢，要见多识广，能为客人消烦解闷；三呢，则是记性好，要记得贵客的喜好。别看茶博士小，可是以小见大，你能通过当茶博士了解客人真正的需要。对你将来贩茶售茶也大有好处，而且可以提高你的点茶功夫。不过你要真怕丢人，不愿意屈就就算了。"

"谁说我怕丢人，我愿意去，什么时候上工？"万长生受不得激。

沈清欢心中暗笑，激将法永远对热血的少年郎有用："明天吧，今天我先找茶楼掌柜的交代一下，免得他怠慢了你。"

"你会有那么好心？只怕是让他对我一视同仁吧！不对，是更为严苛。"万长生一眼看出她的小心思，直接揭穿。

"小子不错啊，跟着我没几天就学聪明了，看起来日后夺回万家，更有希望了。"沈清欢没想到万长生已经心思细腻起来，于是夸赞他道。

次日清晨，万长生早早用过早饭，换上寻常的粗布衣服，迎着朝阳去往沈家茶楼。

沈清欢倚着门看他沉稳离去的背影，一时有些怔忡，仿佛透过他看见了当年的自己。

"绿尘，他可真像当年的我呀。我突然有些后悔，我是不是过分了？"

"怎么了？"

"你还记得之前那个性情跳脱自由的公子哥吗？现如今他好像变成了另外一个人。我只是在想，我这样做对吗？我就这样轻易地改变一个人的一生，让他从单纯走向世故，我有没有做错呢？"

绿尘慌忙开解心情复杂的自家娘子："能不长大是一种福气，可没人能保证这享福的时间会有多长。上天赐予人上万种机缘巧合，你只是把这种可能告诉了他。所以你没做错，你只是给他指了另一条路而已。"

沈清欢闻言觉得心头郁郁之气消散不少，复又想起五日之后就是七夕佳节，而且七夕过后不久，林岩就要从泉州来东京城看自己。她忽然就觉得自己的衣衫不够漂亮起来，于是央着绿尘陪着自己去买衣服。

"咱们带着兰香一起去织锦阁看衣服吧，听说那里新出的夏装挺好看的。"

"行，我这就去叫兰香，不过你得请我们俩吃顿好的，要不然我们可不给你做参谋。"绿尘故意做狮子大开口状逗她。

"好啊，我说怎么答应得这么爽快，原来在这儿等着我呢。行，一人一碗鸡汤面，吃不饱的话，就多喝点汤。"沈清欢笑着回她。

"嘿，你个小气鬼。"绿尘冲娘子皱了皱鼻子，看到她粲然一笑后，便出去找兰香了。

三个女孩坐着马车去往织锦阁，路上听见有人在叫卖"磨喝乐"。"磨喝乐"，就是七夕乞巧时用的一种泥娃娃。三人听见吆喝声都是心头一动，于是沈清欢叫停马车，三人一块下去看小泥娃娃去了。

只见这些泥娃娃不过三寸高，面目表情讨喜，做得栩栩如生，还都穿着漂亮的小衣服，显得十分童真可爱。

见绿尘和兰香也是看得目不转睛，沈清欢豪气地大手一挥付了四对的钱。

"你们俩看自己喜欢哪个，就挑哪个吧。"

兰香选了一对抱球的小童子像，绿尘挑了一对抚鹿的小童子，沈清欢先是替父母挑了一对男女呈双手交握，同持并蒂莲花的磨喝乐，至于自己则是挑了一对手执荷叶的小童子。

三人买完以后，又坐上马车去织锦阁，一路上三人都在把玩这可爱的小玩意儿。兰香忽然想起忘了给万公子买一对，连忙提醒沈清欢。

沈清欢却说道："不是漏忘了他，只是这乞巧是女子之事，他非女子又不是儿童，送他磨喝乐不合适。"

兰香醒悟了娘子的意思，乖巧地点了点头，绿尘看着手中的磨喝乐，想起了以前曾见过的灵巧物件："说起来这东京城的磨喝乐做得就够漂亮了，不过我记得和娘子去平江府时还曾见过更为灵巧的呢。那磨喝乐的一双眼睛滴溜溜地转，要是按动机关，竟然还会走动呢。"

兰香缠着绿尘要她讲经商途中的趣事，沈清欢暂时歇了一会儿。不多时，马车行到了织锦阁。

三人进入织锦阁内间挑选衣服，李嬷嬷一见到沈清欢，一张老脸笑成了菊花："这是稀客呀，难得沈娘子贵履踏贱地，今日老嬷嬷我必定好好侍候，不知您喜欢什么花样的衣服？"

"嬷嬷太客气了，我们先随意看看吧。"

沈清欢和绿尘一年有七八个月都在穿男装，因此也不太了解流行的样式，都把目光投向了兰香。

兰香此刻深感责任重大，骄傲地挺起胸膛，吩咐李嬷嬷道："劳烦嬷嬷先把今年流行的样式拿出来我们看看，我家娘子最喜欢清新素雅的颜色，还请以此为先。"

"是。"李嬷嬷冲一旁的几个仆妇使了使眼色，仆妇机灵地从库里抱着十几套新衣出来了。

沈清欢只见衣服质地轻柔舒适，样式飘逸柔美，风格端庄雅致，颜色也合乎自己的心思。沈清欢不禁点了点头，这织锦阁的衣服果然是名不虚传。

"我觉得这件秋香色云纹百花裙不错，你们看呢？"沈清欢从衣服中挑出一件向两人征求意见。

绿尘笑道："这织锦阁的衣服，我看件件都好，如今只是优中选优，挑出合娘子心意的就是了，娘子又何必再问我们呢。"

沈清欢抿嘴笑了，回头继续挑选。李嬷嬷凑到绿尘身边，小声说道："绿尘姑娘也去挑一件吧，回头我派人给您送去，不要钱的。"

绿尘笑容不改，也小声回答道，"嬷嬷不必如此，绿尘只是实话实说罢了，您若真有心也不必送我衣服，送我同来的兰香妹妹一件，我也同样领情。"

李嬷嬷方才明白过来味，自己刚才犯了糊涂，她扬声对沈清欢笑道："往日去府上做衣服时常和兰香姑娘打交道，没少受她的照拂，这绿尘姑娘更是难得相见，不知娘子可愿让我送这两位姑娘每人一件衣服，表表心意？"

"只要嬷嬷舍得就好，我有什么愿意不愿意的。"

李嬷嬷拉着兰香就让她挑衣服，兰香高兴得晕头转向，她眼花缭乱地挑着衣服，绿尘却只随手挑选了一件。

等到沈清欢把衣服挑好后，兰香却还没拿定主意："娘子，绿尘姐，我挑哪件在七夕时穿比较好啊？"

"这件！"主仆二人异口同声地指着同一件衣服。

"这件吗？好吧，就这件。"兰香不甚喜欢那件衣服，只是她叫两人拿主意，两人又都指着同一件，她也只好同意了。

直到付完账上马车后，兰香还在不停感谢李嬷嬷的好意，沈清欢笑着揉揉了她的头发："傻丫头，她是放长线钓大鱼呢。"

"啊？"兰香不解其意。

"我问你，织锦阁是常年给咱家供衣服的店吗？"

"不是，咱们也会向云裳阁、掬霞阁订衣服。"

"所以她才会向你们许之以利啊，好拴紧大客户。而且你以为她是白送的？日后稍稍加价，就又从咱们手中赚回去了。不过是拿咱们的钱，哄咱们玩罢了。"

兰香不高兴地瘪瘪嘴，原来都是骗人的："那你们替我挑的衣服也另有深意吧。"

绿尘见沈清欢面色尴尬不好回答，便替她开了口："为人奴仆要遵守为人奴仆的规矩，不能穿得太过于出挑华丽，那蜀锦苏绣虽好，咱们真能穿得出去？还是朴素大方，规规矩矩的最好。"

兰香这才明白两人的心思和用意，心里默默记下，当作长了经验。

"谁说你们穿不了好衣服的，等将来你们出阁时，我做一大箱子好看衣服送给你们。"沈清欢怕兰香以为自己轻贱她，于是出言许诺。

"我才不愿意出府呢，我就愿意伺候在娘子身边。"兰香搂住沈清欢撒娇。

"好啊，到时候让你做个老姑婆。"

第十六章　茶楼上工受刁难

三人说说笑笑中回了沈府，沈清欢见左右无事，就跑到书房开始看起书来。

只见在沈清欢注解的空白处，万长生也留下了自己的看法。沈清欢将他的看法和自己的相互印证，看得十分入迷，却不料兰香突然闯了进来："娘子，万公子从前的贴身小厮万安来了，说是来投奔自家少爷的。"

沈清欢心下好奇，问兰香道："你派人通知长生了没有？"

"已经派人去通知了，现在万安人正在偏房等着呢，您要不要先去见见他？"兰香小心翼翼地问。

沈清欢没想到兰香竟有了长进，知道做事前先来问问自己了，沈清欢不愿打击她的积极性，于是带着她去了偏房。

沈清欢刚一进屋，万安就跪下拼命地给她磕头，把她吓了一大跳。

"沈娘子，我什么活都能干，什么苦都能吃。您只用管我三顿饭，其他我什么也不要，只求您把我留下来伺候我们家公子。"

沈清欢见万安如此忠心耿耿也很诧异，她以为万安见万家落败会离开呢："你要留下当然可以，只是你家少爷现在估计也不需要你伺候了。"

"娘子此话何意，难不成少爷生我的气了？我出远门给老太爷的朋友送东西，回来后才发现万家的天变了，少爷莫不是以为我背主了？"

"没有的事，只是你家少爷现在正在沈家茶楼当茶博士，不需要有人跟前跑后的伺候，在我家我又新派了小厮服侍他，估计也用不上你了。"

"少爷怎么会去当茶博士？他身体那么娇贵，怎么能去伺候别人？"

"没有什么不可以的，现在没有万家的万十三了，有的只是一个普普通通的万长生。"万长生进门正好听见自家侍从的惊讶，于是回答他道。

"少爷！"万安哭着跪在万长生面前，拉着他的衣袖道，"您别赶我走，我的命是您和老太爷救的，除了您这里，我无处可去，我愿意伺候您一辈子。"

万安是万长生小时候救过的小乞丐，万老太爷见孙子喜欢和他玩，所以派人把他带进了府，贴身伺候万长生。

万长生见万安说得坚决，于是向沈清欢请求道："万安他平时呀挺聪明的，可倔起来时一根筋，九头牛都拉不回来。不过我现在不缺小厮，不知道你能不能把他放在你们茶坊里调教调教，日后夺回万家时，他也好为我做个臂膀。"

沈清欢见万长生想得长远，点头同意了。万长生又对万安说道："我现在不缺小厮，缺个日后能为我管理茶坊的管事人，你要是愿意，就去沈家茶坊认真学吧。"

"我愿意，少爷您放心，我一定好好学，将来帮您重振万家。"

沈清欢让翠涛领着万安去茶坊做事，见万长生又要回茶楼去，便喊住了他："都快到晌午了，吃了饭再回去吧。"

"好。"

"你去茶楼已经好几天了，有什么发现吗？"沈清欢问他道。

"你说得对，茶博士的确不是好当的，眼要明，手要勤，嘴要甜。虽然只干了几天，也够我受的了。"

"怎么？有人给你气受了？"

"没有，里面的伙计人人都知道我是你罩着的，谁会那么不开眼？我是累得。"

沈清欢有些不信，心里拿定主意，下午要去一趟茶楼看看是怎么回事："好，我不问了，你说说你的体会呗。"

"这客人身份不同，选择的茶叶品级也不同，不过也偶有几个极其吝啬的和爱好装阔。再加上因为是京城，所以各地人士混杂，他们往往会选择故乡的茶叶饮用，因此茶楼里的茶叶品种一定要多……"

两人说了一阵子话，兰香推门叫二人去吃饭，在饭桌上沈夫人开了口。

"清欢，我听兰香说，今日你去买新衣服了，小姑娘就是要打扮起来才对嘛。过会儿把衣服穿起来给娘看看，挑出一件最漂亮的，七夕节那天拜织女星时穿。"

"兰香真是多嘴。"沈清欢先是笑着嗔怪地瞪了一眼兰香，然后又对母亲说道，"下午我还有些事要去做，等事情忙完了，我再去您那里穿给您看，好吗？"

"你能有什么事啊？自你爹好了以后，他就替你分担了不少工作，你如今应该挺有空闲的呀。不过你们生意上的事，我也不懂，由着你糊弄我去吧。"

沈清欢见母亲发了牢骚，也不说话只是笑，倒让沈夫人没了脾气。

用过饭后，沈清欢特意隔了一段时间后，带着绿尘悄悄去了自家茶楼。掌柜的见她来了，正要打招呼，就见她比了个噤声的手势。

沈清欢两人悄悄来到二楼的隐蔽之处，点了一个相熟的茶博士询问，同时放下竹帘以避免让万长生发现。

"王大哥，长生在茶楼里做得怎么样？"沈清欢问茶博士道。

那茶博士三十有余，叫王余庆，人称王二郎，是沈清欢几年前找人挖来的点茶高手，如今是沈家茶楼里顶尖的茶博士。沈清欢自然想知道他对万长生的看法。

"万少爷见客自带三分笑，又手脚勤快，口齿灵便，还十分会体贴客人。他招待过的客人呀，人人都喜欢他。而且万少爷精通茶史，点茶功夫高超，在楼里也算得上数一数二的高手了。"

"王大哥，谁耐烦听那些车轱辘转的奉承话，你只管实话实说，我不怪你。你要知道，我可是把他当亲弟弟看的，所以把他放在咱们茶楼里上工，目的就是要让他吃吃苦头长长见识。这'严是爱，松是害。'你若指出了他的错处，我不但不生气，反而还要感谢你呢。"

"这，小的也担不起娘子的一句谢，只要娘子不怪罪我就好。小人刚刚所说句句属实，不过……"王二郎深知沈清欢的为人，于是说着说着转了口风，"万公子口齿灵便是不假，可他话太多了，好几次我都见客人皱眉头的。他的点茶功夫是不错，可是沸水的火候总是掌握不好，使得点茶水平忽高忽低，而且击拂手法不当，以至于图案难以成型……"

听了王二郎数落万长生后，沈清欢放心下来，有毛病改掉毛病就好，在实践中积累经验就是了。只是万长生这小子不知道是嘴硬，还是不知道自己的错在哪里，见到沈清欢竟一句不说，倒叫沈清欢没办法指点他。她眼睛在讲话的王二郎身上转了转，想出了一个主意。

茶博士一无所觉，依旧滔滔不绝："可怜万公子自来时就吃了苦头，这几日那些人日日都来戏弄他。"

"有人为难他吗？都是些什么人？掌柜的不管吗？"

"那些人都是万公子往日的旧相识。人家是来喝茶的，掌柜的也不能撵客人吧。"

沈清欢也知道从前万长生身边聚集了一大批趋炎附势、骗吃骗喝的狐朋狗友，可没想到这些人今天会落井下石，真是太可气了。

说来也巧，王二郎刚说到此处没多久，万长生引着客人就上了二楼，就在离他们不远处的茶座为人点茶。

"喏，就是他们三个带头戏弄万少爷的。"王二郎探头看了一眼，撇嘴说道。

那三个客人，在沈清欢眼中看来长得如同歪瓜裂枣，面目十分可憎。只见其中一个领头的胖子说道："这万公子为人点茶也不开口，难不成是哑了？"

"贵客不曾言语，在下不敢随意接话。您若是烦了，我也可说话与您解解闷。"万长生敛起性子好生应答。

"那不如你唱支小曲给我们听听。"胖子的话一说完，三人俱是大笑。

万长生气得发抖，三人连日来所做所为越来越过分，今日竟把他当做伶人歌姬取笑，实在令人愤怒。不过今日的他已经不是昔日的毛头小子了，随即淡淡回答道："长生从未听过什么小曲，因此也不会唱，贵客若是有心想听长生唱，不如亲自教我几句。"

那胖子此刻欺负人正在兴头上，一时没发现不对，于是唱了一支小曲给他听。旁边的沈清欢原本是要冲出来收拾这几个狂徒的，结果此时却被万长生逗笑了。

"我没学会，您再唱一遍。"一曲歌毕，万长生复又请之。

那人又唱了一遍，万长生只说自己笨没学会，又要他唱，随行的同伴倒是回过味来，拉住胖子低声耳语，把胖子气得够呛。

"曾记得万公子为杜若娘子一掷千金博欢笑，如今却为人端茶倒水，真是叫人感慨。"三人中一个瘦小猥琐的人说道。

"自食其力莫以为耻，人有祸福切勿挂怀，天降大任于斯人，必先磨炼其心志，我今日之处境又何须别人替我感伤。我有手有脚，自会重新挣得家业。反倒是三位公子需要留心，这人在做天在看，若是不行好事，只怕会比我下场更惨。"

三人没想到这万长生口齿一日比一日伶俐，被他堵得无话可说，良久之后那胖子又开口了："只怕你挣下的家业再大也不及万家，我知道你攀上了沈家，如今你也尝到了仰人鼻息的滋味吧。"

万长生被他的话刺痛，手拢在袖子里握得死紧，面上却是丝毫不显："昔日我以朋友之心待你，你以小人之心度我。今日沈家以亲人之心待我，我必以亲人之心还他们。你自己下作，便看他人皆是下作，我和你不同。"

三人被万长生说得竟是一时无话，面上羞惭，只能起身灰溜溜地走了，沈清欢跑到楼梯处看万长生送他们，又被惊了一下。

"十两银子,你抢钱啊!"

三人付账时被价格吓了一跳,三人家中俱不富裕,因此他们常年跟在一些公子哥后面溜须拍马,可偏偏又滥赌好嫖,手中着实没有余钱。

"掌柜的提拔了我,命我以后只能替贵客服务,用料也只能是上等茶叶。今日三位贵客用的是龙团茶饼,那可是顶尖的茶叶。点茶之前我也问过客人,你们执意要我伺候,难道你们都忘了?"

三人这才想起进茶楼之初,万长生对他们说过的话。

万长生那时笑嘻嘻地盯着三人问道:"三位公子当真要点我去分茶?"

那时他们正幻想着欺负这贵公子的快感,都没留心他的异常,如今却吃了一个哑巴亏。

三人分别掏出荷包,凑足了钱,一溜烟地跑了。

万长生目送他们狼狈离开,忽然心有所感,抬头正好和沈清欢四目相对,沈清欢笑着对他竖了竖大拇指。

万长生得意地挑挑眉,也还了她一个大大的笑容。

第十七章　七夕拜星心初动

七月初七是七夕节，民间称之为乞巧节，因为是女子的节日又称女儿节。有穿针乞巧、投针验巧、种生求子、拜织女、拜魁星、吃巧果等诸多习俗。

七夕佳节的那一天，沈夫人早早地吩咐下人，洒扫庭院迎接节日。又让仆人在庭院中搭起"乞巧楼"，好让女儿能在夜间拜织女星乞巧。"乞巧楼"上摆着香案，在香案之上又摆满了酒菜点心。同时又备下许多的巧果应景。

刚刚入夜沈府就摆开宴席，开始庆贺七夕佳节。吃过饭后，沈清欢觉得待在家中等月上中天太过无聊，央着自己的母亲说要出去转转。沈夫人已经很久没去外面过七夕了，听到女儿央告，便同意了，与丈夫、女儿、万长生，带着仆人浩浩荡荡地出了门。

沈清欢不愿打扰爹娘恩爱，于是带着绿尘、兰香去了别处，万长生也带着万安、白泉独自逛去了。众人约好亥时整，在汴河桥畔一同回家。

"娘子，你看那里有卖'水上浮'的，咱们也过去看看吧。"兰香指着一处站了许多年轻小娘子的摊位道。

"去看看也好。"

沈清欢欣然同意，带着两人挤过人群，到了摊贩那里。沈清欢挑了一对鱼儿形状的"水上浮"，兰香则挑了两只小鸭子样式的。

"绿尘，你怎么不买啊？"沈清欢见绿尘不买，就推了推她的手臂问道。

"我没什么可求的。"绿尘淡淡一笑，不以为意。

沈清欢见状叹了口气，硬是拿了一对塞到她手里："不求也得求，还想让我们家养你一辈子啊。"

绿尘无奈地笑了，只好随着她们去河边放"水上浮"。

"沈娘子，你也出来过节啊！"沈清欢三人刚刚在河边放走"水上浮"，结果就碰到了杜若娘子的丫环云儿。

沈清欢见云儿手持一对鸳鸯形状的"水上浮"，知道她也是出来过节的，只是没见到杜若娘子有些奇怪。

"怎么你一个人出来玩了，你家娘子呢？"

"我家娘子就在那边的酒楼里呢，她见这里人多，不愿意过来，特地叫我去给她放'水上浮'。"

"原来如此，我们可否方便过去说说话？"

"亏您还说呢，自从上次一别，您有三四个月没和我们姑娘见面了吧。我们家娘子在东京城就您一个朋友，她是真心待您的，可您却把她忘到了天边。"云儿想起自家娘子有时提起沈清欢的落寞样子，忍不住抱怨起来。

"这段时间实在是事多，我抽不出身，我现在就过去赔罪。"听了云儿的话，沈清欢竟有几分感动，她对杜若不过是存着利用之心，没想到冷美人却有热心肠。

一行人进入酒楼的雅间里，杜若正在挥毫泼墨，沈清欢凑到身边一看，是一首旧词，是秦少游写的《鹊桥仙·纤云弄巧》。

纤云弄巧，飞星传恨，银汉迢迢暗度。金风玉露一相逢，便胜却人间无数。柔情似水，佳期如梦，忍顾鹊桥归路。两情若是久长时，又岂在朝朝暮暮。

沈清欢忍不住一字一句读出声来，吓了杜若一跳。她笑道，"今日可真巧，竟遇上你了，我的字写得如何？"

"姐姐的字当然是好的，这字体十分雅致，风骨自成。只是姐姐怎么会想起写这首词呢？莫不是想起心悦之人？"

"胡说八道！"杜若的脸登时红了起来，恶狠狠地点了沈清欢的脑门一下。

"看来我是说对了，是端王爷吗？"沈清欢见她这般作态，知道自己猜中了她的心事，思来想去杜若身边的人也只有端王爷能让她心动了。毕竟端王爷不光身份高贵而且长相英俊，行事潇洒风流。

"别瞎猜，不是他，是别人。"杜若失望地叹了口气。

"不是端王爷？那还会是谁？"沈清欢知道端王爷对杜若很是喜欢，而且连端王爷这样年轻俊美的王孙贵胄杜若都看不上，她还会喜欢谁呢？不过想来杜若名满东京城，她身边的优秀追求者绝不会少，喜欢上其他人也未可知呢。

"我这样的身份，是谁都不可能了。"杜若苦笑一声，转移了话题，"还是说说你吧。我听说万府出了事，你家收留了万公子。怎么，是不是等他出了孝期，你就要和他成亲了？"

"不会的，我喜欢的也是别人。"沈清欢含羞带臊地轻声说道。

"谁呀？"杜若顿生好奇之心。

"不知道你听过泉州的林家没有？"

"做瓷器出口海外的林家？"

"对呀，我喜欢的就是他家的二公子。"

"林岩？你喜欢的人是他？"杜若从没想过世事如此巧合离奇。

"你怎么知道他的名字？"沈清欢见杜若一下子喊出林岩的名字吃惊不已，心中暗生疑惑，"你和他是旧相识？还是你喜欢的人竟也是他？"

"你想哪去了，他从未来过京城，我怎么会见过他？我只是听别人提起过他而已。"

"那你干吗那么吃惊？"

"我是没想到大宋这么小，前几日才知道他的名字，今天又从你口中听到。"

"谁对你提起林岩了呀？"

"一个你不认识的朋友，她也只是随口一提，两人不过是生意场上见过面而已。"

杜若不愿多谈其他，扯开话题问沈清欢道："你喜欢林岩，林岩喜欢你吗？"

"嗯。"沈清欢羞红了脸，"虽然林大哥没说，可是我心里知道。我想等我和万长生退了婚，他就会上门提亲吧。"

"是吗？"杜若小声地嘀咕了一声，不知为何突然神态怏怏。

杜若看着满眼喜悦的沈清欢，眼神有些伤感，忽然开口道："我出来的时间长了，怕是姑姑要骂人的。咱们改日有空再聚，我和云儿先回去了。"

"行，那我们也一起走好了。"

沈清欢也起身和杜若一起出了酒楼，然后在门口分别。

"娘子，您这是怎么了？才出来一会儿，就急着要回去。"云儿在沈清欢离开后开口问杜若。

"想到她日后会很伤心，今日我实在不忍心见她如此高兴。"杜若想起几日前寄来的书信内容，心中一阵喟叹。

云儿不明白主子的意思，可仍旧听话地和主子回了得意楼。

沈清欢人逢喜事精神爽，自然没有注意杜若的异常，一行人高高兴兴地在外面玩了个痛快，见月亮慢慢升高了，才回到父母身边归了家。

月亮明亮皎洁地挂在半空中，沈清欢身穿华服登上乞巧楼，面对月亮和织女星跪拜，然后开始默默祝祷。

沈清欢又捻起一根针放入水碗中使它漂浮于水面之上，以证明自己心灵手巧。当然这水已经晒了一日，水面上有一层薄膜，很容易让针漂浮在水面上。

最后，沈清欢抓起一只小蜘蛛放进精致的金银小盒子里，希望第二天能够"得巧"，蜘蛛会在盒子里织成密密的圆形蛛网。

一番仪式办下来，已经到了深夜，沈家人收拾好东西后都去休息了。

"你怎么不睡？"沈清欢欲回房睡觉，却发现万长生坐在庭院里的石桌边。她见石桌旁边有葡萄藤缠绕，不由得玩笑道，"你莫不是预备偷听牛郎织女的悄悄话？"

"这傻事从我七岁以后就再也不干了，悄悄话是听不到的，蚊子咬的红包是一定会有的。我呀，是见家里花园的昙花结了花苞，想着今晚一定会开，我是特意在此等候花开的。"

沈清欢这才注意到桌子上摆了一盆昙花："那你怎么不把花搬到你屋子里去看，坐在这儿等多累呀。"

"我怕在书房等，我会忍不住回床上睡觉。"万长生对自己的定力没有把握。

"说得也是，我往年也是没等到花开就睡了，反正今天都这么晚了，不如和你一起等等看好了。"

两人在等待花开的时候说了一些闲话，彼此间的关系又近了几分。

"清欢姐姐，我这几日……"

"别说话，你看花苞是不是展开了？"沈清欢突然打断万长生的话。

万长生定睛一看果真如此，那白色的花苞正颤巍巍展开着羞涩的心房。

随着时间的推移，花瓣一片一片地舒展开来，露出黄色的娇嫩花蕊，清风徐来，随风招摇，如同在月色下翩翩起舞的绝色佳人。

"月下美人，昙花一现，这整晚的等待真是值了，这花可真美。"沈清欢看着美丽的花儿夸赞道。

万长生歪头看沈清欢，月光为她披上了玉色的纱衣，姣好的面容和清丽妩媚的昙花交相辉映，显得更加地美丽动人。

清风，朗月，娇花，美人。万长生忽然觉得天地一片寂静，只剩下自己和沈清欢，他望着沈清欢发出了自己的感叹："是，真美！"

沈清欢痴迷地看着昙花，万长生静静地看着沈清欢，可惜昙花一现，花期太短，花儿很快就凋谢了。

"要不是你,我还看不见这昙花盛开的景象呢。长生,谢谢啦。我先回房睡了,你也快睡吧。"沈清欢打个哈欠回了房间。

"嗯。"万长生点了点头,把昙花放回原处后也回屋睡觉了。

只可惜昙花的花期短,少年动心的时间却长,他躺在床上看着窗户缝隙处露出的月光,翻来覆去地睡不着。

第十八章　林岩上京寻故友

第二天一早，万长生顶着两个重重的黑眼圈起床，在饭桌上把沈清欢乐得前仰后合："你看看你，你再看看我，同样都是熬了一夜，我怎么就没事呢？你呀，还是身体太差，缺乏锻炼。"

自从沈老爷倒下之后，沈夫人就格外看重家里人的身体健康，她认真看了万长生的脸色，对张嬷嬷说道："你一会儿去告诉王嬷嬷，要她以后为长生做饭时，要多做些补气血的。还有你去吩咐人请相熟的刘大夫过来，让他给长生瞧瞧身体。"

沈夫人拉着万长生的手不让他去茶楼："长生，今天不上工了，看看这几天把孩子熬得。我就跟清欢说不让你去当茶博士嘛，去茶坊当个管事的，一样能学东西的。可他俩非说是这能锻炼人，我看着你是一天天瘦了，真是让人心疼。"

万长生哪里能想到自己失眠会引来沈夫人的一大串唠叨，不过这其中浓浓的关怀之意他是能感受到的。

"婶婶，我身体没事的，再说茶楼里的人都对我很好。茶楼的事不能搁下，我先上工去了。"万长生怕请大夫来之后，会给自己开汤药喝，于是找个借口逃走。

"你这孩子，你还没吃饭呢！"沈夫人扬声喊他回来。

"没事，我在路上买些好了。"

万长生一溜烟地跑了，沈夫人又把目光投向了女儿。

沈清欢赶紧转移目标："娘，我看爹这几天脸色不好啊，你还是给他看看吧。我茶坊还有事，我现在得赶紧走了。"

沈清欢也怕喝药，于是也跑了。

"女儿，你也没吃饭呢！"

"我去茶坊吃。"

沈老爷盯着女儿逃离的背影心中"呐喊"，把我也带走啊女儿，我也不要喝那些又苦又涩的药。可惜，他无处可逃，沈夫人看着他的脸色确实有些发白，把所有的关心都给了他："来，老爷，多吃点。"

这时间过得飞快，转眼间已经七月中旬，沈清欢也得了准信，林岩明天就到，于是当天夜里她就兴奋得睡不着了。她翻来覆去地想着，越想越兴奋，索性穿上衣服去了后花园中闲逛。

刚出来时，月光亮堂堂的，沈清欢也就偷懒没有提灯笼。可过了一会儿，浮云遮月，周围暗了下来。沈清欢就有些后悔没提灯了，走了没两步，她忽然发现院中阴影处有一个白色影子游荡，心中不禁害怕起来。是人是鬼还是贼？

"谁在那里？"沈清欢高声问道。

那人背对着她并不吭声，沈清欢壮着胆子走上前几步，结果那人忽然转过身来，吓得她尖叫一声转身就跑，没想到路滑她竟崴了脚摔倒在地。

那人听见她的叫声，赶紧走了过来，伸出手扶她。

"你怎么了？"

沈清欢抬头一看，原来是万长生。沈清欢先是拉着他的手站起来，然后没好气地捶了他一下："大半夜不睡觉，你干吗装鬼吓人呀？"

"我睡不着，你大半夜不睡觉出来干吗？"

"我也睡不着。"

"哦，就许你睡不着乱走，就不许我睡不着逛逛，你可真是不讲理。"

"哼，谁让你吓着我了。"沈清欢噘噘嘴，哼了一声。

两人边说边走到石桌前坐下说话，沈清欢问万长生道："我是因为林岩睡不着，你又是为什么呀？"

"我也是因为他。"万长生闷闷不乐小声道。

万长生说话的声音很小，沈清欢没有听清："啊？你说什么呀？"

"我说，我听家里人说林岩明天就要来了对吧？"

"嗯，所以今天才让仆人打扫庭院，为他收拾房间啊。"

"当初我来时，你怎么不这样对我？"

"你俩能一样吗？再说了，睡书房不好啊？每天与书为伴，闻着墨香入眠，多么幸福有情调的一件事呀！"

"我也想睡离你最近的房间。"

万长生又是小声嘀咕说话,沈清欢依旧没有听清:"你今天怎么回事呀,说话声音哼哼唧唧的,跟蚊子一样。"

"我说,我要睡了,你一个人坐着吧!"万长生站起身来,气呼呼地就要跑回书房。

"哎,你别走!先把我送回房。"沈清欢伸手拽住他,"我刚才被你吓着了,不敢一个人回去了。"

"行,走吧,沈娘子。"

万长生无奈地和她一起同行,把她送回了房间。

第二天一早,沈清欢就开始挑衣服,以前喜欢自己衣服素雅大方,今日又嫌颜色太暗,左挑右选也没拿定主意。

兰香被自家娘子闹醒,见铺了一床的衣服,不由得咋舌:"娘子,你要干吗,拆家啊?"

"兰香,你快看看我穿哪件衣服合适?红色的太艳了,黄色的又太嫩,其余的颜色又太暗了。真是烦死人了,怎么一件合适的衣服也没有啊?"

"娘子,您人好看,穿什么都好看,还用挑什么颜色款式呀?随便穿哪件都可以的。"

"我就是……我就是觉得自己年纪大了,我都三四年没见他了,那时候我还是水灵灵十七八岁的小娘子呢,可现在我都是老姑娘了。"

"您哪是什么老姑娘啊,您今年才二十一好吗?您还是和以前一样地美丽动人,您要是真拿不定主意,就照七夕拜织女星时那样打扮好了,您不知道,当时府里的下人们都说您是织女下凡呢。"

"真的?"

"真的,就连万公子当时也夸你来着呢。"

"那好,你快帮我梳妆打扮吧,等吃过早饭我们就去码头等林大哥。"

"瞧你急得,这次我非要看看林公子是什么样的风流人物,能把我家娘子迷成这样。"兰香边帮娘子梳妆边打趣她。

沈清欢转身要打这个戏弄自己的小丫头,结果不小心扯住了头发,痛呼一声"哎哟",乐得兰香直念佛。

吃早饭时,万长生不断盯着沈清欢打量,见她又做七夕时的打扮,心中一时有些难过。

"怎么，是不是看姐姐我今天格外漂亮呀？"沈清欢见万长生不断打量自己，于是逗弄起他来。

沈清欢以为按万长生以往的脾气，肯定会顶她一句，结果今天他却一反常态，只听他认真地说道："是挺漂亮的，犹如天女下凡。"

沈清欢没想太多，以为这小子今天是转性了，绿尘却是暗自留了心，惊诧地看了一眼万长生。

万长生用过饭后，去了茶楼上工，却神思恍惚，一直在想沈清欢的事。

沈清欢让小厮在码头盯着，自己带着绿尘和兰香在码头旁的酒楼等消息。

"娘子，娘子，我远远地看见您说的那条船来了。"快近午时的时候，小厮跑到酒楼禀报，主仆三人结账走人，出门迎客去了。

沈清欢整理好衣衫站在码头等着船靠岸，从下船的人中一个个搜寻林岩。当看到一个藏青色的人影后，她兴奋地招起了手。

"林大哥，我在这儿。"

林岩听见沈清欢的呼唤，也冲她笑着招了招手，带着仆人向她们走来。

兰香只是隔着老远看了一眼，顿时心生感叹道，"呼，我的娘呀，绿尘姐，我总算知道娘子为什么对这位林公子死心塌地了。"

"那是，娘子的眼光能有错吗？"

说话间林岩走到主仆三人身边，兰香更是认真地打量着他。

林岩身材高大，五官俊朗，笑容真诚，常年经商的他皮肤晒得有些黑，显得更有男人味。而且因为经常和人打交道，他身上更是有股子平易可亲的味道，和城中的白面书生、浪荡公子相比，散发着独特的个人魅力。

林岩心细，见沈清欢脸上的胭脂颜色有些淡了，于是问她道，"你等很久了？天这么热，你也不知道躲着点儿日头。"

"是来了很久，不过我们在那边的酒楼等着呢，这里有小厮候着呢，我也没晒着。"

"那就好，你领着我去见见叔叔婶婶吧，这到了晌午，估计他们也正等着我们去吃饭呢。"

沈清欢让林岩独自上了一辆马车，自己坐上了他前面的那一辆，一路疾行带着他回了家。

"老爷，夫人，人来了。"等在门口的小厮见自家马车回来了，赶快回前厅禀报两位主人。

沈父、沈母赶紧打起精神等待，只见沈清欢领着一个年轻后生进了屋。

林岩躬身向沈家二老行礼："沈叔叔，沈婶婶，小侄有礼了。这次我来的唐突，还请勿怪。这是我从泉州带来特产和路上购置的礼物，还请两位老人家不要嫌弃。"

林岩挥手示意仆人把礼物送上，又特意从中挑出一个礼盒打开，放在沈老爷身边的桌子上："我知道沈家是做茶叶生意的，沈叔叔的点茶功夫也是一流，这是我们家特制的一批建盏，我从中挑选了一套，也不知道您喜不喜欢，还请您过目。"

沈老爷认真地看了看这套建盏的质量，其色青黑，黑色釉面上呈赭黄色晶斑，深底高足，击之声响如玉，是上好的"金油滴"盏。比市面上常见的兔毫盏，要高上一等。见状他捻着胡子笑了，心里美滋滋的，小子还挺会巴结的。

"这是我给婶婶带来的几样海外的胭脂水粉，虽说比不上咱们大宋的高级货，可胜在新奇少见，还请婶婶不要嫌弃。"林岩又拿出另外一个盒子打开给沈夫人看。

沈夫人扫了一眼后笑着说："我都老了，怎么好学年轻姑娘那样打扮？"

"婶婶谦虚了，您是一朵芙蕖开过尚盈盈。"

沈夫人知道话是好话，可惜她听不懂，笑道："我是个没读过书的人，不会说也听不懂那些文雅话，林公子你可别见怪。"

沈清欢把林岩的话翻译成白话说给母亲听："娘，林大哥是说您是一朵开过的荷花，此刻仍是美丽动人，您历经岁月的风韵更美，不是我们这些黄毛丫头能比的。"

沈夫人听了她的翻译，嘴巴都笑歪了："这小伙子嘴可真甜，快坐下，咱们聊聊天。"

沈老爷对于女儿的婚事不好插嘴，只见沈夫人一项一项问得仔细，林岩心中忽觉不对，他用余光瞟了瞟坐在一边害羞的沈清欢，明白了所有，心中顿时难过起来。一步错，步步错啊，上天真是爱捉弄人，他刚准备把感情放下，沈清欢却又在他心里掀起了风浪。

第十九章　少女心事欲挑明

中午时分，沈家茶楼的掌柜正坐在柜台前拨着算盘珠子，结算上午的盈余。把账目算明后，他扬起酸疼的脖子刚想要活动一下，却被眼前的万长生吓了一跳，他本以为万长生早已经走了。

"万哥儿，这都到吃饭时间了，你怎么还没回家呢？"

"今儿个客人不是多吗？我留下来帮忙好了。"

这往日比谁走的都快的人竟转了性子，叫人好生奇怪。不过掌柜的一看时辰，心中打了个突突："完了，完了，过不了几天，东家夫人就该揪着我耳朵骂我苛待你了。"

"婶婶骂你干什么？我做了茶博士，就应该本本分分地干活，沈家婶婶可不是你说的小气人。"

"哎呀，我的爷，我不是一时口误嘛，您赶快回家去吧，剩下的杂活自有伙计干。"

掌柜的笑着赔了个不是，恭恭敬敬地把万长生送到了门外。在看到少年的身影消失在拐角处后，掌柜的抹了抹额头上的汗。这茶楼里供着个小祖宗，天天自己都在提心吊胆。一面生怕惹了他不痛快，他向东家告自己黑状；一面又记着沈清欢的嘱托，不敢太过放纵他。真是轻不得重不得，两面为难。

长生是故意留在茶楼不肯走的，掌柜的催着他回沈家，他一路上也是磨磨蹭蹭的。等他进了沈家大堂，就看见沈家人正亲热地和林岩说着话。沈清欢和林岩坐在一起，两人挨得很近，脸上都挂着淡淡的浅笑，看上去是极为登对的一对璧人。

沈老爷见万长生回来了，说道："长生，今天怎么回来得晚了？家里人都在等你吃饭呢。"

万长生心里别扭，但脸上仍笑着回答道："今天的客人特别多，有些熟客又特意点了我，我也推辞不得，所以这才晚了。叔叔婶婶，你们不用等我的，家里有客人，应该先开饭才是。"

"家里人不齐，我爹怎么会开饭？再说林大哥也不是外人，等等你也没关系。"沈清欢心里有些担心，莫不是有人又去给万长生找茬儿了？"你说的熟客都是些什么人啊，吃饭的点儿也去喝茶。"

沈清欢一句话把林岩也划进了沈家人，万长生顿时浑身不自在。

"那些熟客说了你也不认识，下次我回来晚了，你们就直接先开饭吧，怎么好叫叔叔婶婶等我回来再开饭？"

"都是一家人，等等又何妨？好了，你快去洗手，一会去饭厅吃饭。"沈夫人似乎等得有些不耐烦了，催着万长生去洗手。

一旁的林岩看着眼前颇为温情脉脉的场景只是微微一笑，丝毫不在意万长生的突然出现，以及他话里话外对自己的疏离。

在饭桌上，沈清欢才正式给万林两人做了介绍，她先扭头对万长生说道："这是泉州来的林岩林大哥，比你大八岁，你随我一起叫林大哥就行了。"

而后她又对林岩笑道："喏，你知道的，他是万长生，你叫他长生就行了。以后做生意时，别忘了多关照关照他。"

"我没记错的话，林公子家里是做瓷器的吧，两家的生意不同，何来关照之说啊？"看到沈清欢对他们两人态度的微妙差距后，万长生沉不住气直接拉下脸来讥讽。

"这茶具和茶叶的关系本来就是相辅相成的，点茶这门工艺中茶具也是非常重要的一部分。再说这做生意的，卖的货品虽不一样，可其中的道理大部分是相通的，我让林大哥教教你不好吗？哼，你刚入行，不懂也是正常的。"

听到万长生略带挑衅的话语，林岩没有出声，只微微一笑，不和他计较。沈清欢却是皱起眉头，直接在饭桌上说起了万长生。

万长生闭起嘴巴，不吭声了，林岩也只是笑。沈夫人见气氛有些尴尬，连忙夹了个鸡腿放到林岩的碗中："这是婶婶亲手做的，你尝尝，看看合不合你的口味。"

林岩刚吃了一口就笑着说："婶婶的手艺虽然不及酒楼的大厨，却有一股家的味道。我常年出门在外，再名贵的佳肴也吃过，可是只有这家常菜才是我的心头所爱。"

"喜欢你就多吃点。"沈夫人听了夸赞，高兴地又给林岩夹了许多菜放在碗里，又似是嗔怪地说道，"不过我的手艺算是后继无人了，这丫头每天忙着做生意，没空跟我学做菜，也不知嫁人以后，人家公婆会不会嫌弃她？"

"怎么会？清欢妹子一看就是要嫁到好人家去的，到时候小厮丫环成群，哪里会让她下厨啊。再说就算她真的下厨做饭了，她的公婆夫婿也定是心疼她都来不及，哪里会挑三拣四的。"

　　沈夫人听了这话大悦，以为林岩在对她做保证，自己女儿嫁过去肯定不会受苦。可原本坐在一边害羞的沈清欢却觉出不对味来，她略带担忧地看了一眼林岩，对方却只是低头吃菜。

　　万长生见沈夫人对林岩态度亲昵，心中颇为吃醋，可又没什么话可说，也只能埋头吃菜不说话。一桌吃饭的小辈都不开口说话，当长辈的沈父沈母也觉出尴尬来，两人面面相觑，也不知道是什么原因。

　　等到午饭完毕，万长生眼不见为净，早早地去了茶楼。沈清欢原本想带着林岩在东京城逛逛，可见太阳明晃晃地挂在天上，暑气太盛，便笑着说："林大哥刚来，路途遥远，不如先歇歇，等到太阳落了，我带你去逛逛东京城的夜市可好？"

　　"好呀，我常听人说东京繁华，今日就让你这个东道主带我逛逛吧。"

　　"那好，我先带你去看看你住的房间，把屋子先安置下来。"

　　沈清欢殷勤地带着林岩进入早已为他准备好的房间，林岩和她坐着说话，看林家小厮把带来的东西一一归置，又嘱咐自家下人去冰库取冰放置屋内，好用来消暑。

　　"那个长生就是和你定娃娃亲的万公子？"林岩想起饭桌上见到的清俊少年，于是问她道。

　　"嗯。"沈清欢点点头，她似是怕林岩误会，赶忙说道，"我信上不是写了吗？他家突逢意外，我爹多受过万家的恩惠，所以才把他接到家中照顾。"

　　"我看他并不像往日你说的那般不学无术轻狂浪荡呀！人长得聪明精神，性子也还算沉稳。"

　　沈清欢撇撇嘴："那是你没看见过他以前的样子，他以前就是个十足十的败家子！"

　　沈清欢把往日万长生做的荒唐事一五一十地对林岩讲了，林岩听了直笑得前仰后合，待听到万家后来发生的变故，万长生身上的种种变化后，他敛起笑容道："这人嘛，谁没有年少轻狂的时候，只要知道改变，我看他也不失为一个良配。"

　　沈清欢本来正笑着，听见林岩的话僵在了那里："林大哥，你这话是什么意思？"

　　林岩刚来，不欲让沈清欢心中不快，于是遮掩道："没什么意思，就是觉得他还算是个可造之材。"

　　沈清欢满腹狐疑，却又猜不出原由，只当自己是多想了，见仆人也帮林岩把房间归置好了，于是先告辞，让林岩好好休息一下。

"林大哥，我看房间也收拾好了，你先歇会吧，我走了。"

"行，那入夜以后，我们再去逛东京城。"

"好。"

沈清欢带着兰香走了后，林岩的贴身小厮子墨对自家公子说道："您怎么不对沈娘子说实话呢？我看今天沈家二老话里话外都有把您和她凑一对的意思，您心里到底怎么想的，也该给沈娘子个准信啊！"

"我的事用你多嘴！真是越来越没规矩了。"林岩原本就心烦，听见子墨的话更是恼怒，一时间发火对他说了重话。

子墨连忙跪在地上说道："二爷，我也是为您着想啊。这当断不断反受其乱，您这样心挂两头，自己也不好受啊！况且沈娘子已经等了您七年了，您忍心让她再等下去？不如把话挑明，两下清净。"

"你以为我不想？可话到嘴边，我如何说得出口？难道只有她在等我吗？我不是也在等她吗？眼瞅着我俩这事有转机了，可上天偏偏要叫我为难，看来我和她注定是有缘无分。"林岩歪坐在椅子上，无奈地叹了一口气。

这边林岩心中苦闷，另一边的沈清欢心里也不好过。

"你说他这话是什么意思？难不成是要把我和万长生凑做一对？他是不是见万长生住在咱们家，所以才误会了？"

沈清欢在房间里把刚才和林岩的谈话，一五一十地对绿尘复述了一遍。

绿尘低下头想了想，也不清楚这林公子的心思，于是开口道："我也不知道，许是你多想了呢。不过你既然怕他误会，不如找个机会和他解释解释。要我说也是怪你，为什么当初说万公子住在家里时，不在信上写明原因呢？"

"我……我怎么说得出口，那也显得我太心急了吧，而且关于长生的事是私密的事情，又一句两句话说不清楚。我原本是打算等林大哥来了，再找个时间和他细谈的。可谁知道，林大哥这次来东京城，对我态度这么奇怪。"

"行了，你打算告诉他了，还在乎时间早晚？索性今天就告诉他，也正好看看他是什么意思。"

听了绿尘的话，沈清欢想了想觉得有道理，觉得不如今晚把话挑明，本来两人就是互有情意的，何必害羞。

第二十章　樊楼吃饭偶相逢

沈清欢拿定主意后，就躺在床上午睡。睡了有大半个时辰后，她醒了过来，却发现母亲正在床边的绣凳上为自己打扇。

"大中午的，您怎么不睡觉，跑到我这里来了？"

沈清欢从床上坐起来往里侧挪去，让母亲也坐到床上来。等母亲坐好后，她一边问母亲来的原由，一边从母亲手中接过扇子，轻轻地给自己的母亲扇风。

"我睡不着，过来看看你，你怎么没在屋里放些冰呢？虽说已经过了处暑，可秋老虎还是不饶人的。再说了一些冰块能值几个钱？把自己热病了，岂不是更划不来？"

沈清欢一向节约，却从不曾克减父母的用度。沈父、沈母的屋子里寒冬有炭炉取暖，盛夏有冰块降温，一年四季没有为冷热发过愁。今日沈夫人心有所动，来看女儿时竟发现她屋子里的冰块早早地命人撤下去了，心里不由得又爱又怜，索性坐在床边为女儿打扇。

"您又不是不知道，我一贯是怕冷不怕热的，除非是热极了，否则我是不喜欢用冰的，您别以为我是心疼钱。"

"你呀，打量为娘不知道你的心思啊！"沈夫人点了点女儿的鼻头，嗔怪了她一句，沈夫人知道女儿是在宽慰自己。女儿自从丈夫重病后，活似换了个人，以前是不知道东西金贵，花钱大手大脚，现在却是太过精打细算。

"阿娘，你为什么睡不着呀？"沈清欢难得享受母亲的温柔，一边为母亲扇风，一边靠在母亲肩头腻声撒娇。

"我是想着我们清欢长大了，该到嫁人的时候了，可是娘心里还是舍不得啊。"

老两口就这么一个女儿，如珠似宝地娇养着长大。沈夫人原本想着女儿嫁到万家，既富贵又不会受委屈，关键还是在自己眼皮子底下，只要想女儿了，抬抬脚就能见着面。

可谁能想到沈老爷竟会突然病重，一个娇弱的女儿家被迫承担起养家的重任。好不容易沈家的产业稳定住了，沈老爷的病也有了起色，可女儿偏偏看上千里之遥的林家公子。

沈夫人今日见了林岩也觉得满意，不论是长相还是才干抑或是人品，都是极好的，女儿的眼光不错。可一想到山高路远，骨肉分离，她的心中就难过起来，躺在床上怎么也睡不着，于是来看看女儿。

"那要不然，您和爹也陪我去泉州吧，这生意哪里都能做的。"沈清欢被母亲的话触动心肠，扇风的手也慢了下来。

"说什么傻话呢？咱们家好不容易才在东京站稳了脚，哪能轻易离开？你爹也肯定不会背井离乡跑去泉州做生意。你不是不知道那些管事的个个滑头，一个注意不到，他们就要从中揩油。"

沈清欢渐渐难过起来，父母年事已高，自己却抛家舍业地要远嫁，细细想来自己甚是不孝，连照料父母都做不到。

"你别难过，娘说这话不是怪你，就是心里舍不得你。"沈夫人见女儿难过，连忙安慰她。

母女两个凑在一起，说了好一阵子知心话，直到沈夫人有些乏了，才回自己屋了。

沈夫人走后，沈清欢靠在床边默默想着心事，一时间对未来有些忐忑。

日落西山，暮色四合，沈清欢换了一身新的装扮带着绿尘去找林岩。

"林大哥，休息好了吗？"

"嗯。"林岩正坐在桌边看书，听见她的话抬头应了一声，然后笑着说道，"怎么好端端的又换衣服了？今天上午的就挺好看的呀。"

"天气热，我怕衣服上有味道，所以才换了。我看现在天气也凉快，咱们现在就出门逛逛吧。"

沈清欢没好意思说实话，她是特意为林岩换的衣服，不是有那么一句话嘛，女为悦己者容。

"哦，是这样啊。可是咱们俩出门去玩，把两位老人撇在家里好吗？"

"那有什么呀！我刚刚从我爹娘那边过来，他们俩图清静不肯去呢，再说他们整天待在东京城都玩腻了。"

"行，那咱们走吧。"林岩把手中的书放到一边，带着小厮和沈清欢出了门。

为了让林岩好好看看东京城的人情风光，两人出门时没有坐马车，只是带着小厮婢女闲逛。

长街十里，行人如织，张灯结彩，白夜如昼。夜市的街道两边多是些卖小吃的，只听得叫卖声阵阵。

"林大哥，你看看想吃些什么消消暑气。"沈清欢指着两边的小吃摊子问他。

林岩看了看，四周多是卖冷饮甜品的，例如麻饮细粉、素签沙糖、冰雪冷元子、水晶角儿、生淹水木瓜、药木瓜、鸡头穰沙糖、甘草冰雪凉水、荔枝膏什么的。

"倒也不饿，要不先喝点冰雪甘草汤吧。"林岩指着身边的摊子说道。

"好，老板，两碗冰雪甘草汤，两碗木瓜渴水。"沈清欢自然是听他的，在问了子墨和绿尘喝什么后，她直接给老板报了数。

沈清欢和林岩坐一张桌子，绿尘和子墨坐另外一张。

等到老板上了冷饮后，沈清欢边喝边和林岩说话："你看那边，那是夜场的瓦舍，里面有演小曲的，有演杂剧的，有玩影戏的，有玩傀儡戏的，还有说唱诸宫调的。可谓十样杂耍，样样齐全。而且听说最近上了新戏，你要去看看吗？"

"好呀，一会儿咱们去看看。"林岩看沈清欢兴致勃勃，于是顺着她说道。

喝完冷饮后，两人在瓦舍中消磨了多半个时辰，听了些新戏，沈清欢看林岩似乎觉得有些无聊的样子，于是提出去吃饭。

出门后两人一路说说笑笑，待到了东京城东华门外的景明坊，沈清欢指着一处高楼道："这就是东京城中最豪华的酒楼——樊楼，老东京人都叫它白樊楼，以前上元节时太祖皇帝还在此处看过杂戏呢。"

"原来这就是樊楼啊，果然气势辉煌。"林岩抬头看去，只见樊楼楼高三层，五楼相向，灯火通明，人声鼎沸。

"那可不是，这可是东京最高最大最好的酒楼，站在三楼西面还可以看见皇宫大内呢。樊楼每天接待的客人有千人之多，那赚的银子可海了去了。走吧，我特意让你空着肚子出来，就是为了来这吃饭的。"

"行啊，宰你这个小气鬼一刀。"林岩拿着扇子指着她笑道。

"我何时对你小气过？"沈清欢笑着反问他，不待林岩回答，她直接前行引路。

林岩被她问得怔住，落后了她几步，看着扇子上坠着沈清欢为他精心打的络子，心中暗道，你待我从来都是情深义重，可惜我却注定要负你了。

沈清欢见他迟疑，催促他道："怎么了？我又没真生气，你还不快跟上来。"

林岩听见她的话，也快步跟了上去，两人并肩往里去。

沈清欢早派人订了一个二楼的包间，二人进楼后直接就往楼上去，不料正和一位下楼的貌美女子迎面相逢。

沈清欢见到来人，不由得暗叹真巧："杜姐姐，你怎么也在这里？"

杜若只微微一笑并没回话，沈清欢机灵得很，看到她身后的丫环抱着一把琵琶，顿时明白她是被人点了花牌来陪人解闷的，于是心中暗骂自己没眼色。

"沈妹妹，这位是？"杜若看着沈清欢身边的林岩问道。

"他是泉州来的林岩林大哥，我以前出海时多承他照顾，这次他来东京游玩，我便陪着他一起转一转。"沈清欢为两人引见，"林大哥，这是得意楼的杜若娘子，人美心善，精通音律舞蹈，文采也是一等一的好。"

"哦，是吗？"虽没来过东京城，可得意楼的大名，林岩可是听说过的。他打量了对面的女子一眼，觉得看起来并非轻浮贪财之人，于是叉手道，"杜若娘子，在下有礼了。"

杜若也在打量着他，见他没有瞧不起自己的意思，也回了个万福道："林公子多礼了，小女子实在是受不起。"

然后杜若又笑着对沈清欢道："相逢即是有缘，沈妹妹，不如今天让我做东，请二位吃上一顿饭如何？"

沈清欢着实猜不透这位杜姐姐的心思，本来她是打算在樊楼和林岩坦白心声的。现在见杜若开了口也不好拒绝，于是只好笑着同意了："杜姐姐，你请吃饭可以，但要我付账，要不然我可不让你请。"

"好。"杜若点头应是，和他们一起上了三楼的雅间。

雅间里早早地就有机灵的店小二阿金等在一旁，随时侧耳倾听客人的要求。

"杜姐姐，林大哥，你们看你们想吃些什么呢？"沈清欢把菜单递给他们，要他们先点。

"我吃什么都行，还是杜姑娘先请吧。"林岩推让着把菜单递给杜若。

"我客随主便，你做主看着点就是了。"杜若又把菜单递回到沈清欢手中。

沈清欢看了看两人，不愿再推来让去，于是说道："没事，反正你们俩的口味我也清楚，那我做主就替你们点了。"

阿金和沈清欢是相熟的，于是她招手把阿金叫到身边，说："阿金，先要一道百味韵羹,再随意上四碟按酒的果子。然后再要一份糖醋熘鱼,一道葱泼兔,一道夏冻鸡,一道黄雀鲊,至于素菜,挑我往常吃的上个四五道就行。点心呢,就上芸香绿豆糕,玫瑰山楂饼和四色如意糕好了。"

阿金记住菜名后,又问道:"知道了,沈娘子,一会儿就上菜。不过您看上什么酒好呢?"

"那就两壶眉寿好了,还有我们不要酒博士。"樊楼的眉寿酒和和旨酒是极有名的,沈清欢想着自己三人都还算有酒量的,于是没有要果子酒,点了两壶眉寿。

阿金道了声喏,下去报菜了,包间中留下三人对坐。

第二十一章　三人对坐各有思

"林公子这番来，预计在京中停留几天呢？"杜若似是有些好奇地问道。

"五六天吧。"

"这林公子当真是有心，千里迢迢从泉州赶来就是为了在东京待上五六天，沈妹妹好福气啊！"

杜若的话中似乎带着讥诮，脸上的笑也是冷冷的。

"早已经和清欢妹子约好了时间，再远我也要来。"

"是吗？林公子原来如此守诺，就是不知对其他人是否也是如此。"

林岩也觉出杜若有些针对自己，却不知何处得罪了她，仍是好风度道："君子重诺，对别人我自然也是如此。"

"是吗？"杜若冷笑一声，十分不屑。

沈清欢不明白杜若的反常，先是强行加入两人的饭局，现在又开始有些阴阳怪气。

"杜姐姐，你今天是怎么了？只一个劲地儿问林大哥话，也不说理我一理，我要吃醋了。"沈清欢不清楚原由，只好笑着打岔。

"好妹妹，你别怪我，实在我从未见林公子这般多情风流的人物，今日一见由不得我不好奇啊！"杜若恢复了往日的态度，盈盈笑道。

沈清欢暂时压下心中的不解，只顾和杜若笑闹，林岩在一边默默地思索杜若针对自己的原因。

"沈娘子，您点的菜齐了，三位贵客慢用。"

不多时，阿金让伙计带着酒菜进入包间，把桌子上摆得满满当当。

沈清欢招呼众人吃菜，又殷勤地把酒为两人倒上："今日难得有缘相聚，大家共饮此杯吧。"

沈清欢和林岩都痛快地一饮而尽，杜若却没动酒杯："沈妹妹，我不胜酒力，就不喝了，你们只管乐你们的。"

一场宴席下来，杜若既没举筷也没动杯，时不时地还冒出一句两句冷嗖嗖的话，叫人尴尬不已。不过沈清欢和林岩俱是商场老手，两人插科打诨没让场面彻底冷下来。

沈清欢三人这边谈笑风生，沈家里饭桌上的万长生没见到她人，却是心里闷闷不乐。

"清欢姐姐和林公子，怎么没来吃饭？"

"他们俩逛夜市去了，咱们只管吃咱们的，正好让婶婶好好疼疼我们长生。"沈夫人见他兴致不高，特意替他夹了菜哄他。

"清欢姐姐怎么不说带上我？我可是老东京了，哪里好吃好玩，我最晓得了。"

"你跟过去煞风景呀？"沈夫人扭头对沈老爷笑道，"长生还是太小了，还不会看眼色呢。"

沈老爷听了万长生的话心中隐隐约约存了个影，但是他不敢问出口，万一是真的，他更是两头为难了，只好说了句："别在孩子面前乱说，吃菜。"

万长生吃过饭后，快快不乐地回了书房，拿起一本自己刚刚开始研读的典籍继续看。只是他心中到底有事，一会儿觉得灯火晃眼，一会儿又觉得椅子硌人，一会儿又觉得笔墨难用，总之是一切都不顺心。

眼瞧着夜色越来越暗，他索性拿着书跑到沈清欢的房间里，问兰香道："兰香，我清欢姐姐还没回来吗？"

"娘子和林公子玩去了，估计要好久呢！万少爷，您找娘子有事？"

"我看书时被难住了，想让清欢姐姐给我讲讲。"

"娘子现在不在，要不您去问问老爷，他也许知道呢？"

"我问过了，沈叔叔说他也不清楚。"万长生的瞎话张嘴就来。

"哦，那要不您先回去看看其他书，等娘子回来了，我告诉她一声。"

"不行，不知道答案，我什么都没心思做。"

"夜市繁华，他们玩到四五更天也说不准呢。要不您明天再问吧？"兰香还是想把万长生撵走，这大晚上的，一个男子坐在女子的闺房里像什么样子。虽说沈清欢把他当弟弟看，可终究还是不合适。

"没关系，多晚我都等。"万长生像是听不懂兰香的暗示似的，一屁股坐在外间不走了。

兰香这下无奈了，这万少爷说到底也是这府里的主子，她一个下人也不敢明着赶他走，只好随他去了。

宴席完毕后，沈清欢带着绿尘下楼去往柜台结账，杜若见她走了后，便开口道，"林公子，您真是好悠闲，眼瞧着九月初三就要成亲了，也不说在家准备准备，就这样上京游玩起来了。"

林岩吃了一惊，不知道这远在东京城的杜若娘子是从哪里知道的消息，不过他也知道了杜若对自己没好脸色的原因："虽然不知杜若娘子从谁那里听来的消息，不过林某之事不需要您来操心。"

"我向来不爱管闲事，不过事关我的朋友，我自然要管一管的。清欢看样子还是一无所知呢，不知林公子要蒙骗她到何时？"

"我从未骗她，我只是不知从何说起。"林岩被杜若的一个"骗"字惹恼，脸色彻底冷了下来。

"是吗？我看林公子是两头瞒，一面享受着红颜知己的温声细语，一面又贪恋未来夫人的权势富贵，你可真是斯文败类、衣冠禽兽。不过比起清欢，我更心疼你未来的娘子，她可是要把自己的一生交付给你的，苦哦。"杜若向来嘴不饶人，一句快似一句。

林岩刚欲反驳，沈清欢已带着绿尘回来，于是急忙收声，和杜若两个人恢复成相对无言的样子。

沈清欢见两人脸色都不太好，却不知道原因，只好说道："已经结过账了，这夜越发深了，杜姐姐，咱们就此散了吧。"

"好。我先行一步，两位不必送了。"杜若起身带着丫环走了，临走之际似笑非笑地横了林岩一眼。

"这杜姐姐往常不是这样轻狂的人，今天许是在客人那里受了气，所以才会这样奇怪，林大哥你千万不要放在心上。"

杜若走后，沈清欢忙不迭地跟林岩解释，怕他对杜若有不好的看法，毕竟杜若也是自己的好朋友。

"我知道，我不会生气的，咱们这就回去吧。"林岩笑着颔首，示意自己并不介意。

沈清欢原本是打算今晚和林岩把事情挑明的，可现在局面尴尬，她也没有心思说了，只想着等林岩临别时再说也不迟。

回到沈府后，两人各自回了房间。沈清欢刚入自己的屋门，就看见了万长生坐在外间的桌子边。

"这么晚了，你怎么在我这里？"

"我今天看书时，遇到了难题，想着来找你问问。谁知道你不在，我就在这里等你了。"万长生扬了扬手中的书道。

"明天吃早饭时问也是一样的，何苦在这里钻牛角尖？"

"不行，不知道答案，我睡不着。"万长生执拗道。

"好吧，哪里不懂，指给我看。"

沈清欢见他好学，也不好打击他的热情，只得拖着疲惫的身子问他。

"这里，我看不明白。"万长生指着一处问她。

"哦，原来是这里，难怪你不知道，这是书中出了疏漏，撰书人自己的错误，并不是你学得不精的缘故。"

沈清欢坐在万长生身边为他细细讲解，绿尘见状拉了兰香出去："万少爷来了多久了？"

一直侍候在旁边的兰香，闻言抿了抿嘴感叹道："这万少爷真心勤奋好学，我都说了娘子估计回来会很晚，他硬是等了一个多时辰。"

"是吗？"绿尘打量着屋中坐在一起的两人皱起了眉头。

万长生问明白了问题后，笑嘻嘻地告辞离去了，沈清欢摆了摆手，让绿尘回房休息，自己也睡下了。

第二天早上，万长生早早地起了，连饭都没吃，直接去了茶坊上工。

"万哥儿，你今天怎么来得这么早？吃饭了没有呀？"掌柜的刚把门打开不久，就见万长生来了，于是好奇地问道。

"没事，我看错时辰了，还以为自己起晚了，所以才慌里慌张地跑来。"万长生信口胡诌了一个谎。

"这么说，你还没吃早饭呢？伙计，你一会儿出去吃饭时，也给我和万哥儿把早饭带回来吧。我吃两张大饼和一碗稀粥，万哥儿，你呢？"

掌柜的心知他是撒谎，也不揭穿，只叫住在店里的伙计给自己和万长生买早餐去。

"我要一个糖馒头和一碗稀粥，谢谢你了啊。"万长生觉得也不饿，就没要那么多。

等万长生和掌柜的吃过早饭后，楼里的茶博士就陆陆续续上工了。他们见万长生早早地来上工了，心里都是暗自奇怪，但是脸上却没显露分毫。

忽然茶博士王二郎在二楼笑着冲万长生招手道："哎，万哥儿，过来过来。"

一楼的万长生见他态度轻佻，有些不愿意搭理他，也没上楼，冲他问道："王大哥，喊我有什么事呀？"

"你上来，我有好事。"那王哥特意跟他挤了挤眼。

万长生见大家都在注意自己二人，他脸皮薄，终于还是上楼了："王大哥，你到底喊我做什么呀？神神秘秘的。"

王二郎把他拉到了二楼的一个点茶室里："昨天又挨客人骂了吧？"

"这二楼的地方就这么点儿大，您会没听见？您这是故意挖苦我吧。"万长生以为他故意讽刺自己。

"瞧你说的，我把你当亲兄弟看还来不及，怎么会挖苦你呢？"王二郎连忙保证道，"我是看你经常水温掌握不准，想要指点指点你。"

"真的假的呀，你可别逗我玩。"万长生十分兴奋，这王二郎虽说有些吊儿郎当的，可确实是有真本事。

"当然是真的了。"王二郎信誓旦旦道。

不对，万长生品出不对味来，这姓王的怎么这么热情呀？索性问道："王大哥，你是有事要我帮忙吗？"

"啧，兄弟你可真聪明，你看我都在这楼里待了三年了，这月钱也没涨过，要是可以的话，你多在少东家沈娘子面前提提我，让她对我有点儿印象就行了。"

"没问题。"万长生心里暗道，又不是让我给你涨月钱，提你两句也掉不了肉。

"行，我把我的看家本领听声辨水教给你。"

"听声辨水！真的吗？太好了。"万长生不由得兴奋，也高看了王二郎一眼，难怪那么多高官巨商点他分茶呐，原来手上功夫真不差。

王二郎教了万长生一会儿，见有客点自己去分茶，于是就先告辞了。临走时他看了万长生一眼，心道沈家娘子，我可是为了你知遇之恩啊，要不是你说提拔我去四川的茶楼当掌柜的，我才不管这落魄的公子哥呢。

第二十二章　欢乐已尽余恨生

林岩在东京待了五天，沈清欢特意把手头的事都放了下来，每天陪他到处玩。两人一时去勾栏瓦舍听曲，一时又去城中的各处酒楼吃饭，一时又去大相国寺烧香拜佛，在一起时欢声笑语不断。

今晚是林岩在东京的最后一晚，他请沈清欢一起去鬼市上玩。

"清欢，咱们去逛逛鬼市吧！"

"你要远行，今晚逛鬼市，你明天坐船时受得了吗？还是在夜市上玩一会儿得了。"

大宋的夜市和鬼市不同，鬼市是三更开五更散，沈清欢觉得时间太晚怕他身体吃不消。

"我以后可能都不会来东京城了，我想把那些没经历过的都体验一遍。"林岩静静地看着沈清欢，语带伤感道。

"嗯？"沈清欢有些不理解，奇怪地看着他。

"走吧，别带下人了，就咱俩一起逛逛。"林岩笑着揉揉她的头。

"哦，好。"沈清欢开心地笑了，她和父母交代了一声，就带着林岩出门游玩。

一路上两人玩玩闹闹，吃了一肚子的小吃，走到汴河桥边，恰巧遇到了一个打着幌子出摊的卖卦人。

只见那算命先生身材精瘦，一双老鼠眼滴溜溜地乱转，唇上的八字胡一翘一翘的，口里唱着"时运来转，买庄田，娶老婆"。

沈清欢有心点一点林岩，于是笑道："林大哥，你看那边有算卦的，不如咱们也去占上一卦？"

"我怎么不知道，你几时信这些江湖术士的虚妄之言了？"

"玩玩也无妨嘛，要是算得不准，也正好臊臊他。"

"行，都听你的。"

林岩笑着同意了，和沈清欢一起朝算命先生走去。

"先生，为我算上一卦吧。"

沈清欢坐在算命桌前，拿出一百文钱排在算命先生的桌子上，那人两眼放光便急慌忙地伸手拿钱，沈清欢一把按住铜钱："你先算我再给钱，算不准我可不给啊！"

"不知小娘子要问什么？"

"你觉得呢？"沈清欢笑眯眯地看着算命先生，一脸的逗弄之情。

算命先生多鬼精的人，他瞟了瞟沈清欢身边的林岩，看出两人之间的亲近，于是斩钉截铁道："姻缘！"

"嗯，算吧！"沈清欢面色绯红，不敢扭头去看林岩，强装镇定道。

"还请小娘子告知两位的生辰八字。"

沈清欢拿过摊子上劣质的纸笔写下了自己和林岩的出生时间，那算命先生接过后闭上眼睛开始掐指测算。

过了一会儿，那人睁开眼睛郑重道："小娘子，可要听真话？"

"自然。"沈清欢有些惊讶，莫不是有什么不好吗？

"娘子和这位公子之间，有缘无分啊！且不说两位生肖相冲，关键是你们两人皆是无根浮萍之命，只有相遇之缘，却无相守之分……"

沈清欢原本红扑扑的面庞一下子变得死白，好心情一扫而光，不等那人说完，她直接冲着那人怒道："闭嘴，谁听你的胡言乱语！再敢胡说八道一句，小心我撕烂你的嘴。"

那人苦着一张脸道："小娘子，我是靠算命吃饭的，若是想说些假话好听话哄您高兴也不难。我只是怕砸了招牌，日后没处吃饭，不得已才实话实说。这钱您收回去吧，只当我今日是鬼迷了心窍，胡咧咧吧。"

沈清欢没那么小气，把钱扔在他的桌子上，扭头也不管林岩跟没跟上，径直往前走去。

林岩趁沈清欢不注意，把一两银子放在了算命先生的桌上，红着眼眶涩声道："挺准的。"

那人不知道林岩何意，只看着他追上沈清欢，两人向夜市深处去了。

"走那么快，不累吗？"

林岩拉住疾走的沈清欢，沈清欢不高兴地道："本来出来玩，心里挺高兴的，谁知道碰见个神棍扫人兴致。他肯定是胡说八道的,先是说些子虚乌有骇人听闻的话,再让问卦人请教他解厄的方法,好诈人钱财。他别让我再看见他,不然我非打他不可。"

"如果我说,他算准了呢?"

"你什么意思?"沈清欢瞪大双眼茫然地问他。

"我……我要娶亲了,这次出海回来后,家里人就给我订了建州的一位娘子,我推不掉。"林岩艰难地说道,只盯着夜市上的花灯,不敢去看沈清欢的脸。

"你是推不掉?还是不想推?"沈清欢咬紧牙关,忍着泪问他。

"我既推不掉,"林岩握紧了手中的扇子低声道,"我也不想推。"

"不想推?到底是哪家的娘子这么好啊?"沈清欢一下子气笑了,带着哭声问他。

"建州,叶家。"

昔年沈老爷曾长期往返东京建州两地贩茶,沈家后来又在建州置办了茶园,因此林岩只提了一提,沈清欢就知道是哪家的女儿了。建州大姓叶家,书香世家,他家的女儿怕是人人都要抢破头的。

"原来是他家的,难怪呢,官宦之家的千金贵女,自然要比我这小门小户的商家女子强得多。"

沈清欢气狠了,也顾不得什么伤人不伤人的,只管自己痛快,说完扭头就要走。

"清欢!"林岩拉住她的手,用嘶哑的声音喊了她一声。

沈清欢的心顿时软了,她知道林岩不是故意骗她的,这些年的情意做不了假,于是沉声问道:"若不是今晚的巧合,你打算什么时候告诉我,你要成亲的消息?"

"当时一订亲,我就想告诉你,可是我想着不如亲自见面告诉你。我来东京后,见你这么高兴又打算临别时告诉你。这要走了,我怕你不开心,我又打算回家后写信告诉你。可是我想回到家以后,可能依旧没有勇气告诉你这件事。"林岩从来做事果决,唯独在这件事上一拖再拖。

"我会和万长生退婚的。"沈清欢忽然抱着他哭道,"难道我和他退婚之后,我和你之间也不行吗?"

"清欢,你应该是一只自由自在飞翔的海鸟,不应该囚禁在深宅大院之中,我不想你以后恨我。"

"你错了,我现在就恨毒了你。"沈清欢最终还是失望了,从他手里挣脱开手,一路含着泪跑走了。

林岩站在熙熙攘攘的夜市中看着她离开的背影,纵是身边人声喧闹,他依然仿若置身无人之地。他此生最初的爱恋，就这样被他亲手推开了。

沈清欢不知道自己是如何浑浑噩噩地走回家中的，回到房间，兰香被自家主子苍白的脸色吓了一跳，张口刚要问她怎么回事，就见她大串大串的泪水滚滚而落。

"娘子，可是在外面受了什么委屈不成？"兰香一时之间手足无措，只能拿着手帕为她拭泪。

沈清欢摇了摇头，喉头哽咽道："兰香，你睡去吧，我想安静一会儿。"

兰香不愿离开，见主子实在是坚决，于是她跑到外面指派了个小丫环，让小丫环把绿尘找来。兰香吩咐完后，又赶紧回到门外守着，她怕娘子做傻事，时刻侧耳听着动静。

不多时，绿尘急匆匆地跑来了，身上的衣服也没穿整齐。

"怎么了？有什么大事，这么火急火燎地把我找来。"

"不知道，就看见娘子回来就哭得难过，问她原因她也不说，还把我赶到了屋外，我实在放心不下。绿尘姐姐，娘子最听你的话，你去劝劝她吧。"

绿尘推开房门进去，就听见沈清欢厉喝一声："出去。"

"是我。"

绿尘知道她一贯好强，哭的时候甚少，当初沈老爷生重病时，她也是日日里强挺着不哭，夜里背人时才哭的凄切。

绿尘没听到沈清欢反对的声音，就慢慢地走到她身边揽住她入怀："你只管哭吧。"

沈清欢仿佛满肚子的委屈找到了出处，趴在这个如同姐姐一般照顾自己的女子的肩头，她伤心欲绝地痛哭道："绿尘姐，我好难过，我的心都要碎了。"

"那你就哭出来好了，别忍着。难过，本来就要哭的。"绿尘轻轻地拍她的肩头，让她安心地放声大哭。

两人无话，沈清欢哭累了，就睡着了，连在睡梦中也皱着眉头。绿尘看沈清欢睡着了，便轻手轻脚地把她扶到了床上，又给她换了寝衣脱了鞋，盖上一条薄毯。

绿尘轻步出屋，就向兰香询问道："娘子出门干什么去了？"

"没干什么呀？就是和林公子一起逛夜市玩啊。"

绿尘咬了咬下唇，心中有了猜测，她无奈地叹了一口气："兰香，今晚我和你挤着睡吧，我怕娘子半夜有事。"

"你不说,我也想让你睡这儿呢,你在这儿我才安心。"

一晚上,绿尘都没有睡踏实,她半夜起来了好几次去看沈清欢,好在沈清欢哭完以后睡得很熟。

第二天清早,兰香探头探脑地在屋门口伸头问道:"绿尘姐姐,这林公子要走了,不让娘子去送一送吗?"

"娘子累了,让娘子睡吧,昨夜娘子醒来时她嘱咐过,让我去送的。"

"哦。"

绿尘带着满满当当的回礼,把林岩送到了渡头,林岩没见到沈清欢来送,心中也是酸涩,在看见回家的船后,他叉手行礼道:"绿尘姑娘,不必送了,我这就告辞了。"

绿尘行了个万福道:"林公子,好走不送,祝你一路顺风。"

林岩最后深深凝望这繁华的东京城一眼,然后头也不回地进了船舱。

绿尘回家后去看望沈清欢,就见她红着眼眶穿着寝衣坐在床上,既不洗漱也不更衣,只是直勾勾地盯着前方发傻。

"还难过呢?"绿尘坐到她身边问她,"你到底为什么哭得这么伤心?林公子和你说什么了?"

沈清欢本来正在发愣,听见她提了林岩,眼泪就又夺眶而出了。

绿尘心里有了个大胆的猜测,于是她试着问出了口:"莫不是林公子要和别人订亲了?"

"不是,"沈清欢语带哽咽道,"是他要娶亲了。"

没想到事情比自己预料的还糟糕,绿尘一时也不知该说些什么安慰沈清欢才好。

"绿尘姐,你说男人的心为什么都可以变得这么快,变得这么狠?"

绿尘没有回答,只是问道:"难道你没跟他说,你要和万少爷退婚了吗?"

"我说了,我告诉他我要和万长生退婚了,可是他说,他不想推掉他的亲事。"

绿尘忽然想起自家的往事,心头一阵酸涩。不过,她仍柔声问道:"哪家的女儿这么好呀?"

"建州,叶家的。"

"难怪。"绿尘一听,是建州叶家的,就丝毫不觉得意外了,她幽幽地叹了一口气,安慰沈清欢道,"前世有因,姻缘天定。这是你和林公子没有缘分,你也不要太过伤心了。"

"胡说！全都是胡说八道！"

沈清欢不是对绿尘发脾气，而是忽然想起了昨天在夜市上给自己算命的有老鼠胡子的先生，气得她直骂他。

如果不是他拆穿了这温情脉脉的假象，至少自己还可以再怀着梦想甜蜜幸福一阵，至少不用现在就面对这残酷的现实。

第二十三章　往事难追应相忘

中午时分，沈清欢派兰香到主屋给父母送信，说自己不太舒服，就不出来吃饭了，让兰香从小厨房端去屋子里吃。

"清欢不舒服？"沈夫人蹙起眉头问道，"严不严重啊？娘子是头疼脑热？还是身体乏力啊？你怎么早些不禀报，绿尘也没说是什么毛病吗？"

"绿尘姐姐说了，娘子只是昨天玩得太晚累着了，再加上有些上火，所以才心情烦躁睡不好，以至于头疼了。其实并无大碍，还请夫人放心。"兰香按照娘子教的话，开始扯谎。

"放什么心啊，不行，我得去看看。"

"绿尘姐姐给娘子服了安神汤，娘子刚刚才睡下。夫人此时若去了，岂不扰了她的好梦。"

沈夫人疑惑道："往日她歇午觉时，我去看她，也没见你这么三推四阻的呀，今天这是怎么了？"

兰香赶紧恭敬地说道："夫人，我怎么敢阻拦您，我只是怕娘子睡得轻，醒过来就又睡不着了。毕竟昨晚她就烦躁得一宿没睡好。"

沈夫人想了想觉得有道理，女儿一向身体康健，这几日玩累了，也是可能的："行吧，娘子醒了以后，派人来叫我，我去看看她。"

"好。"兰香应承了一声，赶紧溜了。

兰香的话没毛病，可神情动作太紧张了。沈老爷和沈夫人在兰香走后，交换了一个眼神，两人心中都有了不好的预感。

沈清欢的房间里，她因为双眼哭得红肿，所以才推说身体不舒服不肯去吃饭，只是怕父母见到自己的样子担心。

沈清欢跌坐在地上，从一个精美的盒子中，拿出记录自己和林岩来往的厚厚一叠信，预备一封封扔向一旁的火盆中燃烧。

沈清欢先是把第一封信引燃，看着赤红的火舌舔舐着雪白的信封，昔日的过往尽数浮现眼前。她又蓦地把信封上带着的火苗用鞋踩熄，看着雪白信封上蔓延乌黑的痕迹，她无声地流下泪来。

七年，整整七年，沈清欢在及笄之年遇到林岩，仿若落水的失足者遇见了救命的浮木。她把他当作同行的伙伴，当作身后的依靠，当作未来的希望。她猜想未来两个人可能会有诸多艰辛，可从未想过他会放开自己的手。

沈清欢心如刀绞，泪流满面，她舍不得忘了过去，跪在地上安静地把散落一地的信封收好又放回盒子中，用精巧的小锁锁好盒子，把往日的情分妥帖收好。

哭了一天后，第二天沈清欢又收拾妆容装作无事发生。

早饭时，沈夫人关心她道："昨天，你身体哪里不舒服了，要不要请大夫来看看？"

沈清欢笑着和她说道："我昨天就是累了，所以才不想去吃饭。"

"对了，我想起来了，前天夜里你和林公子去逛了鬼市，难怪会累呢。都是娘想得不周到了。对啦，林公子有没有说，下次什么时候，再来东京城玩儿呀？"

"他以后应该都不会来了。"沈清欢捏紧筷子道。

沈父沈母不明白女儿的态度为何冷了下来，心中都有些疑惑，不过见女儿神色黯淡，也都没有问出口。

家里人见沈清欢反常，吃过饭后沈家二老把绿尘留下，打算从她那里问出事情的真相。

"绿尘，我有些事儿问你。"沈夫人知道沈清欢把绿尘当姐姐看，有什么事从不瞒着绿尘。

"夫人要问什么呢？"

"娘子是不是和林公子发生什么争执了？"沈夫人不知就里，还以为两人只是闹了别扭，清欢在和林岩赌气而已。

"这……我实话和您说了吧，林公子要娶亲了，是建州叶家的女儿。"绿尘知道纸包不住火，索性也不瞒了。

沈家二老知道了真相，颓然地摆摆手，让绿尘离开了。

"这混账东西！他有了未婚妻子，还敢攀扯清欢，别让我再见到他，要不然我非打断他的腿不可。"一贯好脾气的沈老爷气得脸红脖子粗，在正堂里来回地转悠。

"别气了，现在说什么也都晚了。幸好，这死小子还算有良心，最起码清欢还是清清白白的女儿家。"

沈夫人庆幸自家女儿虽然失了心，但是没有失身。更庆幸的是，当初林岩上京时，二老对自己的亲朋好友也只推说他是女儿的朋友，没说两人可能会成亲，这才没让女儿沦为东京城茶叶圈的笑柄。

"那清欢这么大了，以后怎么办呀？她会不会以后就不想再觅良人了？"

沈老爷拐着弯子问沈夫人，沈夫人和他多年夫妻，还不明白他的心思，嗤笑道："别装了，你心里正美着呢吧！这下可遂了你的心愿了。"

"女儿伤心，我会不心疼女儿？不过这早日识破他的真面目，不比女儿嫁过去以后受苦让咱们伤心强吗？"沈老爷拉住沈夫人的手道，"我看长生似是对清欢有意，要把他们俩凑成一对，不是更好吗？"

"哼！你以为我没看出来长生的心思啊？我不是说长生不好，可女儿的婚事还是要以她的意愿为重，你可别光顾着你师父的孙子，忘了自家的女儿。"

"我不会强迫女儿的，我只是想着恰当时候，咱们可以推一把嘛。"

沈夫人点头同意了，现如今万长生变化巨大，犹如脱胎换骨，两家交好二十多年，她心里也是很看重万长生的。

"那要不要把这事跟长生说一下，也好让他安慰安慰清欢。"沈老爷征询自己妻子的意见。

"行吧，让兰香跟他说，咱俩就别开口了。"沈夫人想想同意了，但觉得两人不适合跟小辈说这个话题，就打算借借兰香之口。

沈清欢和万长生不知道沈家父母的打算，一个沉浸在失恋的悲痛之中，一个则忙着安慰对方。

九月初三，黄道吉日，宜嫁娶。

沈清欢早早地起了床，拿着一支竹箫望着窗外发呆，林岩已经离开东京有一个多月了，这些天来她除了头一日痛哭流涕，之后的日子里却是看不出一点儿反常。

待到天彻底亮起来时，兰香才起了床，在看到自家主子只穿着寝衣坐在床边，兰香连忙过去给她披了外衣。

"娘子，今天怎么起得这样早？您也不说叫我一声，我好起来服侍您。这都快霜降了，您穿着单衣还开窗，也不怕受了凉气。我看，还是先把窗户关上，等到中午暖和的时候再打开吧。"

"别关，我心里闷，想透透气。"

兰香想要把窗户关上，沈清欢伸手去拦她，兰香一时不防碰到了娘子凉凉的手。

"我的天老爷呀，您到底是坐了多长时间啊，这手这么凉。"这下兰香也顾不上关窗户了，夺过她手里的竹箫放在桌上，连忙给她呵气暖手。

"我没事，你只管忙你的去吧，让我自己静一会儿。"沈清欢看着兰香的举动，心里一阵熨帖，可还是提不起做事的心思。

兰香看不过主子意志消沉的样子，怎么，为了个不值得的男人还不过日子了？

"娘子，我说句实话您别生气，这人往高处走，水往低处流。林公子虽然是个难得的良人，可凭娘子的相貌人品家世，在东京城里挑个比他强的，也不是什么难事，您何苦为他伤心呢。"

"你还太小，不懂。"沈清欢垂下眼睑道，"这世上好男儿千千万万，可我心里只有一个他。"

兰香噘噘嘴，不高兴道："您心里有他，他心里没您，您每日茶饭不思，神思恍惚，心疼您的只有咱们自家人。您看看，老爷、夫人、万公子，还有绿尘姐和翠涛，因为担心您他们都瘦一圈了。"

沈清欢被她这话点醒了，一个多月时间里，沈清欢一直郁郁寡欢，每日里除了闷头忙茶坊的事，其余的时间都是静静地待在家中懒得出门，每日父母都变着说法地跑来看她三五趟。

沈夫人多沉不住气的人，因为女儿伤心也不敢开口询问，只每天掏空心思地亲自下厨做饭，只求女儿多吃一口饭。沈老爷背着人也不知道叹了多少气，看见女儿时又是强装无事。

万长生做得不显眼些，只每天捧着书本来问东问西，不让她有时间想那些难过的事。有时又说些茶楼里的新鲜趣闻给她解闷，哄她开心。

绿尘也是纵着沈清欢，对她的事不问不劝，只每日里陪着她静坐。翠涛太小，嘴巴又有些笨。所以每天只是和他姐姐一起来看她，用担忧的目光注视着她。

可兰香今天还是沉不住气了，直接劝起沈清欢来，沈清欢看了看镜中憔悴的自己，决定放过自己。

"你说得对，我实在不该这样。兰香，为我梳妆打扮吧，我要出去好好玩一天，然后把这些乱七八糟的事全部忘了。"

第二十四章　独自散心去消愁

沈清欢特意换了男装，吃过早饭后一个人带着一支竹箫出门了。

绿尘和兰香把她送到门口，兰香终于还忍不住是开口了："娘子，您出门至少有一个人跟着啊，你独自一人出门，万一出了什么事，可怎么是好？"

"没事，别担心，东京城我闭着眼都能走完，能出什么事？我就想自己一个人出去散散心，你们别跟着我了，让我自己走走。"

兰香求助地看着绿尘，绿尘没有要求陪沈清欢一起出门，只淡淡说道："行啊，你一个人出去散散心也行，不过子时之前一定要回家来，不然我们就只好派人满城去找你了。"

"行，我知道了，你俩回去吧。"沈清欢笑了笑，冲她们俩一挥手，转过身脚步轻快地走远了。

"绿尘姐，你怎么不跟娘子说要一起去呢？你要是说想陪着娘子一起走，她一定会同意的。可现在让她一个人出门，怎么让人放得下心来。"兰香有些埋怨绿尘不管沈清欢的事。

"兰香，有些事情只能靠自己，咱们说得天花乱坠，对清欢而言，她过不去的依旧过不去。不过我相信，从今天之后，她一定会好起来的。"

"为什么呀？"兰香不解地问道。

"你忘了今天是什么日子了吗？今天可是林公子娶亲的日子，娘子出门时带的那支竹箫，是两人的定情信物，看来娘子是下定决心要忘记林公子了。"

绿尘看着兰香仍是不解的样子，也不再多说，拉着她回了府。

沈清欢出了府，一时间竟不知道该往何处去。她从货郎那里买了一包冬瓜糖，在街上漫无目的地逛起来。

沈清欢从城东边走到城西边，从白天走到黑夜，一路上走走停停，吃吃零食，喝喝饮料。眼瞧着到了吃晚饭的时候了，她也恰巧走到樊楼旁边。

"呀，沈公子您来了，快请进，快请进，多日没见您，当真想念得紧呢。"在楼门口相熟的店小二阿金见到了她，以为她是来吃饭的，忙不迭地招呼她进楼。

"好啊，最近有没有上什么新菜呀？"沈清欢扬唇一笑，走进了樊楼，问阿金有没有新的菜色。

"这不到秋天了嘛，正好螃蟹也上来了，要不您尝尝咱楼里的橙酿蟹或者醉蟹？"

"行啊，给我来个三楼的雅间，我要一道橙酿蟹，你再拣两道我往日爱吃的菜，给我搭配着。对了，再给我来两壶和旨酒，我不要酒博士。"沈清欢一边点着菜一边上楼。

阿金知道沈清欢一般谈生意都是在二楼，今日却突然改了性子。看她点的菜量也是一个人吃的，可她却要了两壶酒。于是阿金不由得问道："您今个是自己吃饭，还是有人相陪呀？自己吃饭的话，一会儿有家人来接您吗？"

"怎么今天问得这么仔细啊？"沈清欢没有回答。

"我不是怕您自己一人喝醉了吗？到时候您可怎么回家呀？"阿金听出来沈清欢有些不高兴，连忙解释道。

沈清欢听了他的解释，笑着说："没事，我的酒量还是挺好的，两壶和旨酒不算什么，就是到时候我真醉了，你去我家请下人来接我，不就好了吗？放心，到时候少不了你的跑路钱。"

"那敢情好，不过您还是悠着点喝，您万一出了什么事，小的可担待不起。"阿金自是知道沈清欢的女儿身份的，生怕她酒后出了什么不光彩的事，樊楼担待不起。

"行了，行了，看你那胆小的劲儿，快去厨房给我报菜吧。"沈清欢已经走到了三楼雅间门口，于是轰他下去催菜。

樊楼楼高三层，是东京城中最高的建筑物，西面甚至可以看见皇宫大内。三楼雅间向来花费不少，沈清欢一向不舍得，唯独今日算是破了戒，花了大价钱哄自己开心。

不一会儿，阿金上齐了酒菜："娘子慢用，门外有伙计候着，若有事就只管招呼。"

"行，你下去吧。"

沈清欢不忙着吃菜，先为自己倒了一杯酒，一仰脖子喝了下去，一顿饭沈清欢也只吃完了橙酿蟹，其余的菜只是略微动了动，两壶和旨酒倒是喝得一干二净。

"伙计，再上两壶和旨酒。"沈清欢走出门，对屋外的伙计吩咐道。

"这，……沈娘子，刚才阿金哥说了，可不能再给您上酒了。"

"你听他的还是听我的？小心我向你们老板告你的状。"门外的小伙计，不过是个十三四岁的少年郎，沈清欢看出来他是新来的伙计，于是恶趣味发作，故意吓唬吓唬他。

"知道了，我赶快给您上酒。"少年郎赶紧跑下去为她要酒。

"沈娘子，您的酒来了。"送酒来的人是阿金，那小少年机灵，明着说要酒，暗地里通知了他，"您说您，喝酒便喝酒吧，吓唬小孩子干什么？"

阿金进樊楼时头一个伺候的客人就是沈清欢，几年下来两人也算是熟人了，因此说话也直来直去。

"我不是见他面皮嫩，逗逗他玩嘛，怎么这小孩还当真了？"沈清欢笑着问他。

"那可不是嘛，刚从乡下来的学徒，经得起您逗？还有，这两壶酒喝完，您就回家吧。"

"怎么，赶我走呀？小心一会儿我就告诉你们掌柜的。"沈清欢故技重施，语带威胁道。

"您放心，掌柜的肯定只会夸我，不会骂我，说不定还会和我一起赶您回家。"阿金也不怕她，只是嗤嗤地笑。掌柜也怕沈清欢在酒楼里出事，万一她出了事，樊楼的生意就甭想做了。

"行了行了，我心里有数。"沈清欢不耐烦地道。

黄昏时分，万长生从茶楼回到家中，就先跑到沈清欢住的地方去看她，刚巧看见了屋门口凳子上绣花的兰香。

"兰香，我清欢姐姐在不在？"

"娘子出去散心了。"

"啊？那她去哪儿散心了啊？"

"娘子没说具体的地方，只说自己要出去走走。"

"那她什么时候才回来啊？"万长生不死心地接着问道。

"娘子没说，不过怕是要到晚上才回来呢。"

"哦。"万长生什么也没问出来，闷闷不乐地低头走了。

吃晚饭时，万长生也没看见沈清欢的人影。眼瞧着天色越来越晚，万长生又拿着书跑到了她的住所，去问兰香沈清欢回来没有。

"兰香，清欢姐姐还没回来吗？"

兰香正在屋子里和厨娘家的小丫头翻花绳玩，兰香见万长生又来了，也不起身行礼，有些没好气地回道，"没呢。"

"那她走的时候，没说什么时候回来吗？你看天都这么晚了，要不要去找找她啊？"

"万少爷您放心，子时之前娘子肯定回来。再说了，现在才是戌时三刻，正是东京城人多好玩的时候。"

"那行吧，你家娘子要是回来了，你派人告诉我一声。"

"知道了，万少爷慢走。"兰香天天见万长生，早没有了当初的拘谨，仍坐着和小丫头玩，只是口头虚送了送他。

万长生走后，厨娘家的小丫头问兰香道："兰香姐姐，你用这样的语气跟万少爷说话，也不怕万少爷怪罪你。"

"不会的，万少爷脾气好得很。再说了，他这些天来每天至少五六遍地往这跑，熟得很，娘子也对我说过，用不着这么多礼数。"

"一天五六遍，他干吗跑这么勤啊？"

"万少爷问题多呗，不过他可真够勤奋好学的。"兰香一边翻花绳一边回答小丫头的问题。

万长生又在房间里等了两炷香的时间，实在不好意思去问兰香了，索性去了门口问看门的云大爷。

"云大爷，你见我清欢姐姐回来了吗？"

"我没见着她回来啊。"云大爷正在拿着糖果逗小孙子玩，见万长生来了赶忙起身。

"行，我知道了。"

万长生听了他的回答转身走了，刚走没几步又转回身走出了沈府的大门。

"万少爷，您去哪里啊？要不要让白泉跟着您？"云大爷见他去而复返，不解地问道。

"不用叫白泉，我就是随便出去走走。"万长生笑着说道。

万长生实在放心不下沈清欢，有些害怕她做什么傻事，于是走出沈府后一路问着人去找沈清欢。

在万长生离樊楼还有一定距离的时候，店小二阿金匆匆忙忙地从他身边跑了过去，然后又转头喊他，"万公子？"

"怎么了？"万长生虽然以前也是樊楼的常客，但和阿金不熟。

"真是万公子您啊！"阿金刚刚还以为自己看错了，他赶忙走到万长生的身边，"您快去看看吧，沈娘子喝醉了，正在樊楼里撒酒疯呢。"

"啊，什么？"万长生有些不敢相信自己的耳朵。

"沈娘子喝醉了，非要爬樊楼的楼顶，现在正在三楼雅间闹呢。我刚刚就是要跑去通知沈家来领人的。"

"快走！快走！"万长生万万没想到沈清欢竟会如此疯狂，连忙向樊楼跑去。

第二十五章　借酒装疯上樊楼

万长生跟着阿金快速地跑到了樊楼三楼的雅间前，站在门外他深吸了一口气清醒一下头脑，这才推门进去。

万长生原本以为沈清欢会披头散发地满地打滚，却没想到沈清欢只是双眸发亮地对着掌柜的砸钱。

"三两银子还不够？行，我给你五两！"沈清欢的神情很正常，可说话时舌头却僵直了。

"沈家小娘子，我说了不是钱的问题。"掌柜的苦着一张脸哀求道。

"我给你十两！"沈清欢不改抠门本色，自以为豪气冲天地说道。

掌柜的无奈地抚了抚额，唉声叹气地说道："沈娘子，我家酒楼可以说是日进斗金，您这点儿钱我真的看不上！您别闹了，成吗？赶紧回家去吧。"

"我不管，我就是要爬到楼顶上去。"沈清欢固执地说着，双眼已经开始泛红。

"一百两！"站在一边的万长生开了口，递出一张交子，"我出！"

掌柜的咽了咽口水，接过交子，发狠咬牙道："行吧，我现在就给沈娘子找梯子去，不过万公子您可要小心地看好沈娘子。她喝了这么多，万一摔下来，小店可担待不起！"

掌柜的派阿金和其余的伙计下去找梯子，自己为两人关上门出了雅间。

"你来了？"沈清欢用手支住下巴，冲万长生嘿嘿傻笑。

万长生坐到了她的旁边，看着桌子上散落的四个酒壶，"嗯"了一声。

"万长生！"沈清欢忽然用双手捧住万长生的脸，然后越靠越近，万长生红着脸想挣扎，不料酒醉后的沈清欢却有一股蛮力。

"万长生，你知不知道……"沈清欢的脸和万长生只隔着不到两指的距离，他可以感受到沈清欢呼吸间的酒气，看到沈清欢脸上细小的绒毛。

"知道什么？"万长生盯着沈清欢红润润的双唇道。

她想说什么？她想干什么？万长生的脑子都要爆掉了。

"你知不知道，我真的真的好讨厌好讨厌你？"沈清欢用力地把万长生的脸挤成一团，眼泪簌簌而落，"我讨厌你，全大宋的人里我最讨厌的就是你！"

万长生红通通的脸"唰"的一下变得死白，双手用力抓住沈清欢的手腕，把脸从她手中挣脱出来，张口就说："我也最……"

反唇相讥的话说了一半，他还是吞了下去，看着女子哭得上气不接下气，他失落地叹了口气，拍了拍她的肩膀，安慰她道："没关系，我不讨厌你。以后，我也会学着让你不讨厌我，慢慢喜欢我的。"

沈清欢吸了吸鼻子："谁要喜欢你？我有喜欢的人。"

"好好好，那你就继续讨厌我。"万长生随口哄她道。

沈清欢趴在桌子上哭了一会儿后，竟然歪着头睡着了，发出细微的鼾声。

万长生盯着沈清欢打量，她白净的脸庞上满脸的泪痕看起来格外可怜，他起身去拿屋里干净的毛巾过来为她擦眼泪，不料她一翻身又坐起来开始闹。

"我要上楼顶。"她盯着万长生十分认真地说道。

"好，掌柜的给你搬梯子去了，一会儿就来！"万长生刻意柔着嗓子哄她，"我们先把脸擦擦，好不好？"

"你给我擦。"沈清欢说着把脸送到他手中的毛巾上，自己开始用脸一下一下地蹭毛巾。

万长生又好气又好笑，没想到沈清欢醉酒后竟会是这副样子。

"坐好！"万长生把她按在椅子上，用毛巾仔细地给她擦脸。

沈清欢乖乖地听话，认真地问道："我听话了，梯子搬来了吗？"

万长生刚要回答她，就听见外面的敲门声，于是对外面说道，"进来吧。"

阿金和小伙计搬着梯子在外面站着，掌柜的笑眯眯地道："万公子，梯子到了。"

沈清欢站了起来，兴奋地拍着手跑向门外："我可以爬高高了。"

"是是是，你可以爬高高了，不过得我陪着你，不然人家可不让你爬。"万长生赶紧拉着她，冲掌柜的使眼色。

"对，没人陪，我们的楼顶可不让爬。"

"好吧！"沈清欢噘嘴同意了。

"哎哎哎，小心小心。"

"天哪，慢点慢点。"在掌柜的一连串的惊呼声中，沈清欢和万长生终于有惊无险地爬到了屋顶。掌柜的看了一会儿觉得没事，就嘱咐伙计小心照看，他又下楼处理事情去了。

"好高！"沈清欢坐在屋顶上，微侧着头看了看地面，捂嘴惊呼道。

"你怕高，那咱们就下去吧！"万长生轻声哄她，怕她失足跌落。刚才看她眼泪汪汪的样子，他就失去了理智。现在爬到楼上，他的一颗心又吊了起来。

"谁说的，我最喜欢爬山，最喜欢站在高处往下看了。"沈清欢笑嘻嘻地说道，竟然还尝试着要站起来。

万长生一把把她搂在怀里："别乱动，掉下去可不是玩的，你要是不乖，我现在就把你带下去。"

"我没有不乖，我就是想给你指指泉州在哪儿。"沈清欢在他怀里闷声闷气道，随即她又指向东南方，"喏，你看，泉州就在那个方向！"

万长生苦笑，沈清欢就连醉酒也是记挂着林岩那个浑蛋的。

"哎！你去过泉州吗？"沈清欢歪着头问万长生。

"没有！"万长生快速地回答道，心里已经把泉州列为了自己最讨厌的地方，没有之一。

"我去过！"沈清欢得意洋洋道，"你知道吗？泉州有一个全大宋最大的海运码头。你知道吗？泉州的瓷器也特别漂亮，那些海外的人可喜欢了！你知道吗？泉州可漂亮可好玩了，有开元寺，有七星湖，有……"

沈清欢扳着手指开始说泉州的种种好处，说了好大一会儿，她才哽咽道："泉州还有一个最好最好的人，他叫林岩。"

"我知道。"万长生随声附和。

"你不知道！"沈清欢像是突然酒醒了过来，从他怀里挣脱开。"我等了他七年！我想尽一切办法要和你退婚！我还特意学了泉州话，可是没用，一点儿用也没有，他要娶别人了。"

万长生不知道该说什么安慰她，更何况在知道林沈二人分手后，他心里还存着窃喜。

沈清欢把随身携带的箫从袋子中抽出来，温柔地抚摸着它："这是他特意买的一对龙凤箫，他是龙，我是凤，可惜最终却没能龙凤呈祥。"

天上弯月如钩，几颗星子寥落，地上人潮如涌，人声沸腾，灯火通明。万沈两人坐在上不着天下不着地的樊楼顶吹风，心中各怀着一抹愁绪。

沈清欢把箫放在唇边，开始吹奏一曲《长相思》。清风缓缓地把箫声送向远方。诚如沈清欢对杜若所言，她的确不精于音律，可是今日许是心绪所致，她的箫声竟十分委婉动人。一声声悠悠的箫声，传递出幽幽的哀伤和相思。

一曲完毕，沈清欢抹了抹脸上的泪，对万长生说道："我闹够了，咱们回家吧。"

万长生看着她，点了点头，冲楼下的伙计喊道："我们要下去了，你们在下面注意保护。"

万长生扶着沈清欢，看着她慢慢地爬了下去，自己也赶快离开屋顶。

"不好意思，给你们添麻烦了。不过，还是请你们不要出去乱说。"沈清欢下来后冲着阿金和那个新来的小伙计道歉，又往两人手里各塞了一两银子。

"我们绝不会乱说的。不过沈娘子，我阿金是个粗人不懂这些歌啊曲啊的，但我能看出来你是被人伤了心了。可沈娘子，你看看四周，也许有更关心你的人，你没发现呢。"阿金挠了挠头，看了一眼正颤颤巍巍从楼梯上下来的万长生。

"嗯？"沈清欢头脑还不甚清醒，于是疑惑地睁大眼睛看着阿金。

没等阿金回答，万长生从楼上下来后，拽住沈清欢就要走，刚才沈清欢的箫声引起不少楼下的人的注意。

"走了走了，赶快回家，丢死人了！"

沈清欢冲阿金微微一笑，准备和万长生离开了，只是当她看到门口围了一堆人后，硬生生地停住了脚步。

樊楼外，有一些好事者正在驻足抬头观看，万长生和沈清欢不好大大方方地走出去。万长生有经验，对她说道："用袖子遮住脸，日后就算被人认出来了，只要你打死不承认，就可以当作没这回事。"

沈清欢受教地点点头，于是两人都各自用一只袖子挡住自己的脸，万长生拉住沈清欢飞快地冲破人群跑了出去。

围观者没看见两人的正脸，只看出装扮是两个男子。

"呦，是两个男的！还手拉手呢！"一个少年惊讶地说道。

"他俩是不是那个呀，因为受到了世人的歧视，家人的反对，所以吹奏出来的箫声才这么如泣如诉的。"一个年轻姑娘猜测道。

"非也非也，这是真名士自风流。我猜他们这么做，一定是为了表达自己的怀才不遇！"一个酸书生道。

"那他们为什么还要遮脸啊，要是你说的这种理由，根本就不用害怕被人认出来！"有人冲酸书生反驳道。

书生哑口无言，不过也没人在意，围观群众只顾表达自己的猜测呢。

两人掩面跑了整整有一条街，沈清欢忽然"哎哟"一声摔倒在地上。

"怎么了？"万长生停下脚步问她。

"地上有石头，我的脚扭了，疼死了。"

沈清欢和万长生只顾遮着脸狂奔，一时间没有注意脚下的情况，她竟把脚扭了。

"现在也没法去找大夫呀，那要不我扶着你慢慢走吧，你先站起来试试。"

沈清欢在万长生的搀扶下试着站起来，一股钻心的疼痛让她脚一软倒在了万长生的怀里。

"不行，我一步也走不动了，要不你先回家，然后让马车来接我。"

"不行，天太黑了，你一个姑娘家我不放心。"万长生断然拒绝。

"没事的，我现在清醒多了，再说从这走到家，再从家里派马车过来接我，也就不到两炷香的时间，我不会出事的。"

"要不，要不我背你回家？"万长生提出了一个建议。

"啊！不要不要，让人看见像什么样子。"沈清欢连忙摆手。

"没事，咱俩都穿的男装，你把头低下去，不会有人发现的。"

"不行，你太瘦了，背着我肯定会很吃力的。"

"不到一炷香的路，吃什么力？别废话了，快上来。"

万长生先扶沈清欢单脚站起来，然后走到她面前弯下腰，示意她趴上来。

沈清欢见左右无人注意，埋头趴到了万长生的背上，万长生一挺腰把她背了起来。

"小屁孩，想不到你还挺有力气的，谢谢了。"沈清欢夸赞万长生道。

"我当然有力气啦，我早就不是小屁孩，明年我都二十岁了。"

"嗯，谁能想到时间过得这么快，一转眼你就长大了。"沈清欢想了想万长生小时候的样子，不由得感叹。

两人一路上说了不少闲话，因此万长生走到沈府门前时竟觉得路太短了。

"你把我放下来吧，让府上人看见了不太好。"沈清欢看着近在咫尺的大门挣扎着要下来。

"没关系，我是你弟弟嘛，再说你不是也走不了了吗？"

万长生把沈清欢死死地按在自己背上，硬是把她从大门口一路背回到她的房间。

"回来了，怎么这么晚？我正说要派人去找你呢。"绿尘担心沈清欢，正坐在屋子里和兰香等她，听到动静后绿尘一边埋怨沈清欢，一边和兰香出门来迎。

待看到万长生背上的沈清欢时，绿尘一时愣住了："娘子，你这是怎么了？"

"你家娘子她脚扭了，我背她回来的。"

"哦，谢谢万少爷。那现在我把她扶回房好了，您还是早些休息吧。"

万长生有心想把沈清欢送回房间，可见绿尘态度坚决，于是便把她放下，看着到绿尘扶着单脚跳的沈清欢离开。

万长生一步三回头地走了，绿尘把沈清欢送到了床上，先是用热毛巾给她敷脚，接着又让兰香去自己房里拿药箱和治跌打损伤的药膏。

"你怎么一副不高兴的样子？"沈清欢见绿尘皱眉，有些不解。

"没什么，就是担心你。"绿尘见她满身酒气，调了蜂蜜水递给她，"给，喝了解解酒。对了，万少爷背你时，有人瞧见吗？"

"瞧见又怎么了，我一身男装，谁会胡思乱想啊。再说他一个小屁孩，不会有人误会的。"

绿尘闻言无声地叹了口气，娘子的防备心也太低了。小屁孩？一个明年就加冠成年的男子还是个小屁孩？

不多时兰香回来了，把药箱递给了绿尘。绿尘先是给沈清欢施针活血，然后又贴了独门的治伤药膏："明天早上，我去抓药，加上推拿，保管你不到三天就能好。"

绿尘把沈清欢安置妥当，看她睡下后出了门准备回房。兰香送绿尘到门口，见她脸色不好，问道："姐姐怎么不高兴？"

"没什么。"绿尘的猜测不好对沈清欢明言，只好提点提点兰香，"我只是想到，这夜市上有租驴的，娘子要是坐着驴回来，也许会更快到家。"

"对呀，我怎么没想到呢，娘子他们要是租了驴回来，既快还省力。"

听了兰香的头半句话，绿尘还以为她明白了，结果后半句话就让绿尘无语了。这傻主子带出来的傻丫头哟。

"算了，当我什么也没说，我回房了。"

第二十六章　夜深露重染风寒

第二天早上，沈清欢早早地就醒了，她躺在床上翻来覆去地睡不着，回想自己昨天醉酒后干的傻事，终于忍不住"啊"的一声叫了出来，把自己的头埋在了被子当中。睡在外间的兰香听见动静，赶忙进屋。

"娘子怎么啦？脚又疼了？"

沈清欢从被窝里露出头来："没有，脚不疼了。你接着睡吧，是我不好，吵醒了你。"

兰香的确有些困，昨天实在折腾得太晚了，她打着哈欠走了出去，仍不忘关心沈清欢："娘子，有事只管叫我。"

"知道啦，你睡吧。"

沈清欢的脑子里开始回忆起昨晚的一幕幕。

自己先是喝了四瓶和旨酒，然后就哭着闹着要上樊楼的楼顶，还非要拿十两银子砸人家掌柜的。又回想起后来，万长生来了，纵着她爬樊楼顶。最后自己在楼顶上是胡言乱语一大通，回来时还不小心跌了一跤，让万长生背了她一路。

自己在万长生面前的好形象可以说是全没了，以后还怎么板起脸孔教训他。而且昨天那么多人看热闹，自己出门时会不会被别人认出来？爹娘的面子往哪儿搁呀？

沈清欢躺在被子里面，越想越纠结。不由得用手捶了捶自己的脑袋，暗骂自己喝酒误事。以往自己的酒品还算可以，也不经常沾酒，怎么这一次就犯了这么大的错。

纠结了半个时辰，沈清欢终于放弃了，决定破罐子破摔。

在听见鸡鸣后，兰香从外间起来了，接过厨房小丫头准备好的热水和洗面皂，她进去侍奉沈清欢洗漱。

由于沈清欢的脚扭了，兰香特意把洗脸盆端到了床前："娘子小心些，别弄衣服上了。"

"我的脚哪有伤得那么严重呀，昨天晚上是疼得厉害，不过你绿尘姐姐为我治疗以后，我今天觉得好多了，你扶着我下床去洗吧。"沈清欢在被窝里试着动了动脚，发现脚疼得没昨天厉害了。

"真的吗？你可别骗我呀。"兰香知道自家娘子一贯要强，害怕她说谎，于是又问了一遍。

"真没事儿了，你给我在洗漱架子前弄个凳子，让我坐在那儿洗就行。"

"好，知道了。"

兰香把洗脸水又端回原处，搬了一张凳子放在洗脸架子前，然后小心地搀扶着沈清欢起了身，沈清欢的右脚不敢用力，只好依靠着兰香一蹦一跳地走路。

洗完脸后，沈清欢又在兰香的帮助下，艰难地坐回到床上："得，我这两天就算动不了了。兰香，过会儿你去我爹娘那儿说，我这几天都在屋里吃饭，就不去饭厅吃了。还有一会儿吃过早饭后，你派人去茶坊让掌柜的把账送到我这儿来，让我盘算盘算这一个多月的收支。"

兰香闻言错愕地看着她，自从得知林岩公子要娶亲的消息后，沈清欢已经消沉了好久，今日算是恢复了以往的正常状态。

"怎么了，我脸上有花啊！"沈清欢不知道她为什么这样看自己，于是调笑她道。

"没有，我就是好久没看到娘子这么有活力的样子了，我真开心。"兰香脸上露出了大大的微笑。

"行了，别肉麻了。快去把饭菜给我端来吧，我饿了。"沈清欢昨天晚上折腾了那么久，又没吃什么东西，肚子此刻发出一阵阵饥鸣。

兰香应了一声就去端饭菜了，沈清欢倚在床头看了看放在枕边的竹箫，挣扎着起身，一跳一跳地把它放在了一个盒子里，又把盒子和以前的信件都藏在了衣柜的最深处。

沈清欢无奈地叹了口气，是该忘了的时候了。

兰香正在正堂向沈家二老禀告娘子的变化，两位老人家听了都很高兴。不过，在得知女儿脚受伤后，二老开始询问兰香。

"欢儿的脚怎么会受伤了呀？昨天晚上怎么也不说到我们的房里说一声呢。"

"老爷，夫人，我也不清楚娘子的脚是怎么受伤的，就知道昨天晚上是万少爷背她回来的。昨天晚上本来是要向你们禀报的，可我知道你们睡得早，也不敢打扰你们。"

"下次我们睡了,你至少可以和张嬷嬷说说嘛。要是事情紧急,她自然会把我们叫醒禀报。就算事情不严重,她第二天也好早点儿告诉我们,让我们知道呀。"沈夫人指着身边的张嬷嬷对兰香交代道。

"晓得啦,下次我知道该怎么办了。"兰香乖巧地应声道。

沈夫人发现这段时间兰香的确长进不少,不管说话还是做事都比以前好了许多,于是夸赞她道:"不错,不错,兰香看起来是大有长进了。"

"是娘子调教得好,我也觉出自己以往的毛病了,我一定会改正的。"

沈家二老又问了昨天晚上绿尘为沈清欢治疗的情况,然后让兰香离开了。两人还让兰香告诉女儿,夫妻俩一会儿就去看她。

沈家二老原本打算不吃饭就去看望女儿,只是想着要是留万长生一个人孤零零地吃饭,孩子太孤单了些,于是坐在饭桌前等万长生。

"老爷,夫人。万少爷发烧了,不能来吃早饭了。"白泉赶来回禀。

"啊,长生发烧啦?为什么发烧呀?他头热得厉不厉害呀?咳嗽不咳嗽?你回禀我们有什么用?还不赶快先去请大夫。"沈夫人一大串的问题"砸"蒙了白泉。

沈家二老没想到只是一个晚上,家里的俩孩子扭伤的扭伤,发烧的发烧。

"回夫人的话,小的也不知道万少爷为何发烧,估摸着是受了寒气吧,不过还好,万少爷烧得并不厉害,也不咳嗽。小的一发现万少爷发烧了,就马上打发家丁去请大夫了,请的是咱们相熟的刘大夫。估计一会儿刘大夫就来了,您别太担心。"

沈夫人见白泉做事十分妥当,于是点了点头,对他说道:"好,做得不错。长生生病这事,我们知道了,你先回去照顾少爷吧,一会儿我们就去看他。"

"是。"

在白泉走后,沈夫人对张嬷嬷说道:"你不用在这伺候了,你先找人去告诉茶楼,这两天长生身体不舒服,就不去上工了。还有嘱咐厨房,给欢儿做些营养的饭菜送去,至于长生,他这几日的饭菜要做得清淡开胃些。"

"奴婢知道,夫人放心吧。"张嬷嬷应声回答,然后出门办事。

饭桌上两个孩子不在,沈家二老饭也吃得没滋没味的,没吃几口两人就都放下了碗筷。

"要不你先去看欢儿,我呢先去看看长生。"沈老爷如此对妻子提议道。

不是沈老爷不关心女儿,只是一来万长生是客,怕慢待他;二来万长生从小身体就不好。沈老爷生怕万长生万一出了什么事,那自己就愧对师父对自己的救命之恩了。

"你一个人去看长生算怎么回事？行了，我知道你记挂长生，我也陪着你先去看他好了。"

夫妻多年，沈夫人自然了解自己的丈夫，从兰香的话中她能听出来女儿的脚应该伤得不严重。可这头长生发烧得厉害，那可是有可能会伤着脑子的，相比之下，应该先去看万长生。

沈家夫妇两人步履匆匆地赶到万长生住的书房，只见万长生面色酡红，嘴唇干裂，额头顶着一块叠得方正的湿毛巾，浑身虚弱地躺在床上。

"叔叔，婶婶，你们来了。"

万长生见两位长辈来了，挣扎着要起身行礼，沈老爷赶快上前把他按回床上。

"都生病了，还这么多礼干什么？"

"哎呀！这么烫！白泉，这就是你说的烧得不厉害？"沈夫人坐到他的床边拿下湿毛巾，伸手摸了摸万长生的额头，惊呼一声，开始责怪一边垂手而立的白泉。

"婶婶，不怪白泉的，开始的时候真没那么烫。不知怎么的，这突然就烧得厉害了。"万长生声音嘶哑道。

沈老爷在一边关切地看着他，听见他的嗓子哑了，赶忙倒了一杯热水，接着就要扶他起身润润喉咙。

"别说话，先喝点热水。"

万长生摇了摇头："不喝了，今天起来就灌了一肚子的水，实在是喝不下了。"

"白泉，长生吃早饭了吗？"沈夫人看了看桌上厨房端来的食盘，里面的食物几乎没动，于是关切地问道。

"少爷说没胃口，就只喝了一碗白粥。"

"这还行，好歹肚里有食儿垫底。不过你要劝着少爷多吃些，不吃饱这身体就更难好了。"沈夫人对白泉嘱咐道。

"是。"

"清欢姐姐怎么样了？她的脚好些了吗？"万长生见沈清欢没来，问起了她的脚伤。

"你怎么知道你清欢姐姐的脚受伤了？"沈夫人不知道万长生从哪里得来的消息。

"昨天晚上我和清欢姐姐一起回来的。"

"一起回来的？"沈夫人听了他的话心里觉得有些奇怪，清欢早饭后就跑出去散心，长生却在茶楼上工到入夜，这两人是怎么碰见的？

"我昨天吃过晚饭后心里闷，就出去散散心，谁知道就碰见清欢姐姐了。"

"哦。"沈夫人不好糊弄，见万长生眼神闪烁，就明白了所有。肯定是万长生发现清欢不在家，跑去找她了呗，不过为着孩子的面子，沈夫人就装了个糊涂。

就在沈夫人想事的时候，一个小丫环领着一位带着药箱胡须洁白的老先生来了。

"老爷，夫人，刘大夫来了。"

"刘老先生您来了，快给孩子瞧瞧病吧。"

沈父沈母听见丫环的禀告，给刘大夫让出了看病的地方。

刘老先生行医多年，经验丰富，不过略号了号脉，就当场写下了药方。

"万公子按此方服药，不过三天定然痊愈。"

第二十七章　清欢探病喂汤药

沈家二老先是谢过了刘老先生，让丫环送他出了府。又赶紧派跑得快的家丁去按方配药，药材买回后又让厨房的人抓紧时间熬。一番折腾下来，半个多时辰后，汤药总算好了。

沈父沈母守在万长生身边寸步不离，时不时地还给他换换湿毛巾。

"老爷，夫人，药熬好了。"厨房的小丫头端着一碗热气腾腾的黑褐色药汤进了屋子。

"好，长生，起来喝药了。"

沈老爷把万长生扶起来靠在床边，沈夫人接过丫环手中的白瓷碗拿着勺子要喂万长生，万长生挣扎着不肯。

"婶婶，我都是大人了。"

"你这孩子还害羞了。什么大人呀？在婶婶眼里你永远都是小孩。"沈夫人笑着说道，可见万长生坚持不肯，只好把勺子递给他，"行，不过我得给你端着碗，你自己舀着喝，小心烫。"

万长生的确手脚无力，于是接过勺子一勺一勺地喝了起来，一碗汤药很快见了底，沈夫人赶快拿了托盘上的一枚蜜饯塞他嘴里："去去药味，甜甜嘴。"

万长生喝了药后就发了热汗，可能药中有安眠的药材吧，他的眼皮直打架。

"你要是困了就睡会儿，我和你婶婶一会儿再来看你。"沈老爷见他困了，拉着沈夫人就走了，不过临走时仍不忘嘱咐白泉，"白泉，小心照看少爷，要是有什么事儿赶紧通知我们。"

"是。"

沈父沈母出了万长生的房间，又马不停蹄地跑到女儿的房间中去，不过还好，沈清欢可比万长生的状态好多了。

沈清欢和绿尘正坐在桌前算账,绿尘赶紧起身行礼站到一边。沈清欢见到父母来了后,笑着和他们撒娇。

"爹,娘,我还以为你们知道我受伤了,会马上赶来呢。哼,我生气了。"

许久不见女儿这么活泼,沈家二老俱是一愣,不过旋即明白女儿是心态变好了,她已经准备把以前的事情放下了。

"本来早就打算来看你,谁知道长生发烧了,我们忙着看他,这才来晚了。来,让娘看看,脚扭得严重不严重?"

沈夫人一边向女儿解释一边蹲下身要去看女儿的脚,沈老爷见状连忙转身避开。

"不严重,绿尘给我治疗后好多了。长生发烧了?烧得厉害吗?"

沈清欢由于脚扭了,就简单地穿了一身便服。她赶紧制止母亲拉自己裙摆的手,把母亲拉起来,告诉母亲自己好多了,然后又关心起了万长生。

"长生头烫是挺烫的,不过我看人还是很清醒的。"沈夫人向女儿询问道,"你们俩昨天干吗去了?怎么会一起回家?还一个脚扭了,一个发烧了。"

沈清欢怎么敢说出昨天晚上自己干的傻事,只笑着搪塞:"我是闲逛时碰见长生了,我俩一起走路时我不小心摔了。至于他,估计是昨天夜里的秋风大,他身体单薄这才受了风寒,发烧了。"

"风大?昨天晚上是有点儿风,但算不上大呀。"沈夫人有些奇怪。

我的亲娘啊,是,地上的风是不大,可樊楼顶上的风大啊。沈清欢心中嘀咕面上不显,只是笑道:"家里有墙挡着,所以风不大,可外面就不一样了嘛。"

"哦,对,有道理。而且昨天你脚扭了,长生一路把你扶回来肯定出了汗,风一吹,不发烧才怪。"沈夫人自以为想通了原因。

"娘子昨天不是被万少爷扶回来的,而是被万少爷背回来的。"

站在一边的绿尘开了口,沈清欢瞪了她一眼示意她住嘴。

"背回来的?"沈夫人皱起了眉头,和沈老爷对视了一眼。

"没错,不过昨天娘子穿的是男装,应该没人能认出来吧。"绿尘丝毫不在意沈清欢的瞪视,把事情说得更加仔细。

"嗯,我知道了。"

沈夫人听了绿尘的话没有额外的表示,和沈老爷在女儿房间坐了一会儿就走了。

"兰香,你去库里拿些补品,到长生那里看看他,告诉他我行动不便,就不去看他了。"沈清欢吩咐兰香道。

兰香点了点头，拿着库房的钥匙走了。

"绿尘，你干吗把昨天的事告诉我爹娘呀？幸亏我娘没骂我，要不我就惨了。"沈清欢在兰香走后，就开始怪绿尘告状。

"纸里是包不住火的，昨天晚上万少爷背你回来，门房的云大爷看见了，守夜的小厮看见了，兰香也看见了。我不说，难道他们也不会说吗？而且昨天晚上你在樊楼做的好事，今天已经大街小巷全传遍了，老爷和夫人要是猜出那人是你，你就更惨了。"

沈清欢没话说了，知道绿尘是为她好，于是把她拉到身边，笑着求饶："我怎么敢怪绿尘姐姐，我只是想着不要刻意提起这事嘛。"

"你还笑呢？以前出门做生意时，老爷交代你的什么话，身边没人不能喝酒！我看你是全忘了。"

"我没有忘，我昨天就是心里难受，才多喝了点儿。"沈清欢说着说着就情绪低落下去了。

"行了，我知道。"绿尘赶紧搂住她安慰，"不过这些天你疯也疯了，闹也闹了，该好了吧？"

"弃我去者，昨日之日不可留。不管什么原因，他既然不要我了，那我不会再犯傻了。"

"这就行了。"绿尘坐在她身边，说出了自己以往的担忧，"其实，我以前就觉得林公子你俩不合适，只不过见他对你极好，你又一心一意地喜欢他，就不想多说。"

"怎么了，林大哥哪里不好？"虽然沈清欢说要放弃林岩，可还是忍不住为他辩驳。

"林公子哪里都好，不好的是林家。"绿尘倒了一杯热水递给她暖身，慢条斯理地为她分析。

"你单知道这泉州林家，乃是泉州的首富。可你不知道的是他家家族大，事情也多。林公子有十几个兄弟，可他不过是姨娘生的庶子。嫡庶有别，尊卑有序，他要在林家出头，你知道要花费多大的功夫吗？你就没想过为什么林公子年年都会去海外贩货？"

沈清欢摇了摇头，她只知道林岩出色，却从未往深处想过。

"海外行商利润虽大，可海上风浪也大，随时会有丧命之忧。咱们当时是被逼到绝境了，为求出路，所以才冒险出海，可他呢，却是年年出海。其实林公子这样做，就是为了在父亲面前表现啊。"绿尘说出原因。

绿尘见沈清欢愣住了，又接着说道："林公子的母亲是舞姬出身，心思手段俱是一流，她为了给自己孩子抬身价，求爷爷告奶奶的，才得了建州叶家的婚事。虽说那女子只是叶老爷流落在外的私生女，可若是娶回了林家，林公子离家主之位就又近了一步。"

沈清欢不知道何时绿尘调查了林岩这么多，听完绿尘的话后，她幽幽地叹了口气："我竟然这么不了解他啊。"

"不是你不了解他，而是林公子的心思深沉，藏着没告诉你罢了，而且你又喜欢他，自然是他说什么，你就信什么了。"

绿尘看沈清欢心情实在低落，想了想后说道："林公子其实也是真心喜欢你的，要不然他不会拖那么久才成亲，你们两个也只能说是阴差阳错。"

"不，不是阴差阳错。其实，我心里有后悔过的。"沈清欢苦笑着开口了，"当我以为这次进京他可能要提亲时，我有动过放手的念头。我知道他家规矩森严，后宅女子要规规矩矩地相夫教子。我万分舍不得沈家茶坊，这是我付出全部心血的地方啊。而且父母老了，就我一个女儿，我不愿离开他们。只是那时候情炽意浓，索性什么都顾不得了。所以等到后来他说分手时，我才会那么难过。不过还好，我现在想通了。"

绿尘见沈清欢是真的自己想通了，于是笑着把账本放到了她的面前："娘子，何以解忧，唯有白银！我看这世界上，钱比男人可靠多了。"

沈清欢"噗嗤"一笑，拿起算盘噼里啪啦地打了起来。

过了没多久，兰香回来，沈清欢一边盘账一边问她："长生的病怎么样啊？"

"万少爷睡着了，不过看起来好多了，听白泉说，少爷喝了药出了汗，温度已经降下去了。我看万少爷睡得正香，就把东西给了白泉。"兰香回复道。

"哦，好多了，那我就放心了。"沈清欢听说万长生好多了，心情也轻松了许多。

"其实你该亲自去看看万少爷的，毕竟人家是因为你才发烧的。"绿尘向沈清欢建议道。

"我脚都受伤了，怎么去看他呀？"沈清欢不明白绿尘为什么会出这个主意。

"我和兰香扶着你去，这总行了吧。"

"行，不过他现在已经睡了，我看咱们还是等中午他起床吃饭时再去吧。"

"也行。"绿尘点头赞同。

在房间里吃过午饭后，沈清欢让绿尘和兰香扶着自己去看了万长生。

沈清欢进屋时万长生已经醒了，正坐在床上看书，沈清欢见他脸色和常人无异，于是笑着说道："看起来你是好多了。"

万长生正看得认真，听见沈清欢的声音不由得笑道："你怎么来了？我刚才还说要去看你呢。"

"看我？你病歪歪的还要来看我？"沈清欢被人搀扶着坐在了他床边的椅子上，然后笑话他道，"一点儿小风就把你刮倒了，万少爷，看来你不行啊！"

"咱俩一个盲一个瞎，谁也别笑话谁。你以为你被别人搀着走，就很威风吗？"万长生见她坐好了，也反唇相讥道。

"哼，我那是不小心摔倒了，跟你可不一样。"

万长生见她活力四射的样子，心中十分开心，于是笑着服软道："是是是，你最厉害了。"

"少爷，药凉了，可以喝了。"白泉见万长生心情好，又看见娘子在，于是赶紧端起放在桌上的药让他喝。

"等一会儿再喝。"

万长生小时候体弱多病，喝过的苦药汤数不胜数，于是特别排斥喝药，今天早上是因为沈夫人在，他才痛快地吃了药。这不，到了中午，他自己觉得好多了，就拖着不肯吃药了。

"什么等一会儿啊，现在就喝。没听说过吗？病来如山倒，病去如抽丝。只有喝了药，病才能好得快。"

沈清欢和他一起长大，对小时候的事情还有几分印象，自然明白他是要逃避喝药，于是接过白泉手中的药碗，举到了万长生面前。

"我病好了，我不喝。"万长生把头扭到一边说道。

"你快喝，再不喝我生气了。"沈清欢威胁他道。

"你还生气了？我是为谁生的病啊，我就不喝。"万长生突然耍起小孩子脾气。

"听话，你快喝，喝完我赏你一盘蜜饯吃。"沈清欢笑嘻嘻地哄他。

"好像谁没吃过蜜饯似的，我才不稀罕呢。"万长生转了转眼珠子，说道，"要我喝也不难，除非你喂我喝。"

"你别得寸进尺啊，还要我喂你喝。"

"行啊，你不喂我喝也行。我一会儿就把你昨天晚上在樊楼干的好事儿都告诉我叔叔婶婶。"万长生语带威胁道。

"你不敢。"

"你试试看，看我敢不敢？"

想起父母如果得知昨晚事情后的叹息和唠叨，沈清欢屈服了，拿起勺子喂他："来，万大少爷，张嘴。"

三个下人在一边看着两人斗嘴直笑，沈清欢听到动静后瞪了一眼绿尘，意思是要不是她劝自己来，自己也不会被这小屁孩儿威胁。

万长生喝完药后，沈清欢拿出手帕为他擦了擦嘴角，笑着说道："不管怎么样，还是谢谢你昨晚陪我发疯了。"

"清欢姐姐，为了你，干什么我都愿意。"万长生抓住她的手，看着她深情款款地说道。

沈清欢觉得有些不对，挣脱开他的手，打起岔来："对了，我想起来了。你一个月才三两银子的工钱，怎么昨天会拿出一张一百两的交子来？"

一百两啊！就上趟楼顶就没了，沈清欢想起来昨晚的事心里就在滴血，万长生这个败家玩意儿。

"哦，那钱是婶婶给我的呀！她怕我没钱花，刚回府时就给我了十张一百两的交子。还说如果没钱花了，就让我问她要。"

"什么？"沈清欢不知道该说自己母亲什么好，她也不怕万长生拿钱跑出去鬼混，"给我拿出来剩下的交了，让我看看你都用了多少。"

"剩下的都在这，我除了昨天花了一百两，其余的一分都没花。"

万长生听话地拿出了剩余的交子，被沈清欢一把抢了过去："没收，你太败家子儿了，这钱我替你管了。"

"啊，那我要花钱时怎么办？"

"你还用得着花钱啊？你又不需要应酬，你吃的穿的用的，家里都给你置办好了。而且你一个月，茶楼给了你三两银子的工钱，沈家又给了你五两银子的月银，这难道还不够你花吗？再说了，你真有什么事要花大钱，还可以挂沈家的账嘛。"

"那我要是有什么突发事件呢？"

万长生反驳着，眼睛直勾勾地盯着交子看。自从离开万家后，万长生才算彻底体会到人世艰辛，因此对钱也看重了许多。

沈清欢想想也是这个理，万长生一个大男人是该有点儿钱傍身："行，给你一百两放在身上，剩下的我给你存到家里的账房那里去，你有需要随时去取。"

沈清欢又在万长生房间说笑玩闹一会儿，然后就告辞走了。

第二十八章　辞别茶楼入茶坊

秋季退场，冬日已至，万里江山脱下了黄金甲，裹上了白狐裘。

早上，万长生冒着寒风和大雪从沈家来到了茶楼，站在门口拍去身上的雪花，才撩开厚门帘进到屋子里，他跺了跺脚冲掌柜的说道："这天可真冷。"

"那可不是，这雪昨天就下了，今天还没停呢。"掌柜的见他不住地搓手，赶紧过去把自己手中的暖炉递给他，嘴里还说着，"万哥儿，要我说，这几天天冷得厉害，地又滑，您就别来上工了，待在家里歇几天也行啊。"

"怎么，嫌弃我了？要赶我走？"万长生双手捧着暖炉，笑眯眯地逗他。

"我怎么敢呢？先不说您是东家的家里人，就说您那一手好茶艺，我要赶您走了，多少熟客得在背后骂我呀！"掌柜的赶紧解释，又添补了一句，"我就怕我这儿庙小，委屈了您啊！"

掌柜的的话让万长生听得浑身上下都舒服，不过他最后的一句话，倒是引起了万长生的思考。

万长生在沈家茶楼也待了约有半年时间了，眼瞅着他从一个每月只有一两的初级茶博士干到如今每月五两银子的高级茶博士，这清欢怎么也不说给自己动动地方呢？

"万哥儿，怎么不说话，敢情是我说错了什么？"掌柜的见他不回答，以为自己说错话了，于是小心地问道。

"没什么，就是觉得您把我捧得太高了，我受不住。"万长生的手暖和多了，于是就把手炉又还给了掌柜的。

"怎么会，您现在可是茶楼的招牌之一，而且许多小娘子每日都抢着来茶楼给您送钱呢。"

掌柜的说的是实话，这半年来万长生收了以前吊儿郎当的样子，转身变成了一个翩翩俊秀美少年，行事温柔体贴，说话风趣幽默，又见多识广。许多有钱人家的小娘子就算为了他，也愿意花钱来沈家茶楼坐坐。"

"这话可别再胡说了，免得坏了人家小娘子的名声。"

万长生听了这话有些不喜，一方面觉得有些轻佻了，另一方面也怕传到沈清欢的耳朵中引起她的误会。

"是是是，看我这嘴。"掌柜的也觉出不妥了，轻轻扇了自己一个小嘴巴子。

"那好，我先上楼准备迎客了。"万长生向他点点头，转身上了楼。

不多时，茶楼开始营业，一个年轻貌美的小娘子点了万长生给她点茶。

万长生带着茶具进来一看，是一位相熟的客人带着下人来了，她已经连着一个月点万长生当茶博士了。

"宁小娘子，怎么这么早就冒着风雪来喝茶？吃过饭了没有啊？"万长生笑着问她。

"我着急喝茶，还没来得及吃饭呢。"宁小娘子低头一笑，温柔似水。

"啊？"万长生惊呼了一声，招手喊过来了一边的伙计，"去厨房端几盘点心和干果过来。对了，记在我的账上，算我请宁小娘子。"

宁小娘子见他这般温柔体贴，心中更是感动，嘴里谢道："有劳公子关心了。"

"哪里哪里，您是我的客人，我理应关心您。"

在点心和干果端上来后，宁小娘子小口小口地吃了起来，不时还和万长生说笑几句。

"宁小娘子，您的茶好了。"

万长生把茶点好了，送到了宁小娘子的面前。宁小娘子看着碧绿的茶汤，笑道："公子的手艺越发长进了，这点茶的手艺越来越好了，我看看，原来今日画的是一只凤凰呀。"

原来这半年来万长生向沈清欢学了不少本领，终于也能在茶汤上画出山水楼阁、飞禽走兽、花草鱼虫等了。

宁小娘子喝完茶后高高兴兴地走了，在她走后整整一个上午，万长生都在招待女客。好不容易等他空闲下来，楼里的另一位高级茶博士王二郎笑着对他说道："这人长得俊就是占便宜，看看我这里冷冷清清的，再看看你那里真是热闹非凡啊！"

"王大哥，你少来打趣我，我是接的客多，可你那里的客人俱是高官巨富，哪一个出手赏钱不比她们阔绰。"

"你要是开口呀，她们保管比我的客人更大方。"王二郎暧昧地笑着，意有所指。

"去去去，整天没个正形，亏你还是给我当哥哥的人呢。我不跟你说了，我回家吃饭去。"

"啧啧啧，还是你好福气，三餐都能在家吃，不像我们一刻不得闲。"

"行了，你怎么不说你贪财呢。"万长生翻了个白眼不理他，自己下楼回家了。

"长生回来了，通知厨房摆饭吧。"

一家人都在等万长生下工，沈夫人在饭厅看见他回来了，就让张嬷嬷通知厨房上菜。

等到饭菜上来后，沈夫人特意盛了一碗汤递给万长生。

"来，长生，喝碗酸辣汤暖暖身子。"

"谢谢婶婶！"万长生双手接过汤，对沈夫人道谢。

"娘，我还以为给我的呢，您可真偏心。"

沈清欢从她娘开始盛汤时就眼巴巴地看着，本来以为汤是自己的，没想到沈夫人转手给了万长生。

"你没手啊，自己不会盛？外面冷风嗖嗖的，长生还得去上工。你倒好，整天在家里闲着，我不偏心他，还能偏心你？"沈夫人故意气女儿道。

"爹——"沈清欢扭头喊了自己的父亲一声，声音拖长着撒娇，"你看娘说的什么话？我哪里闲着啦？我不是每天都有去茶坊吗？"

"对对对，你娘说错了，她不给你盛汤，爹给你盛。"

沈老爷听见女儿的撒娇，乐得眼睛都眯起来了，赶紧盛了一碗汤给女儿。

"哼。"沈清欢接过汤，对母亲皱了皱鼻子。

沈夫人刮了刮她的鼻头，笑道："怎么越大越孩子气了。"

"不行吗？"沈清欢拉着沈夫人的手笑着问她。

"行行行，不管多大，你都是娘的小心肝。"

中午饭后众人都散了，万长生又要回去茶楼上工，沈清欢却把万长生留了下来。

"长生，先别走，我有事跟你说。"

"什么事啊？"万长生好奇地问道。

"你今天上完工，就告诉掌柜的，你明天不去了。"

"为什么呀？"万长生心想莫不是风大雪大，天寒路滑，她心疼自己了？

"我听掌柜的说了，你的点茶功夫如今已经大成了，连听声辨水也学会了。我想着说，你也该学学其他的了。"

听声辨水算是点茶功夫中最难的一项，为了要掌握好水温，万长生在这项手艺上下了大功夫。

原来如此，万长生明白了，问她道，"那学什么呢？"

"先学盘账查账吧，我把你安排进茶坊，估计一个月你就能学会了。等明年开了春，我就带你贩茶去。"

"行，没问题。"万长生点了点头，高兴地回答道。

万长生去了茶楼，掌柜的正站在门口等他，一看见他来了，连忙说道，"那个哑巴客人又来了，还是指名要你点茶。"

自天气转冷后，楼中就多了一个戴着黑纱斗篷遮掩全身的哑巴怪客。那客人每隔几天就来一回，出手阔绰却只要万长生服务。掌柜的也曾疑心他不是好人，不过沈清欢却交代说那是她的旧相识，因为全身烧伤，害怕见人才这般打扮。

万长生上了楼，见那人已经坐在了老位置，于是笑道："您又来了，今天还是老样子？"

那人拿山随身携带的纸笔，在纸上写了一个"是"字，万长生见状便挑出那人以前喜欢的茶叶开始点茶。

茶点好之后，那人伸出满是皱纹的手把茶端进了斗篷中，然后发出了舒服的喟叹声，那人伸出手在桌上点了点，他身旁的年轻仆人就拿出一枚金叶子谢万长生："老爷说您的茶好，这是给您的。"

万长生连忙双手接过："谢谢这位老爷了，不过日后怕是不能给您再点茶了。"

"为什么？"那人在纸上写出来问他。

"我要去沈家茶坊做事，明天就不在沈家茶楼干了。"

那人忽然轻笑一声，在纸上写了"恭喜"二字。

"多谢。"万长生点头道谢，然后向他推荐其他茶博士，"不过沈家茶楼里的点茶高手还有很多，我走之后还会有其他人为您服务。你看，那边的王余庆王大哥就不错。"

那人点了点头，然后在仆人的搀扶下离开了。

万长生看着他臃肿的背影，心中暗道怪人。

晚上所有的事情都处理完毕后，万长生对掌柜的说道："从明日起我就不来了，清欢姐姐要把我送去茶坊做事了。"

"哎，万哥儿，怎么说呢，我为您高升高兴，也有些舍不得您。"掌柜的本来正在拨弄着算盘算账，听了他的话后，就放下了手中算盘。

"没事，以后有空我会回来看你们的。"万长生拍拍他的肩膀道。

"行，今晚我就把您的月钱开出来，明天让伙计给你送去。"

"那就多谢了，我走了。"万长生笑着和他道别。

看到万长生走后，原本站在一旁的伙计，也就是掌柜的的表弟，凑了过来问："表哥，这万公子刚在这待熟了，沈小娘子怎么又把他弄走了。"

掌柜的白了他一眼道："你懂什么呢？沈小娘子才是真心为万公子好呢，你以为茶博士是人人都做得的？如今万公子的心性和初进茶楼时变了许多，以后再学会了管理茶坊，只怕就要变成咱们东家的女婿了。"

"啊？万家都把万公子除名了，东家还认这门亲事啊。"

"你以为谁都跟你似的，东家可是厚道人，你看他对万公子的栽培，摆明要把万公子当作接班人嘛。不然你以为，我为什么这么害怕这座大佛？"

他表弟明白了，点点头冲掌柜的拍马屁道："表哥，还是您老眼睛毒！"

"去去去，干活去，天天没事乱嚼舌根。你有这工夫，还不如学学点茶手艺，烂泥扶不上墙的东西，害得我都不敢向东家推荐你。"

他表弟闻言讪讪一笑，拿起抹布干活去了。

第二十九章　绿尘有心劝告真

万长生在沈清欢的带领下,来到了沈家茶坊,只见茶坊里罗列整齐,各色茶叶分类摆放。

"少爷,沈娘子,你们怎么来了?"

万长生往日的贴身小厮万安摇身一变成了今日沈家茶坊的管事,此时看见了他们,连忙赶到了他们身边。

说来万安也真是勤奋努力,半年光景就混成了一个管事,不过说到底也有沈清欢在背后为他开后门的缘故。

"我把你家少爷送到你手下做小兵,你要不要呀?"沈清欢笑着对万安说道。

"娘子别开玩笑了,少爷怎么会在我手下干活。"万安慌得直摆手。

"清欢姐姐没开玩笑,我就是向你学习的。"万长生认真地向万安说道,"不过只是学学算账盘账,再加上了解一下各地茶叶的价格浮动,以及对市场的把握情况。"

"原来如此,少爷,您放心,我一定尽心教您。"

万长生去茶坊没几天,沈老爷算了算日子对沈夫人说道,"再过六天就是长生生辰了,咱们怎么给他过呀?要是太寒酸了,孩子心里肯定会难受的。"

沈夫人想了想说道:"要我说,就按往年清欢生辰那样过吧,小孩子过生辰太奢侈也不好,容易折福。再说了,明年他就加冠了,到时候大操大办更合适。"

"行,长生生日那天咱们出门玩一天,中午去樊楼热闹热闹。到了晚上,让王嬷嬷做上一桌他爱吃的菜,好好庆祝一番。"

"嗯,成,都听你的。"沈夫人顺从地答应了,然后又想起了一件事,问他道,"对了,清欢记得长生的生辰吗?别到时候她忘了,没准备生辰礼物,那就尴尬了。"

"她应该不会忘吧，毕竟以前师父在世时，两家孩子过生辰，咱们也经常互送礼物的。再说长生的生日刚好就在冬至过后三天，好记得很。"

以前万老太爷在世时，每年到了沈清欢生辰时，不管沈家人在哪里，他都会提前派人送上礼物，尤其是沈清欢及笄那年，他还托了万长生的名头，送了一妆奁华丽的珠宝首饰。沈家也会在万长生生辰时回赠礼物，他们没有万家财势大，就经常挑些别出心裁的礼物表示心意。

"不行，我去探探她的口风，要是她忘了，我就提醒提醒她。"沈夫人还是担心女儿忘了，于是决定去问问。

"好，不过可别让她发现。"

沈夫人看了看时辰，知道女儿这个时候通常都是在茶坊，带着张嬷嬷提着点心去了茶坊，看望女儿和万长生。

沈清欢正和绿尘在茶坊查货，看看这次茶叶的成色如何，突然看见了母亲的身影，于是迎了上去。

"娘，你怎么来了？"

"我来看看你和长生，你在这儿，长生在哪儿呢？"沈夫人问道。

"哼，我看你是来看长生的吧！往常您也没来看过我呀！"沈清欢有些吃味，"长生正在库房盘货呢，要不我领着您去看看？"

"没事，一会儿再去看他也行，咱娘俩说说话。"沈夫人干干一笑，拉着女儿去里屋坐下。

"有什么话家里说不成，非跑到这儿来说？"沈清欢不解地问道。

"你这孩子，我来看你，你还这么多话，再说我走了。"

沈夫人装作生气，把点心盒子往桌子上一放，就转身往外走。

"好好好，我错了，母亲大人，有什么话，赶紧说吧。"沈清欢赶紧讨饶，拉着母亲进了一个房间坐了下来。

"也没什么，就是觉得家里好长时间没热闹过了，想着说这两天快冬至了，要不冬至那天一家人出去玩玩去。"

"你和爹商量着去哪儿玩就行了，这两天我和长生正忙着盘账呢，哪里有空去玩。"

沈夫人发现女儿没听懂她的暗示，于是又进一步说道："这冬至可是大节，不好好过怎么能行？"

沈清欢皱眉道："按往年那么过就行了，再说了冬至过后三天，长生不是生日吗？

到时候大家再一起出门玩呗。"

"呀！就是长生快过生日了，你看我这脑子，我都忘了。"沈夫人故作惊讶，拍了拍自己的额头。

沈清欢闻言笑了："我还以为您是拐着弯子暗示我，让我别忘了给长生准备生辰礼物呢。"

沈夫人见女儿猜出了自己的心意，狠狠地点了她的额头一下："坏丫头，敢情刚刚在逗你娘玩呢。"

"谁让您有话不直说的，我也跟您学学。"沈清欢得意地挑挑眉，坏笑着说道。

"哼，你讨厌，我走了。"沈夫人傲娇地站起身带着张嬷嬷走了。

"绿尘，你说我娘，怎么就对万长生这么好呀？也没见她这么关心过我。"

沈清欢拿起两块点心，一块递给绿尘，一块自己吃着。

绿尘捏着点心边吃边笑："你小时候是乖宝宝，长大又聪明能干，除了你的婚事，别的都没让夫人操过心。可万少爷不同呀，他年龄比你小，又没了亲人，自然惹人怜爱。关键是夫人把他当成半个儿子看呀，自然会对他格外好些。"绿尘舌根底下还压着一句话，毕竟一个女婿半个儿。

沈清欢忙着生意不清楚，可绿尘看得仔细，不光沈父沈母动了让万长生当女婿的心思，连万长生自己也喜欢上了自家娘子。

"嗯，你说得有道理。那你说他生辰时，我送他些什么好呢？"沈清欢想想万长生是比较招人疼，于是向绿尘征求给他送礼物的意见。

"您放心，您就是送根路边的野草，万少爷也会把它当成无价之宝的。"绿尘笑着打趣她。

"胡说。"沈清欢羞恼地横了她一眼。

"你们俩说什么呢，这么开心？"万长生从库房出来，就见主仆二人在说笑，于是就插话进来。走近两人时他看见桌上有点心，就委屈地抱怨道，"嘿，我在那里拼死拼活地干活，你们在这里躲懒，连吃点心也不叫我。"

"给，多吃点，我娘专门给你送来的。"

沈清欢捏了块他爱吃的如意糕给他，不料万长生没接竟就着她的手吃进嘴里。

"干吗呢你，这是在外面，你当在家呢。"沈清欢先是触电般地把手一缩，随后又气不过，恶狠狠地把点心塞进了他的嘴里。

万长生一下子被噎住了，赶紧灌了杯水喝下，然后说道："你谋财害命啊。"

"害命嘛，我承认。谋财嘛，我还看不上你那点儿钱。"沈清欢笑嘻嘻地说道，"不和你玩了，我去查货了，绿尘咱们走。"

"娘子，你先去吧，我有点儿饿，再吃些点心随后就去。"

"那行，我去玄字库房了，你一会儿去那儿找我。"

"好。"

在沈清欢走后，绿尘放下点心笑眯眯地盯着万长生。

"绿尘姐，怎么了，我脸上脏了？"万长生被她看得奇怪，连忙去摸自己的脸。

"万少爷，您的脸没有脏，我就是想和你说些事儿。"绿尘突然严肃起来。

"什么事？"万长生一时有些心虚，他有点儿怕这个平时看起来安安静静的女子，总觉得她可以看透人心。

"清欢在情字上向来糊涂，可我是旁观者清。你喜欢清欢，我看得出来。日后娘子若是嫁给你，我也放心。只是我有件事想提醒你，不知道你愿不愿意听。"

"绿尘姐姐，我知道你说的话必定有道理，我肯定会听的。"万长生见她说得郑重，正襟危坐认真倾听。

"上次你送清欢回家时我就想说了，不管日后如何，我还是请您在外不要对清欢太过轻浮。虽然你们名义上是未婚夫妻，但毕竟你们俩现在并没有成亲，要让有心人看见了，宣扬出去，对清欢的名声大有妨碍。"绿尘说着说着冷笑了起来，"或许你打的就是这个主意，要借人言来逼一逼清欢，不过我可告诉你，清欢可是吃软不吃硬的。"

万长生没想到自己的小心思被绿尘看穿了，于是歉疚地说："绿尘姐姐说得有道理，我知道了。"

绿尘见他受教，又笑着点了点他："你叫我姐姐，也叫清欢姐姐。我倒是可以拿你当弟弟看，只是老爷夫人从哪里多出了你这么个儿子来？要我说，日后你还是改口叫她清欢更为合适。"

"对对对，姐姐真是一语点醒梦中人。"

万长生立刻明白了，要想和沈清欢更进一步，首先就要让她不再拿自己当弟弟看。

"公子既然明白了，那我就干活去了。"绿尘拍拍手上的饼屑，擦擦手走人了。

第三十章　祝福生辰送玉蝉

过了冬至，沈清欢总算闲了下来，于是拉着绿尘出门，陪她去挑万长生过生辰的礼物。

"你说我送他什么好？金银饰品？茶书古籍？名人字画？还是其他别的什么？"沈清欢实在头痛，不知道该送什么合适。

"先逛逛吧，说不定就看见合适的了呢？"绿尘一时也想不出来，只说先逛逛。

于是两人就在东京城街上大大小小的店铺中，溜达来溜达去。

"绿尘，快过来看，这东西怎么样？"沈清欢在一家珠宝店铺中看上了一样东西——一枚上好的白色蝉形玉佩。

"你真是用心良苦了。"绿尘只看了一眼，就明白了她对万长生的祝福。

"老板，这玉佩怎么卖？"

沈清欢见绿尘也赞同，就找来老板问价。只见老板伸出一张巴掌，沈清欢笑道："五十两？不贵，绿尘给钱。"

"娘子，您开玩笑呢吧？五十两？我说的是五百两！"老板惊声叫道，他本来见沈清欢衣着华丽，想着是个识货的，"这可是上好的暖玉材质，触手生温，而且还是由莫家的玉雕高手雕刻的，要您五百两，可一点儿也没多要。"

"哦，是这样呀。"沈清欢仿若恍然大悟，拿着玉蝉又看了看，问道，"这是莫家莫晓的手艺还是莫宁的手艺啊？我怎么没看出来呢？"

老板一听知道是遇见懂行的了，这莫晓莫宁是莫家最出名的两位玉雕高手："的确不是这两位大师的手笔，不过也是特意请莫家人雕刻的。"

"是吗？这要不是他俩的手艺，价格就大不相同了。"沈清欢放下玉蝉开始和老板讨价还价。

"那您看多少合适？"老板开始问她。

沈清欢伸出两根手指比了比，老板一下叫了起来："娘子，这价格可不行啊，您一下子就砍了一半还多。"

"那你说你要多少？总不能一点儿也不让吧。"

"四百八十两。"

老板只降了二十两，沈清欢白了他一眼："老板，你太小气了吧？而且我买来是送人当生辰礼物的，你这四八四八的，也太不吉利了吧？"

"那行，再给您让十两银子，这行了吧。"

"你的心也太不诚了，算了，我不要了。"沈清欢把玉蝉放回原处，带着绿尘转身就要走。

"娘子，别走呀，价钱贵可以再商量嘛。"老板见沈清欢走得毫不犹豫，连忙叫住她。

沈清欢背对着老板，冲绿尘得意地笑了，又连忙恢复端庄的神色，转头和老板讨价还价去了。两人磨了不少口舌，沈清欢终于用三百六十八两的价格把玉蝉买下了。

冬至过后的第三天，万长生生辰，沈夫人早早地就让下人把家里布置了一番，家里处处充满了欢乐的气氛。

沈夫人特意让人去茶坊给万长生请了假，要他在家好好歇一天。

早饭时，沈夫人先给万长生盛了一碗甜汤让他喝。

"来，长生，先喝一碗甜汤，甜甜蜜蜜一整年。"

"谢谢婶婶。"万长生接过甜汤，向沈夫人道谢。

"真乖！来，这是我和你叔叔给你包的红包，你拿着。想买什么，就买些什么。"

沈夫人笑着递给了他一个红包，一旁的沈清欢暗想，估计和自己往年生辰一样，里面放了一张一百两的交子。

"谢谢叔叔，谢谢婶婶，你们破费了，可是我不能收。"万长生推辞道。

"说什么呢，你这傻孩子，这都是应该的，快收下。清欢往年过生日时，我们也都给她红包的。"沈老爷出声要万长生收下。

万长生听了他的话，这才把红包收下。

一家人在吃过早饭后，就带着仆人出门开始逛街，直奔热闹的瓦舍而去。

"你们看牌子上写要演新戏了，咱们去看看吧。"沈夫人见外面的牌子上写着新戏名，于是拉着一家人要去看。

"我可不去看，我要去看女子相扑。"沈清欢扫了一眼戏牌，发现是母亲最爱的苦情戏码，于是就出声说要去看别的，"长生，要不你也陪我去看吧。"

万长生自然是沈清欢说什么就是什么，于是乖乖点头同意了。

"这女孩子家家的，看什么相扑呀？陪我去看戏。一家人分开玩，算怎么回事？"沈夫人不满意地说道。

"孩子们有孩子们的娱乐，硬逼着他们陪咱们老人也没意思不是？"沈老爷边说边向自家夫人使眼色。

沈夫人一下子明白了自家老爷的意思，两个孩子独处不是更好吗，于是道："行，那你们俩去看相扑吧，午时初咱们在门口汇合，然后去白樊楼吃饭。"

"知道了，那长生咱们走。"沈清欢兴高采烈地和万长生去了相扑场。

沈家二老看着一对小儿女离开的背影相视一笑，沈老爷牵着沈夫人的手说："走吧，夫人，我陪着您。"

沈夫人含羞一笑，依偎着夫君走进了杂戏场。

沈清欢和万长生来到了相扑场，刚坐下就见赛事开始了。

"哎，长生，你看，柳七娘和孙四娘的比赛呀。她们俩可是成名已久的相扑高手，咱们算是赶上了。"沈清欢看见上场的女相扑手，发出一阵兴奋的欢呼。

"这可是女子相扑，你怎么会这么清楚啊？"

万长生表示不解，女子相扑选手穿得暴露，比赛时向来香艳无比，多是男子来看，女子来看的极少，怎么沈清欢会如此熟悉。

"我以往做男子装扮出来谈生意时，也和客人来过这里，我觉得挺有意思的呀，只有那些下流的人才会想歪。你看她们的肌肉线条多美啊，动作又流畅漂亮，这种力量美才令人陶醉。要我说，咱大宋就是病歪歪的人太多了，所以这相扑才这么盛行。"

万长生听了她的话，看了看自己瘦弱单薄的身体，又想起以往她对自己身材的嫌弃，下定决心要向翠涛求教，把自己的身体锻炼好。

赛场上孙四娘一个绊子把柳七娘绊倒在地，然后压了上去，死死压制住了对手。

"好，漂亮！"

沈清欢忍不住喝彩，一边的万长生看着赛场上的香艳场景，反而不好意思起来。终于女子相扑结束了，轮到男子相扑了。万长生一见那些男人穿得暴露，赶忙拉着沈清欢走了。

"走吧，没意思，去听说书去。"

沈清欢也有些不好意思，于是顺从地跟着他走了。

到了说书场，就见密密麻麻坐了一大批人，沈清欢要了茶汤和瓜子就和万长生坐了下来，绿尘兰香和白泉坐了另一张桌子旁。

台子上的老先生正在情绪高昂地讲着，众人坐在下面都听得津津有味。

沈清欢听得入神，连瓜子也不嗑了，专心致志地听着，时不时还发出捧场的叫好声，万长生也是如此。

半个时辰过去了，沈清欢和万长生都觉得没意思，就换了场，去看变戏法的了。

两人泡在瓦舍里消磨了一个多时辰，看了看时辰觉得快到午时了，就去瓦舍门口等沈家父母。

才在门口等了一会儿，就见沈家父母相携而出，沈夫人拿着手帕边走边抹泪感叹道："太惨了，真太惨了。"

沈清欢挑了挑眉，知道母亲多愁善感的老毛病又犯了，还好自己没跟她去看戏："哎呀，娘，那些戏都是假的，都是写戏的人瞎编的，您看您倒当真了。"

"胡说，肯定是根据真实事件写的，这么多年了，我见过的惨事还少吗？"沈夫人瞪了女儿一眼道。

"行了，娘。我错了，咱们先去吃饭吧，我都饿了。"沈清欢上前拉住母亲撒娇。

"成，那咱们走吧，我和你爹昨天就派人在白樊楼订下了房间，咱们这就去吃饭。"

一行人浩浩荡荡地到了樊楼，沈夫人出钱给下人在一楼也置办了简单的饭菜，他们四人去了三楼的雅间，伺候他们的正是和沈清欢相熟的阿金。

沈清欢自从上次的事后就好久没来过了，阿金一见到她就笑了："不知四位贵客点些什么？"

沈老爷沉声道："昨天派人订了一桌席面，你只用说房间号，他们就知道该上什么菜了。"

"知道了，那点些什么酒呢？"阿金凑近了沈老爷低声道，"我们最近得了新酒天醇，这可是从宫里的御酒库里流出来的。要不是相熟的客人，别人我不轻易告诉的。"

"那行，来一壶你说的天醇，来一壶眉寿，再来两壶杨梅酒。"沈老爷点头同意了，想着女眷酒量不行，又要了两壶甜酒。

"要酒博士吗？"

"我们今天是家宴，就不要酒博士了，一家人自斟自饮更自在。"

"得了，一会儿就给您送上来。"阿金听了沈老爷的话，下去报菜去了。

不多时一桌热气腾腾的席面和美酒就送了上来，桌面上的菜俱是合乎万长生口味的。

"长生，来来来，快吃，都是你爱吃的。"沈夫人殷勤地为万长生夹菜。

"谢谢婶婶。"万长生赶紧伸碗去接。

沈清欢也为他夹了些菜，一直劝他多吃："今天这席面算下来得十多两银子呢，你一定要多吃点儿。"

"你个抠门鬼，要是让别人听见算怎么回事？"沈夫人冲女儿说道。

"这不是没外人吗？再说了，我赚钱多不容易呀，自然要节俭地花。"

"哦，你的意思是说，是你在赚钱养我们，怪我们花钱厉害了。"沈夫人笑着对女儿说。

"我没有，我几时给娘花钱不舍得了？"沈清欢连忙苦着脸辩驳。

"傻孩子，你娘逗你呢。"沈老爷笑眯眯地对女儿说着，"来，吃块你喜欢的糖醋鱼。"

"谢谢爹。"沈清欢笑嘻嘻地接了过来。

吃过饭后，一家人又去开封的大相国寺拜佛。

沈家一行人刚进大相国寺中的大雄宝殿，就遇到了发须皆白、身着华丽袈裟的主持方丈。

一行人见到了他，赶紧双手合十齐声问好，"大师好。"

"诸位施主好，老衲有事先行一步，还请自便。"主持方丈还了一礼，就步出了殿门。

众人也不在意，四处逛了起来，沈夫人拉着沈老爷去添香油钱祈福，两个小的觉得没意思就去别处逛了。

"长生，你知道吗？在余杭有个净慈寺，那里的佛法也十分灵验，而且附近的风景也雅致清净。"沈清欢看着殿中一尊尊雄伟的佛像，向万长生说道。

"我听别人说起过，但没去玩过，你去过吗？"

"四年前我去过，净慈寺里面有一位名叫戒痴的师傅，还是我的好友呢。"

"你还能和和尚当好朋友？看起来这位大师也是个不俗的人。"

"没错。"沈清欢被万长生暗戳戳的马屁哄得身心愉悦，"这位师父是少年出家，今年才二十五岁。不过别看他年少，可对佛法的研究却十分透彻。关键是他还制的一手好茶，点茶的功夫也高超。有些人拿着金子求着要喝他的茶，他看也不看一眼。可本姑娘我一分钱没花就喝到了。"

"茶的滋味怎么样啊？"万长生好奇地问道。

"香甘重滑，回味悠长。"沈清欢只回了他八个字，脸上一脸的回味。

"若是有幸，我也想尝尝。"万长生见她如此推崇，于是也心生向往。

"好呀，有机会咱们一起去。"沈清欢打了包票。

一家人在大相国寺待了两个时辰，看着天色晚了，然后才高高兴兴地回了家。

王嬷嬷早在家里准备了一桌丰富的饭菜，就等着主人回来开饭。

饭桌上，沈老爷端起酒杯对万长生说："长生，祝你生辰快乐，愿你以后前程似锦，鹏程万里！"

万长生笑着把酒一饮而尽，说道："谢谢叔叔。"

"长寿面来了，长生快趁热吃，可不能咬断啊。"沈夫人端着面从外面进来。

沈夫人回到了家中，又特意下了厨房，给万长生亲手做了长寿面。

万长生把面条吃光了，笑着感谢沈夫人："婶婶费心了，面条特别好吃。"

沈清欢也端起酒杯，向万长生祝福道："长生，愿你年年有今日，岁岁有今朝，平安长寿，一生无忧。"

"我会的。"万长生盯着她看，然后笑着说道，"清欢，我也如此祝福你。"

吃过饭后，各人分别拿出了礼物送给万长生。

沈老爷准备了一本茶叶古籍，递给万长生说："这是当年我出师时你爷爷送我的，传说上面的批注是陆羽老先生留的，本来我是决定当传家宝的，现在我把它送给你，希望你不要辜负你爷爷对你的期望。"

"谢谢叔叔。"万长生的道谢格外真诚，对于他来说这本书意义重大。

沈夫人让张嬷嬷从屋里取出了一套崭新的冬装，其中的一件白狐狸毛暖裘格外引人注目。

"来，长生，这是婶婶去掬霞阁给你挑的新衣服，你看这雪白的狐狸毛多顺滑，多暖和啊，你先披上试试。"

"谢谢婶婶。"万长生摸着身上的暖裘，目光灼灼地看着沈清欢。

"看什么呀？我的东西肯定不会像我爹的那样有意义，也没有我娘的值钱。你可别嫌我小气啊。"

"你先拿出来让我看看再说。"万长生笑眯眯道。

沈清欢打开包装精美的盒子，拿出了那枚玉蝉，玉蝉已经被穿上了红绳，看起来充满灵气。

"你是要祝我腰缠万贯吗？"万长生好奇地问她道。

"真笨，要是祝你腰缠万贯，我就会用络子把它拢起来了。我是要祝你一鸣惊人，希望你以后能够把万家的招牌撑起来。"

万长生接过玉蝉，十分珍重地把它戴在了脖子上："我一定会重新把万家的招牌撑起来的。"

第三十一章　茶园出事去四川

俗话说，过了冬至就是年。在欢度了春节之后，冰雪消融，大地回春，转眼间进入了春天。

二月的一天下午，万安慌里慌张地从茶坊跑到了沈府来报告。

"娘子，不好了，咱们家在四川的茶园出事了。"

"怎么了？是有人找茬闹事儿啦，还是有官府的人刁难咱们啦？"沈清欢赶紧问他。

"都不是，是今年的春茶上来了，四川茶园出产的茶叶味道全变了，又苦又涩。"

"是不是他们制茶的手法有错呀？又或者只是批次的问题？"沈家在四川的茶园是去年新买的，沈清欢想着或许是个误会。

"那里制茶的师傅都是咱们从东京城派去的老师傅，怎么会有错？而且茶坊里的老师傅们把四川送来的所有茶叶都尝了个遍，全部都是有怪味的。"

"行了，我知道了。你到了茶坊别乱说，让知情的人都保密。"沈清欢嘱咐万安道，这件事一定要保密，不然会被人借机发难。

"是，娘子，我晓得的。"

"那这样你先回去吧，顺便把你家公子叫回来，我有事儿要和他商量。"

万安应了一声，又匆匆忙忙地跑回茶坊去叫万长生。

沈清欢静心想了一会儿，让兰香把绿尘叫来了。

"绿尘，咱们在四川的茶园出事了，茶叶的味道都变了。"

"真的吗？那你打算怎么办？"

"我决定亲自去四川查看一番，你和我一起去吧。"

"行。"绿尘答应得干脆利落。

另一边，万安跑进茶坊去找万长生。

"少爷，沈家娘子叫你回去呢，说是有事儿要和你商量。"

"什么事儿啊？你知道吗？"

万安见周围人多，只摇了摇头道："我也不知道，不过我看沈家娘子还挺着急的。"

万长生见万安说不知道，就快步回了家。等他进到沈清欢的房间时，就看见沈清欢和绿尘正坐着等他。

"清欢，我听万安说你有急事儿找我，什么事儿啊？"

"是这样的，咱们家去年在四川刚买的茶园现在出事儿了。送来的所有春茶都变了味道，我要和绿尘去四川查查原因。你和我一起去吧，不管能不能查到原因，你也正好学学经验。"

"好，不过我想带着万安一起去行吗？"万长生想着让万安也一同学习。

"可以，不过你千万不要把茶园出事儿这事儿告诉我爹娘，我怕他们着急上火。"

"那他们要问咱们为什么去四川，我怎么说呀？咱们最好有个统一的答案。"万长生怕众人的说法不一致会漏了馅儿。

沈清欢想了想，说道："咱们就说在四川的老师傅，发明了新的茶叶制法，让咱们过去看看能不能推广。"

"他们会信吗？"万长生觉得这个理由不太靠谱。

"没事，新茶发明本来就是需要保密的。咱们这么说，他们一定会信。"沈清欢坚定道。

"我知道了，那咱们什么时候走？"

"这事慢不得，咱们明天就走，你也别去茶坊了，现在就回屋收拾行李，我派人去通知万安。"

"好，我现在就去收拾东西。"

到了吃晚饭的时候，沈清欢笑着对父母说道："爹，娘，咱们在四川的老师傅说发明了一种新的茶叶制法，想让我去看看。我想着，带着长生明天就去。"

"真的吗？要是能推广的话，那可是天大的喜事儿，也正好可以作为咱们沈家的招牌茶叶。"沈老爷兴奋地说道。

沈家是刚刚起来的茶叶商，所有的茶叶都是按照别人的方法制作的，还没有自家的招牌茶叶，沈老爷一直以此为憾。现在听女儿说可能会发明一种新的制茶法，心中顿生无限欢喜。

"爹呀，不是我扫你的兴。不过你还是不要抱太大的希望为好，这新茶叶的研究和推广要花费的功夫实在太大了，万一这老师傅的茶叶不行，您不就失望了吗？"沈清欢知道自己说的是谎话，所以特意给自己留下了余地。

"爹知道，不过这万一成了呢？"

"万一、万一、万分之一，爹，这希望太渺茫了。"

"好好好，爹知道啦，不会给你太大压力的。"沈老爷收敛了情绪道，"对了，长生从没出过远门，路上你一定要多照顾他。"

"爹，你放心，我会的。"沈清欢点头道。

"那你们的行李收拾好了吗？"沈夫人开口问她。

"都收拾好了，我刚刚也去长生那里替他看过了，没有什么遗漏。"

"那就行，早去早回。"沈夫人知道女儿外出经商经验丰富，也不太担心她。

"长生，外出经商辛苦还危险，你一定要小心注意，遇见不懂的事就要问清欢。"沈老爷不放心地叮嘱万长生道。

"我知道，叔叔您放心吧！"万长生点了点头。

第二天早上，天刚蒙蒙亮。沈清欢、绿尘、兰香都换上了男装，她们共乘了一辆马车。万长生带着万安上了另一辆马车，翠涛带着几个家丁骑着马护送，一行人在沈家父母的目光注视下离开了。

刚刚出了城门口，马车上的兰香就闲不住了，第一次出远门的她向沈清欢问道："公子，四川好玩吗？"

沈清欢怕兰香嘴不严，没有告诉她事情的真相。如今看着兰香天真的笑脸，沈清欢强撑着笑对她道："四川当然好玩儿啦，那里可是天府之国，繁华得很呢，而且那里的蜀绣也很出名。"

"那到时候空闲了，咱们可以出去玩玩吗？"

"行啊，有空的话。不过我先说好，咱们的茶园可是在山区，那里偏僻得很，要真想玩儿的话，也只能等回来的时候了。"

兰香又想说些什么，一旁的绿尘制止了她："公子今天起得很早，你没发现她困了吗？让她睡会儿吧。"

沈清欢的确眼圈发黑，她昨天夜里睡睡醒醒，一直在担心四川茶园的事。

兰香见娘子的确是脸色不好，于是就不再开口说话了。

沈清欢歪在摇摇晃晃的马车中睡着了，一路上走的都是官道还算平稳，她也没有感受到什么颠簸。

中午时分，马车停在了野外的一个面摊子旁，绿尘叫醒了沈清欢："公子，醒醒，该吃饭了。"

"嗯？绿尘，咱们打尖了？"沈清欢迷迷糊糊地说道。

"是，快下来吧。"绿尘下了车伸手去扶沈清欢。

沈清欢下车后，见众人都坐在了面摊的桌子旁，于是她也快步赶了过去。

"老李，先给我们每人上一碗笋泼肉丝面，每桌再上三盘小菜。"沈清欢对老板报饭后，又对众人说道，"大家都多吃点儿，不够的话再要。"

沈清欢口中的老李是面摊的主人，和常年出门在外的沈清欢也是老相识了。于是老李一边下面条，一边笑着问她。

"沈公子，您这次又是去哪里贩茶叶呀？"

"四川。"沈清欢回答了他，又问道，"上回我给你的散茶叶怎么样呀？过往的行人还喜欢吗？"

"沈公子您还别说，您给我的虽然是散茶叶，可过往的行人喝了茶汤都是赞不绝口。不过我离东京城路远，也没工夫去买。这不前两天我刚从一个过路的脚商那里买了一些茶叶，可您看看我现在摊上的茶汤都成什么样子了？"

老李示意小伙计倒了一杯茶汤给沈清欢看，只见茶汤颜色浑浊，她微微抿了一口，皱着眉头咽下了："这口感也太涩了吧，还不如直接喝白开水呢。"

"可不是还不如白水嘛，但明天这面摊上要是没有茶汤，过往的行人就该说我小气了。可这茶汤味道又涩颜色又重，你说该让客人怎么喝呀？"

沈清欢想了想，对他说道："老李，把你买的散茶叶拿来让我看看，还有没有办法补救？"

老李把手里的活交给小伙计，从一旁的抽屉里拿出了一大包散茶叶，然后放在桌子上给她看。

沈清欢一看就摇头笑了，又把茶叶推到了万长生的面前，说道："长生，你看看。"

万长生看了看，"噗哧"一声笑了："这也敢叫茶叶呀？"

老李不明所以，赶紧问万长生道："这位公子，我的茶叶有什么问题吗？"

万长生笑了，随手从茶叶包中挑出几片茶叶，说道："老板，你看着这几片茶叶不觉得眼熟吗？"

老李不懂行，于是摇了摇头。

万长生无奈地说道："你看见您摊子旁边的柳树了吗？这就是柳树叶制成的。"

"不会吧，这两样东西根本不像呀，你是不是看错了？"老李有些不敢相信。

"我没看错，这是用柳树的初生嫩芽混着茶叶制成的。不过这造假的也太贪心了，真茶叶不过十之二三，所以喝起来才会又苦又涩。呦，里面还有榆树的叶子呢。"

万长生在茶坊待了一段时间，也懂得如何分辨茶叶的优劣真假，这种小儿科的手段根本蒙不住他。

"这杀千刀的，我说他的茶叶怎么卖得那么便宜呢？下回再让我遇见他了，非得狠狠地啐他一口不可。"老李气得浑身发抖，一个劲地骂那过路的行脚商人不地道。

"行了，老李别气了。反正我们正等着吃面，也没事做，这茶叶也不多，我们人多手快，帮你挑挑就好了。"

沈清欢把茶叶分成四份，她自己和万长生、绿尘还有万安一起帮忙，很快就把茶叶挑好了，原本的一大包茶叶缩水了一大半。

沈清欢让人把废叶子扔到了堆放杂物的地方，把剩下的茶叶递给了老李："虽然这剩下的茶叶质量也不好，不过总比之前要有些茶味了。"

"沈公子，真是谢谢你。这样吧，今天的饭菜免费。"老李看着手中的茶叶感谢她。

"举手之劳而已，你是小本生意，我怎么好占你的便宜。"沈清欢只是淡淡一笑。

老李搓了搓双手道："行，多谢沈公子了，那我送你们每桌一份东坡肉。"

"那就多谢了。"沈清欢笑着同意了，然后对他说道，"你不说离我们家茶坊远，买茶不方便吗？我给你写张纸条，你让人拿着纸条去我们茶坊，以后就会有专人定时给你送茶叶来。放心，咱俩是熟人，我肯定给你便宜价。"

"那真是多谢沈公子你了。"

饱餐之后，沈清欢给老李写了一张纸条，又盖上自己的印章，一行人就又上了马车继续赶路。

马车上兰香好奇地问道："公子怎么对这老李这么好呀？又是帮他挑茶叶，又是给他便宜价，又是让人跑来送货的。"

"你不知道，这老李的面摊虽小，可过往的行人在他这吃面的却不少，他得了咱们的好处，岂会不帮着咱们说话。再说了，过路的人除了高官巨富，多数也都是手里没多少钱的老百姓，这正是咱们散茶的消费对象呀。"

兰香点了点头，表示明白了，并把这事记在了心里。

第三十二章　无端茶树生怪病

沈清欢一行人日行夜宿，花了七八天的时间才到了四川的茶园，他们到的时候已是上午巳时。

在四川的管事知道她要来，早早地在茶园前等着她，见她到了连忙迎了上去，低声道："公子您到了，老师傅们都在房间等着您呢。"

"知道了，长生，咱们进去吧。陈管事，你找人安置剩余的人去休息吧。"沈清欢带着万长生还有绿尘进了房间，把其他人留在了门外。

"公子，您来了。"

屋子里的老师傅们见沈清欢到了，齐齐站起来行礼，沈清欢连忙还礼，然后坐在了主位，万长生坐在了她的下首。她对老师傅们说："把茶叶拿来让我尝尝。"

其中的一个老师傅从怀里掏出了一个手心大小的茶饼，拿上去递给了她。

沈清欢用力捏碎了一点儿，自己放入口中尝了尝，又推到了万长生的面前示意他也尝尝。

沈清欢强忍着不适，把茶叶嚼碎后含在口中片刻，硬是没尝出一丝清香和甜味。她拿出手帕捂嘴把茶叶吐在了上面，又要了一杯清水漱口。她见万长生没地方吐，便把手帕翻了面折了折递给他，然后询问众人。

"你们什么时候发现茶叶味道变了，有没有试着找找原因？"

陈管事见老师傅们都不说话，于是站出来担负了责任："回公子的话，是今年春茶下来时，制成茶叶后才发现的，关键是那时候已经晚了，只能把茶饼封存了起来。至于原因我们也查找不少次，这茶树既没生病，也没人偷偷下药。我们翻来覆去查了好几回，就是找不到原因。"

陈管事说完后跪了下来："这都是我监管不严的缘故，我愿意负全责。虽然我知道这么多的钱我赔不起，可是还请公子给我一个机会。"

"陈叔叔，你这不是折我的寿吗？"沈清欢吃了一惊，赶紧跑下去扶起他，"陈叔叔，你说的哪里话，你是当年一直跟着我爹的老人，后来我家遭了变故，又是你用心辅佐我，我怎么会怪你呢？再说是我把你派到四川的，原是想着你是老将，特意让你来压阵的。这是天灾，怪不得老师傅们，更怪不得你。"

陈管事这些天不分白天黑夜地忙活着，心中一直自责难过，如今听了少东家体恤的话，心中一阵感动，不由自主地就老泪纵横。

沈清欢把他扶回椅子上坐着，然后环顾四周的老面孔，然后恭恭敬敬地行了叉手礼："各位老前辈辛苦了，诸位放心，我知道这事不怪你们。不过这事咱们要是不能自行解决，请了外援求助，岂不是让别人看了咱们的笑话？所以还请各位再辛苦一段时间，咱们共渡难关。"

几位老师傅心中也被她感动了，多日来的身心疲惫也仿佛一瞬间就消除了，纷纷发声表示对她的支持。

"公子放心，我们就算熬死，也一定要帮你找到原因。"

"那可不行，我可不舍得让你们熬死，你们个个都是沈家的无价之宝，可比这茶园珍贵多了。"沈清欢见他们个个眼圈发青，面色晦暗，于是说道，"我看老师傅们也都累了，陈叔叔不如你和他们都先下去休息休息，明天咱们再细谈这些事。"

"这怎么能行？"众人皆是拒绝，不肯去休息。

"去吧，老师傅们要是累倒了，我一介晚辈后生还能靠谁呢？"

沈清欢这话说得熨帖，老师傅们听话地离开了，沈清欢恭敬地把他们送了门口，看着老人们都走了，她示意绿尘也去尝尝茶叶。

"绿尘，你也尝尝。"

绿尘掰了一点儿放入口中，品了一会儿后用手帕捂嘴吐了出来，用清水漱口后说道："苦，涩，隐隐约约还有一点儿腥味。"

沈清欢知道绿尘因为长期试药，所以她的舌头比自己还灵敏些，于是问她道："腥味？"

"我也不确定，那腥味实在太淡，若有似无的。"

"长生，你品出来腥味了吗？"沈清欢又向万长生询问道。

"我也没有，就尝出来苦味和涩味了。"

"唉！算了，咱们先去茶园看看吧。"

沈清欢决定去实地考察，他们三人找了个采茶的工人就去了山上种茶叶的地方。

为他们带路的是个身材娇小，眼睛大大的川妹子，一路上不停地和他们谈话。

"沈公子，茶园要是不行了，我们是不是就不能在这做工了？"

沈清欢笑了笑，安抚她道："茶园怎么会不行呢？这只是出了点儿小问题，放心，不到半个月准能解决。"

"可人家茶园的茶工都每天采茶赚钱，只有我们闲着，也没钱赚，说不定过几天就要饿肚皮啦。"小姑娘噘嘴抱怨道。

"放心，像你这么水灵的姑娘，我怎么舍得你饿着。等会下山后，我就交代陈管事，这几日你们的工钱照发。"

"谢谢公子。"小姑娘甜甜地道谢。

四人一路上说话解闷，很快就来到了沈家的茶园区域。沈清欢看着满山青翠的茶叶心在滴血，这可都是上好的春茶呀。这一赔一赚之间，她就亏了五六千两的银子。

沈清欢伸手掐了一片茶树上的嫩芽，她尝了尝味道，苦味更重了！

万长生和绿尘也照样分别掐了一片茶叶品尝，忽然绿尘肯定地说道："是有腥味，这嫩芽中的腥味比制成的茶叶腥味更重。"

"没错，我也尝出来有腥味。"万长生点头同意绿尘的意见。

"我也尝出来了，而且不止一棵，看来这不是制茶的工艺出了错，而是这茶树本身的问题。"沈清欢一边说一边又掐了另一棵茶树的茶叶品尝。

沈清欢静神想了一会儿，没想出来哪本书上有相关的案例记录，只能无奈地叹了口气。

四人在山上待了一阵，眼看太阳升到了半空中，她们只好先下去吃饭了。

中午吃过饭后，沈清欢去陈管事那里询问了茶园的详细情况。临走时，她对陈管事交代道："那些采茶工人的工钱照发，只是要安排他们做些杂事，免得他们闲着嚼舌根。"

陈管事一下子领悟了她的意思，闲人生余事，要是这些大嘴巴乱讲，沈家在四川的基业就全毁了。他眯起眼道："公子放心，我会让他们管好嘴巴的，保准一个字儿也漏不出去。"

沈清欢从陈管事那里离开后，就一个人坐在房间里使劲翻着自己以往记录茶叶疾病的读书笔记，翻看半个时辰，愣是没任何发现。

绿尘在一边见她眉头锁得死紧，胸口一起一伏显然情绪激动得很，于是开口建议道:"要不然向那位求助一下,他老人家吃过的盐比我们吃过的米都多,说不定他会有办法。"

沈清欢抿嘴想了想,收起争强斗胜的性格,写了一封情真意切的求助信,然后把翠涛唤了进来,在他耳边说了个秘密地址,让他去送信。

"翠涛,这次全靠你了,十万紧急,快去快回。"

翠涛点了点头揣着信飞快地跑出去,然后骑马飞奔回了东京城。

翠涛走后,沈清欢在房间中走来走去地思考问题,她一边走一边自言自语。

"真是咄咄怪事,怎么就咱们家的茶园出了事,莫不是……"

沈清欢的话说了一半没说完,可一旁的绿尘却十分明白她的意思,她是意指有人要害沈家。不过沈清欢又马上推翻了自己的猜测。

沈清欢自言自语地接着说道:"要是说有人要害咱们家,按理说也不会做得如此明显呀。可为什么偏偏只有咱们茶园出事了呢?"

想了一会儿后,沈清欢放弃了思考,开始在纸上一条一条地写出自己的思路,然后又一条一条地划去,否定自己的猜测。

沈清欢在房间里待了一个下午,想破头也没想出原因,连晚饭也是在屋里吃的,之后她带着满脑子的问题睡着了。

第二天一大早,兰香就跑去敲万长生的门。

"万少爷,公子想到主意了。通知你和老师傅他们去开会,咱们快去吧。"兰香满脸兴奋地道。

"什么主意?"万长生跟着她边跑边问。

"公子没跟我说,不过等你到了大堂,肯定就知道啦。"

万长生赶到时,大堂内的人已经来了七七八八。老师傅们听见少东家召唤,个个都是腰杆挺得笔直地坐在椅子上等她宣布消息。

万长生坐沈清欢的下首,看着她青色的眼圈,心疼地说道:"你肯定一夜没睡吧,看看都熬成什么样子了。"

沈清欢凑近他,低声说:"这一夜不睡没关系,关键是我找到了可能会解决问题的一种方法。"

等了一会儿,沈清欢见人来齐了,于是起身来说道:"晚辈不才,昨天晚上苦思冥想,终于想出了一个笨办法。"

"只要有办法就行,哪管什么聪明笨的。公子只管说,我们照做就是。"陈管事带头应和。

"办法很简单,我知道诸位都是舌头灵敏之人,咱们不妨隔一段距离尝一次茶园的茶叶,看看哪处的味道最浅,哪处的味道最深,然后比对一下两地的情况。"

"这也是一个办法,不过就是花费的时间要长些。"一个老师傅拈着胡须说道。

"反正今年的春茶,咱们是赶不上了。那么多花些时间又何妨呢?"沈清欢起身行礼,"拜托各位啦!"

陈管事和老师傅们纷纷还礼,然后和她一起上山试试这个方法,只是茶园地方大,一天过去了,还是没有一点儿头绪。

第三十三章　风波平定心暗惊

第二天早上，众人又是早早地上了山，临到中午时一位老师傅说道："我到茶园西边尽头了，这里的味道最重。"

沈清欢得知消息后跑了过去，发现这里自家茶园的山头和别人家的茶园挨得极近。她把手放在眼前遮光，眯起眼睛使劲往对面茶园看，发现对方的茶园也是空无一人，于是她向陈管事问道："那是谁家的茶园啊，怎么没人来采茶呢？"

陈管事回答道："那是本地富商谢家的茶园，他们已经采过头一遍春茶了，因此才没有人。"

沈清欢听了他的回答有些不甘心，又好奇地问道："没听别人说，他们家的茶叶有什么问题吗？"

"没有呀！"陈管事回答道，"他们家的茶叶早早地就制成了，已经送到京城的其他茶坊了。"

沈清欢咬咬下唇，深呼了一口气，强笑着说道："这都中午啦！咱们先下去吃饭吧，至于今天下午你们就别来了，在家歇歇，我去办些其他事。"

众人以为她是失望了，要放弃这个方法，于是替她遮掩颜面道："行，多谢公子体恤了。"

下山之后，众人吃过午饭各自散了，沈清欢和两名侍女换了蜀地的普通女装，万长生和万安则穿上了蜀地常见的男装，一行五人都戴着竹斗笠去往谢家茶园。

在去谢家茶园的路上，万长生打趣沈清欢道："你看起来还真像个水灵灵的采茶女。"

沈清欢看了看他也笑了："你细皮嫩肉白生生的，看起来可不像个采茶工。"

沈清欢一行人走了一炷香的时间，远远地看见了谢家的山头，就见山脚下被一群人把守着，她扬起笑脸走了过去，用流利的四川话说道："大哥，这是谢家茶园吗？我们是来做采茶工的，你们还招人不？"

"走开走开，早不招了，今年一整年都不会再招啦。"守山的领头人挥了挥手，让手下赶走了他们。

"本来是想偷偷潜进去尝尝他们的茶叶，谁知道还有专人把守。"沈清欢冷笑一声，"我敢肯定，他们的茶园也出了问题，要不然不会这样严防死守，不让人靠近一步。"

万长生接着她的话又补充道："而且从刚才那领头人的话中，可以听出来他们今年的茶叶估计都不会采了，进一步说明了他们茶园的问题没有解决。"

沈万两人对视而笑，觉得自己离答案又近了一步。绿尘看着两人的默契，也是欣慰地笑了。

几人回到住处后，沈清欢和万长生还有绿尘在一起商量下一步的动作，不过都没想出什么好主意。

威逼吧，这沈家在四川只是条小小的过江龙，可谢家却是条成了精的地头蛇。利诱吧，他们人生地不熟，也不知道该从何处下手。

"要不直接出击吧，备上厚礼咱们去他家问问。万一他们告诉咱们一些秘密，咱们也就有可能会想出办法来。"万长生建议道。

沈清欢想了想，似乎也只有这种堂堂正正的"阳谋"最好了，要是他们不同意，自己再使些手段也不迟。

三人商议后，就各自回房睡觉，养精蓄锐准备明天的战斗。

第二天早上，一阵鸟鸣把沈清欢从睡梦中唤醒，她伸了伸懒腰，开始洗漱。

"公子今天穿什么衣服？"兰香机灵得很，在四川绝口不提娘子二字，整天都是唤沈清欢公子。

沈清欢想了想，觉得女装见人更能示弱，于是说道："今天穿女装。"

等到沈清欢换完衣服和绿尘相见时，发现两人不约而同地都换了女装。沈清欢心中感叹道，知我者，莫若绿尘也。

万长生带着万安提着满手的礼物过来了，见她俩都是女子装扮，不好意思让她们分担，可两人却分别接过些礼物拿在手上。

"走吧。"沈清欢说道。

于是四人上了马车，让熟悉道路的本地马夫送他们去城中的谢家拜访。

到了城中的谢家门口，万安向门房递出了名帖，暗中又塞了一吊钱给他："我们是东京城沈家茶坊的，我们少东家特意来拜访你家东家，我们是有大买卖要和你家东家谈的，还请你代为通传。"

那门房听到对方来头大，自己又得了赏，遂忙不迭跑去禀报了。过了一会儿，有小厮前来引路，说道："我家主人请你们进去。"

四人提着礼物随小厮进了谢家门庭，只见一路上楼阁巍巍，雕梁画栋，十分大气磅礴。

不一会儿，众人就来到了待客的偏厅，只见一名长相明艳的年轻少妇，用涂着艳红丹蔻的纤纤玉手拿着一杆细长的烟杆，正在吞云吐雾。

没错，谢家当家的正是一名女子。她是谢家原来当家的未亡人，因儿子年纪小无法管事，她就挑起了谢家的大梁。

"夫人，贵客到了。"丫环出声提醒座上眯眼吸烟的主人。

"知道了，你下去吧。"

谢夫人挥手让仆人下去，然后站起身袅袅婷婷地走到了万长生面前，用一根手指挑了挑他的下巴："沈公子，你好俊呀！"

万长生吓得赶紧倒退三步，面色通红地指着一边的沈清欢说道："她，她才是沈家茶坊的少东家。"

谢夫人回过神，看了看沈清欢，然后趴在了沈清欢的肩头上，对着她的耳朵吹了口气道："这漂亮的沈家女东家，看起来也不错啊。"

沈清欢不为所动，反而笑着夸赞她道："夫人才是真正的大美人呢，和您一比，我就成不起眼的陪衬了。"

"是吗？"谢夫人笑眯眯地摸了一把沈清欢的脸蛋，"看起来沈娘子不光聪明漂亮，嘴也甜得跟蜜似的。"

万长生没想到这谢夫人是个荤素不忌的主儿，冲上去把两人分开，把沈清欢搂进怀里，说道："夫人，还请您自重，她可是我未来的妻子。"

谢夫人笑着拍拍万长生的肩膀，戏谑地说道："傻孩子。"

沈清欢挣开万长生，低声道："放心，她只是在逗咱们玩呢。"

万长生这才松了一口气，然后用眼神示意万安和绿尘把礼物送上。

谢夫人看也不看两人送来的礼物，只慢悠悠地说道："无功不受禄，不知道两位找我来是为了何事？"

"夫人何必装傻。不知我们所为何事，那您怎么会放我们进门呢？"

沈清欢不等她让座，直接坐在了她右手的客位上，然后招手示意万长生坐她旁边。

"这和聪明人说话就是简单。"沈夫人放下手中的烟杆，直接说道，"没错，我们谢家茶园的茶叶也受到了污染。"

"可我怎么听说谢家已经把茶叶制成了茶饼，运往各地卖了呢。"

谢夫人歪头看着沈清欢和万长生笑道："你们猜。"

沈清欢反应很快，万长生的脑子动得也不慢，于是两人齐声道："莫非这是您放出的假消息？"

至于谢夫人为什么要放这条假消息？答案很简单，她是要隐瞒茶园的真实情况，好把茶园转手卖出去。

"好，既然你们猜出来了，那我就不能轻易放你们走了。"沈夫人一改刚才轻佻的模样，冷颜厉声说道，"你们必须要把我的茶园给买了，不然休想走出谢家的大门。"

沈清欢在四川买茶园前也做了研究，她是知道谢家根基深浅的，这位谢夫人口中的话可不是吓唬人玩的。

"夫人何必这么生气，我们买就是了，不过夫人不送我们点儿什么吗？"沈清欢略一思索就同意了。

"我们谢家穷，也没什么好送的，只有一本儿破书，就是不知道沈娘子看不看得上眼？"

"有的送就成，我还挑什么呢？"沈清欢更加笃定了自己的想法。

"好，爽快！管家，去把我的印拿来。"谢夫人直接拿出转让契约，又唤来管家盖上自己的印章。

绿尘没有劝沈清欢，因为她太了解沈清欢的脾气，更何况这事摆明有问题。

万长生看出来两人有猫腻儿，但不知两人打的是什么机锋，只是看着两人把合约签好。

谢夫人又让一旁侍女去自己屋子里拿了一本书过来，她递给沈清欢，拍着她的手意味深长地说道："昔年真宗皇帝说，书中自有黄金屋，还请娘子好好看看这本书。"

"多谢夫人，我会仔细看的。夫人，告辞了。"沈清欢抬眼冲她笑了笑，然后行礼告辞。

谢夫人微笑道："好走不送。"

等四人出了谢家大门后，沈清欢腿一软歪在万长生身上。

"你这是怎么了？"万长生关心地问道。

"我被谢夫人吓住了。"沈清欢摸摸心跳加速的胸口说道。

"我也是，自从见了她，我才知道你是多么的温顺可爱。"万长生补充道，"她简直就是一个阴晴不定的女妖精。"

"闭嘴。"沈清欢虚弱地捶了他的胸口一下，然后强撑着走路上了马车。

等他们坐上马车回到沈家的茶园后，沈清欢当着万长生和绿尘的面，打开了谢夫人送的那本书，里面夹着一张一万两面额的交子。

"果然如此。"沈清欢喟叹道。

"什么果然如此啊？"万长生和绿尘同时发问。

沈清欢看着绿尘笑了："长生不清楚就算了，怎么连你都没猜到呢？"

"我既不是神机妙算的诸葛亮，又不是你肚子里的蛔虫，怎么会知道你猜到了什么？"绿尘开始催她解密，"你快告诉我们事实真相吧。"

沈清欢拿着那本破书翻了翻，指着其中一页道："这就是答案。"

只见书上写着有一种药放入水中能够悄悄改变植物根茎枝叶花果的味道，根据配比的不同，也会使植物变得或酸或甜或苦或涩。不过书上没写药方，只写了解药的法子。

"原来是谢夫人下的药殃及到了我们，咱们和她正好共用一条水脉，又在她家茶园的下游，所以才遭了殃。"万长生恍然大悟，可是又奇怪地说道，"可她为什么要给自家的茶园下药啊，难道她就不心疼？她家的茶园比咱们大，那可是上万两白花花的银子呀！"

"谢夫人哪里不心疼，只是她有更重要的事要做，所以才毫不犹豫地下了手。"沈清欢不得不佩服谢夫人壮士断臂的勇气。

"她要干吗呀？"万长生又追问道。

"她要离开四川。"沈清欢索性一口气解释完了，"谢家表面上看起来是谢夫人当家，可实际上她还受着宗族的掣肘，那些旁支的狼崽子们都拼了命地要咬她身上的肉，她怎么会甘心。而且我听说，还有人明里暗里要害她们母子俩性命，所以她才要带着儿子去别处找出路。"

"可这跟谢家的茶园有什么关系？"绿尘也按捺不住地问道。

"绿尘，你还记得咱们来四川买茶园时，对谢家的调查吗？"

凡事谋定而后动，沈清欢在来四川买茶园之前，把四川当地的名门望族都调查了一个遍。

  绿尘灵光一现，拍手道："我想起来了，当时谢家先祖说过，谢家是靠这个茶园起家的，他认为这是块风水宝地，说除非这个茶园败落，要不然谢家永不离开四川。"

  "没错，所以她才狠心对自家茶园下了药。要不是咱们心思转得快，她说不定就带着孩子走了。"

  沈清欢想想还是一阵后怕，谢夫人考虑得太全面了，连自己有可能找上门都谋算好了。要不然怎么会把卖地契约早早地准备好，好用钱来堵自己的嘴。并且她施压让自己买下谢家茶园，看起来以后其他的谢家人要找自己的麻烦了。不过等谢夫人带走了谢家大部分的财产后，谢家也该沦落成只病猫了，沈清欢才不怕呢。

  "可惜上面只写了解药，没写这药的其他配方，要不然还可以摸索着配一配，要是配出能让茶叶更加清甜的药，那咱们沈家就该扬名立万了。"绿尘听完沈清欢的解释，拿着那本书感叹道。

  "哪有天上掉馅饼的好事啊！能化解这次的危机，我就谢天谢地了。不过仔细算下来，咱们虽然没得着春茶的利润，可算算谢夫人便宜卖给咱们的茶园和额外补偿的一万两银子，咱们不光没亏本，还小赚了一笔呢。"

第三十四章　事情解决回东京

事情圆满解决，绿尘去药店买了药材按比例配成解药，下在水脉之中，沈家茶园和谢家茶园的茶叶也慢慢恢复了起来。

沈清欢没把事情真相说出来，只说自己不知何时从书上看过这种关于茶叶的疾病，她装模作样地拿了一些研磨好的甘草粉说是药，让采茶工每棵茶树下都埋上一指甲盖，说是茶树过了秋天就能好，众人都信了，纷纷放下了心头的巨石。

事情解决后的第五天，沈清欢正和绿尘说笑，就见兰香从外面跑了进来："公子，翠涛回来了。"

"这么快？"沈清欢掐手算了算日子，发现一来一回也才八天，虽说骑马是比坐车快，可是翠涛应该也是马不停蹄地赶着路的。

"嗯，可是我看他都快累晕了。"兰香想起刚才在外面看见翠涛蓬头垢面的样子，就一阵心疼，好歹他俩也是老朋友了。

沈清欢和绿尘赶紧起身去看翠涛，只见翠涛风尘仆仆，眼眶通红，一贯干净的脸上也布满了灰尘。

他跟着沈清欢进了屋，把信递给了她。沈清欢伸手接信，只觉得重于万钧，是自己害得这实心眼的孩子跑了冤枉路。

绿尘看出了她的想法，于是说道："翠涛，先去睡吧，等睡醒了让公子带你去吃好吃的。"

翠涛已然神智恍惚，兰香只好派个小厮拉着他去他以前的房间休息。

等到翠涛走后，沈清欢的嘴张开合上好几次，终于还是对绿尘说出了口："是我不好，不该对实心眼的翠涛说十万火急的话。"

绿尘歪头笑道："你以为你不说，他就会慢慢地回去，再慢慢地回来吗？你那个时候写信，摆明是找人求救，翠涛再笨也猜得出来。更何况，这本来就是一件阴差阳错的事，怪不到你身上。"

沈清欢听了她的安慰，觉得心里好受了很多，于是说道："等翠涛醒了，我一定请他吃顿好的，再带着他出去好好玩玩。"

"我猜他醒了，一定会很高兴！"绿尘想起孩子气的弟弟摇头失笑。

别看翠涛长得高大，实际今年才十七岁，比万长生还小两岁，他又是学武的，做起事来总有些傻实诚，让人又好气又心疼。

"不说他了，咱们看看翠涛辛苦带回来的信中，被求助的老人家，有没有给咱们出个好主意。"沈清欢说着打开信封，她和绿尘挤在一起看信，看完之后不由得惊叹，"这姜还是老的辣，谁能想到寥寥数语描述，他竟发现了病症，还写了解药。"

原来信中写的病状和解药，竟和谢夫人给沈清欢的那本书上写的答案分毫不差。

"就是不知道，他手里有没有能让茶叶变甜的配方？"绿尘又重新燃起了希望。

"我估计是没有的，要是有，他家的茶叶早就把其他商人的茶叶击垮了。"沈清欢想了想说道。

绿尘仍是惦记那药方："你说得有道理，难道我只能从解药中逆推理了吗？"

"这天生万物，自有规律，我看你还是别太钻牛角尖了。"沈清欢劝她看开。

"你说得对，那我就不陪你了，我去给翠涛那个小鬼做些饭菜去，省得他睡醒了说饿。"

谁知道直到次日的中午，翠涛才醒了过来，他开口就喊饿，守在一边的绿尘赶紧给他端来了温在炉子上的新鲜饭菜。

翠涛是饿坏了，端起饭碗拼命扒着肉吃。

"傻弟弟，慢点儿吃，没人跟你抢。"绿尘看他吃得狼吞虎咽，要他慢点儿。

翠涛像是突然回了神，咽下嘴里的饭菜，看着绿尘喊道，"姐？"

"怎么了？"

绿尘不明白弟弟怎么会这样，接着翠涛就把她狠狠地搂在了怀里，语带哭腔道："我做梦了！梦见那天雪好大，娘躺在地上，咱俩光着脚在她旁边跪着，我好饿，好饿，一个劲儿地抱着你哭。"

翠涛的话勾起了绿尘不愉快的过往，她红着眼眶拍着弟弟的肩膀道："都过去了，现在咱俩都长大了，娘的在天之灵也会欣慰。"

"嗯。"翠涛趴在她肩头抽了抽鼻子。

"好了,都这么大的男子汉了,还撒娇啊?快吃饭。"绿尘不愿弟弟想起往事,于是推开他,给他擦了眼泪,让他吃饭。

翠涛的情绪来得快去得也快,转眼间就又端起饭碗狂吃起来。

听说翠涛醒了,沈清欢赶忙过来看他,走到门口看见他正大口大口扒饭时,不由得劝他:"慢点儿,小心噎着。"

翠涛扭头一看是是沈清欢就笑着说:"没事,我喉咙粗,不会噎着。"

沈清欢拿他没办法,这孩子从小就是如此,说了多少次都改不过来,于是只好倒了杯水在他桌上,让他难受时喝上一口。

绿尘见她来了,问道:"茶园的事也差不多了,咱们什么时候起身回东京?"

"你们不是都说要在这多玩玩吗?"沈清欢记得来时,大家都说要在这里好好玩玩的。

"算了吧,京城事多也离不开你,一来一回路上要十五天,咱们又在这儿待了有九天了。咱们茶坊里的春茶已然供应不上了,难不成还真敢在这儿再逗留?"

沈清欢想想也是,算算日子,等回到京城时,自己已经离开二十四天了,虽说爹撑得住,可她自己却不舍得离开茶坊。

"行吧,那我让他们收拾行李去,咱们明天就走。"

"啊,又要骑马呀,我屁股和大腿到现在还疼。"翠涛吃饭间听到了她们的谈话,于是诉起苦来。

"没事,回去时你和长生他们坐同一辆马车好了。"沈清欢笑着对他说道。

"嗯,行。"翠涛听了沈清欢的安排后,顿时眉开眼笑。

众人来的时候风风火火,走的时候就放松了许多,也有心情欣赏路上的风景了,遇见客栈,众人也都安心享受,就这样不慌不忙地,八天之后的下午他们回到了家。

沈父、沈母都不知道女儿要回来,于是连忙告诉厨房今晚加菜,一面又拉着女儿和万长生嘘寒问暖。

"新茶研制成功了吗?"沈老爷焦急地问着女儿。

只见沈清欢摇了摇头:"没有成功。"

众人回来时都说好了,谁都不许把春茶这事告诉沈老爷,免得他忧心。

"为什么没成功呀?"沈老爷焦急地追问。

"那茶叶我尝了,不是太适合推广。"沈清欢拿出理由搪塞父亲。

"唉!"沈老爷长叹一声,"我原以为咱们制出新茶后,声望能再上一步,说不定能把吴家挤掉，成为八大茶商之一，看起来还是没希望呀！"

听了父亲的喟叹，沈清欢也是心中一殇，心中暗暗发誓要把沈家茶叶发扬光大。

另一边沈夫人拉着万长生仔细打量："晒黑了，人精神了，可也瘦了。"

"婶婶，我不是瘦了，我是结实了。"

"嗯，不错，这次回来是长进多了。"

万长生听了沈夫人的夸奖也是开心极了。

一家人小别重逢，自然都是开心的，晚上吃饭时大家也说了许多路上的见闻，引得沈夫人惊呼声连连。

晚上洗漱过后，沈清欢坐在床上想着事情。眼瞧着沈家离八大茶商的位置越来越近，却不能更进一步，这都是因为沈家没有招牌茶叶的缘故。想到此处她不禁叹息不断，感慨自己时运不济，没有早生个几十年，赶上太宗皇帝刚刚宣布民间可以贩茶的时候。

怀着进入八大茶商的美梦，沈清欢陷入了甜甜的梦乡。

第三十五章　灵光一现制新茶

自四川茶园的事情以后,时光便哗啦哗啦过得飞快,马上就进入了夏季,气温也高了起来,夜市上卖各色冷饮的小贩又多了起来。

一日闷热的午后,沈清欢睡醒了,听着刺耳的蝉鸣声,只觉得心中无端烦闷,于是让兰香去街上给自己买了雪泡梅花酒来喝。

"哎?我怎么早没想到呢?"沈清欢小口小口地喝着梅花酒,忽然受了启发,有了灵感,"兰香,你去把绿尘喊来,我有事要和她商量。"

兰香匆匆忙忙地跑去把绿尘请来了,绿尘问沈清欢道:"娘子,找我有什么事?"

"绿尘,你看这是什么?"沈清欢举起碗中冰凉晶莹的雪泡梅花酒问她。

"你傻了,这不就是雪泡梅花酒吗?"绿尘觉得沈清欢是热糊涂了,于是"嗤嗤"笑道。

沈清欢歪着头笑着问绿尘:"你说这梅花可泡酒,那么其他的花儿是不是也可以入茶?"

绿尘一下明白了她的暗示:"你是说把花朵和茶叶结合在一起吗?"

"对。"沈清欢点了点头。

这创意说破不值钱,可是隔着那层窗户纸时谁也捅不破。

"那你想好怎么做了吗?"绿尘想了想这主意是好的,只是以前没人做过,不知道该从什么地方入手。

"我只是突然有了个念头,还没仔细想过要怎么做呢。不过我想,这茶汤是热的,茶叶又容易吸附香气,所以我想应该用香气浓郁的花朵衬托茶叶会更好。"沈清欢慢慢地思索着说出了自己的想法。

"那娘子,怎么样才能让茶叶吸附花朵香气呢。"一旁的兰香开口问道。

"我想无非也就这几种方法，要么把茶叶和花朵放在一起制成茶饼；要么把花朵淹成糖渍的，等冲茶汤时再放进去；要么把茶叶和花朵密封在一起熏陶……"沈清欢越说越兴奋，说出好几个办法。

"不过这几种方法都需要时间慢慢尝试，保密工作该怎么做？你的想法是不错，可也容易偷学，万一传出去一点儿风声，被别人捷足先登了怎么办？"绿尘提出了一个关键性的问题。

"那看起来只能靠咱们自己慢慢尝试了。不过还好，我也精通制茶之术，不用外人帮忙。"沈清欢觉得绿尘说得有道理，决定自己动手研制新茶。

"那你说第一步怎么办？"绿尘问她。

"现在正是茉莉花开的季节，茉莉外观洁白无瑕，气味芬芳馥郁。咱们就先拿它练手吧！兰香，明天就给我买十斤鲜茉莉花回来，我要开始研发新茶。"

"是，娘子。"兰香高兴地应声答道。

说干就干，第二天沈清欢用了不同的方法把茶叶和茉莉花结合在一起，又在罐子上贴上封条，在封条上面写上方法时间，锁在家里的库房里，打算过十天后看看效果。

万长生已经连着好几天见不着沈清欢的人了，于是从茶坊下了工就跑到她的房间去找她。

"清欢，你天天忙着干吗呢？整天见不着人，茶坊也不去，全部的活儿都扔给我。"

"你干吗这么冒冒失失地就进来？"沈清欢正在做新茶的实验记录，见万长生不打招呼就闯进来了，赶紧合上了笔记，紧张地看着他。

"以前也不是没这样过，你干吗这么紧张？不会是在看不该看的东西吧！"万长生盯着沈清欢坏笑。

"你当我是你呀？"沈清欢没好气地瞪了他一眼。

万长生对笔记的内容好奇，凑到沈清欢身边非要看，沈清欢躲着不让他看，两人就争夺抢闹了起来。争抢中万长生把沈清欢搂进了怀里，她红着脸挣脱了，气冲冲地把笔记摔在了桌子上，大声道："看看看，你看吧，我不要这破本子了。"

"清欢，我错了，我不看了，行了吧。你别生气啊，我就是跟你闹着玩呢。"万长生见沈清欢发怒，赶紧讨饶道。

"谁让你叫我清欢的？叫姐姐。"沈清欢忽然发现他对自己称呼的改变。

"我就不叫你姐姐，你起名字不就是让人叫的吗？别人叫得我叫不得？"万长生笑着和她胡搅蛮缠。

"你太没大没小了，小心我告诉我爹，让他教训你。"沈清欢拿他没办法，只好搬出了父亲的名头。

"你去呀，反正沈叔叔也早跟我说过，让我不要叫你姐姐，说显得见外，叫名字才亲近呢。"万长生睁着两眼说瞎话。

沈清欢拿他没办法，自己坐在一边生闷气，万长生蹲在了她面前，笑着讨好她："你看你长得多年轻漂亮呀，看着比我小多了，我要是出门时叫你姐姐，别人还以为我装嫩呢。再说了，我天天叫你姐姐，不等于变相说你老嘛，你能忍受？"

沈清欢"噗嗤"一声笑了，恶狠狠地点了一下他的额头："当初就不该让你去当什么茶博士，现在学得油腔滑调轻嘴薄舌的，越来越不像个好人了。"

"好男人有什么好当的，现在的小娘子个个都爱坏男人。"万长生继续自己的歪理。

"哼，变着花样说自己受欢迎呢？"沈清欢一眼看出他的自吹自擂。

"我本来就受欢迎呀！"万长生潇洒地甩了甩头发，一脸自信道。

沈清欢看见他的嘚瑟样子就受不了，两手捧住他的脸颊用力地挤成一团。

万长生也不反抗，只是双眼含笑地看着她，沈清欢突然觉得不好意思，于是松开了作恶的双手。

万长生站起身搬了一个椅子，紧靠着坐在了她身边，沈清欢嫌热用力推他："凑这么近干什么，多热呀，离我远点儿。"

"那我给你扇扇风，你就不热了。"万长生拿出自己的扇子卖力地扇了起来。

"算我怕你了，别扇了。"沈清欢实在受不了他的殷勤，捂着嘴低声笑了起来。

万长生见沈清欢开心了，也不耍宝逗她了。万长生把椅子挪得离她稍微远了一些，然后"唰"的一声打开自己手中的扇子放在她面前，说道："我知道你对书画颇有研究，你帮我鉴赏鉴赏我新买的扇子呗。"

沈清欢伸手接过他的扇子，先是看了看扇子的正面，正面画着一幅常见的西湖雨后新荷图，她撇撇嘴道："这笔触也太生硬了吧！墨色浓淡也不均匀，一看就是个不入流的画家画的。你多少钱买的？"

"五十文。"

"亏了。"

沈清欢心中默默估算，普通青竹做的扇骨，寻常白纸做的扇面，纵然额外送了一幅扇面画，市面常见的价格也在二十文至三十文之间。万长生这次算是当了一个冤大头了。

然后沈清欢又翻到了扇子的背面，背面题着一首东坡学士的旧词《浣溪沙·细雨斜风作晓寒》，其中一句"人间有味是清欢"，正是她名字的由来。

"写这首词的人笔力倒是不错，就是看着和前面画画的不像是一个人的手笔。"

"你看着这字不觉得眼熟吗？"万长生听她夸这字写得好，隐含得意地问她。

沈清欢见状眯起眼睛仔细看了看："是你的字。"

"对呀，给这便宜扇子添色不少吧！"

"真自恋！"沈清欢合上扇子，闭上眼睛假寐不理他。

"好端端的，怎么又生气了？"万长生见她不说话，有些心虚。

"没有，就是有些困了。"沈清欢漫不经心地答道。

"那就好，我正想托你一件事呢。"

沈清欢以为万长生有什么正经事要交代自己，于是睁开眼问他道："什么事呀。"

"我想托你给我打条络子，要不我这扇子也太单调了。"

万长生今天无意间听到兰香对万安说，以前沈清欢给林岩打过络子。他心里吃味，回家的路上特意买了一把新扇子，也要让沈清欢给自己打络子。

沈清欢算是明白了万长生今天撒娇卖痴的原因，低下头红着眼眶看着手指不说话了。

万长生见沈清欢不说话，心里顿时一沉，坐在一边也不说话，房间里一时气氛尴尬。

正在此时兰香端着冰镇的西瓜进屋，冲着呆坐的两人说："娘子，万少爷，快来吃瓜吧，沙瓤的，刚冰过。老爷和夫人知道你们在一起，特意让我端了过来的。"

万长生眼见拗不过沈清欢，于是扯了扯她的衣袖道："去吃西瓜解暑吧，别生闷气了。"

沈清欢也不是倔脾气的人，见万长生没生气，还劝自己吃瓜，于是伸手拿了一片西瓜递给他："你也吃。"

"嗯。"万长生点了点头。

沈清欢又拿了一片西瓜递给兰香，想让她吃解解暑，她却摇了摇头道："娘子，我不吃了，下午时在茶坊时吃了许多呢。"

沈清欢闻言笑道："这茶坊你倒是跑得比我还勤，不知道的还以为你才是茶坊当家的呢。"

兰香顿时羞红了脸："我是替娘子跑腿的，怎么又笑话起我了。"说完也不管外头天气炎热，跺跺脚就跑了。

"咦，这丫头我也没说什么呀，怎么就跑了。"沈清欢奇怪地问万长生道。

万长生眼珠子转了转，心下了然："许是害羞了吧！"

"嗯？"沈清欢不解地发出了疑问。

万长生也不回答，拿起西瓜边吃边笑，只留沈清欢一个人摸不着头脑。

第三十六章　两人赌茶争先后

十天以后，沈清欢的第一批试验品该启封了，绿尘也跟着她到了库房里。

十几个罐子依次打开，两人分别闻了香味、品了味道，最终发现茶叶和茉莉花共同窖藏的方法最好。

"那要不就按这方法实行吧？咱们可以按时间来查看效果。"沈清欢看了看最终决定选择这个办法。

绿尘见她拿了主意，觉得她的办法确实可行，就笑着赞同了。

"我说你这几天背着我干吗呢，原来你正研究新茶。怎么，怕我抢了你的风头？"万长生突然出现在库房门口，看见了满屋的瓶瓶罐罐逗她道。

"对呀！这可是机密，怎么能让你知道？"沈清欢也笑着回答他。

"我也不稀罕，快出来，我有事和你商量。"

沈清欢把物件又放回原处，和绿尘走出了库房，看着站在一边的万长生问道："找我什么事呀？"

"从四川回来之后，我就查了查咱们茶坊里的茶叶，其中各类茶叶的制法都是市场流行的，可是却没有代表性的茶叶。像我们八大茶商，各家都有自己的代表茶叶。我想说，咱们是不是也该研究新茶叶的品种了。谁又能想到，你早早地就做好了打算。"

沈清欢闻言，和绿尘对视一眼，她是真的没想到万长生听了沈老爷的几句话，就把这事放在了心上，自己瞒着他做研究，倒显得有些小气了，于是笑道："还用得着你操心，我自己已经有主意了。"

万长生如今机灵得紧，想起了前几日沈清欢神神秘秘在那儿写笔记，有些生气地抱怨道："瞒着别人也就算了，连我也瞒着，你未免也太小心了，难道我还能把你卖了？"

"那可不一定，你现在能把黑的说成白的，死的说成活的。哪天想把我卖了，还不是轻轻松松的事。"

"哼,我能斗得过你?你什么事都瞒着我,我只求你别把我卖了,才是真的。"

本来两人正玩笑话说得好好的,万长生一句话把沈清欢说得变了脸色,她脸色顿时一暗。绿尘在一旁看得仔细,连忙上前捏了捏她的手掌,她才恢复过来。

万长生没有注意她的异常,凑过来问她新茶的制法:"你的思路是怎么样的?现在又实验到什么地步了?"

沈清欢把自己的想法如实地对他说了,又说了说实验中的困难和改进。

万长生听了笑道:"你怎么没想着在古书上找法子呢?你既然说旧茶已经跟不上现在的潮流了,那么旧茶新做也是可以的呀!"

"你倒真是长进了!"沈清欢惊喜地看着他,脸上浮现出笑意,没想到这小子会钻研着想法子了,"你说的也是一条路,只是前人已经走过了,你莫不是以为你们万家的茶叶都是心血来潮灵光乍现的作品?八大茶商的代表茶叶都是经旧茶改制的,他们早把这条路走到了尽头,我又能走向何处?我只有另辟蹊径,才能走出一片新天地。"

"那可不一定,也许你和其他人有疏漏呢?"

万长生依旧嘴硬地不服气,沈清欢知道他是少年意气,思及自己轻狂的过往不忍打击他,于是笑道:"既然如此,咱们两个便比试一番,看谁能抢先研制出新茶。"

"你倒是打得一手好算盘,不管咱俩谁输谁赢,反正沈家都能得利。"

"别说废话,你敢还是不敢?"

万长生闻言眼神一亮,仿若胜券在握:"我当然敢,不过既是打赌,怎能没有彩头?不知清欢赌些什么与我?"

沈清欢挑眉扬唇笑道:"不知万公子要些什么呢?"

"我也不要别的,你给我打条络子就行。"万长生笑嘻嘻地说着。

沈清欢心头一动,斜着眼看他:"行,不就是一条络子嘛,那我要是赢了,你准备给我些什么呢?"

"自然是你要什么,我就给什么。予取予求,听之任之。"

"好,痛快!君子一言……"沈清欢举起一只手看向万长生。

"快马一鞭。"万长生爽快接口,和沈清欢对击一掌。

沈清欢笑着和万长生击掌立下赌约,两人对视一眼,各自忙着研制新茶的事去了。

在万长生走后,沈清欢问绿尘道:"我看长生似乎很有把握的样子,莫不是他对于研制新茶这事已经有了眉目?"

绿尘闻言笑道:"娘子怎么想起问我了?依我看兰香保准比咱们知道得更多。"

沈清欢拍手大乐道："我怎么忘了她，快派人去茶坊把她叫来，我倒要看看这丫头心里还有没有我这个主子了？"

兰香接到沈家小厮的消息，急急忙忙地赶了回来，刚进屋就见沈清欢冷着一张脸看她，于是怯生生地行礼叫了一声"娘子"。

"跪下！我要审你。"沈清欢饮着茶汤，厉声吓唬小丫头。

兰香赶忙跪下，不知道自己犯了什么错，一双杏儿眼红通通地看着沈清欢。

沈清欢见小丫头当真了，连忙柔了腔调："瞧你害怕的样子，我还能真罚你不成？"

兰香也不敢起身，揉了揉了含泪的眼睛，慢慢地凑上前为沈清欢捶起腿来："娘子好端端地又吓唬人，一张脸黑得跟锅底似的，我当然害怕了。"

"你还知道怕？要不是我听阿娘房里的张嬷嬷提起，我都不知道你要和万安好了？"沈清欢生气地戳了戳兰香的脑袋，"难道我是那种不通人情的主子吗？你好歹也和我说一声，不至于日后让咱们家丢了脸面。"

"我想着娘子日后定是要嫁给万少爷的，那我和万安相好，也不算犯了戒，本以为等娘子过了门再说也不迟，谁知道那嚼舌根的话，就传进您耳朵里了呢？"

兰香一向实心眼，只一五一十地把自己的打算说给自家主子听。

沈清欢看着这傻丫头叹了一口气，爱怜地摸摸她的头发："你起来吧！我原就是逗你玩的。不过我可要警告你，你千万不要再说我和长生日后怎样怎样了，八字都没一撇呢。要是被外人听见了，看我不撕烂你的嘴。"

沈清欢看见兰香站起身来，又把她拉到近前："你原是和我一起长大的，情分自然比旁人亲厚，也正是因为如此，你才更要持身端正。你和万安的事情，要是早和我交代了，我自然会替你出主意，现如今府里都传开了，我才知道，怎么不让我又气又急！"

兰香这才明白娘子的一片苦心，眼泪忍不住流了下来，绿尘见状递了一块帕子给她擦泪。

等到兰香的情绪稳定了下来，沈清欢问她道："你可从万安那里听说长生研制新茶的事了吗？"

"听说了，不过我也不懂，万安也没对我说多少。"

"那好，这几日你仔细打听了来，然后禀报给我。对了，一定要小心，千万别让万安和长生察觉了。"

兰香似懂非懂地看着沈清欢，心中暗道娘子怎么这般奇怪，可依旧乖巧地点了点头。

绿尘心里清楚沈清欢的打算，却没有点破，只是担忧地看着沈清欢。

第三十七章　绿尘良言劝清欢

沈清欢每日忙忙碌碌，一面细心打理茶坊的事，一面抓紧研制新茶，只是每一次的创新都不是一帆风顺的。她虽然有了思路，可实验时仍是焦头烂额。

正值夏季，天气闷热，沈清欢正心事重重地在书房写着实验笔记，午后窗外的知了却是一声接着一声叫得响亮，只把她气得扇扇子的手都快了起来。

"哎呀！烦死了！"

眼瞅着事情没有进展，沈清欢把扇子往桌子上一扔，趴在桌子上发呆，她斜眼看见了一旁稳坐的绿尘，不由得抱怨道："你也不说帮我一帮，看我气急败坏的样子，你还开心不成？"

绿尘正坐在一旁给自己的弟弟认真地做剑穗，听到沈清欢的话，一下笑出声来："你又浑赖人，我碍着你什么事了？明明是你自己心烦意乱。再说我只是舌头灵敏、精通医理，后来跟着老爷学了一段时间算账的本领，可我在制茶上却是一窍不通的，我要给你帮忙，不是外行教内行了吗？"

"就你有理。"沈清欢一时羞红了脸，小声嘟囔着。

"要我说你也别太着急了，老话说欲速则不达，你只有踏踏实实地做好准备工作，才能成功呀！你看这八大茶商的代表茶叶也多是花费三五年工夫才推出的啊，咱们已经算是进展快的了。"

绿尘一边宽慰沈清欢，一边放下剑穗走到她身边，把她丢在一旁的扇子捡起，一下一下匀速地为她打扇，好让自家娘子不那么烦躁。

"唉！我又何尝不知呢？可是眼瞧着沈家离八大茶商就一步之遥，我心里着急啊！吴家眼看着是要倒了，后面一群人都在盯着他家的位置，我要是不尽快打响沈家的名声，我拿什么和其他商人竞争？"

沈清欢接手沈家茶坊已经是第八个年头，沈家茶坊从一开始的中小作坊慢慢壮大，如今也算是茶叶市场上一流的商家了，可是沈清欢心气高，总想着百尺竿头更进一步，想要在茶叶八大商中占得一席之位。

"我知道，可人人皆说灵光一现，你抓住了灵光已是不易。这实行路上的问题也只是一颗小小的绊脚石，我相信你只要用心，就一定能够解决。想当初风里雨里咱们都过来了，这点小事还能难住你不成？"

绿尘知道自己帮不上忙，只好干陪着沈清欢做实验，见她心里着急，不住地为她加油打气。

"你说得对，我太急躁了。"沈清欢被扇子扇出来的凉风解了几分燥热，又被绿尘的话激励，于是拿起笔记打算继续思索。

"娘子，冰镇酸梅汤来了，您喝一碗解解暑，也正好歇歇脑子。"

兰香用托盘端着一大碗冰镇酸梅汤和碗勺进屋，见沈清欢仍是愁眉不展，就特意为她盛了一碗送上。

"你们也喝，这天太热了，都小心中暑。"沈清欢一边接过酸梅汤，一边嘱咐这两个丫头。

兰香手脚麻利地为绿尘盛了一碗汤，然后说道："这屋里有冰盆，外面又挨着池塘，咱们倒也不容易中暑。不过茶坊可不一样了，里面货物往来频繁，人又多又吵，我看万少爷倒像是要中暑的样子呢。"

自打沈清欢觉得万长生能立住事了，就把他放在茶坊里当管事独当一面，她自己嫌天气热躲在家中处理事情，万长生每天却是忙个不停。

"此话当真？"

沈清欢听了兰香的话，停下喝汤的动作，有些担心万长生，毕竟他从小身子骨弱，以前家中又是娇生惯养的，说不定真会挺不住呢？

"当真！我今天中午奉夫人的命带着小厮给他们送饭，去到茶坊就看见万少爷脸晒得红通通的，嘴唇也有些发白发干。"

"你这丫头，既然去送饭了，怎么也没想着给他带些冰镇绿豆汤解暑呢？"沈清欢责怪兰香思虑不周，没想着心疼主子。

兰香听了她的话，急忙辩驳道："夫人让厨房准备的有冰镇绿豆汤，可万少爷忙着出货，等他喝时已经成温的了。"

"唉，也是，茶坊里忙起来，的确是没时没响的。那这样吧，你去茶坊的大管事那里说一声，这一个月的午时到未时，不再让工人们上工。还有让他在管事们休息的房间里备上冰盆，每天再给做工的人准备好绿豆汤和西瓜，钱从账房那里领，只要没人中暑就行。"

沈清欢心中默默算了算日子，眼瞧着这几日是最热的三伏天，要是不做好防暑工作，不光万长生，只怕其他做搬运工作的工人都挺不住啊。虽说这笔钱花销不少，可是只要能保证沈家茶坊正常运营，花再多也值。

"那奴婢现在就去。"兰香听了沈清欢的话乐得跳了起来，她向沈清欢行了万福，就要去茶坊告知消息。

绿尘见了兰香的举动，不由得"噗嗤"一笑，逗弄她道："呦，这么急！是不是心疼万安了呀？"

"绿尘姐姐，我哪有？我是替娘子担心万少爷的身体。"兰香拉着绿尘的手扭得像八股糖一样，一张俏丽的小脸羞得通红。

"绿尘，别逗她了，让她去吧。兰香，你出门时别忘了撑伞，小心晒着。还有早去早回，别没事就赖在那，害得我有事找你也找不到。"清欢出言催促兰香道。

"知道了，娘子。"兰香听了沈清欢的话，笑嘻嘻地跑出了门口。

沈清欢看见兰香着急的样子摇头失笑："这丫头，真是胳膊肘往外拐，估计过了多久，咱们就能喝上他们俩的喜酒了。"

"你倒是有心思替别人操闲心，你自己呢？"绿尘喝着酸梅汤问沈清欢，"你可别说，你没感觉到万公子对你的心意。"

"什么心意啊？你可别胡说。"沈清欢故意装糊涂。

"昨天，我看见万少爷给你打扇子了。"绿尘没戳破她，只说了自己昨天下午的见闻。

"啊？我怎么不知道。"沈清欢这下是真的惊讶了。

原来昨天下午，万长生来找沈清欢商量古法制茶一事，沈清欢就让万长生自己查找古籍，她在旁边一一指点。

午后的书房中，沈清欢躺在躺椅上有一搭没一搭的和万长生说话，渐渐地竟睡着了。她呼吸均匀，眉目舒展，只是有些怕热，额头沁出细密的汗珠。万长生有心抱她回房，又怕下人看见后说闲话，只得一手拿着折扇一下一下地给她打风，另一只手则不停地翻阅书籍。

待到天色将黑时，沈清欢才悠悠转醒。万长生看到她快要睁开眼时，便把折扇放到一旁做出漫不经心的样子。

当时沈清欢还责怪万长生不肯叫她,白白地浪费了一下午的时光。

"万少爷为您打了近一个时辰的扇呢。"绿尘说出万长生昨日的辛劳。

"你倒是知道得清楚。"沈清欢诧异地看了绿尘一眼。

"那是自然,我一直看着呢。"绿尘笑着说。

"那你还不叫醒我。"沈清欢气恼地嗔怪道。

"真金尚需火炼,不试试他,我怎能放心?我知道这话你不爱听,可林公子已经成婚了,你又一年比一年大,还是早做打算的好。"绿尘苦口婆心地劝说沈清欢。

"怎么好端端地又扯到这事上了?再说你可比我大,你还没嫁人呢,怎么好意思说我了呢?"沈清欢笑着回嘴道。

绿尘笑容不改,语气却酸涩起来:"你知道的,我这辈子都不会嫁人的。"

沈清欢本来是打趣绿尘,却无意间勾起了她对往事的回忆,见她心情不好,沈清欢心中也是一阵心疼:"往事如烟,你又何必挂怀。你父亲虽然是个负心薄幸的,可并非天下男子皆是如此。你一竿子打死一船人,也太武断了。"

"我知道你说得对,可我没信心。再说了,咱们大宋女子晚嫁、不嫁、改嫁皆是寻常,你又何必为我担忧呢?总不会是你嫌弃我老了的时候没用,现在急着提前甩包袱吧!"

"绿尘姐姐,你怎么总是这样?人家好好地和你说知心话,你却总要故意曲解。我也是替你担心以后呀!"沈清欢不由得对绿尘叫出以前的称呼。

"清欢,我知道你的好意,可我不想嫁的原因是我喜欢自由自在的生活,也许有一天我会遇上那个让我奋不顾身的人,可现在我只想陪着翠涛安稳过日子。"

沈清欢见她态度坚决,咬了咬嘴唇不再劝她,生气地鼓起腮帮子喝起酸梅汤来。

绿尘看见沈清欢少有的孩子脾气,不由得扬唇笑了。

第三十八章　制作新茶保密严

万长生正在茶坊中工作，他认真地核对今天的货物，丝毫不在意烈日炎炎，万安跟在他身后小心地陪着，然后两人齐齐听见兰香清脆的声音。

"万少爷，万安，你们都歇歇吧，这是娘子让我从沈家带来的冰镇酸梅汤，你们快来喝点儿解解暑。"

兰香听了沈清欢的吩咐，忙不迭地跑到了茶坊报信，还特意从厨房带出来了冰镇酸梅汤，用食盒小心地保存着。她见到万长生和万安工作辛苦，连忙打开食盒给他们一人盛了一碗。

万安听见兰香的声音就笑了，两个人也不顾天热，挨挨挤挤地凑在一起，万长生见一对小情人亲密，端着汤碗笑了："你家娘子架子真大，她手下的丫环还知道在茶坊操心，她可倒好，我十天半个月也见不到她的人影。"

兰香可不是当初那个不懂情爱的小姑娘了，她横了万长生一眼，巧笑着说："娘子是对万少爷放心，才安心在家避暑的啊，若是往年，她每隔三五日总要来看一回的。再说万少爷你是在茶坊中没有见到娘子，可是每天下工后您赖着我家娘子可不止一个半个时辰呀！现在怎么好意思打趣我了。"

万长生被兰香的话害得呛着一口汤，他连忙擦擦嘴，一口气喝干，然后把碗放下装作没事人一样地走了。

万安见自家少爷走了，也不在意，只顾着和兰香说话："你真是越来越像你家娘子，越发牙尖嘴利了，我现在可真有点儿害怕你了。"

兰香双手叉腰瞪着他道："我哪里厉害了？你个没良心的，亏我还在娘子面前替你表功劳，还巴巴地跑来给你送酸梅汤。要我说，就活该晒死你。"

万安见兰香不经逗，连忙告饶道："我的小祖宗呀！我哪敢挑你的理，我是在夸你呢！"

兰香白了他一眼，哼了一声，又凑近他道："我这次来是奉了娘子的旨意，娘子心疼你们，让我来给你们说一声，今年茶坊过夏的制度提前了。"

沈清欢对兰香说的命令，是往年茶坊的旧规矩，不过沈清欢心疼万长生把时间提前了。

"真的？沈娘子可真是菩萨心肠。"万安有些惊讶，挑着眉毛看向兰香。

兰香抿嘴一笑，轻声对他说道："我们家娘子是菩萨心肠不假，可她也是看着你家少爷的面子呢。娘子嘴上不说，我却看得明白，娘子对万少爷是用了心的。"

"要是真像你说的就好，我看着少爷每天为你家娘子奔波，也是心疼得很。再说，你家娘子要是和我家少爷好了，我们俩就一辈子不用分离了。"

听了万安的表白，兰香羞红了脸，娇嗔道："呸，你一个穷鬼，谁要和你过一辈子呀！"

"那你还想和谁过一辈子呀？"万安急了，放下汤碗认真地看着兰香。

兰香笑嘻嘻道，"我自然是听主子的，主子要我和谁在一起，我就和谁在一起呗。"

"那我这就向少爷禀报，要他替我向沈家娘子求亲。"万安听了这话更急了，当场就要去找万长生。

兰香一把拉住万安，拿出帕子为他擦了擦头上的汗，说道："我逗你玩的，你怎么当真了？等到我家娘子和你家少爷在一起后，你再求亲也不迟啊！"

见万安的情绪平复起来后，兰香问他道："你家少爷的新茶研制得如何了？"

"我也不知道，不过估计还不错，我见少爷最近心情好得很，没事儿还吹口哨呢。"

兰香眨着眼睛歪头问他："不会吧，你家少爷研制新茶还背着你啊！之前你不是一直跟着他一起实验的吗？"

万安正色对兰香道："你也是做下人的，这规矩你不会不懂啊！主子做机密的事情，下人头一件要做的事情就是避嫌。主子若是愿意告诉你，你就要保密；若是不愿意告诉你，你别瞎打听。现如今我家少爷不用我了，我还能上赶着不成？"

兰香噘噘嘴，闷声闷气地"嗯"了一声。心里想着娘子嘱咐自己的事情，看来自己是做不到了。看着万安仍捧着汤碗，她没好气地问道："你喝完了没有？喝完了把碗给我，我要走了。"

等到兰香走了一会儿后，万长生从库房转了回来，他坐在椅子上问万安道："兰香今天又来打听我研制新茶的事了？"

"嗯。"万安点点头，然后说道，"少爷你放心，我嘴严得很，一个字都没往外漏。"

原来兰香做事有些不太仔细，她缠着万安问了几次万长生新茶的进展，万安就留下了心，在禀告自家少爷以后，他就开始对着兰香装傻充愣起来。

万长生在听了万安的禀报后，就知道沈清欢打的什么主意。她倒不是怕输了这场赌约，只是怕无法掌握万长生新茶的研制方法。万长生若是成功了，她没有方法，只能受制于人；万长生若是失败了，她也能从中获益，总结经验，寻找新出路。只是苦了万安，夹在主子和恋人之间为难。

"你会不会觉得委屈了兰香？"万长生突然问万安道。

万安冲着自家主子摇了摇头道："怎么会？我先是您的家仆，然后才是她的恋人。'忠'这个字，小的以前不识几个字时，就知道怎么写。况且兰香对沈家娘子亦是如此。我问她沈娘子研制新茶的进展时，她回答得真叫一个滴水不漏。不过她若不是个有情有义的女子，小的也不会喜欢她。"

万长生看着万安心中百感交集，自己不过是幼年时一时兴起，把他招入府中，给了他一个活计，就叫他感念至今。而自己的爷爷以前花了十二万分的心血来培养齐盛，可他却是名副其实的白眼狼，世事难料啊！

虽说自己后来得了沈家的救济，可毕竟不是自家的产业，做起事来名不正言不顺。他如今又喜欢上了沈清欢，更是希望能够重拾万家昔日的荣光，好叫沈清欢瞧得起自己。只是他没想到，沈清欢到底防着自己一手，不算交心呢。

万长生想到此处幽幽地叹了一口气，他苦笑着对万安道："我当真羡慕起你来了，你是无事一身轻啊！"

万安不知道自家少爷的意思，但也没多问，只是陪他在一旁坐着。

万长生知道万安的心意，拍拍他的手道："放心，你家少爷我早非吴下阿蒙了，总有一天我要他们全部记起我万长生的万字怎么写！"

万安见自家主子志存高远又踌躇满志的样子，不由得心中暗赞一个好字。

第三十九章　研制花茶终成功

兰香回府后，沈清欢先是问起万长生的身体状况。

"兰香，你送去的酸梅汤，长生可饮下了？他看起来脸色如何？你告没告诉他，我新定的规矩呀？"

"万少爷只喝了一碗酸梅汤，他的脸色看起来也还好，我把您的话向茶坊里通传了，大家都挺开心的。"兰香一五一十地回答。

"是吗？那就好。对了，长生的新茶怎么样了？"沈清欢听完兰香的回答，又问起她万长生研制新茶的进度。

"万安说他不知道，说是万少爷不让他再插手这事了。"

"胡说！"沈清欢才不信呢，研制新茶这事没有个帮手，一个人怎么可能做出来？她低头想了想，然后笑了起来，"以后你不必再问万安这新茶的事了。"

"啊？"兰香先是小小地吃了一惊，然后醒悟了过来，咬着细白牙齿，嘴里骂着万安道，"万安这狗东西，连我也瞒。"

"好了，你不也瞒着人家嘛。再说万安都傻乎乎地被你骗了不少消息了吧？你自己倒是一个字也没告诉人家。不过说到底，还是咱们自己做事不光彩在先。"沈清欢怕兰香真去找万安算账，连忙劝解道。

兰香听了主子的话，面上也羞红起来，不过她心中仍有不解，此时忍不住问了出来："娘子和万少爷那么要好，怎么在研制新茶这事上倒互相防备起来？"

"这叫商场如战场，对谁都要小心提防。你以为长生会在沈家久留？他必然是要重振万家名声的，到时候沈万两家虽不能说是死敌，但也是竞争对手，我们俩怎么会把底牌透露给对方？"

"可是娘子不是要嫁给万少爷的吗？还分什么你的我的呀？"兰香隐约觉得自己的

话不对，因此说话的声音越来越小。

沈清欢没有回答兰香的问题，只是勉强勾了勾嘴角。

兰香见娘子神态恹恹的，也知道自己问了不该问的问题，连忙行了万福，去了外间收拾东西。

"你呀！总是在不该果断的时候果断。你做生意时多精明呀，可怎么在情字上这么糊涂？"站在一边的绿尘见兰香出去了，不由得抱怨起沈清欢。

"是吗？我做错了？"沈清欢抬头看她，眼里是一片清明。

"你到底怎么想的？"绿尘对沈清欢和万长生两人之间的事知道得一清二楚，如今见沈清欢态度坚决，心中着实纳闷。

"我什么也没想，只想着把沈家茶坊做大做强，希望将来能成为八大茶商之一。"沈清欢没有直接回答绿尘的问题。

"你是怕万家吞并沈家茶坊？"绿尘略一思索，便明白了沈清欢的忧虑。

这万长生若有一日夺回万家，娘子他们两人要是成了亲，这沈家茶坊便只能成为万家的附庸，若是万长生再狠一些，沈家说不定连招牌也保不住。对于沈家二老而言，只要茶坊能赚钱，姓什么都不重要。更何况出嫁从夫，沈家茶坊原就是沈家二老为沈清欢准备的陪嫁。

可对于沈清欢而言，这沈家茶坊却是她的心血所在，她可以允许它在自己手中败落凋零，却绝不能容忍把它拱手让人。嫁给林岩，她还可以遥控管理，可要是嫁给万长生，这沈家茶坊怕是真要换主人了。

"你未免想得也太悲观了。依我看万少爷可不是那种心狠的人。你不妨试试他的口风，然后再做打算也不迟呀。"绿尘一向心疼沈清欢，于是为她出了个法子。

沈清欢摇了摇头道："不需要试，我知道他是不会的。可要是其他人逼迫他呢？昔日万爷爷早就打好了这个主意，万家手下的管事们也都不是省油的灯。"

"那你打算如何处理？"绿尘焦急地问道，替她的未来担心。

"瞧你急得，不知道的还以为我和万长生如何情炽意浓了呢？"

"这就是你的答案？放手？"绿尘直接怒了，一向的好脾气也丢在一边，"难怪你最近待在家里不怎么去茶坊，我原以为你是天热犯懒，原来你早就打定主意要和他拉开距离，可怜万少爷还对你一往情深。"

"胡说什么呢？我本来和他也没什么。"沈清欢见绿尘气了，赶紧分辩道。

"对，没什么！是我自己瞎操心，想着他这一年来变化挺大，也算是个良人，可以把你托付给他。是我自己傻，行了吧？"

沈清欢见绿尘的脸涨得通红，连忙倒了一杯冰水给她，又扶她坐下，慢慢地给她打扇扇风："好姐姐，你别气，我知道你是为我好，可自从林大哥的事之后，我就想明白了，这缘分二字向来是由天不由己，索性趁现在还来得及，我不如早些了断。"

绿尘白了她一眼，喝了口冰水压压火道："蠢！我看你就是被林公子伤怕了，如今畏手畏脚的不敢行动。"

"可能是吧！反正我是不会再让自己陷入被动了。"沈清欢闻听林岩的名字，心中仍是一痛，眸子瞬间黯淡下来。

绿尘拉着她的手道："你以为你裹足不前，便不会受到伤害了？若是有一日万公子喜欢上了别人，你不会后悔吗？清欢，放手一搏总比日后后悔要好。"

"你劝别人时，总是大道理一套一套的，可你自己呢？"沈清欢转移话题，把矛头指向绿尘。

绿尘一时语塞，想起幼年往事也不再劝她。两人默默相对，共同想着心事。

屋外艳阳高照，蝉声阵阵，屋内气氛如冰，静谧无言。

整整一个夏季，沈清欢全部的心思都在研制新茶上，她仔细地研究过，发现茉莉花虽然和茶坯共同窨制效果最好，可是过不了几天花的味道就淡了。

到底怎么才能把这香味变得浓郁，保持的时间更长呢？沈清欢坐在椅子上思考，同时想着改进的方法。

"哎，你说每隔几天，就把没有香味的茉莉花用新鲜的茉莉花替换下来不就成了吗？"沈清欢马上想出了一个主意。

"这主意倒是不错，可是用新鲜的茉莉花不停替换，咱们的成本肯定会增加的，而且到底替换多少次才合适呢？"绿尘立马发现了其中的问题，并且提了出来。

"成本增加不要紧，我们到时候自己包下花圃栽种茉莉花，成本就可以得到控制，而且咱们的售价也可以提高啊。至于替换多少次才合适，就需要我们的反复实验了，不过我想次数应该不会特别多的，毕竟茉莉花花香浓郁，看这次的效果，估计共同窨制五到七次也就够了。"

沈清欢略一思索就提出了解决的办法，同时她又说道："一通百通，我觉得我们的目光也不能局限于茉莉花了，那些花香浓郁的其他花朵也可以加入进来了，依我看玫瑰啊、桂花啊、梅花啊之类都可以。"

"这主意倒不错，到时候咱们花茶的种类也可以增加。只是我在想，咱们这花茶就算抢先研制成功了，但是做法并不难破解，如果日后八大茶商中有人模仿，咱们会不会处于下风啊？"

绿尘跟着沈清欢做了几年的生意，其中的阴谋诡计她见得多了，她不由得为沈清欢担心。

"放心，我有主意。"沈清欢理解绿尘的担忧，伸手拍了拍她的手，示意她不要过于操心，"估计新茶今年就能研制成功，但我准备到一年后的春闱前把新茶推出。"

"好啊你，你这个鬼机灵，竟然把主意打到那些未来的天子门生头上，我看你够贪心的呀，是不是预备到时候把吴家从八大茶商中挤出去呀？不过，到底你打算具体怎么办呀？"

绿尘多聪明，听见春闱二字略一思索就明白沈清欢的意思，沈清欢是预备利用春闱赶考的士子们做文章，希望他们能够为沈家茶叶抬起身价。只是沈清欢具体要怎么做，她还是猜不透。

"哼！天机不可泄露！"沈清欢得意地冲绿尘皱皱鼻子，笑着卖了个关子。

"就透露一点儿，别让我心焦。"绿尘难得孩子气地央告自家娘子。

"你还记得真宗皇帝的励学篇吗？"

"'富家不用买良田，书中自有千钟粟。安居不用架高楼，书中自有黄金屋。娶妻莫恨无良媒，书中自有颜如玉。出门莫恨无人随，书中车马多如簇。男儿欲遂平生志，五经勤向窗前读。'不过这和你的主意有什么关系呀？"

沈清欢问了绿尘是否记得真宗皇帝的劝学诗，绿尘不假思索地背了出来，却依旧百思不得其解。

"你不是聪明吗？猜啊？"沈清欢看着皱眉的绿尘直乐。

"哎呀！我哪有你在做生意上那么有头脑啊。好清欢，别逗我了，快告诉我吧，我也好提前为你做好准备工作啊！"绿尘笑着为沈清欢戴了一顶高帽子，手里又拿起扇子殷勤地为她扇风，急着要知道答案。

"好，附耳过来，我只悄悄告诉你一人。"

沈清欢见绿尘神色急切，也不再故意捉弄她，她张望一下周围，悄悄地趴在绿尘耳边，把自己想好的主意告诉了她。

"嘿，你也太精了吧，看起来你是打定主意要把吴家打下去了。"绿尘听完沈清欢的计划，也是拍手叫好，由衷地佩服她的商业头脑。

"谋事在人，成事在天。我虽然是拿定主意想要借此机会进入茶叶八大商之中，可是未来仍有很大变数。吴家和高家是姻亲，和其他几家也是有着千丝万缕的关系，想要扳倒他家也不是易事。"

"你果然想得长远，我就不信你没有破解的方法。"绿尘挑了挑眉，压根儿不信沈清欢会这么毫无准备地开战。

"那是当然了，万家是八大茶商之首，素来是两不相帮的，不过我想，齐伯伯肯定会暗中帮我一把的。而且八家之中的乔家和吴家素来不对付，两家几年前又因为争抢一棵古茶叶树针锋相对，乔家当时势弱输了，大伤元气。可现在吴家和乔家两家的地位却是掉了个个儿。到时候我们和吴家对打，我就不信乔家会不趁机下黑手。至于其余四家，我就不确定了。不过虽然胜负在五五之数，可我已决意要下手一搏。"

绿尘见沈清欢想得清楚明白，点点头表示理解："好歹还有一年多的时间才开战，咱们从现在好好谋划，一步一步完善细节，我相信咱们肯定会成功的。"

"当然！"沈清欢一仰头，浑身散发着自信的光芒。

第四十章　冬日收雪留花香

时光呼啸而过，眨眼就从繁花烂漫蝉声嘶鸣的夏日进入雪花飘飘银装素裹的冬日。

东京城连下了好几天的雪，难得放晴一日。杜若见今日是个难得的晴好日子，忙叫了丫环云儿把端王府昨个送来的两筐橙子中挑些好的，给沈清欢送去。

"娘子，端王府送来的橙子虽不少，也经不起您东送西送的呀。昨天给了彩英姑姑一些，今天又让我给沈娘子送些去。看等您想吃时，您怎么办？还有，若是有贵客登门，您拿什么果子待客呢？"

其实倒不是云儿小家子气，这端王府送来的橙子是上等佳品，冰天雪地的时节水果就那么几种，自家娘子心中记挂着别人，可谁为她操心呢？

"你个小气鬼，倒当起你主子的家了。"杜若笑着点了点自家丫环的脑门，"不过几个橙子而已，左右短不了你吃的就是了，你管我吃不吃？管我应不应酬客人呢？"

云儿噘起嘴，不做声地去筐中挑选橙子，仔仔细细地装了一篮子。

"今年端王爷是不会来这里了，我也懒得接待别的客人，我昨个已经和姑姑交代过了，她也同意了。剩下的这么些橙子，难道还不够咱们吃吗？我现在只怕它们放坏了呢。"杜若站起身来给云儿披上斗篷，站在她身边轻声说道。

"啊？"云儿吃了一惊，这几日端王爷不来了？莫不是主子和他闹了别扭，云儿心下暗中揣测，偷眼看向自家主子。

"笨丫头，别瞎猜了，快送橙子去吧，我等你回来下棋玩。对了，坐我的马车去，天寒路滑，小心别摔了跤。"

看杜若不像强颜欢笑的样子，云儿欢快地应了一声，出门向沈府行去。

沈清欢坐在书房的窗边望着园中映雪的红梅，她掐指一算日子，近二百天的大好时光悄然流逝，自己又要老上一岁了。

不过还好，至少今年沈清欢的花茶总算是全部研制成功了。大半年的光阴没有荒废，想着明年就有大笔白花花的银子入账，她顿时眉开眼笑哼起小曲来。

一旁盘账的万长生见她开心，不由得调笑她道："清欢可是想到了什么开心事，不妨与我讲来听听？"

沈清欢听了他的称呼也不着恼，只笑嘻嘻地翻了一个白眼给他："关你什么事？算账！"

"好嘞！"万长生听了她的话仿佛如同奉了圣旨一般，认真地低下头盘算这个月的收入。

兰香提着一篮黄澄澄的橙子进屋来，笑着对两人道："娘子，这是杜若娘子打发云儿送来的橙子，刚刚门房让小厮给送进来了。"

"呀！这个时节的好橙子可是难得呢！"沈清欢先是惊讶，然后又嗔怪兰香道，"怎么不把云儿请进来坐坐，这样多不礼貌呀？"

"云爷爷留她来着，可云儿说杜娘子正等她回去下棋解闷玩呢，就不多留了。她还让云爷爷告诉娘子，她家娘子这几日清闲，让您有空下帖子找她家娘子出去玩呢。"

"这可是巧了，我刚还说这几天要去拜访杜姐姐呢，没想到她也想我了。"

沈清欢一边说一边把橙子分成了四份，对兰香吩咐道："咱们屋里留下四个，这四个放长生屋里。再给绿尘和翠涛一人两个，余下的都给我爹娘送去。"

"好，我这就去送。"兰香笑眯眯地点头应承。

"先留下一颗，我现在就想吃。"万长生叫住兰香，从篮子里拿出了一颗橙子，"往我屋里少送一个就行了，还有路上随便找个丫头小厮的，让他们送碟盐来，我要蘸着盐吃，要不然这橙子吃起来酸。"

"你这刁嘴的馋猫。"沈清欢指着他笑道，"活还没干完，倒先惦记上吃的来了。"

本来万长生就有些累了，他就停下手中的算盘，笑道："人家驴拉磨还得有根胡萝卜呢，我从大清早盘账到这时候，还不能歇会儿了？敢情你是少东家，我是小伙计，就活该我伺候你一辈子，对吧？"

"行行行，您吃嘛。我错了还不成，一会儿我亲自给您剥开，我不吃，光看您吃，这还不行吗？"沈清欢听了他的怪话直乐，口中话语软了下来。

兰香见两人相处融洽，福了福身子出门去了，路上碰到了一个小丫环，就支使她去厨房端碟蘸橙子的盐来。

"娘子，盐来了。"

不多时，一个穿蓝色夹袄的小丫环端着碟晶莹雪白的细盐走进屋内。

沈清欢示意小丫环把盐放在桌子上，小丫环道了个万福准备离开，却被叫住："你是……你是碧烟，对吧？怎么两年不见，长这么大了？"

碧烟扬起小脸，笑眯眯地回答："没想到娘子还记得奴婢，回娘子的话，奴婢今年都十四了，已经是大姑娘了。"

"十四了，你进府时才七八岁，这转眼六七年都过去了，你也是该长成大姑娘了。我记得你是在你绿尘姐姐身边服侍她的，对吧？"

"嗯，娘子记得不错。因为娘子和绿尘姐姐前些年一直在外面忙着做买卖，回到家里又急着对账、盘账、进货、出货等事情。奴婢虽说在府中待着，可却到不了您跟前伺候，所以您一时看奴婢眼生也是正常的。不过这两年娘子和绿尘姐姐在家时间长了，绿尘姐姐也用心教了教奴婢，下次若是绿尘姐姐和兰香姐姐不得闲，娘子用奴婢干活也是使得的。"

"小丫头，之前哑巴似的人物，到底是让你绿尘姐姐给调教出来了，如今真是长成了个小机灵鬼。"沈清欢惊喜地夸赞了这个小丫头一番，然后道，"我现如今倒是用不上你，你先在你绿尘姐姐身边学着些，等到你绿尘姐姐、兰香姐姐嫁人了，我就把你调到身边用几年。"

"多谢娘子抬举。"

碧烟说完就要离开，沈清欢叫住了她："碧烟，如今还真有件事要你做。"

"娘子吩咐就是。"

"你看这满园的积雪甚多，我想让你领着几个小丫头们把梅花蕊上的落雪用坛子给收起来，你能做到吗？"

"当然能了，奴婢这就去。"碧烟甜笑着高声应了一句，然后行礼离开了书房。

"这叫碧烟的小丫头真是挺机灵的啊，模样长得周正，口齿也不错。"碧烟离开后，万长生也跟着夸了她一句。

"那是绿尘调教得好。你是不知道，前几年我们在杭州买下她的时候，她又瘦又小。我们问她话，她只会摇头点头的，谁成想现在这么伶俐。"

"听起来这其中有故事啊，怎么回事呀？跟我说说呗。"万长生听到沈清欢的话不由得好奇。

故事说长不长说短不短，几句话就能总结。无非年幼丧母，父亲续弦，后母恶毒，生父好赌，家中贫困，卖女抵债的老戏码。

　　沈清欢和绿尘当时正在杭州跑门路，不防却见到这样的场景。沈清欢见绿尘被触动心肠感怀身世，于是她便做主把小丫头买下了，后来带回府中让这丫头跟在绿尘身边伺候。

　　"哦，原来如此啊。"万长生听了沈清欢的话点了点头，手中也恰好剥好橙子，随意取了一瓣蘸盐，然后送到了沈清欢嘴边。

　　沈清欢正好说得口渴，一张嘴便吃了下去。万长生待她吃完，收回手指在自己唇上抹了抹甜腻的汁水，羞得她顿时满面通红。

　　"轻浮！"沈清欢又怒又羞地说道。

　　"我哪里轻浮了？我不过尝尝这橙子甜不甜而已！"万长生一脸的无辜，眼角唇边却带着掩饰不住的笑意。

第四十一章 拜访杜若求帮忙

等沈清欢和万长生把茶坊的事情处理好后，时间已近年末，她和万长生商量过后，决定去得意楼探望一下杜若。

在去得意楼的路上，万长生开口道："要我说把杜若娘子请出来说话也是一样的，你何必亲自去这花柳之地呢？若是被熟人看见，你的闺誉岂不全完了？"

沈清欢嗤笑一声："我哪里还有什么闺誉可言？这东京城茶叶圈子里的人，有哪个不知道我是女儿身？"

万长生闻言沉默了半晌，而后轻声叹息，着实心疼她的处境。

那叹息声轻浅到几不可闻，但在沈清欢听来却重逾擂鼓，她双眼一红几乎要哭了出来，却又倔强地把头扬了起来。

两人刚刚步进得意楼的大门，早就等候在外的云儿就出现在两人身边，云儿引着他们边上楼边说："两位公子可算来了，娘子正在屋里等着你们呢。"

两人推门而入，只见杜若正轻拢慢捻地抚着琴弦，弹奏着时下流行的小调，沈清欢不由得笑道："杜姐姐好雅兴呀！"

"闲着无聊解闷而已，现在你们来了，我也就不弹了。"杜若放下手中的琴，迎了上去。

"我听云儿说，你最近懒得接待客人，不如趁着这段时间去瓦舍玩玩也好啊。一个人闷在屋子里，早晚要憋出病来。"沈清欢打开自己带来的食盒，从中端出一碟又一碟的点心，"喏，这是我和绿尘专门下厨给你做的，尝尝吧！"

"是吗？那我倒要认真地试试口味了。"杜若兴致勃勃地捏起一块点心，小口地吃了起来，"说起绿尘，怎么这次不见她和翠涛，就你和长生两个人来了呢？"

万长生笑着开口道："这几日地滑，翠涛贪玩不小心摔断了腿，绿尘每天都陪着他呢。今个清欢说要来找你，我便陪着她坐马车来了。"

"哼！我还不知道沈妹妹，她可是无事不登三宝殿，说不得又有什么事要算计我呢？"杜若傲娇地转了转脖子，一双大眼睛含笑看着沈清欢。

"杜姐姐真是聪慧过人，小妹是有事要来求您这位神通广大救苦救难的活菩萨呢。"沈清欢倒也不扭捏，直接笑着承认了，殷勤地跑到杜若身后为她捶肩捏背。

"嗯，舒服。"杜若享受着沈清欢的服务，笑眯眯地问道，"不知妹妹为何事而来呀？"

"过一段时间就是春闱大比，我欲在考试之前举办一次茶会，还望姐姐到时候赏脸出席，若是姐姐肯为我引见些权贵高官和才子名家，妹妹就更感激不尽了。"

"你这坏丫头，是要借我东风传你的名声啊！"杜若多聪明的人，一眨眼就看出沈清欢打的什么主意。

"姐姐只管说依不依就是了。"沈清欢直接倒在杜若身上，搂住她撒娇。

"我能不依吗？你这一口一个姐姐的，我若不依，岂不是我这做姐姐的不疼你了？只是妹妹拿什么谢我呢？先说好，我可不要那些黄白之物，俗得很！"

"那不如我先给姐姐尝尝我们新研制的茶叶，姐姐若是觉得好，我就给姐姐送一辈子的茶。"

"我这一辈子能喝多少茶，那才几个钱呢？况且多得是茶叶商人往我这里送好茶，指望我替他们传名呢。你这鬼丫头，算来算去还是你占便宜。罢了，我也不和你一般见识了，只把那新茶拿出来让我尝尝鲜就是了。"

万长生见两个女子斗嘴取乐，笑着从袖中掏出了新制的花茶，冲云儿微微一扬手："把点茶的用具拿来，我先为你家娘子烹茶。"

万长生用自己带来的一陶罐水烹茶，不过片刻，他便娴熟地把茶点好了，他把一杯茶推到杜若面前："还请娘子品鉴。"

杜若不但喜爱饮茶，而且所用茶叶也都是上等佳品，可她仍是未看出沈家的新茶有何奥秘。她接过茶盏轻轻地抿了一口，双眼瞬间发亮："是梅花的味道。"

原来沈清欢为应景，特意用四时之花入茶，如今正是冬季，她特意选用了清幽馥雅的梅花窨茶。杜若房中燃着熏香，所以万长生拿出茶饼时，她并没有闻见味道，直到亲口品尝才发现其中奥妙。

"没错，这就是沈家四季花茶中的梅花茶，我管它叫沁梅。今日是特意拿来给姐姐品尝的，就连这水也是梅花蕊上的初雪融化后的雪水。"

"真是雅致至极！沁梅，二字可谓清绝。沈妹妹，你好巧的心思呀，竟然以花入茶！如此别出心裁的茶叶，我相信肯定会有不少人对它倾心的。"杜若明白沈家茶叶的独特所在后，毫不吝啬自己的夸赞。

"我心思虽巧，可别人模仿也容易啊！所以我才特意来找姐姐帮忙，要是这次茶会成功的话，我们沈家的花茶才算是站稳了脚跟。"

"所以你才把主意打到那些书生头上去？暂且和姐姐说说你是什么主张，我也好看看适合邀请哪些人去给你撑门面呢？"

沈清欢和万长生对视一眼后，毫不犹豫地把自己的计划全盘托出，杜若听完她的筹划后，轻轻蹙起了眉头："你的主意好倒是好，可姐姐只怕你到时候会变成众矢之的，依我看你还是要找个合作伙伴比较妥当。"

"姐姐放心，我知道的。"

杜若见沈清欢智珠在握的样子，不由得失笑："我不过白替你操心，你这做生意的老手，岂有想不周到的道理？"

杜若沉吟片刻后道："端王爷虽然特别喜欢茶，但因为这事和士子们有关，他就肯定不会参与了。要我说还是请一个名头大的清流高官比较好。这样吧，我和礼部侍郎齐大人交情不错，到时候我请他去给你撑场面如何？"

"姐姐，你说的可是那位面如好女才如子建的齐彬齐大人？我记得他可是当年那场科举的探花郎啊，听我爷爷说当时好几家高门大户都为争他这个青年才俊做女婿而大打出手呢。"万长生听说礼部侍郎四个字后，忍不住八卦起来。

"可不就是他吗？别看齐大人现在已到知天命的年纪了，可仍是芝兰玉树风流倜傥的模样呢。"云儿似是对这位齐大人颇有好感，一脸憧憬地插嘴道。

"你的茶会宜清贵不宜富贵，到时候我把城中知名的才子给你请来，也算是给你添添光彩。"杜若不余遗力地为沈清欢帮忙。

"多谢姐姐！"沈清欢高兴地道谢。

三人在杜若房间里谈天说地了近两个时辰，眼见天色渐晚，杜若说道，"我也不虚留你们了，马上得意楼就要开门做生意了，你们还是快走吧，有时间咱们再聚。"

"那行，姐姐，我们走了，等正月十五元宵节时，咱们再一起出门去玩呀。"沈清欢约好下一次相见的时间，和万长生起身告辞。

两人离开杜若的房间后，先是去得意楼外的马车中取了一个小匣子。然后两人又转回了得意楼中，去往老鸨彩英姑姑的房间。

"姑姑，好久不见了。"

沈清欢亲热地同彩英姑姑打招呼，彩英姑姑却只冷哼了一声。沈家的小丫头片子把自家的摇钱树拐带了出去，一分钱也不花地白白浪费光阴，她能对沈清欢有好脸色才怪。

沈清欢多灵透的人，冲一旁的万长生一使眼色，万长生赶忙抱着个盒子送上来，笑道："清欢我们俩这些时日忙，也顾不上来拜望姑姑，这里是我们的一点心意，还望姑姑笑纳。"

彩英姑姑懒洋洋地接过盒子打开，一时间盒中璀璨的光芒闪得她心神摇曳。

"沈公子真是太客气了，我一个半老徐娘戴这些精致珠宝不是徒惹人发笑吗？"彩英姑姑一边从盒子中取出首饰在身上比画，一边软声软语地笑道。

"姑姑谦虚了，谁不知道您当年是这得意楼的头牌花魁，虽然您是经历了时光的磨练，可现在您就像您手中的珍珠一样光华内敛，您的风采非常人可及。"沈清欢笑着拍彩英姑姑的马屁。

"得了，这好听话听得耳朵都起茧子了，沈公子有何事不妨明言。"彩英姑姑也不是蠢人，自然知道他是有事相求。

"是这样的，我和杜若娘子志趣相投，因此特来问问您，我能不能为她赎身？"

沈清欢和杜若相处得越久，就越是欣赏她的为人。沈清欢早就打算为杜若赎身，直到今日才说了出来。

"赎身？"彩英姑姑惊讶地提高了声调，"啪"的一声合上装满珠宝的盒子，挑眉冷声道，"沈娘子这是要拆我得意楼的招牌呀！"

"姑姑说笑了，我哪里来的这样大的胆子？"

"哼，沈娘子不会不知道，杜若在得意楼的分量。说句不好听的，哪怕只是花上百两银子能闻闻杜若身边的味道，也多得是人捧着钱来，说不定还会把我这得意楼挤爆。更不必提杜若交友广泛，来往之人不是高官巨贾就是皇亲国戚，最不济也是名声在外的才子和武功高强的游侠。你轻飘飘一句话，就要把人赎走，岂不是断了我的财路和人脉？况且，沈娘子，你要为杜若赎身之事，她应该不知情吧？"

"杜姐姐知不知情不重要，重要的是万物皆有价，还请姑姑说出一个价格，若是在下实在无力承受，自然会放弃。若是价格我负担得起，那清欢便会毫不犹豫地为杜姐姐赎身。只是请姑姑看在多年来杜姐姐对您也算是一片真心的分上，好歹交个实底，别把她的青春给耽误了。"沈清欢的话说得情真意切。

彩英姑姑认真打量了沈清欢一番，赞道："难怪杜若待你不同，你果真算得上她的一个知己。既然如此我便实话告诉你，她的卖身契不在我这里。早在她进得意楼不久后，她的卖身契就被端王爷赎走了，而且端王爷早就把卖身契送还给了她。如今杜若不过只是在我们得意楼挂牌而已，连我都要看她的脸色呢。"

"啊？"沈清欢和万长生齐声低呼，杜若的卖身契既然在她自己手中，她为何还要待在这下九流之地？杜若一向心存高远洁身自好，并不是那种贪慕虚荣的女子啊。

沈清欢和万长生两人对视一眼后心中都是不解，在向彩英姑姑告辞之后，沈清欢在回家的路上突然想起了三年前科考放榜后齐飞求见杜若的事情。莫不是只接待前三甲不是彩英姑姑的主意，而是杜若自己的要求？

一时间，沈清欢发现自己有些看不透自己的这位杜姐姐。

第四十二章　杜若搭桥请高官

在沈清欢走后不久，杜若便坐在桌子旁边开始给当朝的礼部侍郎齐彬下帖子，期望近几日能得以相见。

写完拜帖后，杜若嘟唇轻轻地吹干笔墨，然后把帖子交给云儿："今儿个是有点儿晚了，明天你早早地把这信给齐大人府上的门房送去。"

"是。"

云儿恭敬地福身应答，然后开始伺候自家娘子洗漱休息。

过了有两三日的时间，沈清欢和万长生正窝在书房里的美人榻上下棋解闷，忽听得小厮说，杜若打发云儿来府里给沈清欢回话。

"那还不快请进来，来往这么久了，还讲什么多余的虚礼。"沈清欢放下手边对弈的棋局，连声催着兰香请云儿进来。

云儿进来后，恭恭敬敬地福身行礼，笑着道："沈娘子，我家娘子说了，齐大人明日就会到得意楼去。我家娘子想着，这毕竟是拜托人的事情，还是你们亲自去一趟显得心诚，所以让我来告诉你们一声，明天晚上好歹空出时间来，去楼里相聚一会。"

"好好好，我们明天一定会去的。你好容易出来一趟，也别急着回去了，你家娘子身边还能缺了人侍候不成？你和兰香一块出去玩玩解解闷，这丫头最近没能见着你，也是想得紧呢。"

沈清欢拉着云儿不让她走，又特意拿了一袋钱给兰香，让两个小丫头子一块出去玩。

万长生在云儿走后，下榻穿鞋坐在了沈清欢的旁边，沉声问道："你莫不是想让兰香从云儿口中套话？"

沈清欢白了他一眼，默默地收拾残棋，并不回答。

"哦，不对。你是要借云儿的口，告诉杜若娘子，你已经知道了她身怀隐秘。"万长生眼珠子一转，猜到了沈清欢的真正心思，"我说呢，兰香虽然机灵，但并不严密。你要真想从云儿口中打听杜若娘子的身世，也该派绿尘去才是。"

"我不过是试一试杜姐姐罢了，她若有心对我讲，我便听着。她若无心对我讲，我便等着。不过我也得让杜姐姐知道，我可不是个糊涂人呀。而且她若真有什么事需要人帮忙，在我能力范围之内的，我也不介意帮把手。"

万长生早已非吴下阿蒙，闻言嗤笑了一声："只怕咱们帮不上忙，杜若娘子的艳名已经传彻大宋十年有余，她中间联络了多少达官贵人、富豪巨贾、游侠才子和奇人异士，然而这么多年她却依旧没能成事，由此可以推测她所谋甚大。况且她身后又有端王爷给她做靠山，我只怕中间有朝堂之事纠缠其中。"

沈清欢叹了一口气："你说的我又何尝没有想到，只是从我寻血灵芝找上杜姐姐之后，就受她恩惠颇重，我焉能不报？况且杜姐姐处事精明能干却又待人温柔可亲，对我处处照顾，在小事上十分留心。更何况我也舍不下她这个好友。不过你放心，我自有分寸，断不能拿沈家一家老小的性命去赌。"

"我知道，不过杜若娘子也不是强人所难之人。"万长生听完沈清欢的话后，只能握住她的手表示无言的安慰与支持。

待到华灯初上时，沈清欢和万长生早已在杜若的闺房中等待着礼部侍郎齐大人的到来。

"娘子，齐大人来了。"云儿轻声敲门，在听到杜若的回应后，她赶忙把齐大人请入屋内。

屋内三人齐齐起身行礼，杜若含笑上前请齐大人坐下，沈清欢和万长生陪坐一旁，沈清欢悄悄地侧头打量着这位名满京城的清流领袖。

这位出生在江南繁华之地的齐大人，虽然已经年过不惑，一身的气度却远胜那些二十多岁的青春少年郎。只见他眉如漆画，目似朗星，面白如玉，尖细的下巴颌上留着一缕美髯，活脱脱的一副风流美男的模样。

齐彬和杜若寒暄谈笑了几句之后，杜若便为沈万二人代为引见："齐大人，这是我的两位好朋友，沈家茶坊的沈清欢沈公子和万家的万长生万公子。清欢，长生，这位是名满天下的齐彬齐大人。"

"哦，两位公子之名早有耳闻，如今一见果然是人中龙凤，仪表非凡。"齐彬自然知道沈清欢的女儿家身份，不过仍是拱拱手如常问候。

沈清欢和万长生赶忙起身还礼，万长生朗声笑道："若是别人夸我仪表堂堂，我自会坦然接受，不过面对您这位美男子，如此夸奖倒叫小人脸红。"

齐彬笑道："齐某当年能够入仕，不过仗着一张好脸皮罢了。男子汉大丈夫，当以文章出色为先，以为国效力为重，我由色入仕，实在惭愧。这种溢辞，万公子还是切莫再说了，不然齐某更要羞愧难当了。"

万长生笑着点头不再说话，沈清欢却笑着插嘴道："君不见周郎俊逸，谢公风流。齐大人德才兼备，更秉玉树琼花之姿，乃是常人难求之事，又何必太过谦虚？况且听闻当年先皇欲点大人为状元，却因大人文采风流，容貌俊秀，才特意取为探花。虽然大人失了名次，不过亦不失为一段风流佳话。千百年后不见得有人记得您那一科的状元是谁，但我想一定会有人记得您的。"

齐彬闻言大笑："沈家公子好一张伶牙俐齿的嘴巴，一番话说下来，倒叫老夫只能应下这虚名了。"

"哪里，晚辈说的俱是实话，天下士子谁人不仰慕大人的风姿呢？"沈清欢腹中暗诽，不过他们更羡慕您的桃花运，一朝成为宰相的乘龙快婿，青云直上步步高升啊。

齐彬虽然知道这是奉承，可还是被捧得高高兴兴的。于是他笑着问道："在二位没来之前，杜若娘子特意为我点了一盏梅花茶，那味道的确清新淡雅。我听杜若娘子言道，二位要开一个茶会，请我做话事人，不过我想要听听二位要如何筹谋的，然后再做决定。"

沈清欢和万长生对视一眼，然后沈清欢清了清嗓子道："时间便定在今年冬至，地点是白樊楼，我们预备开四场。我们也知道大人忙，所以大人只用在我们开场和闭幕时出席便好。我们邀请的嘉宾当然是以入京赶考的士子为主，至于茶会的形式自然是以诗词唱和，书画斗技等风流雅事。在举办茶会中，若是有士子想要展示其他才艺，我们也不会拒绝。沈家拟欲每场茶会拿出千两白银作为彩头，用以给士子们助兴。"

齐彬皱了皱眉头："倒不怕士子们不凑这个热闹，只怕士子们清高，不愿被金银玷污了名声。"

没等沈清欢开口，杜若先说了话，她笑道："齐大人没得小看了自己，只要您愿意出席茶会，入京的士子们自然一呼百应。再说士子们参加茶会，当然是为了以文会友才来的。这千两白银，不过是用来助兴的，到时候人家不肯要，也未可知呀。况且除此之外，我们还打算用士子们的名声为穷苦百姓做些善事，我想他们一定会同意的。"

齐彬捻须一想，此事既不需要自己亲自操持，又能抬高自己在士子们中的威望，何乐而不为呢？只是他仍沉声嘱咐道："做茶会的话事人我同意了，不过这次茶会务必要小心，既要保护好士子们的安全，还要注意不要伤了士子们彼此间的和气，切莫因为一时的虚名，害了他们的前途。"

杜若剥开一枚金橙递给齐大人食用，而后垂眸笑道："瞧大人说的，咱们大宋的士子之中，或许会有人在文采上欠缺了些，但在他们做人方面却个顶个地傲骨铮铮大肚能容。绝不会因为区区虚名，而彼此不和的。就算是官里的官家知道了这事，也定是只会称赞大人，而不会责罚您的。"

隐隐听出杜若话外的含义后，齐彬点头应允了此事："杜娘子说的是，既然如此，你二人定要小心操持，不要出现差错。"

沈清欢和万长生赶忙向齐大人道谢，待了一会儿后，他们俩见齐杜二人似有事要商量，于是便告辞离去。杜若也未做挽留，只是让云儿把二人送了出去。

回家的马车上，沈清欢手捧暖炉歪在车壁上想事情。万长生忽然伸手在她眼前挥了挥，吓了她一跳。她没好气地问道："干吗？"

万长生蹙着眉头问她："你觉不觉得，杜娘子之前的话，似乎在暗示齐大人什么？"

"连你也觉出来了？"沈清欢吃了一惊，凑到他的身边去。

"我怎么觉，杜娘子在暗示咱们这事背后有端王爷撑腰呢？要不她怎么会说出了事，皇帝也不会怪罪呢？"

听了万长生的话，沈清欢点了点头："我也觉得是，不过杜娘子干吗这么说呀？难不成……"

看到沈清欢把话吞了回去，万长生也了悟地点点头，二人相视一眼俱是心头沉重，不由得同时呼出一口气。

第四十三章　筹办茶会准备忙

"白泉，你干吗这么早就叫我起床？这不还没到去茶坊的时间吗？"

万长生一大清早就被白泉叫醒，他揉了揉眼睛看看时辰还早，于是有些抱怨。

白泉指着书房桌子上厚厚的一摞书道："娘子吩咐，万少爷这半个月不用去茶坊上工，茶会那边的布置由娘子负责，万少爷只需把娘子为您准备的书背诵下来就可以了。"

"啊？半个月要背这么多书？"万长生看着桌子上半人高的书惊呼出声。

白泉笑道："娘子说这次茶会的嘉宾都是士子，他们善于吟诗作赋，个个出口成章。咱们家虽是商人，但也不能连人家说句话，咱们都听不懂吧。因此她特意挑选了一些茶诗和一部分关于茶的典故的书籍让您看，免得到时候露怯闹笑话。不过万少爷别嫌书多，娘子说这些书大多都是您看过的，只要您再用用心，肯定都能背下来。"

万长生上前翻了几本书，倒真是以前都看过的，于是安心了不少。

这厢万长生正准备啃食厚厚的书本，而沈清欢则换上男装带着兰香一大清早就跑去了樊楼。

"阿金，你们掌柜的呢？"

阿金见到沈清欢满脸堆笑："沈公子这么早就来吃饭？有事我招呼就行，哪里还需要掌柜的？"

"只怕你做不了主啊，我想要包下樊楼几天。"

阿金瞪大了眼睛，看沈清欢不像开玩笑的样子，便认真地说道："沈娘子，恐怕这事不成，樊楼每日接客上千，先不说这赚的银子有多少。就是要樊楼拒绝了其中的贵人们，我们也吃罪不起啊。您说您要包下樊楼，我当然相信沈家有这个财力，可是我们樊楼却没那个胆子得罪贵客。我看您还是打消这个念头为好。"

沈清欢轻笑："多谢阿金哥替我盘算,不过还是请你把掌柜的找来吧,不管他同不同意,好歹也让我去问问吧。"

阿金见沈清欢坚持,只好无奈地把掌柜寻来。

掌柜的向沈清欢拱了拱手,直截了当地拒绝了她："沈公子,您的话我听阿金说了,这门生意我确实不敢应下。"

沈清欢俏皮地冲掌柜的眨眨眼："果真如此吗?掌柜的也不问问我要做什么吗?那行,我去丰乐楼找王掌柜的商量了哦,不过希望您到时候不要后悔。"

掌柜的自问对沈清欢这位老主顾还是有几分了解的,于是连忙挽留她："沈公子,先别走啊,老朽乐意听听您包下樊楼要做什么,还请您指点一二。"

沈清欢笑眯眯地要宰掌柜的一笔："好啊,我们去三楼临窗的雅间谈,你请客。"

"没问题,就算是娘子不给小老儿解惑,冲着您是樊楼的常客,我请您一次又何妨?"掌柜的一边殷勤地带着主仆二人上楼,一边嘱咐阿金送菜,"阿金,一会儿给我们的房间送些沈公子爱吃的饭菜和好酒来。"

进入房间后,掌柜的急切地问着沈清欢："老朽颇为好奇,不知道公子要包下我们的店做什么?敢是要招待哪位通天的贵客不成?"

掌柜的暗自盘算,听闻沈家娘子和得意楼的头牌杜若走得极近,莫不是通过杜若认识了端王爷,所以才要清场请客。又或者是早年间这沈娘子出海经商时,认识了什么海外王侯,如今贵人来京,她特意请客招待?

沈清欢自然看得出掌柜的眼中的期待,于是笑着说道："说贵非贵,只是一群等着鱼跃龙门的天子门生罢了。"

掌柜的大失所望,忍不住皱眉道："沈公子若要请入京的士子们吃饭,包个雅间就是了,何苦耍弄小老儿呢?"

"近一千人,怕是一个雅间不够呀。"

"啊?"掌柜的吃了一惊,而后狂喜："我没听错吧?有一千名士子要同时来樊楼吃饭?"

沈清欢笑着点了点头："自然是真的了,不知道掌柜的可不可以通融通融,让我包下樊楼几日呢?"

"可以倒是可以,只是不知道要多长时间呢?若是时间太长,我要去和东家商量商量的。"

掌柜的自然明白这千名士子的重要性,且不说如此多的士子同一日用餐,给了樊楼多大的面子。日后若是这科士子中出了什么翰林宰辅，樊楼脸上也有光彩啊！

"不过公子包下我们樊楼是要做什么呢？可否告知老朽一声？"

沈清欢回答道："我要办一场茶会，我家的茶楼地方不够大，所以才想着来樊楼举。茶会时间从冬至日起，每隔五日便包下樊楼一次，总共要包下四次。掌柜的，给个实价吧。"

"娘子爽快，我也干脆，我不多要，从每日樊楼的流水账里取个中凑个整，一次一千两银子，总共四千两银子。"

"好，不过掌柜的，你收了我这么多银子，也该替我做些事吧？"

"您先说，我尽力而为。"掌柜的不敢瞎应承。

"我知道樊楼用具豪奢，皆是金银一流的。不过点茶乃是风雅事，用金银器难免俗气，还请掌柜的准备一批上好的瓷器代为替换。我个人比较喜欢定窑的瓷器，素净。还有希望到时樊楼能够把楼中的名人字画换一换，最好是换成与茶有关的，再不然挂些有闲情逸趣的字画也成。我知道的，您是有门路的人。"

掌柜的苦笑："我自然是有门路能弄到古玩字画的，只是娘子这般兴师动众，樊楼怕是每次茶会前都要提前一日准备呀！"

"我虽说是包场一日，但冬日苦短，天寒路滑。所以茶会是从酉时初开始，到戌时末结束。这难道还不够时间让您准备吗？"

"行吧，既收了公子的钱，少不得要为公子出力，只能辛苦楼里的伙计们了。"

"什么辛苦不辛苦的，掌柜的赚了这么多钱，到时候对伙计们多打赏些，他们就够乐的了。"

"沈公子啊沈公子，你呀，可真是精打细算。"掌柜的本想从沈清欢身上讨些便宜，没想到反倒被她算计了一把。

"对了，掌柜的，劳烦把咱们楼里掌厨的大师傅叫出来，让我见一见，我有事嘱咐他。"

掌柜的虽然不知道沈清欢有何事吩咐厨房，却连忙让伙计把大师傅叫了出来，他对着大师傅说道："沈公子有事嘱咐你，你一定要认真听，认真做。"

"掌柜的，我知道。"大师傅应了一声，然后问沈清欢有何吩咐，"沈公子，不知道您找我有什么事？"

沈清欢勾唇笑了笑："也没什么，只是想着我请人喝茶，不知配着些什么点心才好。"

大师傅笑了："沈公子蒙我呢吧？您家的茶楼里茶点就不下几十种，怎么会不知道什么点心合适呢？"

　　"我们家的茶点是不错，只不过跟您的手艺一比，那相差得实在太远了，而且每个人喜爱的口味不同，所以我才来请教您，那天我预备些什么茶点合适。"

　　"是这样呀！不知客人有多少？年龄多大？他们又来自什么地方呢？"大师傅询问详情。

　　"客人约有一千之数，年龄老少不一，家乡更是天南地北。"

　　大师傅皱了皱眉头道："这就需要好好掂量了，这糕点的口味好调和，只是一时间要准备数量太大，糕点的花样就不会太多了。"

　　"还请大师傅先拟出几样来，我看看可以吗？"沈清欢轻声要求道。

　　"没问题，我不识字，说给您听好了。"大师傅爽快一笑，便报出十几样点心名字。

　　"师傅，甜口的要神仙饼、滴酥鲍螺、五香糕和广寒糕。咸口的要一口酥、笋肉饼、薄脆饼和椒盐酥。然后再上一匣子香糖果子，也要甜咸混杂。至于茶汤就不必上了，白开水就好。"沈清欢听完大师傅的话，仔细掂量着搭配好了茶点。

　　"是，谨遵娘子吩咐。"大师傅点头称是。

　　樊楼掌柜的听完沈清欢的吩咐，不由得赞了一声好："沈公子，冲着您这仔细劲，沈家就应该发大财。"

　　沈清欢只是笑："借掌柜的吉言了。"

第四十四章　初开茶会获成功

俗话说冬至大如年，眼瞧着冬至马上就要到了，许多提前来到东京备考的书生们也纷纷放下书本，准备放松放松过节了。

上次的科举考试李驰并未中选，他哥哥倒是得了不错的名次，于是今年只有他一人来京备考。

近日来彤云霭霭，好容易天放晴一日，李驰和一干新认识的好友在东京城中痛快玩乐了一番，眼见天色渐晚寒风又起，才不舍分手各自回寄住的地方去了。

等到李驰刚进了客栈，就看见店小二笑眯眯地把一封信送到他手里："李公子，这是今又上午有人送来的拜贴，还请公子过目。"

李驰心中暗自纳闷，想到自己在京中的朋友不多，实在想不到会有谁给他正儿八经地下拜帖。于是他从店小二手中拿走拜帖，并随口问了一句道："小二哥可认识送拜帖的人？"

小二哥回答道："认得的，是沈家茶坊的小工，他送拜帖时特意说过的。"

李驰忽然想起了三年前的旧事，不禁喃喃自语道："沈家茶坊？莫非是她？"而后他拿出一把铜钱，塞给了店小二："多谢小二哥，我先上楼了。"

楼下店小二眉开眼笑地数着手中的铜钱，楼上李驰正拿出拜帖仔细观看。

"李驰兄敬启：春闱将至，赴京众士子皆苦心读书，用功文章。鸡鸣即起，三更方睡，头悬梁，锥刺股，皆为偿心中抱负也。然过之不及，余深恐诸位士子疲乏。况佳节已近，冬日严寒，无以取乐。故沈氏茶坊欲在冬至佳节于樊楼举办茶会，幸得礼部侍郎齐彬大人出席，恭候诸位士子到来。茶会以诗文会佳友，不过读书闲暇之余消遣而已。还望诸位士子不为争一时之长短，而求高山流水之唱和。沈家茶坊，沈氏清欢拜上。"

李驰见书信内容熨帖，又思及众人欢乐，于是决意冬至日去樊楼凑凑热闹，也好解解烦闷。

同一日，沈家茶坊的帖子像雪片一样飞满全东京城，众多来京赶考的士子都收到了帖子。

众士子皆怀有不同的心思，有的是为了凑凑热闹，有的是为了以文会友，有的是为了名扬东京，然而更多的是冲着获得齐彬大人青睐而来。

于是冬至日的沈家茶会就在万众期待中开始了，当天下午樊楼谢绝了所有客人，只为那些赴京赶考的士子们敞开大门。

樊楼中人头攒动，一楼到三楼上都坐满了士子们。一时间酒楼人声沸腾，许多故交新友纷纷寒暄。

"哎，李兄好久不见，近日可好？"

"啊，王兄也来此处啦，想必定是要拔得头筹的。"

"孙兄，快来坐这里，这儿坐的可都是咱们的老乡。"

……

在人群中来往之间，许多仆役或手端热水，或端着茶点，含笑侍奉各位未来的天子门生。众人因见除了侍奉的奴仆外，并未有人维持秩序，便有些埋怨主家怠慢。

待到辰时更漏声响，沈清欢万长生并齐大人，一同出现在二楼搭建的高台之上。沈清欢依旧做男装打扮，和万长生一起站在齐大人的身后。

齐彬轻轻咳嗽一声，霎时间满楼寂静，众士子纷纷起身行礼问候："齐大人好。"

齐彬抬起手虚压了压，捻着胡须含笑道："诸位君子皆是十年寒窗苦读，欲要今朝一展抱负。然思及当年余入京备考之情形，虽不觉苦闷，但未免失之趣味。今日沈家茶坊少东家沈清欢，欲无偿举办茶会，以娱我辈学子。使其苦学之余，亦能调剂身心。逢此佳节，吾辈共度，岂不快哉？"

众人见这位大人气度不凡又言谈和蔼，无不纷纷称是。

齐彬见众人神情欢乐，于是伸手一请，让沈清欢随着说两句。

沈清欢掸掸衣服上前行礼，然后面对众人道："我是经商之人，不及各位风雅，若有错漏，还请勿怪。"

参加茶会的士子中有本地人，知道沈清欢是个女子，于是见沈清欢如此做派便嗤嗤发笑，引得旁人好奇不已，偏又齐大人在场，不好唐突询问。

沈清欢扫视了下面的人一圈，笑道："我慕孔门弟子风流久矣，然而我生性驽钝，于诗词上无甚天赋，常见心爱之物茶叶，却不能吟诗作赋，歌以咏志，心甚憾之。于是特意办了这次茶会,一来是为了给各位士子解闷,二来也是希望众士子能代我表达心声。其中若有佳作,必以礼谢之。"

士子中有聪明的,一下子就明白了她的意思。不过转念一想,这是双赢的事情。沈家茶楼和自己都能扬名,纵然此次科举不中,亦能博得个风流才子的名声,与贵人交往时也是有益的。

更有些出身贫寒手头困窘的学子,直接扬声问道:"敢问沈公子,赢家的彩头是什么?"

沈清欢含笑答道:"众位士子近千人,若是只选魁首,未免有些太少,故此拟选一百人得彩,前三甲分别是一百两、八十两和五十两。第四名到二十名每人二十两银子,第二十一名到五十名每人十两银子,最后五十名每人五两银子。"

士子中有精通算学的,掐指一算这位公子散尽了千两白银有余,不由暗自咋舌。不过更多的士子则是高兴入围概率之大,每十人中便有一人能入选,入选几率极大。入选之后,且不说银子多少,至少日后提起时挺有面子的。

沈清欢见众人的积极性被调动起来了,于是向万长生使了一个眼色,万长生便上前拿出一张卷轴,二人各持一端一起打开,上面是齐大人亲手抄写的一首劝学诗。

齐大人朗声诵道:"我朝真宗有云'富家不用买良田,书中自有千钟粟。安居不用架高楼,书中自有黄金屋。娶妻莫恨无良媒,书中自有颜如玉。出门莫恨无人随,书中车马多如簇。男儿欲遂平生志,五经勤向窗前读'。今日沈公子除了为入选者慷慨解囊,还愿意捐出千钟粟。他听闻北边闹了雪灾,便许诺捐一千石粮食,并且会以入围的士子的名义赠送,所以各位士子一定不要吝啬笔墨,要全力以赴一展风采,这可是积德行善之举。"

士子们哄然,谁也没想到入选者除了有银子可拿之外,这位沈公子更会以他们的名义捐粮。在经过一番窃窃私语后,他们派出一人做代表和沈清欢对话。

"沈公子,我们众人商量了,这彩头的银子我们不要了,到时候请沈公子用这些钱代为购买食粮,送往灾区赈灾,以表示我们的一份心意。"

"好好好!诸位果然不愧为未来的天子门生,虽无官职却依旧心系百姓,果然德才兼备!"沈清欢早已猜到了这个结果,却依然为士子们的真诚而感动。

开场词说罢,茶会便正式开始,伙计们指引着士子们入座,每八人一桌。安排完毕后,沈清欢拍了拍手,顿时从樊楼门口涌出上百名茶博士。每名茶博士都分别往一张桌前行去,然后开始焚香点茶。

"沈公子，您家的茶似乎和别人家的不一样呀！"有位士子品茶之后，突然向沈清欢发问。

"这位公子，您的舌头可真灵，看起来您也是位爱茶的人，那么不知您觉得我们家的茶和其他人家的茶，有什么不一样的地方吗？"

"我觉得你们家的茶除了茶香之外，还有一股淡淡的花香，喝起来口感甘滑，回味悠长。"

"没错，这是我们家今年的新品茶叶——四季花茶中的梅花茶，茶叶佐以花香入味。这梅花茶除了齐彬大人外，各位士子可以说都是第一个品尝到的人，希望它能够使诸位满意。今日我们所饮之茶乃是四季花茶中的冬茶，梅花茶。而各位饮茶之水则是今年的初雪之水，因此我为此茶起名为沁梅。"

"沁梅，妙啊！"其中一位士子抚掌而赞，"昔日铁脚道人常爱赤脚走雪中，兴发则朗诵《南华秋水篇》，嚼梅花满口，和雪咽之，曰：'吾欲寒香沁入肺腑。'如今我们饮用这茶也是在咀芳嚼英了。不过小生认为，公子起名沁梅似乎有所不妥。"

"还请公子指教！"沈清欢含笑说着。

"这沁梅的沁字来源于寒冷，而这梅花茶则是用热水冲泡，一冷一热相互冲突，可谓南辕北辙，还是另起一个名字为好。"

"公子所言有理，无奈清欢学疏识浅，实在不知该改为何名合适，不如请公子赐名吧？"

"这，小生一时之间也没有什么好主意。"那名士子尴尬一笑，接着捧起了在座的士子们，"不过，今日士子众多人才济济，我相信一定会有人起出合适的名字的。"

接下来不断有士子提出新的名字，左不过梅香，暗香之类的俗名。忽然有一位不起眼的士子站了起来："我有一个名字，把这梅花茶叫做一枝春可好？不知诸位君子以为如何？"

众士子听后皆是沉吟片刻，然后纷纷点头表示赞许。

"江南无所有，聊赠一枝春。"沈清欢口中轻诵一遍，然后笑道，"公子起名极佳。一来梅花早春初发，乃是受春光所催，此是热也；二来我们的茶叶是赠友佳品，也正好切了这诗的题。多谢仁兄赐名，我们的梅花茶自此便更名为一枝春了。还未请教尊姓大名？"

那名士子不过是灵光一闪，却没想到得了众人的赞同，沈清欢更是因此将茶叶易名，一时间他成了众人目光汇聚之处，他不由得涨红了脸："多谢沈公子抬举，在下江南孙思文是也。"

沈清欢冲着孙思文行了一个叉手礼，而后笑道："既然大家已经品鉴过我们的一枝春，今日便请大家以我们的花茶为题作诗，不拘格式，但求新雅。若有好的，清欢愿意花重金买下，轮流挂在沈家茶楼之中，以供来往茶客评鉴。"

众士子们见一个不起眼的孙思文拔了头筹，心中俱是不服，此刻听闻沈清欢要把那些写的好的茶诗挂在自家茶楼之中，无不绞尽脑汁以求入选，扬名东京城。

万长生见此微微扬唇轻笑，这清欢忽悠人的本事是越来越高了。

半个时辰过后，有店伙计过来将众位士子的诗作收走，交给齐彬请来的白衣才子分别查看，从中再选取优秀的交给齐彬。

"玉手摘得芽尖嫩，留住春日三分香。雪飞中庭做玉蝶，红炉持棋待客闲。"

一名才子看到第一篇诗作就撇了撇嘴，这些酸诗他一天能作几十首，这些士子们怎么好意思交上来呢？想是这样想，不过他依然尽责地将诗作分类整理好了。

齐彬匆匆阅过挑选后的百张诗作，心中不由得暗自摇头，看来这届士子的才华都不怎么样啊！他勉为其难地从其中挑选出了魁首，又依次排列出百名入围者。

沈清欢请了位老先生依次唱名，楼下的士子们入选的欢呼雀跃，名次不佳的垂头丧气，更有未入选的士子羞愧地捂脸欲逃。

万长生见众人这样，觉得不太妥当，于是凑到沈清欢身边小声说道："清欢，这样不好吧，我觉得排名次似乎打击了大家的积极性，若是下一场茶会没人参加可如何是好？"

沈清欢微微一笑："不会的，有名渴望更加有名，落榜的希望东山再起，他们绝对会再来的。要不然怎么还会有八十岁的老进士呢？"

沈清欢当着众人之面，请上来了一位老先生。

"各位，这位是在东京城开着最大粮食铺的黄老先生，我今日把两千两银子交给他，请他把粮食运往灾区，赈济灾民。善心不分高低，所以每袋粮食上面，都会分别印有参加茶会的士子的大名。我相信，灾民看到各位的善举之后，必定会心存感念。"

沈清欢此话一出，未入选的士子们也都心存感激，不由得对她大生好感。

看到士子们脸上的笑容后，沈清欢笑道："诸位，今日茶会已毕，五日之后，清欢在此恭候各位。"

第四十五章　明争暗斗压沈家

冬至过后的第二天，东京城的一处瓦舍中，一位说书先生的惊堂木一敲，满园皆静。只听他说道："诸位老少爷们儿，不知可听说咱们东京城里出了一件稀奇事，千名士子夜上樊楼。这千名士子齐聚樊楼，究竟所谓何事，且听小老儿一一道来。……"

说书台下一位穿着讲究的老爷子，听着台上的说书先生不断地夸赞沈家茶坊是如何古道热肠，慷慨解囊，沈家的新茶又是如何地艳惊四座，以及那些士子们又是如何地争着为沈家新茶写诗扬名。老爷子的眉头是越皱越紧，看着周围听得如痴如醉的观众，他冷哼一声，抬腿走人步出瓦舍。

老爷子走到大街上，不断地有人跟他打招呼。

"吴老爷子早。"

老先生也一一回礼，原来这位老爷子是茶叶八大家中吴家的当家人。今日他听了瓦舍中说书先生对沈家茶坊的不断吹嘘，简直吃了一只苍蝇一样腻歪。毕竟吴家如今势弱，对于沈家的强势崛起，他如鲠在喉如芒在背。

"老爷子，天这么冷，不如进来喝杯热茶暖暖身子。"一位站在楼外的茶楼迎宾热情地招呼他道。

吴老爷子抬头，只见沈家茶楼的匾额挂在头顶，原来不知不觉中，他竟走到沈家茶楼附近。吴老爷子扭头就走，走了两步之后，他又忍不住转回身来进入茶坊。

"老爷子，您喝什么茶呢？"有勤快的小伙计巴巴地跑过来问。

"我听说你们刚上了一种新茶，叫什么名字来着？"

"一枝春！"小伙计满脸笑容地回答，"要不您来点尝尝？"

"也好，就这个一枝春吧！"

伙计听了他的话，连忙去找茶博士来为他点茶。

伙计请来的茶博士和吴老爷子是旧相识，他曾经在吴家的茶楼待过，但是相处得并不愉快，于是他故意高声宣扬道："哎哟，这不是吴老爷子吗？怎么放着自家茶楼不去，反而来我们沈家茶楼来喝茶了？"

吴老爷子一看那茶博士，也是大皱其眉，见那人一副七个不服八个不忿的样子，冷笑了一声道："怎么，这茶楼别人来得我来不得？谁规定了自家开的有茶楼，就不能去其他茶楼喝茶啦。莫不是这沈家茶楼要店大欺客？"

沈家茶楼的掌柜的连忙上去行礼解围："吴老爷子瞧您说的，您可别和这个粗人一般见识。他的意思是说您是贵客，他怕怠慢了您，只不过这个老实头儿，向来笨嘴拙腮不会说话。这不，又惹您不高兴了。现在我给您找来我们店里最好的点茶师傅为您点茶，您好好地尝一尝我们家的一枝春。"

掌柜的冲小伙计一招手，让他把楼上的万长生或者沈清欢请下来，给吴老爷点茶。

沈清欢和万长生今天一大清早就来了，就坐在二楼观察新茶的情况。现在，掌柜的请他们二位来拿主意了。

万长生听了小伙计的话，对着沈清欢微微一笑："这不，找茬的来了，咱俩谁去呀？"

沈清欢清楚，掌柜的是见吴老爷子难缠，怕跌了一枝春的名声，所以才把这个难题交给东家。

"你去吧，我挺累的，就在楼上看热闹好了。"沈清欢完全相信万长生有能力应付这个局面。

"行，那我去。不过也不知道，这老爷子如何评价咱们的茶呢。"

"哈哈哈，怕什么？喝完茶之后，他说好，就是在为咱们传名；他要说不好，那就是嫉妒同行。"

"那要是他喝完之后，不言不语呢？"万长生笑着问她。

"那就是他被我神来一笔的创意惊呆了。哎，一代新人换旧人呢，我也是挺心疼吴老爷子的。"沈清欢装模作样地拿出手帕擦了擦眼角根本不存在的泪水。

"吴老爷子要是看见你这副样子，非得气死过去不可。"

万长生笑着走下楼，拿起点茶工具，走到吴老爷子的桌前。

万长生知道其实别看周围的人都在喝茶，可是眼睛耳朵都在注视着他们，想要看一看沈家和吴家交锋的结果。因此他绝不能有半点儿失误。

"吴老爷子好，晚辈万长生，特意前来给老前辈点茶，还请老前辈不吝赐教。"

"嗯。"

吴老爷子一眼就认出了万长生，心中惊诧，几年不见这小子，现在倒是沉稳多了。

见吴老爷子托大，只"嗯"了一声敷衍了事，万长生也不生气，平心静气地为他点茶，步骤一丝不苟，动作如行云流水："吴老爷，请。"

吴老爷子低头看了茶水，茶色雪白，宛如疏星在天，他不由得暗赞一声好功夫。他举杯饮茶，细细品味："不错，茶韵悠长，梅香如故啊！"

万长生听得此言，心中暗想这吴老爷子也算得上胸襟开阔了，就在他想谦虚两句的时候，吴老爷子"叮"地一声把茶盏放下了。

"这心思虽巧，却过于注重外物了，到底及不上我家的龙凤团茶。"

万长生闻言大怒，却又无法反驳。吴老爷子口中的龙凤团茶，是吴家供奉给皇室的贡茶。他明白吴老爷子这是在讥讽沈家家底单薄，只能剑走偏锋从奇处入手。

沈清欢朗笑连连，从二楼走了下来："吴老爷子说得对，龙凤团茶我们自然是及不上的。不过这天子有天子的讲究，平民有平民的乐法，只要茶客们说好，清欢就别无所求了。"

吴老爷子上前拍拍她的肩膀："你这丫头呀，真是有张巧嘴。"

沈清欢笑着回答："这还不是您让着晚辈嘛。"

两人冲着对方都是微微一笑，随即目光交错，吴老爷子道："看起来这小也有小的雅处呀，清欢，以后没事咱们两家常串门啊。"说罢，他便起身准备离开。

沈清欢赶紧行礼送别："吴老爷子说得对，清欢也会去您那里看看学学新东西的。"

沈家茶楼的一场风波，悄然落入二楼饮茶的一位老先生眼中，他就是前来品鉴沈家花茶的八大茶商中的乔家当家乔老爷。

看着沈清欢和万长生的出色表现，再对比一下吴老爷子小肚鸡肠的行为，乔老爷不由得大摇其头，吴家真是败落了，连一点儿容人之量都没有了。

评鉴完沈家的一枝春后，乔老爷回到府中，他坐在椅子上，让下人把两个儿子找来。

两个儿子听了传话后，赶紧恭敬地赶来，规规矩矩地站在乔老爷面前。他摆手示意两个儿子坐下，然后问道："你们俩可知道沈家办茶会的事？"

"知道。"两个儿子对视一眼，齐声应答。

乔家老大乔天恩看了眼弟弟后，补充说道："我这两天上街，满耳听到的都是沈家，就连瓦当里的说书先生，也把这茶会当作新鲜事在讲呢。"

乔老爷低头喝了一口茶，问大儿子道："那你是怎么想的呢？"

乔天恩纳闷地说道："爹，您说这沈家丫头葫芦里卖什么药呢？她办茶会一不请圈子里的内行人，二不请达官贵人，偏偏去请那些个没名没钱又没权的酸秀才。虽说茶会办得花团锦簇，热热闹闹的，可我觉得意义不大，也就是花架子。真不知道这沈家丫头的心里是怎么想的，花了那么多钱，就买了个热闹看。"

乔老爷心中叹息，望了二儿子一眼，乔天赐冷笑一声道："大哥，你错了，这小丫头贼着呢！你看她这次茶会，可以说得上是一举多得。"

"这话怎么说？她都有哪几得？"乔天恩不明白，于是向弟弟询问道。

乔天赐拿这个没脑子的大哥没办法，只得细细道来："沈清欢办茶会，给士子们发彩头倒没什么，只是为灾民们施粥这手，玩得漂亮。尤其是士子们又纷纷应和，甘愿不要彩头，换做粮米送给灾民。听说，她在每袋粮食上都印了施粮者的名字。这下一来，灾民们得了救济，士子们得了名声，齐彬大人得了功绩，朝廷得了实惠，而沈家则得到了人人称赞的口碑。你以为那些说书先生是白替沈家传名的吗？我早打探过了，是沈家写的本子，塞钱给他们，让他们说给那些市井百姓听的。哼，只怕日后大宋人人喝茶之时，第一个想起来的就是沈家茶坊了。"

乔天恩恍然大悟，于是焦急地向父亲说道："父亲，我马上就派人去着手准备，我们也开茶会，绝不能让沈家独领风骚。"

"咱们现在开茶会，只怕会被人耻笑拾人牙慧。"乔天赐摇了摇头，否决了大哥的建议。

乔天恩直接从椅子上站起来，狂怒着挥舞双手道："那也比喝不着肉汤强！"

乔天赐上前把暴躁的大哥按回椅子上，冷笑着说："沈清欢的这次行动一看就是有备而来，我们若是一个不小心，手段逊了她一筹，岂不是成了她的垫脚石！要我说，不如由父亲牵头，召集八大茶商的当家人开个会，联合起来向她施压。到时候就说要共同举办茶会，谅她也不敢不从！"

"老二说得不错，我正有此意。"

乔老爷心中早已打定了主意，不过是借此机会考较两个儿子一番，看到大儿子的表现后，他心中暗自摇头。不过还好，至少小儿子没让他失望。

"这次沈家丫头一出手，爹真是觉得自己老了，以后这世界该是你们年轻人的了。"

乔天赐赶忙安慰父亲道："父亲说的哪里话，不是您老了，只是大宋茶叶圈子这潭水安静得太久了，于是往日的一条条过江猛龙都成了贪图享受的锦鲤。现在多了沈清欢这条活奔乱跳的鲶鱼，扰乱了这潭水。我看啊，这圈子里可能要变天了。"

"咱们家历经风雨无数，就算是要变天了，也绝不会轻易倒下的。"乔老爷这点把握还是有的，沈清欢虽然翻起了不小的风浪，可想要借此机会扶摇直上也不是那么简单的事，毕竟乔家的家底在这里摆着呢。

"爹，你错了，沈家起来了，最着急的不是我们家，而是吴家和万家。吴家这十几年来势弱，已然要掉出八大茶商的行列了，如今沈家风头正劲，他家面上不显，只怕心中犹如火炭在烧呢。至于万家，万长生原是正牌继承人，如今倒叫外人占了窝，他和齐盛势如水火，一定会拼个你死我活。不过这对我们来说，未必不是一件好事。这水不浑，我们怎么能趁机摸鱼呢？"乔天赐得意地挑挑眉，阴恻恻地笑着。

"话虽如此，不过这个小丫头也真是够可恶、够可恨的了！这幸亏她只是一个女子，她要是个男子，只怕以后要让咱们头疼个几十年了。"乔老爷想起来那个看似柔柔弱弱的小女孩，就忍不住叹气。

"对呀，幸亏她只是一个女子。"乔天赐跟着父亲的话轻声重复了一遍，眸子中闪着晦暗莫名的光。

第四十六章　八大茶商共参与

冬日寒冷，沈清欢和绿尘正一边围着火炉取暖，一边说着悄悄话。

"娘子，有人给您下帖子了。"兰香从屋外拿着厚厚的一叠拜帖进了屋。

"该来的总会来的。"沈清欢冲绿尘挑了挑眉，然后问道，"除了八大茶商之外，还有没有其他人的帖子了？"

兰香扒拉了一通后，把另外的拜帖放在了沈清欢身边。沈清欢打开一本，是个茶贩子请的，她随意地看了一眼："不去。"

再打开一本看看，又是个酸秀才写的："不去。"

"不去，不去，不去……"沈清欢拒绝了许多人的邀约，当她翻到其中一本时，问兰香道，"兰香，你看一看，八大茶商的拜帖中有没有乔家的。"

"娘子，有乔家的拜帖。"兰香拿起帖子翻了一遍，回答道。

"有乔家的帖子，那这乔老二干吗又给我单独下了一份拜帖呀？"

绿尘闻言一笑："说不定人家看上你了呢？"

"胡说八道，他看上我，我还看不上他呢！看见他眯起眼算计人的样子就讨厌。"

沈清欢厌烦地把手中的拜帖扔到一边，趴在绿尘肩上问道："翠涛的腿什么时候能好呀？我和长生最近都忙疯了，结果你也不来帮我俩。"

"这两天就能好了，下次茶会，我正好赶上给你帮忙。"

"真的？太好了！"沈清欢高兴地抱着绿尘直笑。

兰香见两人亲昵，有些不满地噘嘴，轻咳了一声，问道："娘子，刚才我看了一遍，八大茶商约你的地点时间都相同，他们这是要干吗呀？"

"他们还能干吗？为难你家娘子我呗！想让我看看他们的能量有多大呗。"沈清欢想起来就一肚子火，勉强压下去后问道，"帖子说的什么时候，什么地方啊？"

"明日酉时正，樊楼三楼的雅间。"

"行吧，你告诉长生一声，明天我俩一起去。"沈清欢吩咐兰香道。

"是，我这就去。"

万长生听闻八大茶商齐邀他们赴宴，便知道他们要在茶会中插上一脚，心里格外不爽。

"你怎么这么轻易就求和了？"

"怎么着，难不成咱俩被这大饼噎死才好？你我这一出风头招了多少人的恨？我可不想日后被穿小鞋穿到死，我们沈家不过是一只小细胳膊可拧不过这么多大腿！"

"你为什么事先不向他们发出邀请？如今倒叫他们平白捡了个现成的便宜。"

"捡便宜？"沈清欢白了万长生一眼，"别人求你和你求别人能一样吗？况且无论如何，沈家这回也算是拔得头筹了一次。"

第二日的酉时初，万长生穿着一身蓝色棉服坐在在沈清欢屋里外间的椅子上等她。

"你怎么这么快呀？"沈清欢正让兰香给她梳头呢，于是看着镜子里的他问道。

"去晚了，多失礼呀。"

"要不是想着他们都是一群老前辈，我非好好晾晾他们不可。"沈清欢有心想拿上一把，却又害怕惹了众怒。

等到兰香给沈清欢梳完头，沈清欢关上门换了一套女装。等她换好衣服打开门，万长生盯着她细看。只见沈清欢做近日女子的时兴装扮，身穿一身鹅黄色的女装看上去娇艳柔美，不过眉宇间的倔强却是分毫未减。

"万公子，我好看吗？"沈清欢说话声音也较往日软了些，刻意做出一副小白兔般的柔弱无辜样子。

"好看是好看，"万长生见她今日如此装扮，不由得取笑道，"不过清欢也真是奇人也，可柔又可刚。与人争长短时你是男人，与人示弱时你又是女子，这天下的便宜可都让你占尽了。不知有一日见到皇帝时，清欢又是何人呢？"

沈清欢闻言又笑又气，听出来他在暗讽自己，摸了摸刚刚梳好的头发，笑骂他道："你才是官家身边的公公呢。"

万长生倒也不恼，只笑着走过去把手伸到她的面前做搀扶状："如果清欢是帝姬，我愿意长侍左右。"

沈清欢用力拍开他的手，横了他一眼："要死啊，什么话都敢浑说，小心被人听到，非治你个大不敬之罪不可。"

万长生揉了揉被拍红的手背，又去抓她的手，一边摇晃一边说道："此处哪有外人，你若真忍心将我告官，只管去就是了。"

沈清欢拿他这无赖样子没法子，只好随着他一起出门乘马车，去往樊楼赴宴。

樊楼三楼雅间里，乔天赐正立在窗外向下张望。他遥遥看见一辆带有沈家标志的马车驶来，心中暗想应是沈清欢到了。

沈清欢在万长生的搀扶下下了马车，她似有所感，抬头向上望去。乔天赐和她恰好四目相对，于是他遥遥举杯向沈清欢致意。

沈清欢还了个笑脸，恭敬地向乔天赐福了福身。

万长生瞧见了这一幕，也向乔天赐示意，然后和沈清欢边走边小声道："那就是乔家的次子乔天赐，以前我和他也打过交道，我爷爷在世时曾说过，他虽年轻，却比他父亲更为精明狠辣，可以说是八大茶商下一代继承人中的佼佼者。"

沈清欢也低声回他道："我知道，我爹对他的评价也是如此，不过我爹还说他虽才干俱佳，人却阴损了些，遇到他时让我务必要小心谨慎。"

两人对视一眼，想到一会儿的明争暗斗，默默地深呼吸打起精神，一同跨进了樊楼准备迎接战斗。

两人刚进入楼内，便有店小二引着两人去往三楼雅间处。因沈清欢连日来在樊楼布置茶会，因此与楼中众仆役也相熟许多。

"小二哥，不知道邀请我们的客人都是何时来的？"沈清欢边走边问。

"约是一炷香前吧。"店小二想了想后回答道。

倒也没让老前辈们等多久，沈清欢心中松了一口气。

等到了三楼，万长生推开门来，只见一屋子满满当当的人。万长生做叉手礼，沈清欢敛裙福身，二人依次向众人问好。

只是当看到齐盛时，万长生的脸色顿时一变，沈清欢暗中撞了撞他的胳膊肘，他才忍气行礼："齐大当家的好。"

眼见众人寒暄完毕，八大茶商中的笑面虎李老爷子招呼众人坐下："既然人都来齐，咱们就开始吃菜吧。"

沈清欢和万长生抬眼看看，屋内开了两桌宴席，八大茶商老一辈的坐一桌，下一代的继承人又坐了一桌。两人发现两桌中，都没有留下二人的位置，不由得心里恼怒。

沈清欢笑道："多谢叔叔伯伯们，为我考虑得周全，想着我是年轻女子，不适合和长辈同桌对饮。不过若是如此拘泥虚礼，那清欢也不该来赴宴了。"

沈清欢故意忽略众人也没给万长生留座的事实，只从自己的性别上做文章，倒羞得那些年长者无话可说。

李老爷子高声叫店小二进来："伙计，往这桌加两个座位。"

等到两人座位添上以后，没等二人举筷吃菜，刘家的当家人就端起酒杯对万长生道："来来来，贤侄，我敬你一杯，你和清欢可真是年少有为呀！"

"多谢刘叔叔夸奖，小侄愧不敢当。"万长生端起酒杯一饮而尽，尽显豪爽之态。

李家的当家人坐在万长生的旁边，他又为万长生满上一杯道："这次茶会办得不错，我对长生真是刮目相看呢。来，喝了伯伯这杯酒。"

万长生又是一饮而尽，接下来除了齐盛，其他人都开始向万长生劝起酒来。

眼见众人车轮战般地向万长生敬酒，沈清欢向万长生使了一个眼色，万长生立刻领悟她的意思。

两人来之前就在马车上商量过了，这次谈事一定要尽量示弱，免得引起八大茶商的不满，一起对付沈家。

"长辈敬酒原不应辞，只是前来赴宴之时，沈家叔叔嘱咐我要照顾好清欢。我若喝醉了，反而让清欢一个弱女子照顾我，我实在没脸回家见沈叔叔。还请各位叔叔伯伯，放小侄一马吧。"万长生赔着笑脸讨饶。

众人见万长生并不上套，也不好放下身价去压迫他，于是就放下了酒杯，一边吃菜一边和两个少年人打起了机锋。沈清欢和万长生只笑着回答问题，若有难以回答的就只傻笑以对。

酒过三巡，菜过五味，众人放下筷子，终于开始谈正事了。

"清欢侄女，你怎么吃独食呀？有好事也不想着叔叔伯伯们？"李老爷子笑眯眯地开口道。

"倒不是清欢吃独食，只是想着各位长辈未必看得上我这小打小闹的举动。"沈清欢神色恭敬地回答。

"小打小闹？清欢丫头，我们老哥几个也算是看着你长大的，怎么你对叔叔伯伯也开始说瞎话了呢？上千名士子参与，礼部侍郎去给你撑场子，这样的场面还叫小打小闹？"李老爷子的笑容僵了起来。

"清欢哪敢说假话？这人可不是我请来呀！当初我起念要办茶会，本想着请几个白衣才子就好了。谁成想这里面的一位才子，和齐彬大人是旧相识，是他为我们引见了齐彬大人，所以这才有了今天的场面。"沈清欢只管胡说八道，八大茶商的当家也奈何她不得，明知她说的是假话也只能干瞪眼。

"别扯那些没用的，丫头，你说吧，我们想入伙，行还是不行。"王家的当家人，是个急脾气。

"叔叔伯伯，想要参与进来共襄盛举，清欢自然是欣喜无限，只是还有一点儿小小的难处。"

"什么难处，你只管说，叔叔伯伯们帮你解决。"众人连忙拍胸脯保证。

"也不是什么大事，只是钱上面有些不足。我原以为办场茶会花不了多少钱，谁承想这一办，花银子跟淌水似的。"

"清欢丫头，你就说每家入股多少合适吧。"

沈清欢冲众人伸出了一根手指头。

"一千两？不多！"有人故意打岔。

"叔叔伯伯说笑了，一家一千两，总共才八千两。这八千银子够干吗使的呀？我说的是每家一万两！"

"丫头，你可有点儿贪心了。"有人不满地敲了敲桌子。

"叔叔，你也去打听打听侄女办这次茶会扔的银子那真是海了去了。且不说包樊楼，给士子发钱，给灾民们赈灾化的钱了。光是请礼部侍郎大人来，我送礼就花了这个数不止。"沈清欢伸出一个巴掌，面上愁苦不已，"唉，我也是硬着头皮充大头呀。所以叔叔伯伯们参与进来，也算是解了清欢的难了。"

五万两！齐彬这老小子可够黑的呀！众人看到沈清欢比的手势后心中想着。

"行吧，我同意了。你们呢？"齐盛第一个出声答应了。

"我也答应。"

"我也同意。"

……

其余几家也都纷纷同意了。

"除此之外，清欢还有一个小小的要求。"

"什么要求，你说？"

"因为这次茶会是清欢筹划的，所以已经设置好了流程，现如今八家茶坊都要参与进来，这流程势必要改，所以清欢希望每家都出一名继承人去站台，以免厚此薄彼。"

"这当然没问题了。"众人都应声同意了，领了沈清欢的顺水人情。

"那各位叔叔伯伯以及世兄们，清欢不善饮酒，在此以茶代酒，敬各位一杯，希望咱们合作愉快，财源滚滚。"

回去的马车上，万长生想起了沈清欢敛财的手段，不由得笑道："你可真是的，临了临了还给人家上眼药水儿。你就不怕他们去问齐彬吗？"

"我可没说我给齐彬大人送钱了呀？我就是伸出巴掌随意比比呀。他们自己误会了能怪谁呀？"沈清欢死不认账，只得意地眨眨眼。

第四十七章　茶会落幕名声扬

冬至过后的第五日。

一大清早，沈家一家人刚准备吃早饭，沈清欢就看到一个不速之客来到了自己家中。

"沈伯父好，沈伯母好，沈娘子好，万公子好。"乔天赐灿烂地笑着对沈家人和万长生问好。

"你怎么来我家了？"沈清欢皱着眉头问道。

"今天不是要开第二场茶会吗？我来帮忙呀！"

"我不是说了不用任何人帮忙吗？你们各家只出一个人来茶会撑场面就行了啊。"

"是呀，你是这样说的呀，不过我觉得你一个人负责，实在是太累。我是心疼你。所以我才过来帮忙呀。"乔天赐一脸真诚地说道。

"呵呵，听你的意思，我还得谢谢你啦。"沈清欢在心里翻了个大白眼儿。

"那倒不用，举手之劳而已嘛。"

沈清欢无奈地翻了个白眼，实在拿厚脸皮的乔天赐没办法。

"我还没吃饭呢，咱们一起用吧？沈伯父，不介意加双筷子吧。"乔天赐直接就坐在了万长生旁边的空椅子上。

"当然不介意了，张嬷嬷去给乔公子拿碗筷。"沈父吩咐下人拿碗筷，同时示意乔天赐坐在他的身边。

用完早饭后，三人分别坐上各家马车前往樊楼。沈清欢坐在自己家的马车上开始和万长生抱怨："乔老二这家伙安的什么心，干吗要黏着我们？想开茶会，明年他自己家想怎么开就怎么开，凑我们的热闹干吗？我才不信他是诚心要来帮忙的。"

万长生铁青着脸不说话，乔天赐的心思他算是猜到了，心里腻歪得不行。

绿尘扫了两人一眼，忍不住捂唇笑了。

"你笑什么呀？"沈清欢没好气地问绿尘。

"笑都不可以呀？你有火干吗冲我撒呀？"绿尘才不怕沈清欢，直接怼了回去。

"你看你，我就问问嘛，你明知道人家心烦，还来撩拨人家。"沈清欢有些委屈。

"你可真是个傻丫头！我看，长生都比你聪明些。"绿尘无奈地摇摇头。

"长生，你说绿尘笑什么呢？"沈清欢扭头问他。

"笑什么，笑你傻呗。"万长生同样没好气，前面走了个林岩，后面就来了个乔天赐，真是晦气。

"你们俩可真讨厌。"

沈清欢接连挨了两次嘲讽，心情不太愉快。到了樊楼后，她也不等人搀扶，自己跳下马车，咯噔咯噔地进了楼。

万长生见沈清欢真恼了，也赶紧追了上去，绿尘不紧不慢地下了马车，然后在门外等了一会儿乔天赐。

"乔公子，别闹了，没希望的事就别想了。"绿尘好言劝他道，不希望他来给沈清欢和万长生的感情捣乱。

"绿尘姑娘，你知道我在想什么吗？就说没希望了。"

"唉，您无非想要娶我家娘子呗。"绿尘矜持一笑，"我知道，你是看中了我家娘子的才能，可是呀她这个人宁折不弯，最讨厌那些满肚子弯弯绕的人了，您还是放弃吧。"

"你家娘子宁折不弯？"乔天赐哈哈大笑，"她要是榆木脑袋，这沈家是怎么发家的呀？"

绿尘敛住笑容，郑重道："我家娘子靠的是真才实学，辛苦付出，她在茶叶这件事情上的钻研，远超常人。她纵有用计的时候，也从来不会太过阴损狠辣，更从来不用那些毒招。"

"哦，那绿尘姑娘是在说在下阴损狠辣了。"乔天赐环起双臂，一脸戏谑地看着她，"乔某倒觉得自己是朵出淤泥而不染的白莲花呢。"

"是吗？那么前两年逼死建州茶农的人一定不是您了。"绿尘眯起了眼睛。

"当然不是我了，这谁都知道，那件事是我不成器的大哥做的，亏得我爹替他遮掩，这才免了他的牢狱之灾。"乔天赐一副坦然自若的样子。

"乔公子，借刀杀人，高明呀！"绿尘笑着走到他的身边，小声说着，然后转身进楼。

乔天赐盯着绿尘离开的背影暗自思索，绿尘的这番话算什么，警告吗？可如果是警告，这是绿尘自己发出的，还是沈清欢借她的口发出的呢？

过了一会儿，乔天赐不屑地摇了摇头，然后进了樊楼。有什么了不起的，他才不怕。

待到晚上，诸位士子聚齐后，沈清欢又摘了《劝学》中的一句"安房不用架高梁，书中自有黄金屋"挂了出来。

"诗圣杜子美有云：'安得广厦千万间，大庇天下寒士俱欢颜。'当然清欢是没有那么多钱为每一位士子在城中添置一座房产的。要知道东京居，大不易呀。不过清欢愿意为各位士子盖一座藏书楼，收录各种书籍，免费借阅。同时清欢愿在东京城盖一座私塾，免费教穷苦人家的孩子识字。"

"公子此举大善啊！"一名穿着干净却衣衫破旧的书生站了起来，向她深深鞠了一躬，他含着泪水道，"我是乡下出来的孩子，当年我因家贫，就只能躲在私塾的屋外听书，私塾先生见我机灵，就把我收做童子。可惜的是，我那些同样渴望上学的同伴，却迫于生计下地务农。如果当时有人愿意教他们识字，他们纵然考不上秀才举人，却也能去谋个好差事，不至于一辈子在田地里忙活呀！沈公子，你真是做了一件天大的大好事啊。"

沈清欢闻言顿时耳红脸臊，她不过慷他人之慨罢了。她只能赔个笑脸道："公子谬赞了。今日我们不光可以品鉴沈家茶楼的春茶玫瑰花茶——红颜，八大茶商也送来了上等的茶叶供大家品尝。我们这次考较的题目特别简单，就是对联。我希望能有一副茶香墨韵的对联挂在这座藏书楼的两侧。"

众士子闻言顿觉舒了一口气，这次的题目确实容易，于是纷纷提笔开始拟对联。

最终，沈清欢挑了一副"吟诗不厌捣香茗，乘兴偏宜听雅弹"的对联，作为藏书楼的对联。

沈家的第三次茶会，沈清欢挂出了一句"出门莫恨无人随，书中车马多如簇。"

沈清欢租赁了一百辆马车，让马车夫免费接送士子们出门，直到殿试结束。

不过，在第三次茶会上，有人建议沈家的夏茶茉莉花茶更名为"碧潭飘雪"，沈清欢欣然同意了。

临近年关，沈家最后一次的茶会，齐彬大人再次出席。在等待士子到来的过程中，三人坐在一起聊天说话。

齐彬想起皇上前两天召见自己，问及沈家茶会，同时对自己的行为表示了赞许。

"沈公子的茶会办得真是精彩，连皇上都听说了，对你和万公子是大加赞赏呢。"

"是吗？没想到连官家也惊动了，倒真叫我心里不安了。"

沈清欢谦虚地回答后，刚想问一问皇上爱喝什么样的茶，就听见了绿尘的禀报声。

"公子，杜若娘子来了。"

"快请杜姐姐进来吧！我们都正等着她呢。"

绿尘闻言，引着杜若进了房间。齐彬不过是随意地扫了一眼绿尘，不经意间被她腰间挂着的玉佩吸引住了目光，心下暗自吃了一惊。

等到绿尘恭敬地离开了，齐彬仍是盯着她的背影不放，直至她消失在他的视线中。

杜若倒是观察得仔细，好奇地打量了齐彬一眼，暗中猜测心思百转，不过面上仍是笑着向他问好："齐大人好。"

"杜若娘子真是礼数周全，齐某说过许多回，见面时若无外人，不必再多礼了。"

"是，杜若下次记着了。"

早在第三场茶会结束后，沈清欢就派人放出风声，说最后一场茶会，会有得意楼的杜若娘子登场，因此士子对于最后的茶会是格外地期待，人早早都来齐了。

沈清欢挂出了《劝学》的最后一句："娶妻莫恨无良媒，书中自有颜如玉。"

沈清欢站在高台之上，侃侃而谈："真宗道：'娶妻莫恨无良媒，书中自有颜如玉。'尤其是当士子鱼跃龙门，金榜题名之后，只怕会有大把的贵族女子，想要榜下捉婿。因此，清欢特意将最后的桂花茶起名为——折桂客，不图新奇雅致，只为一份美好的祝愿，希望今日饮过此茶的士子们，都能蟾宫折桂，金榜题名。"

众士子们纷纷喝彩，尤其是其中几位年纪大了的士子，更是连眼眶都红了。

"今天，我特意请来一位名满京城的佳人，来为诸位加油打气。"

只见三楼的雅间里一名女子隔着帘子在抚琴，影影绰绰看不清楚面容，只听琴声悠悠，一道清亮悦耳的女声柔着嗓音唱道："劝君莫惜金缕衣，劝君惜取少年时。花开堪折直须折，莫待无花空折枝。"

一曲弹奏完毕，那名女子走下楼来，冲着众多士子盈盈下拜："妾身杜若有礼了。"

士子们纷纷还礼："杜若娘子客气了。"

杜若今日装扮得清丽素雅，宛若九天仙女下凡，月里嫦娥降世。她的到来，直接掀起了茶会的高潮。

一些消息闭塞的外地士子惊讶于杜若的美貌，却不了解她的身份，于是便向他人打听这位娘子的来历。

"这可是得意楼的杜若娘子，就连端王爷也是她的裙下之臣。除了容貌绝美外，她还通音律，会舞蹈，善书画，精诗词。多少人欲花费千金见她而不得，如今却在樊楼和我们相见，怎能不叫人喜出望外。"

"最后的这次茶会，不比诗词，单比绘画，只求大家画出自己心中和茶有关的一幅画即可。"

沈清欢话音刚落，就有些士子开始抱怨了："沈公子这不是为难人嘛，我们可不擅长作画呀！"

不待沈清欢开口，杜若就替她解了围："这画画嘛在于娱己不在于娱人，只要能够画出自己的平和心境即可，何必一定要争个高低。"

士子听了她的话也不再言语，只精心构思自己的画作去了。

过了两个时辰后，所有人的画都已画完，开始请各位评委评鉴，其中有一幅画吸引了沈清欢的注意。

画中一名神情平和的仕女正举杯饮茶，她坐在冰天雪地中的亭子中赏雪，偏偏却有几只蝴蝶在她身边蹁跹起舞。

"妙妙妙！这幅画可谓是一击两鸣啊！既是夸张地体现了沈家花茶的奇妙，冬日之中仍能引蝶闻香而来。又体现了画中女子淡然的心境，虽是冰天雪地银装素裹的冬日，于她而言却与春日无差。"

齐大人连声夸赞，选了这幅画作为魁首。

至此，沈家茶会四场已毕，完美落幕，沈清欢和万长生相视一笑，都放下了心头巨石。

第四十八章　绿尘身世终浮现

待到茶会结束后，沈清欢和万长生特意登门又拜谢了齐彬大人一番。

三人对坐，齐彬见沈清欢这次身边的丫头换了人，不由好奇地追问。

"沈公子，怎么这次出门没有带上那位绿尘姑娘呢？"

"她有些其他事情要处理，我特意放了她的假。"

"是这样呀。沈娘子，绿尘姑娘听口音似乎是江南人士啊！就是不知道是哪个地方的？"

"我想想，好像是余杭县的。"沈清欢回忆了一下绿尘的出生地。

"是吗？倒和我是同乡了。只是不知道，她是为何背井离乡，独自一人来到这东京城。"齐彬闻言又多问了几句。

沈清欢知道这位齐大人出身江南水乡，却没想到竟和绿尘是同乡。

沈清欢将绿尘当年的往事，叙了一遍，不由得又勾动了心肠："说起来绿尘也真是命苦，生父早早地下世了。不过十三四岁，母亲又没了。幸亏她弟弟翠涛听话，倒是没让她太操心。"

"她还有个兄弟？"齐大人惊讶地问道。

"嗯。姐弟俩相扶相携，倒也不算太孤单。"

"绿尘姑娘，我看着年龄也不小了，不知道她婚配了没有啊？"

沈清欢突然警觉起来，这齐大人拼命打听绿尘的事情干吗呀？难不成看上了绿尘，要把她娶回去当小妾？听说他膝下只有一女，如今他已年过半百，莫不是要老树开花？

沈清欢清清嗓子，皮笑肉不笑道："没呢。别看绿尘姐每天陪着我忙进忙出的，可她和翠涛都不是我家的奴仆，还是个良家子呢。我父母怜惜他俩孤苦，一贯视作子侄辈。尤其绿尘姐又稳重又机敏，我母亲有时把她看得比我还重呢。我私底下背人时，总是叫她姐姐。说起来，前几年我母亲有意撮合她和齐家的齐飞结亲，被她一口回绝了。我母亲也没敢苦劝，只能由她自己拿主意。不过我倒是觉得蛮可惜的，齐飞人长得俊，文采又好，家世也不错，尤其我们两家一向关系很好，是个知根知底的可靠人。"

沈清欢啰里啰嗦一大串，无非是要告诉这位齐大人，绿尘并非奴仆之身，虽说亲戚无靠，但沈家还是很重视她的。并且绿尘眼光不低，沈氏二老也绝不许有人轻看她。

齐大人也不知道听没听出沈清欢的言外之意，只摸着胡须满意地笑，也不接话。

沈清欢心中惴惴不安，垂下眼帘心思急转暗中琢磨。突然骂了自己一句，笨。说不定哪位贵公子或者书生看中了绿尘，托齐大人替他说亲，也是有可能的。自己这样说，岂不是耽误了绿尘好姻缘。

沈清欢又笑着找补道："不过绿尘姐挑剔些，也是应该的，她模样长得俊，又通文采，在医学一道上也颇为精通，更有着一副菩萨心肠。除了亲戚单薄些，再挑不出别的毛病了。以前有不长眼的纨绔来提亲，我爹娘就头一个不答应。但是二老也说过，只要合适，人品良善，也就不拘家世了。"

"是吗？看起来这位绿尘姑娘的确是个好女子呀！"齐彬大人见沈清欢不停地称赞绿尘，由衷地感慨道。

待到回到沈府，沈清欢仍是一头雾水，不明白齐彬这么刨根问底是要干什么。

过了两天，沈清欢找绿尘有事，却没见到她人。沈清欢因此来绿尘屋里来找她，向碧烟问她的动向。

"碧烟，你绿尘姐姐呢？"

"刚才齐彬大人府上来了马车，把她接出去了。"

"去哪里了？"沈清欢一听是齐彬接走了绿尘就有些着急，害怕他对绿尘不轨。

"好像是樊楼吧，我听绿尘姐姐提了一句。"碧烟也不太确定。

沈清欢闻言赶快出门去寻，让家里的车夫赶着马车送她去樊楼。等跑到樊楼门口，沈清欢抓着店小二问道："阿金，见着我们府上的绿尘了吗？"

"见着了，在三楼雅间和齐大人说话呢。"

"两人来了多长时间了？"沈清欢攥紧拳头，咬牙切齿地问道。

"应该才刚来一会儿吧。怎么，沈娘子你找他们俩有事？"

"没事啊！"沈清欢装作若无其事的样子，笑道，"阿金，你帮我安排个能观察他们动向的房间，好吗？"

"嗯？"阿金顿时满头问号，想不明白这位沈娘子要做什么，不过依旧恭敬地说道,"好的,我马上安排。"

沈清欢坐进了和齐彬房间相对的屋子,却见对面的门窗紧闭,自己什么也看不见,于是转了转眼珠子对阿金说道:"阿金哥,你能去对门把他们的窗户打开吗?"

"这,客人没有吩咐,我怎么能擅自替他开窗呢?"阿金为难地说道。

"也对,那行,阿金,你先下去吧。我一会儿再点菜,好吧?"

"好。"

沈清欢见阿金走了,就偷偷来到齐彬所在的房间,她左右张望一下没人,就小心翼翼地在窗户上戳了一个洞偷看。

只见房中绿尘还好端端地坐着,正和齐彬说话呢。还好,沈清欢拍拍心口,放心了。

"你干吗呢?"

就在沈清欢认真观察两人的口型时,她的耳边突然响起一道声音,吓了她一跳。她张口欲叫,又咬着舌头忍了下来。

沈清欢回头一看是万长生,于是没好气地小声反问他道:"你干吗呢?"

"我跟踪你呀,我从家门口看你一路上小心谨慎,犹如做贼一般,我怕你出意外,特意来保护你呀。"万长生理直气壮地回答。

"哦。"沈清欢翻了个白眼,把他带回自己开的房间中。

"你还没说你在干吗呢?"万长生依旧执着地问道。

"我跟踪绿尘呢,我觉得齐彬好像对她有点儿图谋不轨。"沈清欢恨恨地瞪了对面的房间一眼,好像这样就能看穿一切似的。

"啊?不会吧!齐大人都快能给绿尘当爹啦。而且在开茶会的时候,也没见齐大人对绿尘有什么出格的行为呀。"万长生不信,齐彬对绿尘的态度很自然,根本不像是看上了绿尘的样子。

"知人知面不知心。绿尘做事从不瞒着我,可你看她和齐彬大人出来就没和我说。我想绿尘肯定是有难言之隐。"

"你也不应该跟踪她嘛,你可以直接问她呀,她肯定会告诉你答案的。"

万长生不赞同沈清欢的行为,觉得她这样显得很不相信绿尘。

"我不想让绿尘难堪,可我又怕她吃亏。"沈清欢依旧一根筋地认为齐彬就是个色中饿鬼。

"所以你就跟踪她?"万长生不止一次地发现,自己未婚妻有时候有点儿傻乎乎的。

"嗯！"沈清欢认真地点点头，然后说道，"哎，你挡着我视线了，过去点。"

"行，我过去点。"万长生笑着挪了挪位置，"沈娘子，这样就不影响你看对面墙的视线了吧？"

沈清欢听出来他在打趣自己，于是生气地说道："你真是的，你怎么一点儿也不担心绿尘啊？"

"好好好，我错了，我给你出个主意，保准让你能看到对面的一举一动。"

"什么主意，你快说啊！"

沈清欢拉着万长生的衣袖问他，他附在沈清欢的耳边悄悄地说了出来。

"好，我这就嘱咐那个小伙计去办。"

沈清欢听了万长生的主意后，立刻行动起来，找来了她曾逗弄过的少年郎。当她把主意说给少年听时，少年的头摇得像拨浪鼓似的："不行，沈娘子，我要这么做了，我的饭碗就没了。"

"怕什么，掌柜的如果真的炒了你，我就把你安排在我们茶楼去上工。要是你平安过了这一关，我也不会亏待你。喏，这是十两银子，你先拿着。"

少年盯着手里沉甸甸的银子，眼神变得直勾勾的。少年咬了咬牙道："好，沈娘子，如果我真被辞了，还请你一定收留我。"

"我说话算话，你快去吧。"沈清欢信誓旦旦地保证道。

少年郎跑下了楼，不一会儿就探头探脑地端着一大碗汤上楼来了。

少年推开齐彬所在的房间，把手中的汤端到二人跟前，齐彬奇怪地说道："你怎么进屋不敲门呢，我又没点菜，你端着碗汤过来干什么？"

"啊？您没点醒酒汤？这里不是一号房吗？"少年郎呆头呆脑地问道。

"不是，你走错了，一号房在对面。"

"对不起，大人，我是新来的，所以走错了房间，还请您不要怪罪。"

"没事，你下去吧！"齐彬挥手，让他退下。

少年端着碗往屋外走，不知为何竟左脚绊右脚地摔在了地上，一碗汤撒得满地都是。少年顾不得地上肮脏，赶紧跪在地上向齐彬讨饶："对不起，大人。我笨手笨脚，还请您千万不要生气，别跟掌柜的告我的状。"

"没用的东西。"齐彬怒气冲冲地走到少年身边，抬脚就要踹他。

就在此时，绿尘开口替少年求情了："齐大人，何必这么生气，不过就是一件小事，让他把地擦干净也就是了。"

"还不快去清理。"齐彬收起怒气，催少年清理残局。

少年赶紧拿着抹布把地上擦干净，又把银碗放进托盘端走。

不知为何，少年虽然把地清理干净了，可整个屋子却充满了一股浓浓的醋味，其中还夹杂着其他的怪味。齐彬抽了抽鼻子，打了个大大的喷嚏。

绿尘见状起身推开了屋内的窗户，希望味道能早点散去。

"果然开窗了。"沈清欢兴奋地说了一句，然后小心翼翼地躲在自己屋子的窗户后面，和万长生头对头地偷偷观察两人的动态。

由于屋子和绿尘那里隔得有点儿远，沈清欢伸长了耳朵，也听不清楚两个人究竟在谈什么。只能看见两个人你一言我一语地说个不停，绿尘脸色越发难看，最后齐彬大人竟是拂袖而走。

在齐彬走后，绿尘的眼眶里开始有泪水打转，整个鼻子红通通的。

沈清欢立即忍不住了，推开房门跑到对面的屋子，直接坐到她的身边，万长生也跟了过去。

"你们怎么来了？"绿尘吃惊两人的出现。

"你别管我们怎么来的，我问你，老东西和你谈什么了？他是不是看上你了？要你给他做小老婆呀。还是他替哪个不成才的后生提亲，所以你不同意？他是不是威胁你啦？……"

沈清欢吧啦吧啦地说着自己的猜测，却见绿尘不发一言，于是有些气恼地推她道："你这人怎么样呀？人家说了半天话你一句也不答，倒叫我替你白操心。"

绿尘只呆呆地发愣，隔了好一会儿，才扯出一抹苦笑，她咬着下唇道："他是我爹。"

沈清欢说得口渴，正小口小口地喝着白水，闻言一口水就要喷出来，顾及着形象又生生咽了下去："什么？你爹？你不是说你爹早死了吗？"

绿尘叹了口气："其实他没死，他只是不要我们了。当年他进京赶考，高中探花，被丞相家的女儿看中了，两人很快就拜了堂成了亲。我娘在家乡早就听他那些返乡的朋友说过，他娶了高官的女儿。后来过了一年多，他派人送回来一封休书，和我娘断了关系。我娘性子倔，只跟外人说他死了，翠涛那时候才刚出生不久，什么也不记得。我那时候七岁多，年龄大一点儿，心里都明白。不过这些年，我也只当他死了。"

停顿了一会儿后，绿尘流着眼泪又说道："其实我早就记不得他的样子了，是他看见我挂在腰间外面的玉佩才认出我的,那玉佩还是他当年送给我娘的定情信物呢。"

"好姐姐,别哭了,我看你哭,我也难过。"沈清欢哑着嗓子,双眼红通通的。

沈清欢搂住绿尘,拿出手绢为她拭泪,绿尘这才发现自己哭了,她接过手绢把泪擦干,强笑道:"人越大眼窝子倒越浅了,你放心,我没事,我就是有点儿想我娘了。"

沈清欢也跟着难过,对这位齐大人已然没有了好感,咬牙切齿地咒骂起来。

万长生虽然也颇为伤感,倒还存着些理智,他问绿尘道:"绿尘姐,那他这回和你见面说了些什么呢?是怕你认出他来,抖出当年他为了攀附权贵而抛妻弃子的丑事?还是心存愧疚,想要补偿你和翠涛一二呢?"

绿尘还没答话,沈清欢就气恼地说道:"谁稀罕他的脏钱臭钱?他走他的阳光道,我们过我们的独木桥,从今以后再不来往就是了。"

"他不是来补偿翠涛我们俩的。"绿尘冷笑一声道,"他家娘子怀孕时,他和他当年的一位上官定了亲。如今那位大人家里败落了,被贬至到了惠州,听闻定亲的公子身体也极虚弱。他和他夫人只有这一个亲生女儿,舍不得嫁过去受苦。可他又要脸面,不肯退婚,家里的妻子女儿都和他闹个不停。这次见了我,他就想……他就想……"

绿尘的话没说完,沈清欢就气得胸脯一起一伏的,两只手紧紧攥成了拳头:"王八蛋,白瞎了那张好脸,皮下面竟是连畜生都不如。他舍不得他后生的女儿,就让你跳火坑。绿尘姐,你别怕他,我断不会让你受委屈的,我们家在朝中也有人,真扯起皮来,才不怕他呢。"

绿尘安抚地拍拍她的手:"我知道。"

绿尘想,好歹还有这个好姐妹陪在自己身边,老天待自己也不算太薄。

三个人在酒楼里说了好一阵子的话,又喝了一点儿酒解烦,这才慢慢悠悠地回家了。

"清欢,长生,关于我爹的事,你们先别告诉翠涛,我怕他受不了。我会找个合适的机会亲口告诉他的。"绿尘在进沈府门时特意嘱咐两人。

看着两人都点头答应保守秘密,绿尘才放心离开。看绿尘离开的背影,沈清欢的神情充满了同情和悲伤。

第四十九章　得遇生父梦旧事

沈清欢回府后，将绿尘的身世告知了父母，免得两人不知道，日后出了什么差错。

"什么？礼部侍郎齐彬是绿尘和翠涛的父亲？"沈老爷惊讶地说道。

"嗯。"沈清欢闷闷地回应一声。

沈夫人忽然想起多年前收留绿尘翠涛的情形，不禁喃喃道："难怪我看绿尘不凡呢，原来是家学渊源，礼部侍郎竟然是她爹。"

"我呸！齐彬他算个什么爹！为了荣华富贵，抛妻弃子。现在呢，又要逼着自己的亲生女儿去嫁给一个躺在病床上的药罐子。他也真有脸、真忍心做这些事，我要是他，根本就没脸见人。"沈清欢破口大骂齐彬的无情无义。

"你这孩子，说的这是什么话？天下没有不是的父母。"沈老爷不让女儿再造口孽。

"爹，那你的意思就是齐彬做的事情是对的啦。绿尘姐就活该嫁给一个病罐子。"沈清欢气愤地说道。

沈老爷一时哑口无言，沈母解围道："你爹也不是那个意思，你一个姑娘家别太泼辣了，还是要温婉些才好。"

"我才不做那贤良淑德的傻子呢！这天下的事儿该是黑的就是黑的，该是白的就是白的。如果这事发生在我身上，别说是我爹，就算是皇上，我也会反抗到底。"

"可是这事儿没发生在你身上，发生在绿尘身上了啊，你还没问过绿尘是什么意思呢？"沈母一针见血地指出关键，绿尘的决定才是最重要的。

"这还用问，绿尘姐肯定不愿嫁呀。你没看见绿尘姐当时哭得有多伤心，这是这么多年来，我第一次看见她哭。"沈清欢扑闪着眼睛，斩钉截铁地说道。

"她哭了？"沈夫人心疼地叹息着，嘱咐女儿道，"你这两天好好地陪陪绿尘，宽慰一下她的心情。哎，绿尘这孩子真是命苦啊。"

"娘，你放心，我会劝绿尘姐放开胸怀的。"沈清欢点了点头，表示知道自己该怎么做。

绿尘回到府中之后，心情一直乱糟糟的，碧烟看出了她心情烦闷，于是关切地问她道："绿尘姐姐，你是怎么了？看起来心烦意乱的。"

"我没事，就是心火太旺了，有点儿着急。"绿尘随意扯了一个谎。

"哦，那要不要我给你煮些去火的茶水喝呀？"

"没事，我睡一觉就好，你出去帮我把门带上，我想一个人静静地待一会儿。"

"好。"

碧烟乖巧地关上门，去厨房里给她熬制去火茶了。

当碧烟走出门后，绿尘一下子没了精气神，整个人裹在被子里，倒在枕头上发愣。大概是因为身心俱疲，她很快进入了梦乡。

冷，这是绿尘的第一感觉。她睁开眼，发现自己处在一个屋顶漏风的破庙之中，身上穿着破破烂烂的衣服，赤着两只脚站在地上。

绿尘往旁边的地上看了一眼，一张破席卷着已经死去的母亲，她的母亲一辈子要强，却终究敌不过天灾人祸。她的夫君休了她，她却不肯改嫁，独自一人抚养两个孩子。可惜的是，家乡发了洪灾，冲毁她们的家园。她带着两个孩子一路乞讨着想上北方投奔丈夫，却没想到在半路上她生了病，她拖着生病的身体继续赶路，最终冻死在离东京城不过百里之遥的破庙里。

"姐，我冷，我饿。"翠涛用生满冻疮的手去拉姐姐，也是一双赤足站在地上，睁着懵懂的双眼去问自己的姐姐，"娘为什么躺在那不起来了，谁给我们讨饭吃呢？"

绿尘闭上眼，强忍住眼眶里的眼泪："没事，姐姐给你讨饭吃，就算姐姐把自己卖了，也一定会照顾好你。"

翠涛还太小，不知道姐姐的话是什么意思，他蹲下身子去摸母亲漏在破席外的双脚："姐姐，娘的脚好凉啊！我给她暖暖。"

翠涛说着蹲下身就把身上衣服解开，把母亲的双脚放在了自己的肚皮上，冰凉的触感，把他冰得哼哼唧唧地直叫。

绿尘把翠涛拉起来，帮他把衣服扣好，然后掀开破席，狠狠心将母亲身上的破衣服尽可能撕下很大一块布料，只给母亲留下足够遮羞的部分。

"弟弟，过来。"绿尘让翠涛坐下，用仅有的一点儿布料，把翠涛冻红的小脚裹起来,"弟弟,我们走吧。"

绿尘心里清楚,如果不走出这个地方,他们俩永远也不会有活路。

"姐姐,我们去哪啊?"翠涛太小了,他才刚刚五岁,不明白姐姐的意思。

"我们……我们去找爹呀!"绿尘看着手中的玉佩说道。

"可娘说,我们没有爹爹呀。"翠涛歪了歪头,奇怪地问道。

"有,我们有爹,他在东京城做大官,只要找到他,我们就能过好日子了。"

"哦。"翠涛似懂非懂地点头,"那我们是不是以后天天都能吃大米饭了?"

"不光吃大米饭,还有红烧鱼,清焖鸡……"绿尘轻声哄着他。

"那姐姐我们赶快去找爹吧。"翠涛的口水哗啦啦地流。

"先别慌着走,先给娘磕个头。"

绿尘拉着弟弟跪下,给娘磕了整整三个响头,然后拉着弟弟往外走,翠涛像是突然明白了什么。

"那我们不管娘了吗?"

"娘走不动啦,先让我们去找爹,等找到爹后,我们再回来找娘。弟弟,听话,啊。"绿尘轻声哄着他。

"哦。"

绿尘和翠涛在茫茫的雪地中走了一天一夜,她把唯一的剩馒头给了弟弟吃,开始翠涛还走得动,后来是绿尘拉着翠涛,最后是她背着自己的弟弟。

绿尘已经饿得头晕眼花了,可仍旧拼命地走着。不知过了多久在黑夜中,她远远地看见一处地方亮着火光,她兴奋地带着弟弟走了上前。

沈平吃惊地发现眼前出现了一对逃难的小姐弟。他看着两人单薄的衣服,肮脏的脸庞以及绿尘那双冻得生了烂疮的小脚,不由得满脸心疼。

"好孩子,快过来烤烤火,喝点儿热水,吃点儿饭。"沈平招呼两个小孩过来烤火,又从马车上拿出自己的厚衣服把他们给裹上,最后把手中的干粮递给他们。

"谢谢叔叔。"绿尘接过干粮,没有急着吃,先是掰成小块儿小块儿地喂给自己弟弟吃。

"丫头,你自己吃吧,我来帮你喂你弟弟。"沈平见她懂事,心里更是疼惜。

等两个孩子吃完之后,沈平没忙着问他们事情,而是先让两个小孩儿躺在马车睡了一觉。

第二天一大早,等沈平睁开眼时,绿尘就带着弟弟跪在了他的面前,向他磕头道谢："叔叔，谢谢你救了我和弟弟。"

"没事儿，孩子。谁没有个三灾五难的呢？叔叔当年也是讨饭出身，如果不是遇见我师父，我早就死了。现如今我富裕了，见到你们当然要帮一把。只是你和你弟弟，为什么会出现在这荒无人烟的雪地里呢？"

绿尘把自己家的惨事向他说了一遍，求他回去把自己的母亲埋葬起来。

沈平同意了，用马车把两个孩子和绿尘的母亲拉回了城里的家中。沈平的家并不大，家中只有夫人和女儿两个亲人。除此之外，还有一老一小两个仆人。

"你拉回来两个孩子也就算了，怎么还拉回来了一个死人呀？"沈夫人有些生气地怪丈夫。

沈平把绿尘家的事，对沈夫人说了一遍。沈夫人听了之后直抹眼泪，把两个孩子安置在了东边的一个小房间里住下。

沈平的女儿沈清欢才十岁，她好奇地打量两个新的小伙伴。绿尘看着干净整洁的沈清欢，突然有些自卑。

"小姐姐，你和弟弟都叫什么名字呀？"沈清欢好奇地问道。

"我……我忘了。"绿尘不想再要自己以前的名字，她想把关于父亲的一切都忘掉。

"那小弟弟，你也把你的名字忘了吗？"沈清欢又去问翠涛他的名字。

"我娘叫我宝儿。"翠涛不知道自己的大名。

沈清欢无奈地耸耸肩，觉得这两个人还没有自己的丫环兰香好玩，于是不再说话，埋头吃饭。

"孩子，你家还有亲戚吗？"吃过饭后，沈平问绿尘有没有地方可去。

绿尘摇了摇头，她早已无家可归。

"你以后打算怎么办呢？"沈平担心地看着两个孩子。

绿尘跪下求他："叔叔，求你把我买了吧。我愿意到你们家做奴婢，只要你给我和我弟弟一口饭吃。"

"这，你不是说你爹还活着吗？如果有一天他来找你们了，你却成了奴仆，这不太好吧？"沈平有些为难，他自己就是乞丐出身，所以向来不喜欢买卖人口。

"我爹早就死了，我说要找我爹，那是我编出来的谎话骗我弟弟的。"绿尘脱口而出的话，让她的心里生出了隐秘的痛快感。

"这样好了，我也不和你签契约。你只在我家帮忙，每个月我给你工钱就是了。好好的一个良家子，卖身为奴我也是不忍心的。"

绿尘此刻尚不懂沈平的深意。但是在她长大之后，曾经无数次地为此感沈老爷，谢他给了自己自由身。

之后的故事如同走马灯般地闪现在绿尘的梦中，直到她的梦里第一次出现了齐彬的脸。

"啊……"绿尘从梦中惊醒，大口大口地喘着气。

"姐，你怎么了？"翠涛坐在绿尘的床边上问她。

"没什么，做噩梦了。"绿尘轻描淡写地回答，然后问他道，"你怎么来了？"

"我听碧烟说你不舒服，所以我就想过来看看你。姐，你哪里不舒服呀？要不要我去给你请大夫？"

"姐，没事儿了。姐只要看见你，什么病都好了。"绿尘坐起来，爱怜地拢了拢自己弟弟散落的头发。

"哈哈哈，姐姐又哄我玩。我又不是什么灵丹妙药，怎么能给姐姐治病呢？"翠涛听了他姐姐的话，一阵傻笑。

绿尘看着翠涛也跟着笑了。我不要什么荣华富贵，弟弟，只要你好，我就好。

第五十章　沈齐两家斗法忙

从樊楼谈话结束之后，沈清欢并没有再见齐彬厚颜来访。沈清欢原以为绿尘这事就这样过了，谁知道开春不久之后，茶坊里的管事火急火燎地跑来向她禀报。

"娘子，咱们家运春茶的船在河道上被人给堵了。"

"谁堵的？为什么呀？"沈清欢觉得不可思议，自己一向是遵纪守法的好公民。

"是漕运的人，可我们往日都向他们交保护费啊，所以我怀疑是不是有人暗中动了手脚。"管事的也不是笨人，把自己的猜测告诉了沈清欢。

沈清欢怒气冲冲地写了一张帖子，让他交给漕运的领头人："你就说明天下午我请他喝茶。"

"可是娘子，他要是不来呢？"

"那你就告诉他，他不来，我就在黑道上悬赏一万两要他的人头。"

第二天下午，一个彪悍的中年汉子和沈清欢在沈家茶楼里对坐。

"我来并不是怕你悬赏我，而是要看看有这么大胆子说悬赏我脑袋这话的人长什么样子。"那汉子用一双牛眼睛瞪着她。

"就长这个样子。"沈清欢并不害怕，冷笑着说，"原以为漕运头领张志浩你是个好汉子，没想到竟是个鼠辈。"

"你认识我？"张志浩奇怪地问道。

"我当然认识你啦，我们沈家今年赈济灾民的粮食就是通过你们漕运运过去的。当时你们老帮主慷慨激昂，坚持不要我们一分钱，一路保护把粮食送到了灾民的手中。那时候我很感激他，没想到换了你坐帮主之后，漕运就变得如此卑劣。"

"你是沈清欢？你不该是个男子吗？"张志浩惊呼，他没想到竟是扣了自己心目当中神交已久的好兄弟的船。

张志浩这几年来都在东奔西跑,直到他的师父刚刚退位,把头领的位置传给他,他才在东京城安定下来,因此他一直不知道沈清欢的女儿身份。

沈清欢没想到东京城竟然真的有人不知道她是个女子,于是她问道:"我是女子怎么啦?"

"没怎么,不管你是男是女,哥哥我一样佩服你。我不知道拦的是你们家的船,我要是知道绝对不会拦。"张志浩解释道,"手底下的小弟跟我说有人花千两白银,让我堵一船货,我也没调查清楚,直接就派手下人去了。要知道是你的船,哥哥我绝对不会堵。"

沈清欢不在意他的话是真是假,只笑着说:"那多谢哥哥啦。还请哥哥下个手令,把我的船给放了吧,至于这一千两的损失,妹妹补偿给你。"

"好妹子,你放心。明天你的船就会被放行,绝对不会耽误你做生意。至于这一千两银子,哥哥不要。哥哥还要请你吃饭,向你赔罪才对。"

"那就不必了,您的好意我心领了。我想问一下,您知道是谁让您堵我们家船的吗?"沈清欢在想到底是谁这么狠毒,竟下这么重的手。要是误了春茶,损失的可是上万两白银啊。虽然她心里觉得大概应该就是齐府的人,但又疑心是八大茶商中的吴家。

"这我还真不知道,我要回去问一下手底下的人。你放心,我一旦得了准信儿,马上给你送过来。"张志浩看出来了,沈清欢似乎并不待见他,于是他站起身拱手走了。

沈清欢到最后也没得到张志浩的准信儿,不过到底送春茶的船被放行了,没有误了时间,她也就没再追究了。

谁能想到刚刚没消停几天,转眼间又出了一件大事儿。

"娘子,咱们的茶坊被茶马司带人给围起来了。"兰香本来在茶坊里找万安玩,忽然满头大汗地跑回家中送信。

"什么?我们去看看。"沈清欢想不通茶马司为何会刁难自己。

万长生在茶坊里和茶马司的李大人坐着喝茶,趁人不注意塞了一张交子给他:"李大人,您为什么要带人把我家的茶坊给围起来呢?"

收了钱以后,李大人的脸色明显好了几分。他沉声解释道:"有人举报你们和辽国人做交易,里通外国,把茶叶卖给了番邦人。"

"怎么可能呢?这可是要掉脑袋灭满门的事情,我们就算再糊涂,也绝对不会做出这样的事情啊。"万长生连声惊呼,大喊自己冤枉。

李大人一挥手,一帮衙役如狼似虎地扑了上来,把茶坊里大大小小的管事全都抓了起来："冤不冤枉，你说了不算。现在我要把你们全部带回衙门候审。"

沈清欢来时正好和他们撞了一个对头，李大人眯起眼睛笑了起来："沈娘子正准备去您家里找您呐，没想到您自己就来啦，跟我走一趟吧。"

沈清欢不屑一笑，跟着李大人回了茶马司的衙门。

不到半个月内，沈家茶坊的货物被扣，店铺被封，一时间最风光的沈家茶坊成为了最落魄的存在。

听到女儿和万长生一起被抓起来的消息后，沈母当即就晕了过去。

绿尘心思细腻，觉得这事儿和齐府脱不了关系，于是约了齐彬在樊楼相见。

"沈家的事是您让人这么做的吧？"

两人刚一见面，绿尘直接用肯定的语气问他。

"雨霏，爹在你心目中就是个这么狠毒的人？"齐彬不敢相信，女儿竟把自己想得这样坏。

绿尘沉默了一会儿："那是我错怪您了，对不起。还有，以后请您不要再叫我雨霏了，叫我绿尘。"

绿尘起身离开，在回家的路上她心里想，既然不是齐彬做的，那还会是谁呢？齐夫人吗？如果是她的话，自己该怎么联系她呢？

连着三天，绿尘不断地跑去齐府求见齐夫人，却没有一次到得到回应。第三天的晚上，绿尘怀着满腹的愁绪回了家。没想到却看到了沈清欢和万长生平平安安地坐在家里的饭桌前，沈家二老正围着他们嘘寒问暖，问东问西。

"怎么回事呀？这么快你们就出来了？"绿尘很是惊讶。

"茶马司把案件报了上去，结果惊动了皇上。皇上下令让他们彻查，于是我们就被无罪释放了。"

沈清欢说得轻描淡写，绿尘却不相信，只偷眼看她。沈清欢冲她挤了挤眼，暗示一会儿再告诉她原因。

等到沈老爷沈夫人离开之后，沈清欢才对她说了实话："我当时发现苗头不对，就让兰香跑去找了杜若姐姐。杜若姐姐又找了端王爷。端王爷就告诉了皇上。皇上因为茶会的事相信咱们家肯定不会里通外国。于是就下令彻查，结果不到三天的工夫就查清楚了。"

"唉，我都糊涂了，忘了可以去找杜若娘子这件事了。"绿尘暗骂自己糊涂。

"你不是糊涂了，你只是把责任都揽到了自己的身上。绿尘姐，这与你有什么相干呢？"沈清欢听碧烟说了这几日绿尘的行踪。

绿尘什么也没说，只重重地叹息了一声。

第二天早上，齐府小厮送来一封拜帖。

"娘子，齐彬大人府上有人来请娘子，说是齐夫人请您过府一叙。"兰香拿着拜帖禀报沈清欢。

绿尘担心地看向沈清欢，她冷哼一声，满脸倔强地起身换衣赴约。

"让我和你一起去。"绿尘小碎步紧跟着沈清欢，一直追到府外的马车旁。

"不。"沈清欢不愿让绿尘去，害怕会给绿尘更大的压力，坚持自己独自去赴约，绿尘拗不过她，只能在家里等待。

齐府中，沈清欢见到了这个和她隔空交手的齐夫人。只见齐夫人三十多岁的样子，穿着十分华丽，一副标准的贵妇风范。

"你就是沈家茶坊的少东家沈清欢吗？长得倒是挺俊俏的，你说你一个女孩子家家，不安安分分地做女红，天天在男人堆里穿来穿去有意思吗？"

齐夫人也不请沈清欢坐下，一双眼上上下下扫视着她。

沈清欢也不向她行礼，自顾自地拉起椅子坐下："有意思啊！最起码我能决定我自己想要做什么，总比被别人强迫替自己女儿成亲好多了。"

"你说这话的意思，是要和我斗到底了？"齐夫人气得额头青筋直暴，没想到沈清欢竟这么不把自己放在眼里。

"乐意奉陪。"沈清欢挑衅一笑，对齐夫人的威胁不屑一顾。

"你好大的胆子，难道就不怕死吗？我可是宰相的女儿。"齐夫人气得青筋一跳一跳的，愤怒地指着沈清欢。

"我当然胆子大了，齐夫人，您别这么指我，这有失您的身份。我一市井小民不在乎生死，有句俗话说得好，舍得一身剐，敢把皇帝拉下马。更何况您还不是皇帝呢！"

沈清欢回到家里之后，看到父母都在等自己回来。沈家二老欲言又止，看着女儿说不出话来，只有重重地叹息了一声。

沈母忍不住了，拿出手帕抹着眼泪道："清欢，娘也舍不得绿尘啊，可这胳膊总归是拧不过大腿的，沈家虽说朝中也有人，可是官官相护，齐彬是丞相的乘龙快婿，陛下身边的近臣，纵然德行有亏，谁又敢指责他的不是？清欢，听娘一句话，咱们认了吧。"

沈清欢满脸不服："绿尘姐姐前半生已经够命苦的了，难不成后半生也要让她泡在苦水里不成？我派人打听过了，那孙家公子根本就是个病秧子，他从娘胎里生出来时就气不足，靠着药材吊命才活到今日。他家里又是书香门第，极重礼数，绿尘姐姐嫁过去，怕是过不了几年舒心日子的。到时候有个一男半女倒还好，要是没能留后，他们却不让绿尘姐改嫁，岂不是让绿尘姐守一辈子寡？"

沈母哑口无言，见女儿动了真气，也不好再劝，只重重地叹了口气，眼睛里渐渐蓄满了泪水："为娘也不是不心疼绿尘，好歹娘也是看着她长大的，早把她看成半个女儿了。本想着以后挑个好人家把她嫁了，也算是对得起她这些年来为你尽的心了，谁承想会有这么一出事？这杀千刀的齐彬，自己攀龙附凤也就算了，现如今还来算计自己的亲生女儿，简直连畜生也不如。"

沈清欢拿出手帕为母亲拭泪，口中恨恨道："世间万事大不过一个理字，他当年休了结发的妻子，又不认亲生的儿女，如今倒要让绿尘姐为他填坑，哪里有这样的美事？他找人压我，我才不怕，大不了闹到官家那里。我总不信，这样无情无义的人，官家还会维护他？"

"你呀！别太过了！只怕你还没见到官家，就先被人家拿着把柄了。早些年生意场上的腌臜事，你见的还少？怎么还是一副倔驴脾气？"沈母听了女儿的话，连忙去捂她的嘴。然后又细声劝慰她，害怕她真做出什么没王法的事来。

沈清欢知道父母在担心什么，可是她不愿意退让，光挨打不反击不是她的性格。她就不信没有人敢仗义直言了。

于是在父母走后，沈清欢写了封帖子，让小厮去送。

"金芽，你去朱承台朱大人那里下张帖子，就说我明日去拜访他。"

朱承台，大宋有名的耿直言官。

然后沈清欢又一头钻进书房，不知在琢磨什么事情，只把兰香叫了过去侍候。

绿尘刚走进书房就听到沈清欢吩咐兰香，说让兰香派下人把纸张上的话抄写一千张，然后贴满东京城，于是她好奇问道："写什么好东西呢？也拿来让我看看。"

沈清欢伸手去捂，绿尘眼疾手快地夺了过去。等到绿尘把书桌上的纸拿到眼前，仔细观看时，不由得又是心酸又是心惊。

"探花郎，无情郎，抛妻弃子良心丧。为攀富贵休结发，又为小女定夫郎。一朝儿婿命不长，却换大女做新娘。你说荒唐不荒唐。"

绿尘一方面暗自感激沈清欢对自己的关爱，另一方面又是害怕沈清欢在和齐彬以及齐夫人的对抗中吃了亏。

"我来是有事想和你单独说。"绿尘按下兰香，不让她派发这些纸张，然后又把她推出门外。

"你要和我说什么事？你可别是来劝我的，别弄了半天，你头一个来泄我的气。"沈清欢直接大剌剌地歪坐在椅子上，一副无赖相。

绿尘见她这样子，一个撑不住笑了，蓦然想起当初沈清欢被迫担起家业时的情形。这丫头越是身处险境就越是执拗，哪怕是刀山火海，她也敢闯。

"我就是来泄你气的，你能拿我怎么样？难不成还要骂我打我吗？"绿尘玩笑着说。

"我……我……"沈清欢一时结结巴巴，说不出话来。自从绿尘来到沈家，从来都是和沈清欢一条心的，哪里有过拌嘴的时候？纵使偶有意见分歧，绿尘也是轻声细语地劝她，从来不会像今天这样。

"你呀！"绿尘轻轻地捣了捣沈清欢的脑门，"咱们也在一起有十四年了吧。这些年来，我看着你在生意场上杀伐果断，智计百出，心里也是极佩服你的。只是你有一点不好，忍不得一口气。你虽是女子，气性有时却比男子还大。你得知道，这世上并不是每件事都是非黑即白的。咱们怎么斗得过那些当官的呢？"

"你什么意思？难道就这么认了？这可是你一辈子的幸福啊！"沈清欢自然是了解绿尘的，听着绿尘的话音，她就猜出了绿尘来的目的。

"不认又能怎么样呢？纵然逃了这次，以后齐夫人会放过我吗？恐怕连沈家都要受牵连呢。"绿尘幽幽叹气道。

"我不怕！"沈清欢忽地站起来，一脸的倔强。

"可我怕呀！"绿尘静静地看着她，看着这个对自己而言半是恩人半是主人，半是朋友半是妹妹的人，"清欢，我怕连累你，怕连累沈家，更怕连累翠涛。"

沈清欢无言以对，泪水从她的眼眶中滑落，看着眼前温温柔柔细声细语的绿尘。沈清欢忍不住扑到她怀里大哭。沈清欢哭，不是为了她自己，而是为了她这位有泪往肚里咽的好姐姐。

第五十一章　绿尘出嫁怀悲伤

绿尘一松口，沈清欢就再也没有坚持下去的理由了，她派人给齐大人送了信，告诉齐大人绿尘同意嫁给那个远在惠州的孙家公子了。

齐大人收到信后，只派人回复了三个字——知道了。

绿尘的婚期定在了三月中旬，因此三月初绿尘就要跟着迎亲队伍去往惠州。

沈清欢掐指一算，只有不到十天的准备时间了，于是便派人去织锦阁订做婚服，她嘱咐工匠说要快要好，不在乎价钱多高。

沈清欢深思熟虑了一番后，将自己的爹娘请到了家里的前厅。

"爹，娘，我想和你们商量一件事情。"

"说吧，什么事儿？"沈家二老有些害怕，暗想不会是绿尘要悔婚了吧？

"我和绿尘姐情同姐妹，现在她要出嫁了，可是她娘家那里又不把她当个人看。所以我想求爹和娘把绿尘姐收做干女儿，然后为她增添些嫁妆，好让她出嫁的时候面上好看。"

沈清欢细细想了想，齐家的这招偷天换日很容易惹恼孙家。她害怕孙家公子对绿尘不好，万一他要是欺负绿尘，绿尘至少还有个娘家可去。

沈家二老想了想，女儿的请求很合情合理，于是便笑着说："应当的，应当的。绿尘这次出嫁，也算是为了我们沈家了。况且我和你娘这些年来也的的确确是把她当作半个女儿来看的，只要齐家不嫌咱们是商户人家，我们就愿意认她做干女儿。"

"他要敢这样，我让绿尘姐告诉他，我们不嫁了，让她亲女儿去跳火坑去吧。"

在和齐家商量之后，绿尘给沈家父母端了认亲茶，正式成了他俩的干女儿。

离迎亲队伍来临，还有三天时，齐府把给绿尘的陪嫁送了过来。恰好沈清欢正在绿尘屋内说话，于是便好奇地拿起陪嫁单子看了起来。

"这就是齐家给你准备的嫁妆？"

沈清欢看着单子上一长串的名字心头窝火，别看礼单上的东西挺多，可是算下来连五百两的银子都不到。倒不是沈清欢争什么面子，可是大宋素来厚嫁成风，出阁时女子嫁妆若是少了，会被婆家小看的。况且齐家也算是高门大户贵族出身，却只陪送了这么一点点东西，传出去还不得让人耻笑死绿尘姐呀。

沈清欢左忍右忍，还是忍不下这口气："绿尘姐，我们就该问齐彬要钱！都是女儿，他凭什么不给呀？他要不给，就让齐小娘子自己嫁到孙家去吧。"

绿尘笑着把单子接了过来，说道："有什么大不了的？不过都是些身外之物，没有就没有吧。"

"那怎么能行，到了那里你缺东少西的，难道样样都要跟别人开口借吗？"沈清欢心里清楚，不是绿尘大度。而是齐府是齐夫人当家，就算再怎么闹，也别想从她手中抠出一分钱来。

沈清欢虽然生气，可仍是拿起那张单子一一核对，然后在另外的纸上写出添补的东西。

"你以前说我出阁时，要送我一箱子衣服，如今倒真是应验了。不过如此，还饶上了一堆珠宝首饰。清欢妹妹真是做了回亏本生意啊。"绿尘拿过沈清欢添补后单子一看，忍不住调侃她道。

沈清欢无奈地叹息："你这人真是的，别人对你好还不行啊？"

"行行行，谢谢清欢妹妹了。"

绿尘向沈清欢福了福身，引得沈清欢红了眼眶："绿尘姐，我舍不得你，要不我陪你去惠州，等你安置好了，我再回来。"

绿尘把沈清欢搂在怀里，笑道："说什么傻话呢？沈家茶坊如今正在紧要关头，哪里离得开你？再说了，翠涛和我一起去，你不用担心我。"

沈清欢闻言，担心道："翠涛这孩子心眼好人实在，到时候被人欺负怎么办？"

"不会的，翠涛有一身好武艺，平常人也不会欺负他的。"绿尘让沈清欢不要太过担心。

余下的日子里，沈清欢就像个陀螺一样转个不停，只忙着为绿尘筹备婚礼。

在绿尘出嫁的前一天，万长生没有想到，她会单独地和自己见面谈话。

"长生，来，喝茶。"绿尘倒了一杯茶递给万长生。

"绿尘姐，我以为你会更想和清欢单独谈一谈。"万长生接过茶，疑惑不解地问了一句。

"呵呵，我和她都说了十几年的话，话都说尽了，还有什么好说的？"绿尘捂嘴轻笑，一双眸子静静注视着万长生，"长生，你是真的喜欢清欢吗？"

"当然是真的了，我从来没有像喜欢她那样喜欢过别的姑娘，就连对杜若娘子也没有这样过。可是我觉得清欢总是对我若即若离的，好像有一层东西挡在我们中间。"

绿尘闻言转了转茶杯，抿了抿嘴后沉声问道："你还记得林岩林公子吗？"

万长生暗了暗眸子，苦笑道："我当然记得。"

万长生自然记得那位风度翩翩、进退有度的林公子，那是他第一次感到自惭形秽、低人一头，也是他明白自己和沈清欢之间差距的时候。后来当沈清欢和林岩分手时，他既心疼沈清欢，又暗自为自己有机会而窃喜。

"我从来都没有看好过她和林公子的感情。"

绿尘突然直白地说出自己的看法，她的说法让万长生很惊讶："为什么？"

绿尘没有直接回答他的问题，反而抛出了另一个问题："我问你一件事，当年下大雨时，你又累又饿地躲在别人家的屋檐下，清欢却撑着伞出现在你面前要接你回家，你看见她时心里是怎么想的？"

"怀疑，感动，狂喜，同时我把她当成我当时唯一的依靠。"

"对于清欢来说，林岩也是如此。当年她不过及笄之年，面对现实的压力，无奈地男扮女装出海经商。那时候的她急需一个遮风挡雨的屋檐，林岩就恰好在那个时候出现了。她沉醉于林岩的翩翩风度，以至于万事不顾。清欢从来没问过林岩的一切，她把林岩当作了无所不能的神。可我知道，真正喜欢一个人，不会是那个样子的。"

"后来呢？"万长生追问道。

"后来，清欢应该只是习惯了他的存在，习惯背后有人可以依靠的感觉。"

"原来如此。"万长生若有所思。

"那你呢？你一开始应该也是这种情感吧，只是后来你敢说你没有想过利用清欢东山再起，重现万家昔日的荣光？"绿尘的问话很犀利。

"我……我不能。"万长生诚实地说道，"可是我明白，我真心喜欢她的。"

"可惜清欢样样都好，就是在感情这上面不开窍。"绿尘有些无奈地叹息道。

"没事，我愿意等。"

"傻小子，光等还是不够的，有的时候你还应该主动一点儿。"

"嗯。"万长生有些不好意思,他也是第一次喜欢女孩,虽然他嘴上爱胡咧咧,可是能拉一拉沈清欢的小手,碰碰她的肩膀,他就很满意了。

在两人的对话结束前,绿尘郑重地嘱咐了他。

"长生,答应我无论以后发生了什么,都不要放弃清欢。她需要一个永远理解她,支持她,真正爱她的人。"

万长生突然明白了绿尘,这个看似沉稳内敛的女子,内心充满狂热,只是在现实的面前,她只能压抑自己。于是沈清欢就成了她内心的投影,所以她才这么不余遗力地去帮助沈清欢。

绿尘临嫁人的最后一晚,齐家人把她接到了府中。齐府并没有太多的喜庆氛围,只草草装扮敷衍地挂了些红绸了事。

齐夫人看着绿尘只是冷冷一笑,就离开了。倒是齐家小娘子还有些礼数,上前向她福了福身,算是感谢了。齐彬看着这个成熟稳重的大女儿叹息了一句:"是爹对不起你。"

绿尘冷笑道:"你不光对不起我,你还对不起翠涛,对不起我娘。"

齐彬闻言浑身一震,仿若逃跑一般地离开。

第二天一大早,绿尘正对镜梳妆时,沈清欢来了,看着满头珠翠的绿尘,沈清欢心里酸酸的。她的这位小姐姐,实在是命苦,老天待人何其不公也。

绿尘见沈清欢满脸愁绪,于是转过身来,两只手捏着她的脸蛋,提起她的嘴角:"好歹今天是我的大日子,沈娘子赏个笑模样成不?"

沈清欢勉强笑了笑,然后把她的手拿下来:"我有话跟你说。"

绿尘冲着下人摆摆手,一群人恭敬地退出了屋内。沈清欢从袖子中掏出了一叠厚厚的纸张。

"你齐家送的陪嫁,实在太不像样子了,你要真这样嫁过去,孙家肯定小瞧你。喏,这是我托人在惠州买的一百亩地的地契。另外这还有一万两银子,你留着傍身,等到了那里,给翠涛在外面安置个房子住,免得受人家的气。余下的钱你放在钱庄也行,买些店面也行,或者干脆还做咱们老本行,我派人给你送货。"

绿尘也不推辞,收下地契和银票妥善地放好,笑嘻嘻地道:"谢谢妹妹了,没想到我也有吃大户的一天呢!"

"我以为你不会收呢!"沈清欢见绿尘没有推辞,一时有些奇怪,很少见绿尘这么不客气的时候。

"做那个假干什么？我现在可是你的干姐姐呀。再说了，这么多年我为你跑前跑后出了这么多力，拿这点儿钱算便宜你了。"

"你真的不把碧烟带走吗？到了孙家，你手里没有顺心的人使唤，怕是多有不便吧？"沈清欢想让绿尘把碧烟带走，到了婆家也算有个助力。

"不了，我到了孙家，过得怎么样还未可知呢？何苦再害了一个小丫头呢。你把碧烟放在身边伺候你吧，我看这小丫头不错，忠心又聪明，机灵又周全，正好也能弥补兰香的不足。"

"你调教的人，当然是好的，你放心，我不会亏待她的。"沈清欢明白绿尘和碧烟可谓同病相怜，所以绿尘特别疼惜她。

吉时已到，喜娘把绿尘请出来，向齐大人齐夫人跪别。齐大人还好，眼中隐隐有些泪光，齐夫人竟是面带微笑，倒是一旁观礼的沈家父母哭成了泪人一般。

拜别父母之后，她环视四周一圈，冲着沈家父母、沈清欢、万长生、兰香、白泉等人一一微笑，盖上红盖头，进了喜轿。

沈清欢和万长生一路把绿尘送到了城门口，在那里绿尘下来向她告别。

"妹妹，到这里就可以了，别再送了。"

"山高水远，相见亦难，绿尘姐，你要多保重。若真是坚持不下去了，只管来信告诉我，千难万险，我也接你回家来。"沈清欢认真地向绿尘保证。

"妹妹，你放心，我会的！"绿尘红着眼眶道。

沈清欢又走到翠涛身边，拍着他的肩膀，殷切地嘱咐他："翠涛，到了那里要听你姐姐的话，千万不要再傻实诚了，凡事要多留个心眼，别让小人害了咱们。不过咱们不惹事，可也别怕事，要真有人欺负咱们，也别一味忍着，总得让他们看看咱们的手段。"

翠涛含着泪称是，他问道："清欢姐，我走了，你出门的时候谁保护你呢？"

"傻小子，姐姐有的是钱，雇两个有武艺的把头不是什么难事。"沈清欢强笑了笑，"不过，他们肯定都不如你。"

"清欢姐！"翠涛终于忍不住了，开始抽抽搭搭地抹眼泪。

"傻孩子，哭什么，到了那里以后常给我写信，咱们就跟还在一起时是一样的。"沈清欢拿着手帕给他擦泪。

"嗯。"翠涛郑重地点点头。

"走吧！跟着你姐去吧。"沈清欢的声音也开始哽咽。

绿尘盖上盖头，头也没回地进了花轿。翠涛却一步三回头地望着这座生活了十四年的城市，终于骑上马走在了迎亲队伍的前面。

一支红色的队伍，浩浩荡荡地奔赴远方，沈清欢就站在城门口目送绿尘离开，直到再也看不见为止。

第五十二章　争标水戏金明池

绿尘出嫁以后，沈清欢心情兀自闷闷不乐，不能释怀。万长生看她这副样子，心里也跟着不是滋味，于是变着花样来讨她的欢心。

"不如今天去找杜若娘子玩去吧？好歹也散散心。"万长生向沈清欢提议道。

沈清欢想了想，点头同意了，她已经疏远杜若有一段日子了。虽说知道绿尘远嫁之事是机缘巧合，可是她心里总是别别扭扭的，有根刺，看到杜若就有些不舒服。她知道不能怪杜若，要怪就只怪自己没本事。

从兰香那里得了信后，杜若就回了帖子，相约次日辰时去逛瓦当。

三人在瓦当里看人耍七圣法玩，一时被手艺人高明的手法所震惊。

"哇，那么大一条鱼，真是想不到他从哪里变出来的？"沈清欢捂嘴惊呼。

"咱们要是知道了，人家还靠什么吃饭呀？"万长生接嘴道。

在欣赏了一会儿杂戏和听了一场说书后，三人意犹未尽地离开瓦当去吃饭了。当他们坐在餐桌前时，杜若怀着歉意，说道："绿尘的事我听说了，沈妹妹可是怪我了？"

"要说没有，那是假话。可妹妹也知道，这事无论如何也怪不到姐姐头上。姐姐本是好意，为妹妹牵线搭桥，谁能想到会阴错阳差牵扯出这样一桩荒唐事？妹妹只怪自己没本事，连亲近的人也护不住。最近没和姐姐联系，还望姐姐不要生气。"沈清欢向杜若道歉。

"怎么会？妹妹要不是这样气性的人，姐姐也不屑和你来往了，我就是喜欢你重情重义的个性。不过绿尘这事，我也确实心存歉意，要不是我去请齐彬大人，也不会有这么档子事。我有心想求端王爷从中调和，无奈这是齐家家事，外人也不好插手。"杜若万没有想到，绿尘和齐大人两人之间会有这么多的纠葛。

"姐姐别再自责了，绿尘姐姐临走时也说了，姻缘天注定，祸福自有数。此乃天命难违，不能以人力改之。况且孙家公子如今还健在，绿尘姐姐又精通医术，说不定能为他治好顽疾呢。"沈清欢见杜若说得真诚，也不愿她太过自责。

杜若听了沈清欢的话，知道她不光是在宽慰杜若，也是宽慰她自己，于是索性岔开话题道："这次茶会，沈家可以说是名扬东京城了，就连端王爷对这事也是夸赞不已，还特意买了你家的四季花茶去尝呢。"

"是吗？不知端王爷有何评价呢？"沈清欢对这位贵人的评价好奇不已。

"端王爷说这茶，心思别致，花香浓郁，虽处寒冬，已沐春风。"

"端王爷是茶道高人，得了他这十六个字的夸赞，我也算是不枉此生了。"沈清欢笑声连连，显得十分快活。

三人在东京城玩乐了一天，分别之时，沈清欢算了算时间，还有三天就到了金明池开池的时间了。于是她笑道："三日之后，就到了金明池开池龙船争标之日，杜若姐姐若是无事，不如那一日，我们共同来看。"

杜若想了想后摇了摇头："怕是不行了，端王已经邀请我和他共同观看了。"

"若是如此，那便算了。过几日我再找姐姐玩就是了。"沈清欢也不强求。

三月二十，春风和畅，天朗气清，一路上只见行人欢歌笑语不断，纷纷前往皇家园林金明池。

金明池在东京城外城西侧顺天门外西北方向，包括士子"放榜"也是在这个地方。

每年春季金明池对百姓开放，任人游览，称为"开池"。每逢开池的日子，百姓倾城来看热闹，皇家也允许商贩摆摊做买卖和卖艺的杂耍百戏表演。

而每当皇帝驾幸金明池观看龙船争标之时，游人倍增，游池活动也达到高潮。

沈清欢、万长生以及沈父沈母一家人出动来到金明池，找到一处高台坐下。但见游人如织，车马如龙，周围小摊贩们传来阵阵的吆喝声，还有一些小娘子们手持纸鸢，悠闲自得地放着。

"爹，娘，你们快看，争标马上要开始了。"沈清欢惊喜地指着池面向父母说道。

过了一会儿，只见皇帝驾临，众人跪下山呼"万岁"。官家笑着让百姓们起来，然后宣布龙船争标正式开始。

金明池整个池面就变成了一个巨大的舞台，成群的小龙船到"奥屋"把大龙船牵引到水殿前。大龙船单侧有三支船桨，每支船桨由两人执掌。其上有三层高阁立于船上，雕梁画栋，富丽堂皇。船头龙首上高高地站着一个人，手中挥舞着鲜亮的旗帜，他是这场表演的"总指挥"。

大龙船两侧各有五艘小龙船，小龙船的龙头上也各站一人，执旗指挥，每艘船上还有十位"龙骑士"划桨。

正式争标开始之前，十艘小龙船还要在执旗之人的指挥下表演各种阵式。因为参加这场表演和竞赛的可不是普通百姓而是北宋的军卒。等到阵式表演完后，终于到了重头戏：争标。

正对临水殿前方，池中插着两排共十二面锦旗，用来标示距离。两排锦旗中间立着一根挂着锦彩银碗的杆子，这就是龙舟要争夺的"锦标"了。

争标开始，龙头执旗人挥舞旗帜，两行龙舟击鼓竞逐，获胜队伍，将获得皇帝的嘉奖赏赐。

一时之间鼓声、呐喊声、划水声，交织在了一起。水面上"龙骑士"奋勇争先，水岸上观看者呐喊震天，真是精彩非凡。

不过沈清欢最喜欢的还是在争标之后的，水傀儡和水戏表演。

争标结束以后，只见在一处大大的水棚上放着许多惟妙惟肖的人物傀儡，不过他们只有上半身，没有腿足。有人旁边念白道："今日题目，英国公三败黎王。"

接下来，便是一场精彩的故事表演，引得众人纷纷叫好。

最刺激的莫过于水戏水秋千表演了，沈清欢对万长生道："我也自认是个打秋千的高手，只是和这些打水秋千的人一比，就微不足道了。"

只听鼓笛声相和，两座画船缓缓驶出，上立秋千，两层楼高。船尾表演者上竿，然后再上秋千，将秋千越荡越高，直至和高竿齐平，翻身筋斗入水，谓之水秋千。

就在沈清欢等人观看水戏表演入迷之时，另一处的高台之上乔天赐和他的朋友们也在观看这场盛宴。

忽然一个乔家小厮急匆匆地赶来，拿着一饼茶叶，向乔天赐使了个眼色。等到乔天赐从台上避开众人出来后，小声地向主子禀报了一件事情。

乔天赐接过那饼茶叶，翻来覆去地细看，然后问道："此话当真？"

"绝不会有假，我们的人已经盯着他们一年多了。"小厮点点头，信誓旦旦地保证道。

"好啊，这下可有好戏看了。"乔天赐忍不住一声冷笑。

"怎么？爷，您不打算亲自收拾他们家？"

"爷才懒得脏了自己的手呢。沈清欢她不是喜欢出风头吗？我让她这次出个够。"

去，仿着沈家茶饼的包装样式，把这茶饼重新包装起来，然后给王老爷子送去。就说是在咱们去南湖贩茶时，无意中发现了沈家造假茶。"

乔天赐口中的王老爷子是万老太爷死后，八大茶商中辈分最高的长者，他性情刚烈，眼里从不揉沙子。当然，也正是因为王老爷子的这种性格，他也是最容易被人利用的一把杀人刀。

"爷，您真高明！不管他们两家谁死谁活，终归是咱们家占便宜。"小厮表情夸张地拍马屁道。

"闭嘴！"乔天赐皱眉怒斥道。

第五十三章　清欢樊楼辨真假

连着玩了一段时间，沈清欢的心情刚刚愉快了一些，结果就接到了八大茶商的邀请。

沈清欢手里拿着拜帖，思考着八大茶商请自己的原因："长生你说他们找咱们是为什么呀？我觉得肯定没好事儿。"

"怕什么，兵来将挡，水来土掩。他们总不会无中生有，捏造事实，凭空冤枉我们吧？"万长生的态度很乐观，自问不做亏心事，不怕鬼敲门。

"你错了，他们还真能冤枉到我们身上，我们跟人家比起来就是一只小蚂蚁呢。现在咱们这只小蚂蚁碍了人家的事儿，说不定人家真要把咱们给捏死了。"沈清欢想想以前茶叶圈子中的龌龊事，不禁打了一个寒战。

两人左思右想，百思不得其解。到了相约好的那天，他们忐忑不安地乘着马车去樊楼赴宴。

二人推开包间的门后，只见数十双眼睛齐刷刷地盯着他们二人。

沈清欢笑着行礼，然后问道："诸位好大的阵仗呀，不知道是为了什么事把我们两个叫来了呢？"

王老爷子怒气冲冲地瞪着她说道："沈娘子你可真会做生意呀！竟拿些劣等茶叶和翻新茶，在余杭出售，以牟取暴利。难怪沈家的生意蒸蒸日上呢。"

"王老爷子，我不知您的话从何说起，您说沈家在余杭制假贩假，以次充好，不知道您可有证据？如果有证据请拿出来给我看看；如果没有，那您就是在凭空捏造事实，冤枉沈家。"

"你要证据是不是？我给你，你看一看，这是不是你们家出产的茶叶。"王老爷子冲沈清欢扔下一个茶饼，要她仔细辨别。

沈清欢先是拿起茶饼，捏碎一小块，尝了尝茶叶的味道，发现果然是假茶。然后她又仔细打量茶叶的包装和制茶的技艺。

"诸位，现在我只说两点，第一，这的确是假茶。"沈清欢不紧不慢地开口道。

王老爷子抢话道："这可是你自己承认的。"

"但我要说的还有第二点，这茶是假茶，但这茶不是我们沈家的茶叶。"

"你凭什么说这茶不是你们沈家的茶叶，你有什么证据？"稳坐一旁的齐盛突然开了口。

"我当然有证据了，大家请看。这是王老爷子拿来的那饼茶上的包装纸，对吧？"沈清欢将茶叶包装纸亮给众人观看。

"没错。"众人纷纷应和。

"不知诸位，能不能从这包装上发现它有什么不同之处？"沈清欢沉声提问道。

齐盛一向心细，他说道："我看见沈家的包装纸上，沈氏两字中间恰好有一个圆，圆圈中似乎印有图案。"

沈清欢冲齐盛点点头道："这是我家特有的防伪技术。每年我都会请一位画家，为沈家茶坊画上十二幅不同月份的花鸟图。而且我们会在茶饼包装的背面用火漆封口。背面的火漆上同样也有十二种不同的暗纹，我们会按茶叶分类的不同，用花鸟图和暗纹搭配起来包装。这个冤枉我们自家制假的人心机很深，他的确成功仿照了我们沈家正面圆圈中的图案。可是他并不知道我们背面火漆上的暗纹。所以才百密一疏，露出了破绽。你们大家如果不信，我可以把沈家往年的密码本拿来，两相对照一下，看一看这茶叶究竟是不是我们沈家的？"

"好呀！你找人把密码本拿来吧，让我们仔细的鉴定鉴定。总不能你红口白牙说这茶饼不是你们家做的，它就不是吧？"王老爷子仍不死心。

"好，既然把话说到明处，那么咱们就实打实地检查一番。我现在就写张纸条，然后找个伙计，让他把信给我们沈家茶坊的管事送去。"

沈清欢说到便做到，写好纸条之后，让伙计拿去送到沈家茶坊。过了好一阵子，沈家茶坊的管事拿着一本厚厚的密码本跑来了。

眼瞅着王老爷子，伸手就去翻那本密码本，沈清欢直接按住了他的手："王老爷子，且慢！这属于商业机密，我可以把这饼茶叶的密码找给你，但你不能乱翻其他的。不然以后再有人仿冒制假，我有嘴也说不清了。"

王老爷子冷笑一声，知道沈清欢是在暗指他冤枉好人，于是掸掸衣服坐下了。

"黄管事，请你把本子翻到元祐六年的三月份。"沈清欢看了看包装纸，略一思索，便想起了一个具体的时间。

"好的，娘子。"

黄管事翻到那页后，恭敬地把书本放在了桌子上。

"大家请看，这枚图案，是不是和正中间圆圈中的图案一样？"

"没错，就是一模一样。"众人比对之后点头赞同。

"现在请大家翻到这饼茶叶包装的背面看一看，火漆上的暗纹和书上的暗纹是否相同？"

"嗯，还真不一样啊。"吴老爷子惊讶地说道。

"既然如此，清欢可以自证清白了吗？"沈清欢满脸不高兴道。

"当然可以啦，说不定是哪里搞出来的误会呢。"吴老爷子拍了拍沈清欢的肩，安慰她道，"定是那起子小人眼红沈家的生意，所以才仿造这茶来赚钱，只不过是寻常商贩的小打小闹，你不用放在心上。"

"您老说得倒轻松，敢情被冤枉的人不是您。我知道八大茶商都是很有势力的，因此才火急火燎地把我找来了，现在又轻飘飘的一句话就想把我打发？这幸亏是我能自证清白。如果我证明不了我自己的清白，那是不是你们就要认定沈家茶坊制假贩假？"

"清欢，瞧你说的，我们怎么会不调查清楚就冤枉你呢？我们做事是很公正的，绝对不会冤枉任何一个好人的，之所以这么急着把你找来，就是害怕假茶叶破坏茶叶市场的行情。因为沈家茶坊，现在毕竟是一个很有名气的比较大的茶坊。如果连你们沈家也制假贩假了，那以后茶叶圈子里面的信誉，还有谁会相信？"乔老爷站起来说了一堆冠冕堂皇的场面话。

沈清欢撇了撇嘴，暂时把这口气忍下了。

这时万长生突然站出来说了一番话："这沈家茶坊在东京城干得好好的，怎么会跑到余杭去制假贩假？这究竟是有人要故意嫁祸我们？还是说在余杭那里已经有了一个很专业的制假团队了？"

万长生的话一针见血地指出了问题的关键，引得众人纷纷沉思。

过了一会儿，齐盛轻咳一声，说道："这万公子的话很有道理。我思来想去，应该派人去余杭查探查探。可是咱们都忙，没有时间去，手下的人又经验不足。依我看万公子和沈娘子这次表现不错，不如让他们去吧。"

"齐老弟说得有道理，就让孩子们去锻炼锻炼吧。"

"清欢，长生，余杭的事儿就拜托给你们啦。"

……

剩下的七大家纷纷表示赞同，鼓噪着要让万长生和沈清欢去查案。

万长生刚想说凭什么我们去，我们还得做生意呢。就见沈清欢对他眨了眨眼，于是咽下了口中的话。

沈清欢笑着说："多谢叔叔伯伯抬举，清欢，长生乐意效劳。"

在回去的路上，万长生问沈清欢，为什么要答应这件事。

"我不答应，恐怕也不行啊，哪里还有比我们更合适的人选呢？这次咱们证明了自己的清白，也正好把自己从假茶叶案中择了出来。咱们是局外人，可以尽情地去查其中的猫腻。"

万长生一听就明白了她的用意，然后又埋怨她道："你为什么要把咱们沈家有双重防伪的事告诉他们。如果他们留心了，下次再来陷害咱们怎么办？"

"谁说沈家只有双重防伪呀？其实还有一重呢。"

"另外一重是什么呀？告诉我呗。"

"你想得美，除非你先告诉我万家的防伪方法。"沈清欢要他用秘密交换秘密。

"你又不是不知道，我以前从来不关注这些事的。好清欢，你就把第三重防伪告诉我吧。"万长生拉着沈清欢的手不断摇晃，冲她撒娇道。

"做梦。"沈清欢傲娇地哼了一声。

另一边，宴席结束以后，乔老爷和乔天赐坐在马车中回家。乔老爷不由得感慨着后生可畏，替儿子盘算着未来。

"平日里我没怎么和这沈家丫头打过交道，今日一看果然是个做生意的好手，说话行事柔中带刚，而且知道量力而行。说实话，做生意的人能知道不贪心的人，不多了。不过万长生这次也表现得不错，虽然没说几句话，可是每句都在点子上，可以看出来和以前的纨绔子弟不同了。他本就家学渊源，如今又沉稳机变，更是难缠了。看来以后，有的你头疼了。"

"爹，你觉不觉得，齐盛对沈清欢和万长生的态度有些暧昧啊？"乔天赐突然向父亲问道。

"怎么？你觉得哪里不对吗？"乔老爷没觉出不对味来，可是他相信自己儿子的判断。

"沈清欢咱们是知道的，她心思活泛，确实是个做生意的好手。可是她不随他爹的性子，是个刚性人。可你看她对齐盛的态度，是不是过于平静了？"乔天赐对于万沈齐三家的纠葛了如指掌，可是刚才在宴席上，他分明觉得齐盛在暗中帮着沈清欢。

乔老爷眯眼想了想刚才的情景，不自觉地开始点头："你说得没错，齐盛的确对沈清欢颇为照顾。他一来没有向沈清欢施压，二来还在暗中帮沈清欢解围。"

"爹，你想呀！这齐盛连视自己如同亲子的师父都下得去手，又怎么会在乎一个子侄辈的小娘子呢？要知道，沈家和齐家早就撕破脸了。而且我在席上暗中注意到，他对万长生尤为关注，甚至对万长生还露出过颇为赞许的眼神，我想他不会这样对一个仇敌吧。"

"除非，齐盛是有意在磨炼万长生。也许将万长生赶出家门是他和沈平联手做的一出戏，目的就是为了让万长生磨掉少爷脾气。难怪呢，我说沈清欢怎么敢和我们硬碰硬，背后有人撑腰啊！"

乔老爷也是修炼成精的老狐狸，越想越觉得沈清欢的所作所为很可疑。

第五十四章 余杭查案遇齐飞

沈清欢和万长生也有一年多没出过远门儿了，想到要去余杭查案，两人心里还挺激动的。

只不过沈家二老却是为他们担心不已，毕竟以往常年跟着沈清欢出门的都是绿尘和翠涛。现如今两人都不在，也只好寻了新人顶替上去，让兰香和金芽跟着一同前去。

临出发时，齐飞的母亲提着一个包裹来到了沈家门前，万长生见到她，扭脸转身避开了。齐母脸上绯红，尴尬不已。她走到沈清欢面前，说道："清欢，伯母，求你一件事儿行吗？"

沈清欢笑道："伯母，看您说的，什么求不求的。您只管吩咐就是。"

"你这次去余杭，能不能替我看看飞儿。请你把包裹里这些东西给他，这是我为他准备的。这孩子已经有三年没和他爹联系过了，也很少给我来信，就算来信也是寥寥数语，只是报个平安而已。我派人去余杭见他，他也躲着不肯见。我知道他是在怨恨他爹夺了长生的家产，可是我也没办法呀，嫁鸡随鸡，嫁狗随狗。他爹要做什么，我怎么管得了呢。"

沈清欢倒是不了解齐盛家里的情况，闻听齐母此言，觉得齐飞真是个傲骨铮铮的汉子。于是她接过包袱，答应齐母的请托："您放心，我一定会给他捎过去的。齐飞还是在余杭做知县，对吧？"

"嗯，没错。本来他的上官是要提拔他进京的，可是他给推掉了。"

在去往余杭的路上，沈清欢把齐飞的情况，跟万长生说了说。万长生这才明白了自己好兄弟的为人，他怀着歉意说道："我原以为齐飞和他父亲是一样的人。没想到他倒是个正人君子，没白费我那些年对他的心。只是这三年来，他没给我来过信，我也不知道他过得如何，这才误解越来越深。"

"我听齐伯母说，齐飞现在还在余杭当知县。我想我们这次过去先去拜访他，然后再开始查茶叶造假一事。毕竟齐飞是官府的人，这样的话我们也算在当地有了一个助力。"

"你说得有道理，我也正好想和他好好说说话呢，这些年来是我误会他了。"两人商议之后，便慢慢悠悠地赶往了余杭。到达当地之时，恰逢六月，荷花开得正艳。

两人先是找了一家客栈定下房间，然后沈清欢在街头问明了县衙在哪，两人拿着包裹带着仆从去找齐飞。

到了县衙前，沈清欢笑着向门口的衙役问道："不知道你们的知县老爷齐飞，在不在这里呀？"

"今日没案子，老爷正在县衙后宅里歇着呢，你若是有案子要报，先把状子递给我，我进去为你禀告。"衙役见两人穿着不俗，又见他们直呼知县老爷的姓名，觉得定是贵人，便好声好气地回答了问题。

沈清欢笑道："我们并不是来报案的，是来寻人的，请你为我们禀报一下，就说他在东京城的旧相识来拜访他来了。"

"还未请教，两位尊姓大名？"听闻是知县老爷的旧相识。衙役的态度更是和善了。

"我叫沈清欢，他叫万长生。只要你告诉你家老爷我们来了，他一定会跑着出来迎我们的。"

衙役见沈清欢说的笃定，于是连忙小跑着进入县衙后宅禀报去了。不多时，果真见齐飞跑着出来迎接他们了。

"长生，清欢，你们怎么来了？"齐飞见到他们，不由得又惊又喜。

"我们来找您这位知县老爷打秋风呀，您不会不欢迎我们吧？"万长生特意说得风趣，来缓解两人之间的隔阂。

"欢迎欢迎，当然欢迎，我巴不得你们就在我这儿住下呢。"

"这住不住的，另说。现在先去整一桌好酒菜，为我们接风洗尘吧。"沈清欢也跟着凑趣，来逗弄自己的发小。

齐飞抬头看了看日头，觉得到吃午饭的时间了，于是说道："好，我这就派人吩咐厨娘，让她为你们做一桌地道道的余杭菜。"

"好呀。我们也正好换换口味儿。"万长生听了大笑。

三人一边谈笑，一边往县衙的后宅走去。等到落座完毕后，沈清欢用眼神示意兰香把手中的包裹拿给齐飞:"齐飞,这是你娘托我给你带来的。"

齐飞接过包裹,看也不看地放在一边,他怀着愧疚地看着万长生:"长生,你家的事我听说了。这事儿是我爹做得不对,我代他向你道歉。这三年来我都不敢联系你,害怕你怪我。"

"没事儿,你爹是你爹,你是你。你爹做的错事,与你又有何相干呢?"万长生听了齐飞的话后,宽慰他道。

齐飞闻言恨恨道:"若不是子不能告父,我非要去官府告他不可。万爷爷对他恩同再造,待他如亲生儿子一般,他怎么忍心去谋夺万家的产业?亏我小时候,他还有脸教我仁义二字。如此无情无义之人,我真不愿意认他做我的父亲。"

"齐飞,子不言父过,你且慎言。"沈清欢皱眉提醒他,毕竟周围还有仆人在侍候。

"唉!"齐飞长长地叹息了一声,不再说这个话题。

齐飞迎接二人时就注意了,沈清欢身边只带了兰香和一个脸生的小厮,并没有见到绿尘和翠涛,于是他问道:"清欢,这次来怎么不见绿尘和翠涛呢?"

"绿尘嫁人了,翠涛也跟着她去了。"沈清欢神情黯然道。

"怎么会?绿尘不是说,她不想嫁人吗?而且我看你的样子也不怎么高兴啊。难道她是被哪位贵人看中了,被逼出嫁的?"

沈清欢发现齐飞也长进不少,竟能从自己的神情中推测个大概。于是她将绿尘的身世讲了一遍,又把最近发生的事情告诉了他。

"齐彬真是衣冠禽兽,白读这么多年的圣贤书。为了荣华富贵,竟连礼仪廉耻都忘了,亏他还有脸做礼部侍郎,我要写折子参他。"齐飞闻言大怒。

"算了吧,要是在绿尘没嫁之前,你写折子参他,我肯定支持你。可是如今绿尘已经嫁了,你再写折子参他。不光会害了自己,还会连累绿尘。"

万长生赶紧拦住齐飞,害怕他自毁前程。

"难道就让这样的禽兽身居高位吗?大宋以后还有救吗?"齐飞沮丧地坐在了椅子上叹息。

万长生无奈地叹了一口气,格外地心疼这个眼里不揉沙子的发小:"这也是没办法的事啊。世间之事岂能件件非黑即白?齐飞,无论别人怎么做,你只管问心无愧就是了。"

"唉!"齐飞无奈地长叹一声。

"对了，齐飞，你有没有听说，余杭有卖假茶叶的事儿啊？"沈清欢索性转移话题，将齐飞的注意力吸引到别的地方。

"你别说，还真有这假茶叶贩子，我也是最近才听闻的。说是有一伙子茶叶贩子时常在南湖游荡，用劣等茶以次充好，专门坑骗外地的游客。我正准备调遣衙役去查呢。"齐飞提起精神，把自己知道的情况说了出来。

"看来你这父母官干得很尽职嘛。"沈清欢称赞了齐飞一句。

"怎么，你们也是为这事来的？"齐飞听出了沈清欢话里的意思，于是询问道。

两人同时对齐飞点点头道："没错。你不知道这群茶叶贩子简直胆大包天，还敢假冒我们沈家茶坊的名号来贩假茶。"

"真是可恶，你们等着，我这就去签发抓捕文书，让衙役把他们通通抓起来。"齐飞虽然没有从事茶叶生意，但是从小耳濡目染，他对茶叶这一行也是很有感情的。听闻这群人的如此作风，不由得他大怒。

"齐飞，且慢！我和清欢认为这群茶叶贩子背后必定有一个团伙。你现在就大张旗鼓地抓他们，岂不是打草惊蛇。而且就算是抓住了人，也是斩草不除根，春风吹又生。万一他们再流窜到其他地方作案，岂不是危害更大。"万长生赶紧拦下齐飞。

"行，那我就暂且按兵不动，派人慢慢查访。"齐飞闻言觉得有道理，于是同意了。

沈清欢笑道："你这人也真是的，当着真神还去求假仙。难道我和长生不比你那些衙役们精明？"

"可是我怕那群人丧心病狂，如果发现了你们的真实身份，恐怕会害了你们的性命。"齐飞担忧二人的安全，阻拦着他们俩去探案。

"没事，我们是外地人脸生，他们不会知道我们的根底。我和长生还特意在你们这里的客栈租了一个房间，到时候我们俩会尽量和你少联系。若有什么风吹草动的，我会派金芽通知你的。"沈清欢一脸自信道。

"行吧，你们俩一定要小心，我会派衙役保护你们的。"

"放心，我们俩绝对不会拿自己的小命开玩笑的。"万长生笑着应了。

"老爷，饭菜已经好了，请你们移步用饭吧。"一名小书童过来禀报。

"那咱们就去用餐吧？"齐飞征询两人意见道。

"好呀。"沈清欢和万长生笑着同意了。

"我听赴京赶考的士子们说，你们家今年出产了一种新的茶叶——四季花茶，在京城中可是露了大脸呢。"

"那可不，我们这四季花茶，名字个个都雅，分别是红颜、碧潭飘雪、折桂客和一枝春。这不，我还给你带来一些，想让你也尝尝呢。"

"真的呀！我也可以尝尝这东京城的鲜了。"齐飞听了开心地笑道。

三人在饭桌上说说笑笑，谈着三年之中彼此经历的事情，一时间三人仿佛又回到了无忧无虑的童年时光。

第五十五章　乔装打扮骗茶贩

第二日早上，沈清欢和万长生一起出了门，准备先去南湖边上的潘师旦园玩一玩，顺便也看看情况。

两人男俊女靓又衣着华丽，走在南湖湖畔吸引了许多目光。

"哎，公子，要茶吗？上好的春茶，一两银子一饼。"一个贼头贼脑的茶贩盯上了两人，提着一个白布遮盖的篮子跟在两人后面。

"一两银子一饼？这么便宜呀！你该不会是骗人的吧？"万长生故意装成不食人间烟火的富贵公子哥。

"怎么会呢？我们可都是本本分分的生意人。"小贩故意装作忠实可靠的样子。

万长生心中暗笑，看你的样子就不像是个好人。他故作大方，连价都没还："那行，我们先买一饼尝尝吧。"

小贩将一个茶饼从篮子中拿出来递给他们，沈清欢拿过那饼茶叶，也不打开，只翻来覆去地看包装。

两人交换了一个眼神，心下都是又惊又怕。惊的是，这茶饼包装制作精良，和真品的差距极小，若不是有行家指点，怎会如此？怕的是，两人原以为这不过是一件寻常的制假贩假的茶叶案，如今却变得如此棘手，令人进退两难。

"呀！是东京城的高家的茶叶呢。没想到这小地方还有这等好茶呢。"沈清欢故作惊喜道。

"看来娘子也是爱茶之人呀。我这里还有其他八大茶商出产的茶，不知你还要不要再买一些？"

"不知道你们这里卖不卖沈家茶坊的茶呢？"沈清欢故意问道。

"沈家茶坊，没听说过。"小贩摇了摇头。

听了这话，沈清欢心里半是失落半是疑惑。失落的是，沈家茶坊到底不及八大茶商名气大。疑惑的是，既然这里连沈家茶坊的名字都没听过，怎么还会出现仿造的沈家茶坊的茶饼呢？

"娘子，您还买不买茶啦？"小贩见沈清欢走神儿了，于是轻声问她道。

"这样吧，我们先不买了，等我们尝过之后，觉得好的话我们多买一些。"万长生笑着说道。

小贩见两人不买茶饼了，于是提着篮子又向别人兜售去了。

两人拿到假茶叶后，在南湖边上随意找了一家客栈，开了个房间关上门后，开始研究刚买的那饼茶。

"不错，这次的手段高明了许多。"沈清欢先是观察了一下茶叶的外形，又开始掰下一点儿，放入口中品尝，最后又开始用来点茶，"这茶本身也不算太差，只恨这些小贩们为了牟取暴利，竟把茶叶产地给换了。"

沈清欢之所以这样说，是因为她已经发现，这些茶叶是在以次充好。将那些已经制好的上等茶叶打碎，然后掺上劣等茶叶，再次压入模具成型，用于装作名家制作的茶叶。

"我总觉得背后有人捣鬼。"沈清欢左思右想，心中不安。

"我知道你是怎么想的。这贩假茶的向来只有偷偷摸摸地卖的，哪有竖起字号明目张胆地吆喝的？更何况，他们还打着咱们沈家的招牌。要我说，不是有人故意陷害咱们家。就是有人知道了贩假茶的人的老底，从中搅和，好让咱们去顶雷。"万长生接口道。

"你说得不错！我总觉得这乔老二没安好心，说不定就是他设的局。"沈清欢总是防备着乔天赐。

"现在也说不好是不是他做的，只能走一步看一步了。没办法，谁让咱们都是小蚂蚁呢。"万长生也很无奈，只能静观其变。

两人游荡了一天，中间有数十名茶叶贩子向两人出售茶叶，两人也不好做得太明显个个都买，只能买了几饼茶回去研究。

"太可气了，这些假茶叶贩子自己赚得盆满钵满，却把屎盆子扣在了我们这些安分守己做生意的茶叶商身上。"沈清欢越看这些假茶叶越生气，因为实在做得太逼真了。

"清欢，你说会不会有大茶叶商在背后为这些假茶叶贩子撑腰啊？要不然以他们的水平，做不到这样的精细程度。因为你看，他们的模具其实是正版模具，包装纸大多数也都是对得上的。尤其是高家的，简直是一模一样。"万长生观察得仔细，一点一点地说着自己的发现。

"你说的大茶叶商，不会指的是八大茶商中的一个吧。"

沈清欢很机敏，立刻领悟了万长生的意思。她又拿起高家的茶饼开始研究，果然发现了异常。

"什么包装纸一模一样啊，这分明就是高家的包装纸。"沈清欢生气地把茶饼摔到一边，气呼呼地骂起高家来了，"他们家可真是赚钱没够，明明正品茶叶就够赚钱了，竟然还贩假茶叶。我非要去茶马司和茶行告他们一状，非把他们这样的败类从八大茶商中除掉不可。"

"你有证据吗？红口白牙去告别人，别人还说你冤枉他们呢。到时候高家把罪证一处理，调转枪头对付我们，说我们故意陷害，我们就没有还击之力了。"万长生想得长远，于是劝沈清欢先忍耐下来。

"没关系，咱们先打入假茶叶贩子中去，然后一点一点的收集他们的罪证，我就不相信他们没有露出马脚的时候。"

"这样太危险了吧。"万长生有点担心。

"不入虎穴，焉得虎子。咱们想要成功，就得冒点风险。"沈清欢的冒险精神，又出来了。

"好吧，最起码我们先商量商量怎么办吧。"万长生想了想她说得有道理，于是建议她先做好计划。

"真的咱们都会做。假的那更是手到擒来了。到时候咱们……"沈清欢趴在万长生的耳朵边，说着悄悄话。

晚上，在一家偏僻的客栈里，假茶叶贩子刘二牛正准备睡觉，结果就听到了隔壁房间传来的声音。因为客栈年久失修，所以隔音不好，他听得很清楚。

只听见一个女人的声音说道："喊，老听人说南湖岸边的假茶叶贩的茶多么真假难辨，谁知道水平也不过如此！还没有咱俩的手艺高呢！要我说，不如我们也在这里做这无本的买卖好了，这可是一本万利啊。"

一个男人接着女子话说道："你说得是很有道理。可是咱们俩现在被东家赶了出来。如果再做些出格的事，会不会被官府通缉呀。再说了制造假茶叶的成本也不低呀，咱们俩手里的钱都花得七七八八了。"

"也是，没有本钱，什么都不好做。你说咱俩要不要拜拜码头，投靠到哪个大哥手下呀？"女声提建议道。

"我看还是不要了吧。咱俩平日里做的事就够扎眼了，要是大哥看穿了我们的来历说不一定会把我们送到官府呢？"男声不同意，觉得太危险了。

"那怎么办呀？咱们俩手里都没多少钱了，总不能这样一直东躲西藏下去吧。"女声忧愁地说道。

"今朝有酒今朝醉，明日忧来明日愁。我看，咱们还是先过好眼前的这一关再说吧。不说了，睡觉吧。"男人的声音倒是很豁达。

刘二牛第二天特意起了个大早，蹲在隔壁的门口，想要看一看对方是什么人。

只见两个穿着华丽的男女从屋内走了出来，他们浑身的富贵气度和这个便宜的小客栈根本不搭。

刘二牛仔细一看，发现是认识的。原来这对男女就是一直在南湖边上，买各种不同茶饼的那对富贵小夫妻。他们也从刘二牛的手中买过茶饼。

刘二牛联想到昨晚听到的谈话，心中暗自嗤笑一声，原来是两个装阔的骗子啊。只是他想到昨晚两人说自己的制茶工艺高超，他的心里就痒痒的。如果能把这样的人物吸收到自己的造假茶队伍中，那么他很快就能从小兵升到管事了。

刘二牛上前拦住两人："公子，娘子，小的刘二牛，不知可否借一步说话？"

小夫妻俩对视一眼，防备地说道："我们并不认识你，没有什么好谈的。"说完就要走人。

刘二牛立刻高声道："难道公子和娘子，想要小人去官府举报二位吗？"

"你这话是什么意思？我们俩不懂。"夫妻俩有些不安地看着刘二牛。

"不管你们懂不懂，我去了官府后，你们就懂了。"刘二牛故作凶恶道。

"这位小哥不要生气。你要和我们说什么呀？请到我们的房间里去说吧。"小妇人害怕了，请刘二牛进屋商谈。

刘二牛自以为捏住两人的软肋，得意洋洋地走进他们的屋内。小夫妻俩也进了屋，女的把门刚一关上，男的立刻如狼似虎地朝刘二牛扑了过去，把他按倒在床上，掐着他的脖子就要行凶。

刘二牛见事情不对，立刻求饶道："好汉饶命啊。"

"现在求饶太晚了，你知道了我们的事儿，还想让我们放过你。"男子恶狠狠地说道。

刘二牛的声音越来越小："我头上可是有大哥的，要是被他们知道了，绝不会放过你们俩。"

夫妻俩看着是有点儿动摇了，刘二牛又赶紧补充道："我知道你们现在也犯难，不如我把大哥找来，咱们一起发财。"

"我们凭什么相信你。"小夫妻俩显然不信任刘二牛。

"这……"刘二牛一时也不知道该如何取信他们。

"这样吧，我这里有颗蜡丸密封的毒药，三天后就会毒发。你把它服下去，只要你把大哥给我们找来，我就给你解药。"男子递给刘二牛一颗药丸。

刘二牛犹豫地接过药丸，咬咬牙吞了下去："那现在可以放我走了吧？"

"请！"女子打开大门，向他行礼道。

刘二牛立刻火烧屁股一样地逃跑了。

待刘二牛走后，两人相视一笑。

"长生，你演得可真像。我怎么不知道咱们的糖丸是三日后就能毒发的毒药呢？"女子夸赞男子道。

"清欢，你演得也不差呀，活像一个贼婆子。"男子也笑眯眯地回夸女子。

原来这对小夫妻是乔装打扮的万长生和沈清欢。

第五十六章　死里逃生真情现

"大哥，他们就在这里。你一定要抓住他们，救我的命啊。"刘二牛带着一群人冲到了沈清欢和万长生的住所。

"两位朋友从哪里来的，真是好手段啊。"那领头大哥冷冷地瞥了两人一眼，然后坐在了屋子中央椅子上。

"回大哥的话，我们两个是从四川来的。"沈清欢故意说着带有四川口音的官话。

"四川的？跑到我们余杭来干吗？"大哥不解地问道。

"如果大哥肯接纳我们两个的话，我们就实话实说。"万长生和大哥讨价还价道。

"要我接纳你们，你们得拿出真本事来呀。"

"不知大哥要怎么样考验我们呢？"沈清欢问道，她对自己很有自信。

"这样吧，我给你一饼高家的茶叶，你来给我看看真假。"大哥拍拍手，立刻有人送上来一饼茶叶。

"回大哥的话，这茶叶是真的，包装纸是假的。"沈清欢仔细地观察了茶叶的形状、颜色、味道，接着又检查了包装纸上的暗标，然后说道。

"你为什么这么说，把理由说来听听。"

"怎么说呢？首先，这茶叶不是高家的茶叶，而是吴家的茶叶。因为高家的模具中并没有这种图案，而且根据制茶工艺可以发现，这绝对是真正的吴家茶叶。但是偏偏它的包装纸，用的是乔家的包装纸。这乔家的包装纸呢，有一个特点，就是会在不显眼处，留下一个用特殊药水写成的小小的篆书的乔字。这个乔字遇盐水会显形，而我用盐水擦遍了整张包装纸都没有发现这个标记。"沈清欢一点一点地分析道。

"果然是高手。"大哥鼓了鼓掌，对沈清欢很是欣赏。

"那么这位小哥儿的本领又如何呢？"大哥又想要考验万长生一把。

"实话告诉您吧,他是我的夫君,我制茶辨茶的本事还是他教的呢。"沈清欢知道万长生功夫不到家,忙遮掩道。

"行,那就不用试了。你们两个不错,果然是高手。只是好歹要跟我们交个底吧,你们可别是官府派来的钩子。"大哥语带威胁道。

"怎么会呢?"万长生笑着反驳,然后叹了口气说道,"不知道你们有没有听说过四川的谢家。"

大哥点点头:"我听说过,怎么你们是谢家的人?"

"没错,我们两个就是谢家茶园的管事。我因为和主人家闹了一点儿矛盾,一气之下给他们茶园的茶树下了药。导致那一年的茶叶又苦又涩。制作而成的茶饼也无法销售出去。害他们赔了大钱,连茶园都给卖了。如今事发了,谢家的人如今正在追捕我们夫妻。如果大哥肯收留我们夫妻俩,我们愿为您效犬马之劳。"万长生按照之前编造的谎言说道。

领头的大哥也不是个傻子,不会轻易相信对方,他打算先调查一番:"行啊,你们先等着吧。过个几天再说,我们先走。"

刘二牛立刻跪在地上哀求大哥道:"大哥,他们还没给我解药呢。"

大哥看了两人一眼,万长生立刻从怀里掏出来一枚药丸递给大哥:"大哥,您别见怪。我不是有意要害您兄弟的,只是太想见你了。"

大哥拿到解药后随手丢给了刘二牛,然后哼了一声就带着人离开了。

一个月之后,那名大哥亲自来接万长生和沈清欢两人:"哎呀呀,两位真是真人不露相啊,没想到你们竟有如此本领,希望咱们以后能够合作愉快。"

原来大哥派人到四川打听了一番,发现不知为何谢家的茶园的确卖了,而且他还发现余杭县的街上贴了万沈两人的搜捕令。他终于相信两人是真心来找他合作的。

在万长生和沈清欢的帮助下,这位大哥不到一个月,就把南湖所有的假茶贩子给收服了,因此他对两人也是越发器重。

"你们两个做得很好,这次我要去见一见我的顶头上司,你们两个跟着我一起去见见世面吧。"

沈清欢和万长生不止一次地表示,有向上爬的欲望,不断地请求这位大哥能够帮助他们和上面的主事人见上一面。这次这位大哥的表现绝佳,因此受到了主事的夸奖,说要在西湖的画舫上请他吃饭,于是他决定带上两人一同前去。

三人到了西湖一处画舫之上,只见船上欢乐不断,原来是一群歌姬在此欢唱。过了一会儿，主事的老先生来了，便把歌姬赶往别处，和他们说起话来。

"老朱，你手下的这两个兵，倒是长得容貌不凡啊。"老先生盯着万长生和沈清欢来回打量。

"先生谬赞了，我们也不过是普普通通的手艺人而已。"万长生笑着回答。

"是吗？我看你们两个的手艺，都可以自己独立开茶坊了。怎么还会投奔我们呢？"老先生戒备心很重，仔细地问着。

"瞧先生说的，我们不是犯了事吗？"万长生尴尬一笑。

"是吗？呵呵。"先生不禁冷笑，"你们两个知道我请你们吃的这桌荷花宴，还叫什么名字吗？"

"不知道，还请先生指教。"万长生疑惑地问道。

"它还叫做抄家灭族，断子绝孙。"

沈清欢和万长生闻听此言，不由得毛骨悚然："先生真爱开玩笑。"

"万公子，沈娘子，我可没和你们开玩笑。"老先生叫破二人身份。

"先生您在说什么呢？我们不懂。"沈清欢心里一惊，却还是装作若无其事的样子。

"沈娘子，别装了！你不认识我，我却认识你。兄弟们，上，把人拿下，他俩要是跑了，咱们就全活不成了。"老先生一挥手，十几名精壮汉子凭空而出。

"各位好汉，先别动手，我们投降，只求饶我们一命。你们卖假茶不就是为了钱吗？你们要多少，我都给。你看，我们沈家入伙怎么样？我立刻写亲笔信让沈家也加入进来，咱们一起发财，好吗？"沈清欢见他们人多势众，而且个个带着兵器，只好暂时先服软。

"你真的肯吗？"有位戴着斗笠的男人上了船问她道。

"我当然肯了，只是怕我的家人会以为信是假的，必须要加盖一枚我的密印，只是那枚密印被我藏起来了。"沈清欢心思急转，随即扯出了一个谎。

"藏在哪里了？我帮你取来。"

"这我可不能告诉你，我如果告诉你了，你假冒我的笔迹把沈家的钱都提空了，然后再杀了我怎么办？"沈清欢做出一副不妥协的模样。

"那你是不肯配合了？"那男人的声音慢慢地狠了起来。

"我绝对配合，我想说不如你放我们俩回去取印好吗？"沈清欢努力地争取回旋的余地。

"不可能，你太狡猾了，我不相信你。你们必须留下一个人质，至于留谁，你们自己选。"男人故意出了一个难题给他们。

"不用选了，长生和你们的人一同去取吧，好吗？"沈清欢决定把机会让给万长生。

"好吧，谅他也耍不出什么花样来。"

"不，我不回去，还是你回去吧。"万长生断然拒绝了这个机会，让沈清欢回去取密印。

"还是你回去。"

"不行，你一个女孩子待在这里，我不放心，万一他们对你……你回去吧，我等着你来接我。"万长生又一次拒绝了沈清欢。

两个人心里都清楚，出去了还有一条活路，留在这里的人才是最危险的。他们俩拼命地想让对方离开，甘愿自己担惊受怕。

"清欢，听话，你出去吧。你知道的，我什么都没有了，我没有了爷爷，没有了万家。我只有你了，如果连你也没有了，我活着还有什么意思？"万长生看着她哀切地说道。

"谁说你什么都没有的，你有……"

茶贩头子见两人叽歪个没完，直接打断两人的谈话，用刀指着沈清欢道："你，跟我的手下一起去。"

沈清欢咬了咬牙，握紧拳头，准备和男人的手下一起走。至少要走脱一个去报信啊！

"清欢！"万长生突然大声地叫她的名字。

"嗯？"沈清欢疑惑地看向他。

万长生用力地搂住沈清欢，探头吻上她的唇："清欢，我怕我死了以后，就没有办法告诉你，我喜欢你，全大宋的人里面我最喜欢你。"

沈清欢顿时泪流满面，用手摸着他的脸道："你不会死的长生，我会回来救你的，你一定要保护好自己。"

"好，我等你。"万长生点了点头，摸了摸沈清欢的头发。

"你们腻腻歪歪地干什么？以为自己在演杂戏呀！快走！"茶贩头子越来越不耐烦了。

沈清欢踮起脚尖趴在万长生的耳畔说道："长生，我也喜欢你。"

沈清欢一路上都极其配合茶叶贩子手下人的要求，不做任何小动作。只是当她回到客栈之时，一众捕快把那些假茶贩子全部按倒了。

"清欢，你没事吧？"齐飞从暗处现身，关心沈清欢的安全。

原来齐飞和沈清欢他们商议过，要在客栈附近布防。

"我没事，我们快去救长生，他被那些人困在了画舫上。"沈清欢哭着对齐飞说道。

"好，我们这就去。"齐飞闻言也是着急得不行。

等到众人赶到西湖之时，却见一队兵马已在岸上将画舫团团围住，周围的弓箭手都引箭待发。

"你们要干什么？我夫君还在船上呢！齐飞，齐飞，你快劝劝他们，别让他们放箭。"沈清欢见情形不对，忙叫齐飞帮忙。

"这位大人，我是余杭县的县令，我请求您停止攻击，这船上还有我的一位好友呢。最起码要先把他救出来吧，他可是为了我们才深入虎穴的。"齐飞走到队伍中的头领身边说道。

"大宋会记得他的牺牲的。"那位大人眼也不眨地挥旗下令放箭，顿时一座精美的画舫变成了千疮百孔的马蜂窝。

齐飞当时就崩溃了，他恶狠狠地揪住对方的衣领，目眦欲裂："我要参你，你为了功绩，不顾百姓死活。我要向皇上参你。"

沈清欢见画舫中人已然难逃生天，不由得跌坐在地，双眼茫然地看着平静的湖面。她的心中仿佛被塞了一块铁石，并不疼，但是闷闷的，憋得人喘不过来气。

沈清欢觉得自己听见了万长生叫她的声音，她开始缓缓地向湖边走去，齐飞正在和那名大人争吵，并没有注意她的动向。

"长生，是我害了你。"

长生，我对不起你，我用命还你。如果不是我盲目自信，你不会死的。就在沈清欢的脚要迈进湖水里时，突然有个人从背后抱住了她，叫她的名字道，"清欢。"

沈清欢不敢置信地扭头，发现那人正是万长生。

"长生，吓死我了，我以为你死了。"沈清欢哭着上前用力抱紧万长生，刚刚的一瞬间，她以为自己再也见不到眼前的这个人了。

"我不会死的，我还要陪你一生一世呢。"万长生注视着沈清欢，他的眼睛里满是深情。

"长生。"

沈清欢喊了一句万长生的名字，捧起他的脸吻了下去，沈清欢心里知道她爱上了这个男人。

当沈清欢的情绪稳定下来后，她羞涩地躲避着周围打量的目光。万长生把她揽进怀里，去了齐飞那里。

"齐飞，我没死。"

"我知道你没死。"齐飞看都不看万长生一眼，继续和那名大人争吵。瞬间的一愣，齐飞才回过神来抱住万长生，"长生，你没死啊？"

"对呀，我没死。"万长生点点头。

"哎，你是怎么逃过这一劫的？"齐飞好奇地问道。

"那就要多谢这位大人了。"万长生上前向那位武将跪下行了大礼。

"不必客气。"那名大人搀扶他起来道。

"既然这位大人事先已经把你救下了，他为什么不对我说呢？"齐飞有些奇怪地问道。

万长生心虚地看了一眼沈清欢道："是我请这位大人保密的，我是为了让清欢长长记性，希望她以后做事不要那么莽撞。百密还有一疏，万中尚能漏一。她的大胆，有时候害了她以及身边的人。"

沈清欢并没有生气，她仍然沉浸在失而复得的情绪里，她直勾勾地盯着万长生道："我会改的。"

齐飞却依旧不依不饶地问道："你还没说，你是怎么脱险的呢？"

"事实上这位大人也调查这件假茶叶案很久了，因为其中不只有制假贩假，以次充好的事情，那些茶叶贩子他们甚至还和辽人做生意，里通外国，交易军马。正好他们为了抓我和清欢，高层全部出动了，为了将他们一网打尽，这位大人先是招降，他们拒不接受，无奈之下他只好下令放箭。而在放箭之前，这位大人在里面安插的卧底，就带着我趁乱从水中逃走了。"

"既然你们能逃，那会不会他们也有逃走的漏网之鱼呢？"齐飞担心有案犯逃脱。

"不会的，大人在水底也布下了渔网，只有他们的人才能安然无恙地通过。"

"那就好，不过到底是谁那么大胆子，敢和辽国人做生意？"

"你想都想不到，是吴家。"

沈清欢走后，那名戴斗笠的男子露出他的真面目，他是吴家的下一任继承人。难怪模仿高家的茶叶会那么逼真，毕竟两家是姻亲。

"是我印象中的那个吴家吗？"沈清欢心中很是吃惊。

"没错。"万长生肯定地回答。

"真是没想到，竟是吴家忘了根本，还敢和辽国人相勾结，真是败坏了他祖上的名声。"沈清欢不由得感叹道。

"我在想，你说那个乔天赐是不是已经发现了吴家猫腻啊？你看先是状告我们沈家在余杭贩假，后来他又一力撺掇我们来此，要说他对此不知情，我才不信。"万长生却对乔天赐起了疑心，他在脱险后，一直在思考这个问题，"这鬼东西，真是比猴还精，你说会不会是他派人假装咱们沈家制假贩假的？"

"极有可能，他们家和吴家有仇，盯着吴家也不是一天半天了，发现点儿猫腻是很正常的事。王八蛋！白白地耍了本姑娘一遭，等我回去再收拾他。"沈清欢恨得牙根痒痒，真想揍乔天赐一顿。

第五十七章　径山寺中闻梵音

这次遇险给沈清欢带来了很大的后遗症，例如她一晚上能起来七八次，去万长生房间里看他是不是还活着。她总害怕是一场梦。

"好了，我不是好好地站在你面前吗？你就别再怕了啊！"万长生对于沈清欢的后遗症有些愧疚，但他绝不后悔。因为他确实希望沈清欢能够学会小心谨慎，学会君子不立危墙之下。

沈清欢靠在他的怀中轻轻"嗯"了一声，然后就闭眼睡着了。万长生见状无奈地把她抱回到了床上。

第二天的早上，万长生为了缓解沈清欢的情绪，笑着说道："难得来了西湖，你不带我去逛逛吗？我心里还惦记着你口中的少年大师呢。"

"那好，咱们这就去净慈寺拜访戒痴大师。"

两人商议好后就去了西湖附近的净慈寺，但见一路上荷叶连天碧，荷花映日红。沈清欢的心情也平复了不少。

净慈寺中，沈清欢随意找了一个小沙弥问道："小师父，你知道戒痴大师在哪里吗？"

"施主，我从没听说过这里有位叫戒痴的大师。"小和尚摇摇头，然后双掌合十行礼离开了。

沈清欢又找了个大和尚来问："敢问大师父，以前挂单在这里的戒痴大师去哪里了？"

"戒痴大师呀，他早走了，有一两年了吧。他说是要换换新的地方，和其他寺庙的师父交流交流佛法。"

"哦。"

沈清欢闷闷不乐地走出了净慈寺，一路上都在唉声叹气。

"那位戒痴大师真的有这么好吗？以至于你念念不忘的？"万长生好奇地问道。

"你没见过他，所以不知道，他做得一手好梵音茶。"

"梵音茶？我怎么没听说过这个名字呢？"

"这是戒痴大师的独门秘技，我也只有幸喝过一次。虽然已经过去几年了，我依然记忆犹新。"

"会不会是你只喝过一次的原因，所以你才特别惦念？"

"不是因为这个，如果你能喝上一次你就懂了。"

见到沈清欢和万长生闷闷不乐地回了余杭，齐飞不由得好奇原因，在听过原因后，他推荐了一个地方。

"长生，清欢，你们知道吗？我们余杭有个径山寺，他们那里有个径山茶宴特别出名。听说这两天就要开始了，你们可以去看看。"

"听你的意思，你不想去？"万长生问道。

"我手头案子挺多的，等我有空了，再陪着你们去玩。"齐飞确实脱不开身。

"那好吧，我们先去了。"万长生和沈清欢见状，只好二人一同去径山寺游玩。

盛夏，径山寺，只见四周依山傍水，寺庙隐在一片青翠之中。待来到寺庙近处，只见古朴庄严，巍巍而立。

沈清欢万长生一行人敛声静气，先是前去拜访了住持，添了一些香油钱，而后又开始诚心礼佛，敬香跪拜。正在众人和寺里的大师父讨论佛法时，一个小沙弥走到了沈清欢面前。

小沙弥恭敬地行了一个佛礼，笑嘻嘻地冲沈清欢问道："您可是东京的沈娘子吗？"

沈清欢微微点头，有些疑惑道："我们认识吗？"

小沙弥摇摇头："我和沈娘子从未见过，不过我师父倒是认得您的，这才特意派我来请您。"

"你师父莫不是戒痴大师？"沈清欢忽然福至心灵，想起了这位故人。

"没错，娘子随我来吧。"

沈清欢向讲经的大师父道歉："大师，实在不好意思，本应恭敬聆听佛法，然而我与戒痴大师已经有五六年没见过了。前段时间觅他不得，已经十分遗憾，今日有幸相遇，便不能再错过了。"

大师父双手合十，含笑道："心中有佛，则佛无处不在，施主又何必拘泥呢？戒痴大师也是精通佛法的高人，施主去那里闻听佛法也是可以的。"

万长生和沈清欢行礼告辞，一众人随着小沙弥往寺庙后院行去。

只见一位身着白衣的僧人正低头拿着竹做的漏壶浇花，他的身材高大削瘦，在听见小沙弥的喊声后，抬头对着众人一展笑颜。

万长生本来就对这位少年高僧好奇，又因沈清欢对他倍加推崇，便更是心痒难耐。今日一见，果然名不虚传。

只见这位戒痴大师，面如春花，目如秋水，望之和善可亲，周身更是有一股圣洁之气。

"大师，好久不见了。"沈清欢双手合十行礼道。

"沈施主，好久不见。不知你身边的这位是？"戒痴大师好奇地问道。

"他是我的未婚夫婿，万长生。"

"哦，万施主好。"

"大师好。"万长生赶忙还礼。

"我前几日曾前往净慈寺拜访大师，却被告知大师不在。没想到却在这里遇见了您，真是有缘啊。"

"沈施主的确与我有缘，我刚好准备为自己点茶。没想到你们就来了，若不介意，请与我共同品尝。"戒痴大师向两人邀约。

"我们求之不得呢。"沈清欢欣然同意。

戒痴大师将两人引到自己的禅房内，然后拿出一个心形篆盘依着方子开始合香。合成后的香味道清新淡雅，沈清欢惊呼道："闻思香。"

"没错，是闻思香，沈施主的鼻子真是灵敏。"

"大师真是有本事，这可是苏东坡大人的秘方啊！不知您是从何得来的。"沈清欢十分好奇闻思香的由来。

戒痴微微一笑："前几年我和苏大人有过一面之缘，临别时无以留念，他便以香方相赠。"

戒痴大师又让小沙弥取来几碟茶点，配合着一会儿的梵音茶食用。只见他从一个精美的小盒子中取出一块掌心大小的茶饼，介绍道："此茶名为梵音茶，又叫禅茶。生长在径山寺附近的一座小山上，听晨昏钟漏鼓鸣，经四季风霜雨露。每年春天径山寺的僧人都会边诵念佛经边采茶，然后再制成茶饼。此茶绝不外售，只用来敬奉佛祖，或是招待有缘的香客。"

万长生说连采摘都这么有讲究啊，这茶每日闻听梵音，难怪被众人追捧，谁人不想尝尝佛祖的茶叶呢。

戒痴点茶的动作无可挑剔，仿佛一场行云流水的表演，他很快点好三杯茶，将其中两杯推给二人品尝。

万长生端起茶盏认真地品尝，只觉得浑身一轻，如升仙境："大师的梵音茶果然不同寻常！"

"你错了，梵音茶没有比市面上的好到哪里去。"戒痴朗声而笑。

"那为何我喝起来，感觉它格外与众不同呢？总觉得自己的心情也平静了许多。"万长生不解地问道。

"这是因为环境不同啊！有灾有难的人绝不会有心情坐下来饮茶，而有心情坐下来饮茶的人通常诸事顺利，万事胜意。况且，在此地聆听阵阵虔诚的诵经声，人的心情想不平静也难啊！"戒痴大师直接解释道。

"我觉得也有人的缘故。俗话说话不投机半句多，面对大师这样的妙人，想不心情平静也不可能。"沈清欢笑着补充。

"你说得对，饮茶最要具备的，从来都不是昂贵的茶叶，也不是各种名贵的烹茶工具，而是喝茶的心情。"

第五十八章　斗茶品水试高低

沈清欢和万长生因为仰慕戒痴大师风采，就在径山寺逗留了一段时间。突然有一天，戒痴大师身边的小沙弥来找他们："我家师父有请娘子。"

"不知大师邀我前来，所为何事？"沈清欢好奇地问道。

"不知沈施主可知道日本国？"戒痴大师似是遇到什么难事，双眉紧锁。

"当然知道了，当年在海上行商时，我还和他们打过交道呢，他们国家的人很喜欢我们大宋的茶叶。"沈清欢还记得当时在海外经商时的情形。

"哦，是吗？那真是太好了。"听到沈清欢的话，戒痴大师的心情显然轻松了许多。

"怎么了？"沈清欢不知道戒痴大师为何高兴。

"昨日有个日本和尚寻来了，非要和我比试斗茶，还说我不同意他就不走了。我只说自己技艺不精，要给他寻个厉害对手，他这才同意了。沈施主，我希望你能替我和这日本和尚比试一回。"

"您的斗茶技艺和我不相上下，为什么不自己和他比试呢？"沈清欢不明白戒痴大师为何不亲自出手。

"我不愿破坏心境，却又不想让他小瞧我大宋。正好你来拜访了。不如你替我应下这局比试？"戒痴大师请求道。

"好吧，不知他何时到来？"沈清欢欣然应允，打算会一会海外的茶道中人。

"估计一会儿就到。"戒痴大师算了算时间说道。

沈清欢一众人正在等待那位日本国大师的到来，只见那人带着一群弟子呼啸而至，不像是来斗茶的，反而好似打架的。

"戒痴大师，开始斗茶吧！只是不知道你请来的强援是谁？"那名和尚冲着戒痴一扬手，示意他宣布比试开始，同时盯着一旁的万长生打量。

"阿弥陀佛，大师，您误会了，我身边的沈娘子才是你的对手。"戒痴大师见他误会，连忙解释说。

"没想到戒痴大师竟如此怯战，找了别人替他比试不说，还竟然找了个女子。"那日本和尚一脸的不可思议。

"没想到出家人也会有这么大的戾气？佛祖尚且视众生平等，怎么在大师的眼中，男女的界限就如此明显了呢？大师怕是着相了。"沈清欢站起身直接走到日本和尚面前说道。

"敢问娘子尊名？"

"东京沈清欢。"

"请教大师上下。"沈清欢有礼貌地问对方的法号。

"上惠下明。"日本和尚回答道。

"惠明大师，不知您要如何比试，还请大师画出道道来。"

"不用，什么比试我都能接受。"惠明的口气极大。

"果真如此吗？那不如不比点茶比其他。"沈清欢闻言笑道。

"不比点茶能比什么呀？"惠明大师奇怪地问道。

沈清欢轻轻一笑，这大和尚什么都不懂还敢来挑衅："那能比的可就多了，比如说品水，再比如说候汤，又或者是斗盏。"

沈清欢口中的品水是指比斗双方互猜水源，猜对多者为胜。候汤则是指听声辨水，考验比斗双方对水温的控制。至于斗盏，则是比斗双方各自拿出珍藏的茶盏，一较高低。

"不知品水如何个比法？"惠明大师问道。

"我们双方便各自准备不同水源让对方品尝，若对方猜出是什么水，便可积上一分。每人各自准备五份水，谁猜中的多，谁就获胜。"

"这很公平，我们就比品水。"惠明大师似乎对自己格外有信心，绝口不问出现平局时该怎么处理。

不过沈清欢仍是补充道："若是平局，则重新再赛。同时我要把规则宣布一下。"

"你说。"惠明大师准备认真倾听规则。

沈清欢向万长生一示意，他便接着沈清欢的话，继续道："比试规则如下：第一，比赛双方的用水不可是污浊之水，不洁之水，以免对手品水时染病。第二，比赛双方需在赛前将写好水名的纸交给裁判，以免其中有人暗自调换。第三，比赛双方在比赛途中不可相互寻衅滋事。惠明大师，你可听懂了？"

"听懂了。"惠明大师认真点头，然后问道，"不知道裁判是谁呢？"

"裁判通常是比赛双方共同商议之后，推荐出来的德高望重之人，这人选你们自己商量吧。"万长生把包袱甩给他们。

惠明来大宋不过半年，哪里有什么熟人，可他又不愿意让沈清欢举荐，怕对方从中捣鬼。

沈清欢明白惠明大师的顾虑，于是笑着说："这水的名字都是事先写好的，不过是找个人保管而已，若是惠明大师信得过戒痴大师，不如由他做裁判就是了。"

"好，这比赛的用水，我要几日时间来准备。"惠明同意了，又提出了要延期几日比赛。

"当然了，我也需要时间准备啊。那我们五日之后再行比试。"

沈清欢定下比赛之日，惠明点头同意。

回到禅房之中，沈清欢开始写信从自己家的茶楼中调水："长生，你说用什么水好呢？我见这惠明大师来势汹汹，恐怕一般的水难不住他。"

"那点茶之水不过天水、山水、江水和井水之类的，你从中挑出较为难见的就是了。"万长生不以为然，沈家茶坊经营多年，拿出几种少见之水是小菜一碟。

沈清欢闻言拟了一份名单，拿给万长生看，万长生指着其中一个水名，笑着拍手，"只怕到死，这大和尚也猜不出这水是什么水。"

五日之后，径山寺后院的禅房里，惠明和沈清欢相对而立，双方人马共同把写着水名的单子交给了戒痴大师。

"比赛开始。"万长生宣布道。

"大师请。"沈清欢从一个密封的坛子里倒出了一碗水供惠明品尝。

惠明上前端起碗，张嘴饮了一口，随即笑道："沈施主这不是笑话老衲吗？若是连雪水都尝不出来，我又如何敢向戒痴大师请教。"

"大师说得没错，我的这坛水的确是雪水，不过您还没说是什么样的雪水呢？"沈清欢要惠明仔细说明。

"是梅花雪水。"惠明大师略一回味，肯定地说道。

"没错，大师真是高明，这是去年初雪时，我命下人收集的梅花蕊上的雪水。"

"沈施主，现在该你了。"惠明伸手示意沈清欢去品水。

沈清欢饮了一口之后，笑道："我用梅花雪为难大师，大师便用荷叶露考验我。咱们还真是想到一处去了。"

原来惠明用的是秋日太阳还未出来时，便凝结在荷叶上的露水来考验沈清欢。

第一次品水结束，第二轮又开始了。沈清欢用了桃花溪水，惠明大师则用了翠湖冰水，二人又是同时猜出，不分上下。余下两局亦是如此，只剩下最后一局的赛点。

"恕我孤陋寡闻，竟不能猜出这最后一种水是什么？不过还请沈施主，先把我的水名说出来才好。"

沈清欢微微点头："水之源不过天上水，山上水，江中水和井下水，其中除了天上水，余下之水又因地理位置不同，味道也会所有变化。大师的用水味道清甜甘冽，应当是泉水，然而却水味甚冷，所以我猜它是寒泉水。大师，对吗？"

"对。"惠明面色难看地承认了。

惠明没有尝出沈清欢的最后一坛水是什么，自己却被她全部猜对了。他心有不甘地问道："不知沈施主最后的一坛水是什么水？"

"是竹沥水。"沈清欢不卖关子，直接为他解惑。

"竹沥水，哈哈哈，难怪我输了。沈施主真是心思巧妙。"惠明闻言哈哈大笑，有些失态。

沈清欢见惠明大笑，不由皱眉道："惠明大师，其实一开始你就输了。点茶讲究的是心境平和，尤其大师您是出家人，就更不应该有争强好胜、逞凶斗勇之心。"

"你说得没错，我一开始就输了。"惠明经她点拨，这才恍然大悟。

"大师，人谁无过，过而改之，善莫大焉。希望经此一役，大师您能够挣开桎梏，得证佛法。"沈清欢轻声劝慰道。

"多谢沈施主开导，如果有机会，我愿意将大宋的点茶工艺带回日本。"惠明双手合十，向沈清欢道谢。

"我也希望如此，那么就会有更多的人喜欢我们大宋的茶叶了。"沈清欢恭敬地还礼说道。

第五十九章　翻山越岭寻白茶

自余杭回来有一段时间了，沈清欢和万长生整日腻在一起，沈家二老看了也是无限欢喜。

这一日，两人正在书房里打双陆玩，却见兰香行礼禀报。

"娘子，齐盛老爷下帖子请您去樊楼呢。"

"真不想去啊，每次去都没好事儿，这次去又不知道有什么事要找我们了。"

沈清欢向万长生抱怨，可又不能不去。她想了想，让万长生在家中等她，独自一人去赴宴。

等到了樊楼，沈清欢的这颗心放下了，原来齐盛不止请了她一人。看着一楼人头攒动的茶叶商们，她上前找到一个相熟的问道："刘大哥，大家都是被齐老爷邀请来的吗？"

"没错。"那刘姓男子回答道。

沈清欢闻言抿了抿嘴唇，眼睛滴溜溜地转起来，莫不是真如同她心中想的那般吗？若是如此就太好了。

过了一会儿，有一个主事的出来唱名。待到人齐了之后，齐盛站了出来。

"由于吴家德不配位了，我们余下的七家商量后决定将吴家从八大茶商中除名，所以八大茶商中就空出了一个位置。我们讨论了一下，准备从你们之中挑选一家出来补上。至于选拔方式，便是茗战。只要明年的东京斗茶大会能进入到前八名，你就可以成为八大茶商中的一员。"

齐盛之所以说是进入前八名即可，是有原因的。因为由于积累不同，每年的斗茶大会，向来都是由八大茶商的族人或手下包揽前八名。前八名的名次会有所变动，但背后的家族从未变过。

众人闻言皆是神情为之一变，有颓然失落的，有淡然处之的，有欣喜若狂的，有面色凝重的。但更多的人心中是百感交集。原以为八大茶商的位置遥不可及，没想到有生之年终于能向前迈上一步了。但令人担心的是竞争的对手这么多，不知能否从中脱颖而出。

齐盛似乎看出了众人的担忧，他又补充道："可是这东京城中的茶坊这么多，我们要如何选呢？第一，报名者名下茶园不出产一等好茶者，不得参赛。第二，报名者资产不过百万两者，不得参赛。"

齐盛此话一出，大多数茶坊都被淘汰了，只剩下十七家有参赛资格的茶坊，其中就包括沈家茶坊。

纵然取得了参赛资格，沈清欢仍是忧心忡忡。她必须击败十六名对手，才能挤进八大茶商的行列之中。

从樊楼回到家中，沈清欢就一头钻进了书房。她眉头紧皱地盯着手中的书本，仿佛遇到了极大的难题。连万长生走到她身边，她也没有察觉。

万长生探头去看她在看什么书，而后不禁笑道："清欢也真是越活越回去了，如今怎么又把这初入门的《茶经》捡起来看了？"

"你懂什么？我这叫温故而知新，有些书就是要一读再读的。再说了，陆羽老先生就是因为著有《茶经》一书，才被称为茶圣，我们后人自然要时时诵读他的经典，细心揣摩才是。"

"好好好，你说得都对，那沈娘子可否告诉小的，您是因何事而皱眉呢？"万长生笑着哄她道。

"唉！"沈清欢黯然地叹了一口气，问他道，"你可知道白茶？"

"我自然知道白茶了，那可是茶瑞啊！可惜的是唐代末年战火四起，茶人们颠沛流离背井离乡，诸多茶园被毁，再加上许多茶经典籍散落无考，以至于如今全大宋竟然找不到一棵白茶树，实在是我辈茶人心中的一大憾事。"提起白茶，万长生痛心疾首。

"喏！我就是为这事而苦恼呢！你看，《永嘉图经》记载：永嘉县东三百里有白茶山。可惜的是《永嘉图经》已经失佚，而且我也多次按照唐时地图去过那里，希望能寻访到白茶树的踪影，可惜却一无所获。长生，你说要是咱们能找到白茶树，那该有多好啊！如果找到了白茶树，咱们就能在这次的斗茶大会上一鸣惊人，拔得头筹了！唉，我现在真希望上天能咔嚓一道闪电，让咱家的茶园里凭空出现一棵白茶树。"

"你想得倒美！"万长生拿扇子敲了敲她的头，"沈娘子，这天还没黑，你就开始做美梦啊！难怪人家都说做白日梦呢。"

沈清欢本来就心里烦躁，被他气得用指甲掐住他腰间的细肉，用力地拧了一圈："你这人不帮忙也就算了，还开我玩笑，真是气死我了，一点儿也不知道人家心里着急上火。"

"嘶，疼。"万长生用力抓住沈清欢掐他的手，向她道歉道，"好好好，我错了。不过你着什么急呀！明年开春，斗茶大会才正式开始呢，咱们有的是时间准备。要让我说，咱们家的花茶也不输人啊，到时候胜败还未可知呢。"

"花茶是不错，可是我怕有些老学究对它不认同啊！你要知道，斗茶大会的评委都是些名流高官，到时候有人对咱们的花茶歪歪嘴，咱们这两年的努力就白费了。"

"那实在不行的话，就用茶坊的其他好茶去斗茶也可以啊！不过说实话，沈家毕竟底子太薄了，只怕到时候获得的名次不佳呀！"

万长生说到此处，终于明白了沈清欢的烦恼，一方面她担心精心研制的花茶被人诟病，另一方面沈家除了花茶之外，又确实没有其他的招牌茶叶可以和八大茶商相媲美。面对这次的斗茶大会，沈家的处境实在是尴尬。

"清欢，我突然有了一个想法。"万长生看着沈清欢认真地说道。

"什么想法？"

"你不是说，你在永嘉的东三百里处遍寻白茶树无获吗？"

"对，永嘉县东三百里处是一片汪洋，连块地皮都见不到！我有时候都在想，莫不是沧海桑田容易换，滔天的海水淹没了唐时的白茶山。"

"你有没有想过，或许是书上错了呢？"万长生眯起眼睛暗示道。

"你的意思是……"沈清欢多聪明的人，一点就透。

"从前你也说过，尽信书则不如无书。我想会不会有可能是陆羽老先生在编写《茶经》时笔误了，又或者是后人抄写典籍时不小心抄写错了呢。"

万长生说着便从书架上翻到了唐代的古地图，然后用朱笔在地图上勾出了三个地方，分别是永嘉县的西三百里处，南三百里处，北三百里处。他接着又用宋朝的地图对比位置，忽然他指着其中一处地方说："清欢，你快看。"

"建州关隶县。"沈清欢看着那处地名，喃喃自语。

如果说白茶产自建州倒也说得过去，以前唐代的名茶紫笋茶，便产于建州。如今北苑贡茶也在那里。这样想来，白茶树有很大可能就在建州。

"长生，我们收拾收拾行李，明天就出发去建州关隶县。"沈清欢下定了决心。

"你们俩是怎么回事儿啊？回家没几天，怎么就又要出门了。"沈夫人听了女儿的禀报后，有些不满意地追问道。

"娘，我们出去又不是为了玩，是有正事儿要办。如果这次成功了的话，咱们家可能，不，是一定会成为八大茶商之一。"

沈老爷见女儿说得坚定，便也要求同行："清欢无论要做什么都带上爹吧，这也是爹一辈子的梦想啊。"

"爹啊，不是女儿不愿意带你。实在是您的身体不好，行动不便，我们这次出门是要爬很多座山的。您安心在家等待，女儿一定会帮你完成心愿的。"

沈老爷见状也不再坚持，只拉着女儿的手殷切嘱托："孩子，如果真找到那传说中的茶瑞，一定要小心保管，不要被别人捷足先登了。"

"爹，你放心，我懂的。如果我真的找到了那茶，我一定会先把那个山头买下来的。"

"好，那你和长生去吧。祝你俩一路顺风，心想事成。"

"谢谢爹，希望借您吉言，我们可以成功。"沈清欢浑身斗志满满。

万长生和沈清欢再次坐上马车出发了，只不过，他们这次的目的地是建州关隶县。

等到了地方，沈清欢和万长生发现两个人的想法还是太乐观了。这里到处是山，而且每座山都极为险峻，上面长满了茂密的树木。

"有什么了不起的？大不了一座山一座山地爬，一寸土一寸土地翻，我一定要找到它。"沈清欢下了狠心，把最初学做生意时的韧劲拿出来。

万长生和沈清欢，从此在这里安营扎寨下来。沈清欢换上男装，每天都背着大包和万长生爬一座山，有时候一天爬不完，两人还会在山上露宿过夜。

每爬完一座山，沈清欢都会在地图上用红叉做一个记号。眼看着地图上的红叉越来越多，沈清欢的心情也不由得焦急起来。虽然工作量减少了，但是希望也渺小了。

"清欢，就剩下这十几座山了。如果找不到我们怎么办？"万长生害怕她投入的心血太多，一时无所收获，会受不了打击。

"找不到就找不到了，那只能说明我和它没缘分吧，毕竟天命难违。再说，别人家不也没有白茶吗？沈家这么多年没有白茶都过来了，我再想别的办法就是了。"沈清欢看出了他眼中的担忧，装作满不在乎的样子耸了耸肩。

今日的天气有点儿怪，早上还是晴空万里，到了中午就开始乌云密布，雷声阵阵，时不时还有一道道闪电划破长空。万长生和沈清欢正在山上，万长生见天气不好，于是建议避一避。

"清欢，我们赶快找个高处的地方避雨吧，要是遇上了山洪，可就逃不掉了。"

"好。"

沈清欢也明白事态紧急，两人一步快似一步地找寻避雨的地方，终于发现了一个山洞。

沈清欢先是丢了些驱除虫蚁的熏烟进去，看到并无毒虫爬出后，两人才进入山洞。刚刚进去山洞没多久，他们就听见噼里啪啦下大雨的声音。

万长生拿出蜡烛照明，又给沈清欢披了条毯子。沈清欢则用手帕给他擦汗，又问他道："你饿不饿，要不要吃干粮？"

万长生摇了摇头："不吃。"

"那喝水不喝？"

"不喝。"

"那要不你靠我肩上睡会？"

"哈哈哈，要靠也是你靠我肩上吧？"万长生一把把沈清欢揽进怀里。

沈清欢听着他的心跳声，看着外面密集成雨帘的大雨，一时间觉得心情分外平静。

过了半个时辰后，大雨渐渐停了，太阳冒出头来，天边竟挂出了一道彩虹。

沈清欢出神地望着彩虹，忽然发现彩虹下面的小溪旁有一棵叶莹如玉的茶树，她拉起万长生就往那里跑去。

当走到近前时，沈清欢忍不住放慢了脚步。那棵茶树不过碗口粗细，高约九尺，枝条柔软，叶片呈浅黄白玉石一样的颜色，轻薄莹润。

"长生，是白茶，是白茶呀！"

沈清欢兴奋地抱着茶树又蹦又跳又哭又笑的。

万长生紧随其后，微笑着看她心愿得偿的样子。

沈清欢无意间从溪水中照见自己的样子，头发凌乱，神态癫狂，衣衫破烂。她不禁吐槽自己道："我可真像个疯子。"

第六十章　古法旧制新时茶

等到沈清欢心情平复下来，她先是用溪水洗了洗脸，然后和万长生说道："长生，我死而无憾了！"

"胡说八道！你只是找到一棵百年的白茶树，可你还没把它制成茶叶呢，怎么就死而无憾了？"万长生嫌她说话不吉利，瞪了她一眼。

沈清欢捂嘴笑道："是呀。我还没把这白茶制成茶叶呢，我可不能死。而且我还要获得斗茶大会的第一名，让沈家成为八大茶商之一呢。"

两人在溪边歇了一会儿，然后相扶着走下了山。沈清欢万长生下山后没有休息，而是直接跑到官府去买山头。

"知县老爷，我想把这几座山头买下来，不知道要多少钱？"

沈清欢在地图上指了几座山头，万长生瞥了一眼便笑了，有白茶树的山头不在其中，这个鬼精灵。

"一万两银子。"

那县衙里的知县老爷，早就听说了有人在此地每日爬山，像是在找些什么东西，于是狮子大开口地漫天要价。

"这几座破山头，会值这么多钱？"可惜沈清欢压根也不想要那几座山头。

"那我不要了，我要这几座山头。"沈清欢又胡乱指了几座山头，依旧不包括有白茶树的山头。

"不二价，也是一万两。"知县老爷仍不松口。

"那我要这几座。"

"还是一万两。"

"这几座呢？"

"一万两。"

……

扯皮了一会儿后,沈清欢图穷匕见:"那这几座呢?"

沈清欢连点了六七座山,恰好把有白茶树的山围在正中间。

知县老爷也没耐性了,随口问道:"你愿意出多少钱呢?"

"一千两,多的我也没有了。"沈清欢故作为难地开口道。

知县老爷一下子提起了神,仔细盯着那几座山打量,也没发现什么不同。于是好奇地问她道,"你们千里迢迢跑到我这里买山头干吗呀?况且这几座山也没什么好的。"

"大人实不相瞒,我和他是同门师兄弟,专精堪舆望气。前不久我们的师父感觉身体不适,要我们来他的故乡为他寻方好墓穴。谁知道前面那几个风水宝地,您都要价那么贵,我们只能退而求其次了。"

"哦,是这样呀。你告诉我,你之前指的那几座山,哪个最能催官显贵呀?我想给我老父亲迁移墓地。"知县老爷目光炯炯地看着沈清欢。

哎哟,造孽呀!沈清欢心中暗暗叫苦,自己不过是忽悠他罢了,这老大人还当真了。

万长生见沈清欢窘迫,便开口解围道:"大人,这并不是说先祖迁移到好墓穴,就一定能庇佑后代的。还要结合生辰八字,挑选适合的地方,万一迁移不当,反而会连累家人。这其中门道多着呢,一时也说不清楚。要不等过几天我大师兄来了,让他给你指个地方。"

知县老爷闻言捋了捋胡子道:"行吧,一千两就一千两。不过你们一定要让你们师兄来给我看看风水。"

"一定一定。"万长生满口答应。

等着两人拿到地契步出衙门后,沈清欢气恼地拍他道:"咱俩哪儿来的大师兄啊,我看你到时候怎么办?"

"真笨,从远处请一个风水大师来不就得了。"万长生点了点她的脑门。

"对呀!我真是傻了。"

"我看你是欢喜傻了,一颗心都吊在那白茶树了。对了,你怎么把它周围的山头也买了?"

"那是为了好安排人手,护住进山的路啊。"沈清欢惊讶地说道,"唉,咱俩这两天还是不能歇,万一剩下的山头也有白茶树呢?咱俩还得仔细找找。"

"遵命。"万长生俏皮地拖长音回答她。

不过事情没有那么美好，其余的山头都是一无所获，沈清欢和万长生找到当今世上唯一一株白茶树，也就心满意足了。

只是沈清欢望着这棵白茶树有些发愁，该怎么样把它制成茶叶呢？白茶的茶叶实在是太轻薄了。

沈清欢翻遍茶书也没有找到合适的制茶方法，一时间着急得要死。每天都魂不守舍，就连睡觉时口中也喃喃地背诵书上的各种制茶方法。

万长生见她如此，不由得心疼，暗地里也拼命地寻找各种制茶古法。

"清欢，你说最开始人们是怎么制作茶叶的？"万长生有一天突然问沈清欢道。

"最开始吗？那就要追溯到上古时期了，那时候的人都是直接嚼着吃啊。"沈清欢对茶叶的历史了如指掌。

"那后来呢？"万长生又问道。

"后来不就是挑一挑嫩芽，蒸一下吗？这些历史，你不是也知道吗？干吗总来问我。"沈清欢一时有些烦躁，没好气地说道。

"那唐人的制茶工艺和宋人相同吗？唐之前的制作工艺和唐相同吗？"

"当然不相同了，你这不是废话吗？"沈清欢翻了个白眼不理他。

"懂了吗？"万长生微笑着看沈清欢。

"什么就懂了吗？你什么意思啊？"沈清欢见万长生这副莫名其妙的样子，有些摸不着头脑。然而她当仔细地回想了两人的对话，忽然大声笑道，"我懂了。你是说虽然白茶最初记载在唐代的《茶经》上，但在唐之前未必没有白茶树。如今的制茶方法工艺繁琐，白茶叶子轻薄受不住，我们可以效仿古法制作，减少一些不必要的工序，对吗？"

"清欢，你真聪明，一点就透。"万长生微笑赞美她，

"你少夸我了，明明是你先想到了这个主意的。"沈清欢却不接受，感慨地说道，"长生，看起来你已经到了该出师的时候了。"

"没有没有，我还没到出师的时候呢，我还想在清欢师父跟前多伺候几年呢。"

"贫嘴。"沈清欢笑着看他耍宝。

既然有了思路，那么解决问题的进度也快了很多。沈万两人齐齐翻查茶叶古籍，将以前的制作工艺和如今的制作工艺相结合，终于找到了最完美的制茶方法。

"太少了。"沈清欢望着手掌中五铢钱大小的茶饼感叹道。

由于白茶树只有一棵，采茶时又只挑最上等的一芽一叶，以至于所有工艺完毕之后，只余下五铢钱大小的四五饼茶叶。

　　"没事，正好应了那句话，物以稀为贵。"万长生安慰她道。

　　"也是，如果白茶不稀少，怎么能衬托饮用白茶的人身份贵重呢。"沈清欢点头赞同，又为白茶的名字发愁，"叫什么名字好呢？"

　　"茶叶的名字不外乎与它的产地、典故、颜色、味道等有关，我看咱们不如叫它银毫吧？"

　　"不好不好。"沈清欢否决了这个名字，"我想叫它一斛珠。"

　　"为什么呀？"万长生实在想不通这个名字好在哪里，难道是听起来比较风雅吗？

　　"因为至少要用一斛珍珠才能换得这一饼茶。"

　　"奸商！"万长生笑着点了点她的鼻子。

第六十一章　曜变盏出赴泉州

在沈清欢和万长生忙着制作白茶之时，建州府人人都在传说泉州林家的窑厂里烧制出了一只曜变盏，沈清欢听闻后心痒难耐，于是找万长生商量着要不要去一趟泉州。

"我听人说泉州林家的窑厂里，出现了一只曜变盏。林家广散请帖，定下日子观盏，听说好多茶叶商人都准备跑到那里花重金求取呢。"沈清欢看着万长生期期艾艾地说道。

曜变盏是建盏中最为珍贵的一种，烧成带有极大的偶然性，素来有"一碗烧成万碗残"之说。而且每次形成的图案都会有变化，可以说每件都是孤品。

除了八大茶商每人重金收购了一只，其余流落在外者，不过三五只而已。可以说曜变盏是八大茶商身份的象征，如果沈家能拥有一只曜变盏，可以称得上是无上荣光。

"你也想去看看？"万长生知道她是在顾忌自己的想法，怕他见到林岩不开心。

"嗯。"沈清欢点头承认。

"那咱们就去。"只要沈清欢不别扭就行，万长生本身无所谓，反正如今他和沈清欢已经是蜜里调油好得分不开了。至于林岩，那都是过去的事了。

两人一路上慢慢悠悠地赶到了泉州，只见城里街头巷尾都在传林家的那只曜变盏。说是什么万窑难见，千年不遇，此生得之，死而无憾。

两人闻言相视一笑，这保准是林家放出的风声，好用来抬高身价。

"小哥，敢问你家公子林岩在吗？若在还劳烦你禀报一声，就说东京城里的故人来见。"

万长生来到林家门前让下人向林岩通禀二人的到来。

"不知公子尊姓大名？"门外的仆役问道。

"你只对他说一个姓万，一个姓沈就行了。"

不一会儿，就见林岩步履匆匆，带着难言的喜悦，快步来到了门口："清欢，你怎么这么快就来了？怎么不提前说一声呢？"

"啊？我们俩就在关隶县，因为得了消息，所以就赶来你家了。"沈清欢有些不明白林岩说的话。

"我说呢，派给你送信的小厮，才出发不到两天，你怎么就来了呢。"林岩这才恍然道。

林岩知道沈清欢必然会来争夺这只曜变盏，所以特意派小厮去东京给沈清欢送信，没想到沈清欢却就在附近。

万长生见两人只顾着寒暄，于是轻轻咳嗽，提醒林岩还有自己的存在。

"哦，长生兄弟也来啦，快请进。我让下人备些茶点，咱们坐在我屋里说话去。"林岩一回神，笑着望着万长生说道。

"好，清欢咱们进去吧。"

万长生边说边拉着沈清欢的手，沈清欢的手瑟缩了一下，却没有从他的手中抽出来。

林岩见状，垂眸笑了笑，加快脚步走在前面为两人引路。

林宅极大，林家老中青三代都住在这里，林岩的住处在东面的一角，不算富丽但也很雅致。

林岩的屋内正坐着一名中年美妇和一个青春少妇，两人正凑在一处亲密地说话。

见林岩领着两个陌生男女进来了，青春少妇立马站了起来见礼，那中年美妇依旧坐着，好奇地发问。"岩儿，这两位是？"

"娘，他们俩是我的好朋友。这位是沈清欢沈娘子，另一位是万长生万公子。"林岩先是介绍沈清欢和万长生，又接着道，"清欢，长生，这是我娘。"

沈清欢和万长生赶紧上前行礼，林岩的母亲笑着应了，让两人不要多礼。同时拉过身边女子的手道："这是岩儿的媳妇，静怡。"

沈清欢和万长生又是行礼道："林大嫂好。"

叶静怡含笑还礼，请丈夫和他的朋友坐下，自己规矩地站在一边侍候。

林母笑着打量了沈清欢几眼，说道："以前总是听岩儿提起沈娘子。今日一见，果然是个难得的美人。"

沈清欢只抿嘴一笑，不做回应。

倒是林岩听见这话，微微皱眉道："清欢在经商方面也是很有天赋的。"

"是是是，我听你说过嘛。"林母点头表示认同，又含笑指着万长生问道，"沈娘子，与你同行的这位是你的夫婿吗？"

沈清欢脸上的笑冷了一些，沉声答道："这是我的未婚夫婿。"

"哦，是这样啊。"林母脸上的笑容更浓了，"既然都不是外人，那今晚别走了，就我们这儿留宿吧。"

沈清欢笑道："长辈怜爱，原不应该推辞。只是我和长生，是和其他朋友一起前来的。若是两人单独住在了此处，未免有些不好。"

"那行，我也不强留了。我在这儿也坐了有一会儿了，身体有些疲乏了，就先回去休息了。你们年轻人聚在一起，自自在在地聊天儿吧。"

见林母要走，众人赶紧起身行礼。

"娘，我送你。"

叶静怡起身搀扶林母，林母却推开了她："你不用管我，留在这儿说话吧。"

林母走后，四人面面相觑，不知从何说起。

林岩忽然笑着起了话头说道："清欢，我尝过你们家的四季花茶了，茶香花香融为一体，真是搭配的绝妙。宛如身处在不同的山水之中，却又有佳人相陪一般，让人心情舒畅。"

"那林大哥这四季花茶中你最喜欢哪一个？"沈清欢好奇地问道。

"我当然是最喜欢折桂客了。它不仅味道好，寓意更好。"

"那林大嫂呢？"沈清欢又问叶静怡。

"我喜欢红颜。"叶静怡羞怯怯地回答道。

四人坐在一处说了会儿闲话后，万长生向沈清欢使了个眼色，示意她赶快走人，沈清欢垂眼表示知道。

"林大哥，我们就不多坐了，明天我们请你吃饭，到时候再好好聊天。"

"最起码等今天晚上见过我爹后再走吧，正好可以先和他打个招呼，到时候也有商量的余地。"林岩挽留沈清欢道。

沈清欢想了想，觉得他说的有道理，于是说道："好吧。"

四人枯坐无聊，万长生提议道："不如我们打叶子牌玩儿吧。"

众人欣然同意，林岩让下人拿了一副叶子戏过来，四人开始摸牌打牌，在打牌的过程中还一边聊着闲话。

万长生惊讶地发现，林岩和叶静怡都打得很好，只是在合伙打庄家时，配合得并不够默契。而且两人也极少交流，坐的位置也相隔得有一定的距离，他垂下眼想了想，将疑惑放到了心里。

等到华灯初上时，有仆人来到了林岩的屋里，请他们过去用饭。

林岩带着三人去往饭厅，同时边走边问仆人道："我爹和大哥都回来了？"

"是，老爷和大公子回来有一阵子了。"

林岩听到仆人的话一时停住了脚步，然后又接着问道："咱们家把会场布置好了吗？"

"回二公子的话，会场已经布置好了，只等三天以后，就开始展出那只曜变盏。"

"是吗？真好。"林岩笑了笑，带着众人继续走向饭厅。

到了厅内，林岩为沈清欢万长生和自己的家人互相介绍。双方分别见礼后，就开始入坐吃饭。林二夫人和叶静怡，站在一边为众人布菜。

沈清欢见众人吃饭时，连咳嗽都不见一声，感到有些压抑。万长生亦是如此感觉。因为沈家并没有食不言的习惯，而且沈家人喜欢在饭桌上交流感情，谈论一天的见闻。

等到吃了饭，漱过口后。林老爷将沈清欢和万长生，引到了一边的偏厅就坐。

"沈娘子这么早来泉州，肯定是为了那只曜变盏吧？"林父边喝茶边问道。

"您老真是慧眼如炬，我就是为了那只曜变盏来的，不过我也知道您的规矩，我会在三日后的展会上出价的。"

"哈哈！沈娘子，你误会了。我这只曜变盏，不准备卖，我要把它当作传家宝。"

沈清欢暗一琢磨就明白了林父的意思，他不是故意吊沈清欢的胃口，他是要留下这个活招牌，为林家的未来铺路。

于是沈清欢也不强求，只笑着问："老爷子既然您不愿意卖，那不知道您肯不肯借呢？"

"不知道沈娘子要借多长时间，借去干什么？"林老爷笑着问她。

"自然是借去参加这次斗茶大会了，我只会在最后一场比试中用这只曜变盏。您老放心，等到斗茶大会结束后，我一定完璧归赵。"

"沈娘子不是我小气不肯借给你。如果你在斗茶大会上没有取得好的名次，那么我借给你的这只曜变盏就要掉价了。"

"不知道林老爷有没有听过白茶的名头。"

"我知道那可是茶瑞。怎么，难不成沈娘子找到了白茶？"林老爷多聪明的人啊，一听就听出了她的话外之音。

"没错，我的确是找到了白茶。那么您觉得我现在有资格，借您的这只曜变盏了吗？"

"当然可以了，这天下第一茶自然要用天下第一盏来配呀。"林老爷一句话既捧了沈清欢，又捧了自己。

沈清欢笑了一下："还请林老爷为我们保密，别把白茶的事泄露出去。"

"那是自然啦，我还等着沈娘子一鸣惊人呢。"林老爷笑着同意了。

三人交易已毕，于是笑着告别。在沈清欢走后，林老爷失落地摇了摇头："可惜了。"

另一边，林二夫人的屋子里，她正在和儿子抱怨："你看看那死老婆子，算什么东西，竟抖起来了。她儿子不过是机缘巧合地烧出了一只曜变盏，有什么了不起的？"

"娘！大哥也是辛苦了好多年才成功的，大娘这两天不过是心里高兴，才多显摆了两句，这也是人之常情。"林岩实在听不下去，说了句公道话。

林二夫人见他不争不夺的样子，更生气了："你说说你，怎么一点儿都不像我！别人都踩在你头上了，你还跟没事人似的。"

林岩"呼"地站起来，动了真怒："我若是像你，现在就不会这么不开心。"

林二夫人明白了儿子的心事，小声道："今日我也见了，沈娘子的确是不错。不过当时她家小门小户的，的确和咱们家门不当户不对。"

林岩冷笑："叶家就和咱们门当户对了？上赶着巴结人家，人家瞧得上我们吗？"说完他便拂袖而去。

林岩回到自己的屋子里，见到叶静怡正坐在床上等他，于是压下怒火，笑着问她："你怎么不睡？"

"我在等你。"

"等我干什么呀？你快睡吧。"

叶静怡闻言躺在了床的内侧，林岩也上床，但却没有跟她同睡一头，而是和衣睡在另一头，中间还隔着一道棉被做成的分界线。

"你是不是很喜欢沈娘子呀？"过了一会儿，叶静怡轻声问他。

林岩看着扇子上那个已经有些褪色的络子道："直道相思了无益，未妨惆怅是清狂。"

第六十二章　叶氏来访忆往事

第二日早上，叶静怡抱着一幅画，独自一人来到了沈清欢居住的客栈，敲响了她的房门："沈娘子，你在不在？"

"我在，请进。"

叶静怡推门而入，沈清欢看到她时有些惊讶。原以为是哪个相熟的人呢，没想到竟是她。于是沈清欢好奇地问道："怎么一大早林大嫂就来了，找我有事？"

"我想请你看看这幅画。"

叶静怡将手中的那幅画放在客栈的桌子上。沈清欢缓缓地打开卷轴，发现里面画的是一幅仕女图，令人惊奇的是画中的那个女子竟是自己。

画作的右下角写着元祐二年七月，落款是泉州林岩。沈清欢心中暗道，元祐二年七月，那个时候她和林岩才刚刚相识，难道林岩对自己是一见钟情吗？

"沈娘子，林大哥的心里还是十分惦念你的。常常看见他拿着这幅画思念你。"

沈清欢听了这话无奈地笑了，这都多久以前的事了？难不成这位贵族娘子就是吃了干醋，这才一大早就赶来的？就在她这样想的时候，叶静怡接下来的话吓着了她。

"沈娘子，我愿意和林大哥和离，成全你们之间的情分。"

"林大嫂，你这不是在开玩笑吗？我承认我和林大哥以前的确有过一段感情，可是我已经放开怀抱了。现在我喜欢的人是万长生，至于林大哥，我只把他当作朋友。"沈清欢暗笑叶静怡糊涂，可仍是好声好气地把话说清楚。

"怎么会呢？你明明和林岩经历了那么多，我都听他说过的，你怎么会这么快就变心喜欢别人了呢？"叶静怡显然不能接受这个事实。

"快吗？已经过去三年多了。"

"我以为真正的感情都是坚贞不渝，海枯石烂的。"叶静怡的口气很坚定。

"林大嫂，林大哥可是先和您成了婚的呀。"沈清欢无奈地说道。

叶静怡开口道："原来是因为这个缘故，我实话告诉你吧，我当时也是迫于家族的原因才嫁给了他。我们俩成亲之后，从来没有过夫妻之实。"

沈清欢惊讶地看着叶静怡，此刻才发现这个看似羞怯的女子眼中的执着与坚定。她叹息着摇了摇头："就算如此，我也不会和林岩大哥在一起的。"

"为什么？就是因为姓万的那个小子吗？我没瞧出来他比林岩强在哪儿呀？"

"叶娘子，这感情之事，如人饮水，冷暖自知。"看到叶静怡还要再劝，沈清欢抬手制止了她，问道，"我听闻叶娘子是书香门第出身，不知道可否读过《老子》？"

"自然是读过的。"

"那您一定知道这句话了。相濡以沫，不如相忘于江湖。我和林大哥就是如此。昨日我去了林家，这才明白我是不适合待在那里的。我是向往自由的海鸟，做不了悠闲自得的锦鲤。所以我应该感谢林大哥，感谢他给我自由。"

叶静怡听了她的话，呆呆地坐在桌前，不发一言。沈清欢抬手拍了拍她的肩："叶娘子，他迟早会喜欢上你的。我相信！"

叶静怡满怀不舍地抱着画来了，如今又抱着画失魂落魄地走了。

"清欢，林大嫂这么早跑来找你是为了什么呀？"

"她跑来跟我说林大哥还喜欢我，他想和林大哥和离，让我跟林大哥在一起。"

"你同意啦？"万长生焦急地问道。

"你猜。"沈清欢故意逗他。

"我才不猜呢，像我这么年少俊美的男子，你不喜欢我还能喜欢谁呀？"万长生才不上当呢。

"自恋！"

叶静怡刚走到她和林岩的屋子里，就看见林岩坐在椅子上沉着脸问她："你抱着我的画去了哪里？"

"我去找沈娘子。"

"你去找她干什么？"林岩一下子焦急起来，不明白叶静怡要干什么。

"我要把我们之间的事情，跟她全部讲清楚。"

"你这样子不是平添她的烦恼吗？"林岩有些生气叶静怡的自作主张。现在沈清欢和万长生相处得很好，自己不应该去破坏他们的感情。

"你既然这么喜欢她，当时为什么不娶她？"叶静怡第一次痛恨林岩的好，有些愤怒地质问他。

叶静怡想，就算是当年被退了婚丢人，也总好过现在自己心如刀割。

"我想过要娶她的。可林家的水有多深你是知道的，我不想把她拖入泥沼中。她已经等了我七年，难道还要她再等下一个七年？"女子韶华易逝，他不能保证沈清欢的未来和幸福，所以只好选择放手。

"如果是我，别说七年，七十年我也愿等。林岩，你就是个胆小鬼！你就不能为你自己勇敢地活一次吗？"叶静怡冲林岩低吼，眼中淌着泪。

林岩第一次看到叶静怡如此激动，他忽然一下子明白了叶静怡对自己的心意。他苦笑道："我是俗得不能再俗的人。"

另一边的客栈里，万长生缠着沈清欢，要听她和林岩过去的事情。

"当真要听？"

"真要听。"

"那先说好，可不许喝陈醋。"

"放心吧，这种陈年往事有什么好在意的。我只是想知道我没能参与的你的过去而已。"

"我的过去吗？"沈清欢勾唇微微一笑，"长生，你知道吗？你做过的事情，我全做过。你没做过的事情，我也做过。"

沈清欢开始回忆自己十四岁时的事情，她的故事很长，从她及笄的前一年开启。

那一年的二月，她刚满十四岁，沈清欢至今还记得那一天的天空颜色和空气中温暖清新的味道。因为她最美好的少女时光，在那一天以后就被断送了。

"娘，爹这是怎么了？"

沈清欢听闻父亲重病的消息，赶忙跑到父母住处去问。

"不知道。连请了好几个大夫，也没说出是什么原因呢，现在只拿着人参给你爹吊着命呢。"沈夫人哭得像个泪人一样，眼泪成串掉落。

"徒弟媳妇儿，别哭了。我请了宫中的御医来给沈平看看，说不定人家能知道原因呢。"

万老太爷从天而降，恭恭敬敬地把大夫请到了沈平的床前。

那大夫捋着长长的胡子道："沈老爷的病，来得太急了。这是邪风入体，他平日里又不注意保养身体，这才引发了隐疾，如今已经病入膏肓了。我也只能写副药方，把他的命给救回来，至于其他的，我确实是无能为力了。"

沈夫人听了大夫的话，忙跪下来谢大夫："能把命救回来，我们就万分感激大夫您了。哪里还敢奢望其他。"

那医生也真是说到做到，药到病除。只是沈老爷从此落下病根，只能卧病在床，拿不动笔，看不得书，稍微一动脑子就头痛欲裂。

沈家茶坊的管事们得知了这个消息后，许多人都悄悄地动了走的念头。更有甚者还趁火打劫，欺负沈清欢母女二人不懂得经商，故意骗了好多钱走。是万老太爷听到了消息之后，派齐盛来给沈平镇场子，才压制住了那些不安分的人。

"绿尘，你说我该怎么办？我总不能一辈子靠齐盛伯伯吧。"沈清欢彻底没了主意，于是向绿尘征求意见。

"其实也没什么，万沈两家本来就是姻亲，相互帮衬也是应该的。"

"可是我总觉得心里别扭，这是我们家的产业。怎么能一直让外人来帮忙呢？"

"要是娘子愿意的话，你可以向齐盛老爷去学习经商啊。他和咱们老爷是师兄弟，肯定不会对你藏私的。"绿尘为沈清欢指出了第一步的路。

沈清欢向齐盛求教，齐盛惊讶地发现自己这个侄女天资聪颖，是块做生意的料。于是他回到万府中，告诉了万老太爷这件事，万老太爷嘱咐他要好好教导沈清欢。

不到一年的时间，沈清欢就完全掌握了做生意的窍门儿。只是屋漏偏逢连阴雨，船破又遇打头风。沈家运送茶叶的货车被山匪劫了，不光血本无归，还死了许多伙计。沈清欢为了安抚遇难者的家属，补偿了他们许多钱，又出钱做了悬赏通告，通缉那些山匪。

那时候的沈家茶坊，不过刚刚开业三年，手中稍有盈余。结果经此打击，可谓是一蹶不振。

于是沈清欢就做出了她此生最重要的决定——出海。

第六十三章　旧日时光难再回

元祐二年的七月份，沈清欢骗父母说她要去建州贩茶，她和绿尘换上男装，带着借来的钱买的茶叶赶赴泉州，坐上了出海行商的大船。

沈清欢和绿尘都是第一次出海，绿尘倒还好，沈清欢从上船开始就吐个没完。

"喏，这是防晕船的药，你喝下去会好很多的。"一个长得高高瘦瘦的年轻人，端着一碗乌漆嘛黑的汤药递给沈清欢。

绿尘上前闻了闻味道，冲沈清欢点了点头，沈清欢这才端过汤药一饮而尽。

过了一会儿，沈清欢觉得自己好多了，于是她向那名年轻人笑着搭话道："多谢大哥帮我，我叫沈清欢，是第一次出海，要去海外贩茶，还不知道大哥的姓名呢？"

"我是来自泉州的林岩，是去往日本贩卖瓷器的，你叫我林大哥就好。"

"哦，林大哥，你人可真好。你应该不是第一次出海了吧。"沈清欢好奇地问道。

"我已经出去过两次了。你放心，咱们坐的这条船，是我家的，很好很安全的。"林岩看出来她的心中所想。

"我也没那么害怕啦，我只是第一次见到这么大的风浪。"沈清欢有些害羞道。

沈清欢和林岩快速地熟络起来，两人不断地说些家乡的奇闻趣事，倒是显得一派和乐融融的样子。绿尘见状倒是皱了皱眉，有点怀疑林岩突如其来的热情。

不过没过几天，绿尘的疑虑就打消了。这位林岩公子待人热情有度，为人又真诚可靠，是个值得交的朋友。

一天夜里，沈清欢背着绿尘偷偷爬起来赏月。她已经不是第一次见到海上的明月，却还是像第一次见到那样心生感慨，感觉天地辽阔，人生渺小。

"清欢怎么不睡？"林岩从她背后出现，询问她道。

"我睡不着。"沈清欢无聊地踢了踢船舷。

"是在担心你们家里的事情吗？"林岩猜出了她的心中所想。

"嗯，没错。"

相识之后，沈清欢原原本本地将家里发生的故事告诉了林岩，除了隐瞒了自己的性别这一点外。

林岩笑着开解她道："你不是说，你家的那位老前辈，找了个道士给你开了一个海上方吗？现在你去往海外经商了。也正好可以找找这些药材呀。到时候找全了，带回去给你爹治病。那岂不是皆大欢喜。"

"那就借林大哥吉言了。"沈清欢笑着向他道谢，然后又好奇地问他道，"林大哥，你是为什么出海经商呀？"

"我？我当然是为了赚钱啦，你这不是说的傻话吗？"林岩微微垂眸，掩饰住自己的神情。

大船在海上航行了一个月，终于抵达了一个小岛。沈清欢带的茶叶是紧俏货，在这里被卖了个一干二净。

"你的茶叶卖得太着急了。你应该留下一些，等着去其他小岛贩卖一下，比较一下价格，看看往哪里卖最划算。还有你其实还可以买些这里当地的特产，卖往下一个地点的。"林岩见她生意做得不得法，指点她道。

沈清欢点点头表示受教了："我是第一次出海行商一时也没有想那么多，多谢林大哥指点了。"

沈清欢听了林岩的话，准备和绿尘买些当地特产，好去往下一个地方销售。只是她们没有想到恶人哪里都有，连海外之地也不例外。

那些商贩见两个小孩子脸嫩，便故意抬价，又用不熟练的大宋话故意讽刺她们。沈清欢年纪虽小，气性却大，忍不住和他们抬起杠来。双方愈演愈烈，竟要动起手来，沈清欢这才慌了神。

恰好林岩带着护卫经过此处，便冲上来为她解围："你们要干什么？合伙欺负我们大宋人呢，我告诉你们，如果你们再这样，我就告诉同船的人，再也不许和你们做生意。"

那些人欺软怕硬，知道林岩是海船主人的儿子，于是便换了副和善模样，结结巴巴地笑着说："大宋人好，我们不欺负大宋人。"

"清欢，你下次出海，还是带上一些护卫比较好，不然这些商贩见你年纪小，又身怀巨额财产，难免会心生不轨。"

"嗯，谢谢林大哥，这一路上我不知道都要谢你几回了，每次都是你来帮助我，也不知道我什么时候才能回报你呢？"

"这有什么？咱们都是大宋人，在这海外之地就都是同乡，自然要互帮互助。"

沈清欢记得林岩当时灿烂的笑容如同艳阳一般刺破了自己心中的阴霾，她惊讶地发现自己好像有点喜欢这个大哥哥。

"咱们一起回去吧，免得路上有人欺负你们。"林岩向两人发出邀请。

"好啊！"沈清欢笑着同意了。

从此之后，两人在海上经商的时候一路上都是相伴而行，林岩出海的时间长，见识也广，时常给沈清欢说海外的奇闻异事，引得她心向往之。同时林岩又教导着沈清欢如何与人交往，如何揣摩人心，何时要示弱，何时要强硬。

一日，行到日本国时，沈清欢正预备邀请林岩一起下船，去看看行情，只见林岩的小厮子墨，跑过来对她说道。

"沈公子，我家公子病了，我得下去给他抓药，其他人要去交货。留下公子一人，我实在不放心，请您帮忙照看一下可好？"

"好的，我这就照顾他。"

涉世未深的沈清欢从没有想过，这艘船是林家的产业，怎么可能会没有人照顾这个二公子，即使他只是个庶子。绿尘在一旁看得皱眉，但见沈清欢答应下来了，又不好阻止。

沈清欢和绿尘来到林岩的房间，只见林岩躺在床上，发现林岩满脸通红，额头滚烫。

沈清欢让绿尘去打些冷水，好给林岩降温散热，她则是端着一碗清水喂给嘴唇干燥的林岩喝。林岩贪婪地吞咽着清水，口中喃喃道，"娘，娘，你别打我了。我错了，我听话还不行吗？"

沈清欢暗自皱眉，似乎林岩的童年生活不是那么愉快。

绿尘打完水回来，对沈清欢说道："公子，水打来了，让我伺候林公子吧？"

"还是我来吧，林大哥一路上对我都很照顾，我为他做些事是应该的。"

沈清欢坚持要自己照顾林岩，绿尘无奈只能由她去了。

当沈清欢帮林岩换完毛巾之后不久，子墨就提着一串药回来了："沈公子，多谢你费心了，我现在就让船工去给我家公子煎药。"

绿尘见他回来了，赶忙说道："公子，你看子墨已经回来，不如就让他照顾林公子吧。这里空气憋闷，你身体又不好，呆的时间长了，怕是也会受到传染。而且你在这里，子墨想给林公子擦身体降温也不方便呢。"

沈清欢觉得绿尘说得有道理，于是说道："那么子墨我们先走啦。你好好照顾你家公子，等他醒了通知我一声。"

"您放心，等我家公子好了，我们必然会去道谢的。"

沈清欢闻言笑道："不过举手之劳而已，林大哥对我也颇为照顾，我这是投桃报李罢了。"

沈清欢因为林岩生病，决定自己和绿尘下船去见见世面，直到晚上才回来。

绿尘见沈清欢又站在船头吹风，于是催促地说道："公子不去睡吗？"

"嗯！我不困，我想点事情，绿尘你去睡吧。"沈清欢今日去了日本国，那里仰慕天朝文化，处处要和大宋学。茶叶在他们那里的价格比大宋要多上四五倍，她见此实在心热，可惜之前茶叶销售一空，如今只能徒然羡之。

"公子不去睡，我也不去。"绿尘倔强地回答，海外无法之地，没有人陪，她担心沈清欢会出事。

"哎呀，你不要陪我嘛，我知道你今天很累了，你快去睡。再说这是挂着大宋旗帜的船，没有外邦人敢来冒犯的。"

"外邦人不可怕，自己人杀自己人才可怕呢。"绿尘小声嘟囔着。

沈清欢闻言笑道："这里的每一个乘客都做有备案，若是航海途中不幸失踪一人，林家就要担上干系，因此有许多护卫在暗地里保护着呢，你别担心。"

绿尘抬眼问她道："林公子告诉你的？"

"嗯！所以你放心吧，不会有事的。"

绿尘见沈清欢坚持，只好自己一个人回房睡了。

沈清欢见大海辽阔，星野苍茫，心中顿生无限豪情。这是久困深闺的她，从未接触过的另一种美好。

就在沈清欢心生感慨之时，一道声音从她背后传来。

"清欢，你没睡呢？"

沈清欢看来人是林岩，不由得好奇地问道："林大哥，你好了？"

"嗯，我喝了药后好多了。我听子墨说他下船买药时，是你照顾我的。"

沈清欢红着脸道："林大哥对我那么照顾，我应该回报一下你。"

"多谢了。"林岩真诚地向她道谢，然后问道，"大海很漂亮吧！"

"的确很漂亮。我总觉得人跟大海比起来太渺小了，生活中的一些小烦恼在看见之后，仿佛一下子就没有了。大海可真辽阔啊，谁能想到在大宋的另一边，还会有那么多奇奇怪怪的好玩的地方呢。"

"大海神奇的地方可多着呢！以后有的你玩的。"

两个人在深夜中亲密地交流，浩瀚的大海波光粼粼，二人的头顶上一望无垠的星河熠熠生辉。

花了大半年的时间，这场海上的旅行终于结束了，沈清欢和林岩的关系在旅途中日益亲密，分别时二人都是依依不舍。

"林大哥，别送了，有空我会来找你玩的。"沈清欢站在归家的船上，冲林岩说道。

林岩拿出一对竹箫对沈清欢说："清欢，这是我在海上淘来的一对龙凤箫。我觉得跟你挺有缘的，分别在即，我想把这支凤箫送给你。"

"谢谢林大哥。"沈清欢惊讶地抬起头，看见了林岩了然的目光。她红着脸抖着手，接下了竹箫。

和林岩分手之后，沈清欢拿着那支竹箫翻来覆去地看，忽然她拍拍头道："我还不会吹箫呢，看起来要请个师傅学一学了。"

绿尘在旁边叹了一口气："娘子，你是有婚约的。"

沈清欢沉默一会儿，说："我可以退婚，我要和万长生退婚的。"

"你怎么退？老爷会愿意让你退吗？更何况那张海上方上有一味药引，叫做血灵芝。据我所知全大宋最多只有五六枝，而万老太爷的手中就恰好有一枝。"绿尘其实很心疼沈清欢，却不得不把这个残忍的事实说出来。

沈清欢一时沉默，归家的喜悦变成了对现实的失望。

之后的七年之间，沈清欢和林岩书信来往无数，共同分享生活上的甜蜜，痛苦，烦恼，暧昧的情愫日益滋长。虽然相隔千里万里，却犹如近在咫尺一般。

直到绍圣元年的七月，林岩突然告诉沈清欢他要成亲了，这场为期七年的美梦彻底醒了。

听到最后，万长生问了沈清欢一句："你还恨我吗？"

"不恨，我说过我喜欢你呀。"沈清欢笑着说道。

"你怨林岩吗？"万长生又问。

沈清欢没有回答，只是说："长生，你真应该去看看海上的明月与繁星的，那是我此生见过的最美的风景。"

第六十四章　斗茶获胜真相明

绍圣四年的三月，正是春茶上市之时，东京城中的斗茶大会也从这时开始了。斗茶大会不光为评比茶叶的品第，而更重视评比斗茶者点汤、击拂技艺的高低。

斗茶大会安排在了三月十五，比赛地点是万家的茶楼。

在斗茶比赛开始之前，万长生找了沈清欢夜谈。

"清欢，我想替沈家出战这次斗茶大会可以吗？"

沈清欢垂眼思索，她自然明白万长生为什么想要参与这场斗茶大会。因为万家茶坊也要参战，万长生渴望在这次斗茶大会上堂堂正正地击败对手。于是她同意了。

在经过一段时间紧张的筹备之后，斗茶大会开始了。只见在万家茶楼的高台上，齐盛站在那里开始宣布比赛规则。

"斗茶大会共比试两场，一天一场，第一场比试各茶坊的新茶，第二场比斗茶技艺。每家茶坊可派一人出战，最终挑选十名胜者。今年的斗茶大会，除了刘王高杜李乔七家，不拘哪家能够进入前八名，那一家就可以晋升八大茶商之一。"

每次的斗茶大会都要考验各茶坊的新茶，为的是怕众人懈怠，失去了向上的动力。同时也有鼓励各家茶坊积极创新的意思。

沈家茶坊奉上的自然是他们的四季花茶，没想到却被裁判席上一位德高望重的朱姓老先生批评了。

朱老先生看到花茶，连尝都不尝，直接就推开了："茶有真香，加以花香味，岂不多此一举。"

"朱老先生，此言差矣。"万长生不紧不慢地反驳，然后提出了一个问题，"敢问朱老先生，茶从何时被人发现？"

"书上有云，神农氏尝百草，以茶解七十二毒。若是以此推论茶叶出现的历史，则远在上古神话时期。"

"没错,那么此时茶是以什么样的身份出现呢?"万长生又提问道。

老先生微微一怔,轻声回答道:"自然是药材了。"

"想来朱老先生如此好茶,自然有读过陆羽前辈的《茶经》一书了。"

"没错,陆羽先生被人奉为茶圣,他的《茶经》一书更是我辈茶人奉为圭臬的行为规范。"说道此处,朱老先生还冲天拱拱手,以示对陆羽老前辈的尊敬。

"陆羽老先生是唐代之人,那么唐代是用什么样的方式来烹茶的呢?"

"亏你还是个出身茶叶世家的,自然是以煮茶法啦。"朱老先生轻蔑地瞥了一眼万长生。

"长生斗胆,再问老先生一句,唐代之前用的又是什么样的饮茶法呢?"

"粥茶法。"

"那么是不是可以说,如果陆羽老先生没有发明煮茶之法,他就不能获得茶圣之名了呢?"

"可以说是如此吧。"朱老先生摸了摸胡子,为难地说道。

"既然圣人都可以挣脱桎梏,改变创新,那么我辈效仿之又有何不可?"万长生厉声质问。

"当然不可以。"朱老先生气急败坏地回答。

"那么如今我们宋人用点茶之法,岂不是早就违背了陆老先生的话语?"万长生冷冷一笑,说出了诛心之论。

老先生一时怔忡,说不出话来。

只见万长生低声笑道:"所谓时移世易,便是如此。既然粥茶法可以被煮茶法代替,而煮茶法可以被点茶法代替,那么清茶佐以花香又有何不可?宋人向来崇尚风雅,点茶之时焚香、插花、赏画、手谈,种种雅事不一而足,要我说花香配茶香,也是极为风流潇洒的韵事。"

朱老先生彻底败下阵来,闭上眼不再开口说话。见此,万长生抬头向台下望去,和沈清欢交换了个眼神。

原来沈清欢害怕自家茶叶被人诘难,特意在斗茶大会开始之前,就和万长生套好说辞。

第一场比赛结束之后,沈家茶坊只得了中上的评价,沈清欢心里兀自不乐。万长生见后,笑着对她说:"别不开心了,第二场比试沈家一定能得第一。"

沈清欢点了点头，对第二场的比赛很有信心。

次日，第二场比赛开始，沈家全家出动去斗茶大会为万长生加油。

斗茶台上，万长生恶狠狠地扫了一眼齐盛，怀着满腹的斗志上了楼。

"我的天！那是曜变盏吗？真不是我想它想疯了，出现了幻觉吧。"台下一位茶坊的大师傅喃喃自语道。

他身边的一人搭话道，"你没疯，就是曜变盏！你看变幻莫测的颜色，令人迷醉的曜斑，那不是曜变盏，还能是什么？"

关于曜变盏的话题，就在万长生拿出茶饼之后结束。台下之人议论纷纷，都在猜测他手中的茶叶是什么茶。

"你快看，万公子用的茶叶是不是也和其他人不同啊？"

"就是，其色莹白，还没有见过这种茶叶呢！"

……

昨天的朱老先生激动地冲下裁判席，跑到了万长生点茶的台边，在一旁仔细地观察："你用的莫不是传说中的茶瑞，白茶吧。"

万长生微微一笑："前辈好眼光！"

"为什么昨天不拿出来？"朱老先生状似癫狂地喊了出来。

万长生只笑不回答，朱老先生心思一转就明白了："你是为了今天一鸣惊人！"

万长生点了点头，然后把点好的茶递给朱老先生，在看到他饮下之后，问道："老先生以为如何？"

朱老先生恶狠狠地盯着他，然后忍不住笑道："当之无愧的第一。"

万长生的出色表现，完全将余下的斗茶者的光芒遮盖了，所有人都在议论稀世奇珍曜变盏，都在议论传说中茶瑞白茶。

可是兰香却发现自己的娘子的脸色格外难看："娘子，万公子得了第一，您不高兴吗？"

沈清欢勉强笑道："高兴啊！"

沈家人一众人兴奋地回到沈家时，却看到沈家大厅里站着齐盛，他冲万长生笑道："长生，恭喜你！"

万长生捏紧拳头道："不必你来道喜，请你现在离开，我不想在这样高兴的日子见到你。"

齐盛没有理会万长生的恶语相向，而是闪身让自己背后的人物出现。

"爷爷。"万长生惊讶地喊出了口。他揉了揉自己的眼睛,觉得自己可能是在做梦。

沈氏夫妇也是惊呼出声:"师父。"

唯独沈清欢面色苍白,仿若游魂一般注视着万老太爷。

"长生过来。"万老太爷伸手示意孙子过来。

"爷爷。"万长生扑上前搂住他以为早已死去的爷爷:"你怎么?怎么活过来了?"

"我一直都没有死。这是我和你齐盛伯伯还有清欢商量的一个局。目的就是为了让你置之死地而后生。"

"局?什么意思?"万长生茫然地注视着齐盛,然后又将目光投向了沈清欢。

"清欢不是喜欢林家的那个小子吗?她就找我来退婚,我唯一的挂念就是你,她看得出来。所以她对我说,她会把你培育成才,希望我能够给她四年的时间。如果她把你培育成才了,我就为你们两个退婚,我同意了。我们商量着制定了计划,我装作突然离世,你齐盛伯伯扮演一个坏人,把你赶出去。清欢把你接进沈家,然后悉心调教你。你看你如今果真成才了。爷爷的心里真是为你高兴。"

"退婚?骗局?成才?呵呵,沈清欢可真有你的。"万长生一时接受不了,整个人如癫似狂地怒视着沈清欢。

"长生,我不是有意骗你的!"沈清欢受不住万长生怨恨的眼光,口气虚弱地说道。

"不是故意的?清欢,我真不知道是该谢你好,还是该怨你好。如果不是你把我逼到绝境,我也许一辈子都是那个纨绔子弟,绝对不会像今天这么有出息。可是你瞒了我整整四年,你的口风可真紧啊。看我痛苦难当,你难道不心疼吗?"

沈清欢一时无言,只木着一张脸看着他,仿佛无动于衷。万长生深深吸了一口气,攥着双拳问她道:"我只问你一件事,你对我的感情也是假的吗?"

"我不知道。"沈清欢觉得自己的脑子突然成了一团浆糊,她对两人感情突然之间不确定了。

万长生顿时怒气冲天,上前抓住她的双肩使劲摇晃:"什么叫不知道?我们相处了四年,我把你当作我的姐姐,我的师父,我最爱的未婚妻子。现在你告诉我,你不知道你对我的感觉?那我们算什么?我们之间经历的一切又算什么?"

"欺骗之上的情爱犹如空中楼阁,我在骗你的时候喜欢上了你,而你在被骗的过程中喜欢上了我。"沈清欢双目失神，一时厘不清情绪。

万长生颓然地松开她的肩膀，无力地走出她的房门，然后在门口停下："或许我们都该好好想一想。"说完他就冲出了房门。

所有人看着两个孩子之间发生的事情，都是一时静默无语。

万老太爷颤巍巍地走向沈清欢说道："孩子，你为什么不跟我说你们已经相爱了呢？这样，我也好以温和的方式出现在长生面前啊？"

"万爷爷您没错，错的是我！"沈清欢说完这句话，就晕倒了，兰香手疾眼快地接住自家主子。

等到沈清欢清醒时，周围站了一圈的人，却唯独没有万长生。她强笑着对众人说："我没事，休息休息就好了！你们都各自忙自己的事情去吧。万爷爷，齐伯伯，你们赶紧回万家吧！说不定长生正在家里等你们呢。"

"唉！我的沈丫头呀！"万爷爷叹息了一声，然后和齐盛离开了。

沈父脸色铁青地站在沈清欢床前："沈清欢，你好大的胆子，这么大的事也敢瞒着你爹。"

沈清欢抬眼看向她爹，没有回话，一双眼睛渐渐红了，一颗颗眼泪不受控制地从眼眶中滑落。

"你别说孩子，没看孩子正难受着呢吗？"沈母上前搂住女儿，不让沈父再开口。

"慈母多败儿，她的胆大妄为就是你惯的。"沈父冲着沈母骂了一句，生气地一甩袖子走了。

"娘。"沈清欢紧紧地抱住母亲，像是找到了一个避风的港湾一样。

"我苦命的女儿啊！"沈母也痛哭出声，为女儿坎坷的情路哀叹。

万府中，万爷爷和齐盛在深夜时见到万长生失魂落魄地回来。

"爷爷，齐伯伯。"万长生冲着正在等他的两人打招呼。

"回来了？"万爷爷柔声问他道。

"嗯。"万长生点了点头，然后向齐盛跪下磕头："齐伯伯，长生今日才知道你的用心良苦，我为之前对你的不敬赔罪！都是我不好，才害你受了这么多委屈，害得所有人都误会你是坏人，连亲儿子也不与你来往了。"

齐盛赶忙搀起万长生："长生，我不会怪你的。师父对我恩同再造，你父母于我又有活命之恩。只要你能成才，能撑起万家的招牌，别说我只是受些歧视的目光和世人的非议，就是要我命，我也会给的。至于齐飞这孩子，他做得对。若非如此，他也不是我一手养大的儿子了。"

三人在大厅里说了好多推心置腹的私密话，万长生却绝口不提沈清欢。齐盛几次三番想要为沈清欢说句话，每次都被万长生截断了话头。

等到万长生回房休息时，齐盛向自己师父说道："长生和清欢该如何是好呢？两个孩子都没有错，若是因此错过彼此，该多可惜呀！"

"放心，不会的。"万老太爷摸着胡子笑了，"你以为长生晚上为什么回来得那么晚？我听跟着他的人说啦，他一直就在沈府门口徘徊呢。"

"那师父您的意思是？"

"静观其变。"

第二天早上，沈清欢好不容易鼓起勇气拜访万家，却失落地发现万长生不在。

"清欢，你来有什么事？"万老太爷明知故问。

沈清欢收拾心情，从兰香手中搬出一盆玉树花："万爷爷，这是您当年托付给我的玉树花。可惜放在我这儿快四年了，它也没有开花，我没有帮您照顾好它。"

"谁说的，我的玉树花不早就开花了吗？"

万爷爷盯着万长生躲在一边的身影，乐了。

第六十五章　两人斗气互吃醋

从万府回到家后,沈清欢想起以前万长生无数次地向自己讨要荷包。自己总是忙着茶坊的事,没时间给他绣。

想到此处,沈清欢拉住兰香道:"那个,兰香,你教教我怎么绣荷包吧。"

"娘子是要送给万公子吗?"

沈清欢被戳中了心事,有点恼羞成怒:"要你管呀,你教就是了,闭上嘴不说话没人把你当哑巴。"

兰香挑挑眉,憋着笑道:"是,不过娘子要绣什么图案呢?"

"财源广进,福迭绵长就很好。"

"娘子,我听说万公子这两天一直都带着一群得意楼的娘子去游汴河呢。"兰香边绣花边和沈清欢闲聊。

"你听谁说的?"沈清欢不相信万长生会这样做。

"万安。"兰香有些心虚地回答道。

"随他去吧。他爱找谁找谁去,我管不着。"沈清欢嘴上这么说着,手上却放慢了刺绣的速度。过了一会儿,她又说道,"兰香,你去找人给乔天赐下个帖子,就说我觉得闷,明天想和他一起去汴河上游玩一番散散心。"

"啊?好。"兰香有些搞不懂娘子的想法,只好硬着头皮照做,希望不要弄巧成拙。

第二天一大早,乔天赐就来到了沈府门前来接沈清欢出门游湖。

沈父沈母知道了,皆是百思不得其解,心想女儿别是哪根筋搭错了,走火入魔了吧。

马车上,乔天赐笑嘻嘻地问道:"沈娘子,怎么今日有雅兴,找我和你一同游湖呀？"

"因为无聊啊！所以才想和乔公子一起游湖赏玩啊！"

"哦，原来如此。"乔天赐装作恍然大悟的样子，说道，"我还以为你是因为万长生呢。"

"你明知故问！"沈清欢生气地说道，"你就说帮不帮忙吧！你在余杭摆了我一道，我还没和你算账呢。"

"当然要帮啦，这不要钱的好戏，不看白不看嘛。"乔天赐痞痞一笑。

汴河之上，往来画舫如织，沈清欢仔细地找了一遍，才发现万长生的船在哪里。于是指挥着船上的众人也划船靠近他们。

等靠近万长生所在的画舫之后，只听见丝竹之乐阵阵，还不断飘来女子的娇笑声。

"万公子，再来一杯，我敬你。"得意楼的头牌柳依依媚眼如丝地看着万长生，搂着他的脖子就要灌酒。

"你干什么，离我远点儿。"万长生恶狠狠地推开了她。

"咦？对面船上坐的是不是沈清欢娘子和乔天赐公子呀？"柳依依也不生气，只是好奇地望着对面说了一句。

万长生闻言连忙转向船窗外去看，发现确实是沈清欢和乔天赐在一起游湖。两个人如今正直勾勾的盯着自己看。

万长生轻咳一声，对着柳依依说道："柳娘子，不知道你能不能为我弹奏一曲琵琶呢？"

"当然可以啦！只要是万公子您的要求，不管是什么我都会做到的。"柳依依笑了笑，冲着对面的沈清欢，瞥去了挑衅的一眼。

沈清欢只见万长生不断地与柳依依唱和，两人举动亲昵，话语缠绵，她的肺都要气炸了。

"乔哥哥，你渴不渴啊？妹妹喂你一口酒喝好不好？"沈清欢端着一盅酒就往乔天赐的嘴里灌。

"别，您这样灌我酒，我还不得呛死啊。"乔天赐赶忙拒绝道。

"那你想要妹妹怎么做啊？"沈清欢咬牙切齿地笑着说，"妹妹怎么都依你。"

"好啊，妹妹喂我吃颗葡萄吧。"

沈清欢捏起一颗葡萄，丢在乔天赐的嘴里，乔天赐用嘴接着。

沈清欢冲着万长生微微一笑，万长生顿时火冒三丈，他拉起了柳依依的手。沈清欢也不甘示弱。又塞了一颗葡萄给乔天赐吃。如此你来我往，一大盘葡萄都快要被沈清欢揪尽了。

"行啦行啦，别喂了，我都快撑死啦。"乔天赐闭上嘴巴不肯再吃。

"妹妹不是心疼哥哥吗？"沈清欢低下头装作羞怯的样子。

"少来这一套，我可看得清清楚楚的，咱们旁边不是坐着万公子吗？怎么准备拿我当香饵钓鱼呢？"乔天赐笑着戳破她的心思。

"你呀，真是嘴不饶人！"沈清欢抬头横了他一眼。

"反正你也不打算嫁给我，我又何必再装谦谦君子呢？"

"我的心思你既然知道得清清楚楚，那为什么还要配合我演戏呢？"沈清欢不解乔天赐的用意。

乔天赐见万长生向他们望来，含笑搂着了沈清欢的腰，在她耳边低声说道："这第一嘛，是我讨厌万长生这个小子，能把他气得跳脚，我当然高兴了。这第二嘛，我自然希望你们弄假成真，做不成夫妻，好让我捡个便宜。"

可惜的是，万长生这次只淡淡扫了两人一眼，随即就放下船窗的竹帘，和妓女们高歌作乐去了。

沈清欢见状，直接拉开乔天赐环腰的手，恨恨地捶了他一拳："你这人呀，真是没劲透了。"

沈清欢兴冲冲游湖，烦闷闷归来。乔天赐绅士地用马车把沈清欢送回了家，然后一路上哼着小曲回家。

"公子似乎心情很好？是因为沈娘子吗？"他的贴身小厮殷勤地为他捶肩，壮起胆子问了一句。

乔天赐敛住笑容，冷冷地扫了他一眼，然后半阖眼眸低声说了句："是又如何？"

小厮一时被他骇住，憋了半天吭吭哧哧地问道："公子喜欢沈娘子？"

"我娘让你问的？"乔天赐多聪明呀，一下就猜出了幕后指使者。

"嗯。"小厮微微点头，他自是晓得自家主子的脾气的，因此便以诚相对。

"你告诉她，我不喜欢沈清欢！让她死了那条心吧。"乔天赐声音冷厉地说道。

"那奴婢就照公子的原话回禀老夫人吗？"小厮害怕地抬眼打量主人，心中忐忑不安。

"就照我的话告诉她，一个字也不要改。"

沈清欢左思右想还是不服气，换上男装去往得意楼寻柳依依去了。

"咦，沈娘子不是杜若常客吗？今天怎么想起来点我的花牌了，敢是要换换口味吗？不过我可没有磨镜之好，怕是难以消受美人恩了。"柳依依一副瞧好戏的样子。

"我没有磨镜之好。"沈清欢瘪了瘪嘴，无奈地问道，"万长生和你们游湖时，我看见你俩脸贴脸了，你们俩是不是……是不是要好了？"

"嗯，我是要和万公子好了呀！他说要给我赎身，还说要再给我置办一个院子供我住呢，然后等到他们家老爷子去了，就把我迎回家去。"柳依依故意气她，说了些根本不存在的事。

"他不会娶你为妻的。"沈清欢攥着拳头说道。

"我知道呀！我也没说要给万公子当妻呀，给他当妾也很好呀！再说了，再不济给他做个姘头，也比跟着那些头发花白、满脸皱纹的老头强呀！"

"你，你不知羞耻。"沈清欢红着脸气愤地说道。

"我就是一个妓女，还要什么羞耻呀？再说了，你一个良家女子跑到妓院里，就很知羞耻了？"

沈清欢被她堵得说不出话来，气呼呼地走出了得意楼。

"你不该逗她的。"杜若笑着从柳依依背后走出说道。

"怎么，我还点醒她不成？不好意思，我不像杜若娘子您，不爱普渡众生，当不了救苦救难的活菩萨。我就是喜欢看人闹别扭，况且他俩斗气越久，我能赚的钱也就越多。"

"你呀！早晚吃亏在自己这张嘴上。"杜若叹息着说道，柳依依言辞锋利，终有一天怕是会害了她自己。

"用不着你管！"柳依依瞥了杜若一眼，自顾自地走了。

看着柳依依离开的背影，杜若对身边的侍女云儿说道，"云儿，去给万公子和沈娘子分别下封请帖，说我明天晚上请他们在得意楼相见。"

"知道了。"云儿点头称是。

万安拿着一封请柬向万长生禀报着："公子，杜若娘子请您明晚去得意楼一叙。"

兰香拿着一封请柬向沈清欢禀报着："娘子，杜若娘子请您明晚去得意楼一叙。"

沈清欢和万长生分别收到了杜若的邀请。当两人同时到得意楼时，才发现了这是杜若的撮合。

"长生。"沈清欢怯生生地叫着他的名字。

"杜若娘子找我来有事。"万长生听见了也不回答，只笑着问杜若。

"的确有事，今日我心情很好，想为你们二位弹奏一曲。"

杜若笑着说罢，轻抚琴弦，弹奏一曲《凤求凰》。

凤兮凤兮归故乡，遨游四海求其凰。
时未遇兮无所将，何悟今兮升斯堂！
有艳淑女在闺房，室迩人遐毒我肠。
何缘交颈为鸳鸯，胡颉颃兮共翱翔！
凤兮凤兮从我栖，得托孳尾永为妃。
交情通意心和谐，中夜相从知者谁？
双翼俱起翻高飞，无感我思使余悲。

听完一曲之后，沈清欢捧场鼓掌，说道："姐姐的琴艺越发精湛了。"

万长生却瞧着沈清欢冷笑道："可惜凤能求凰，凰却不能求凤。"说罢，万长生甩甩袖子走人了。

"杜姐姐，我好好跟他说话，他不理我也就罢了，干吗生这么大气？"

看着沈清欢气鼓鼓的样子，杜若笑着说了一句："你呀，真是个傻瓜。"

杜若接着又劝解沈清欢道："你明知道他是为了让你吃醋，才故意用柳依依气你的。你可倒好，你和人家对着干！我的沈大娘子啊，他是你喜欢的男人，可不是你生意上的竞争对手啊！"

"那你说我该怎么办？"沈清欢总算明白了杜若的意思，于是向她请教道。

"我的傻妹妹呀，他要的只是你的一句对不起。"杜若是局外人，对万长生的心思看得透彻。

"那我多没面子啊。"沈清欢低不下身段求和。

"哦，那人家不要面子啊。人家的家破人亡，众叛亲离，都是你造成的吧？"杜若笑着问她。

"那全是假的。"沈清欢心虚地说道。

"可他以为那是真的。你还在人家爱上你之后告诉他，你是为了不和他在一起，才和他在一起的。你说他知道了该有多难过。而且你明明有那么多机会，可以告诉他真相，你为什么不说？"

"我那是为了信守承诺。"沈清欢低下头，不愿去看杜若。

"不全是吧。"杜若看着沈清欢笑了，一双眼睛认真地看着她。

"好吧，我承认我在害怕。我害怕他知道了之后不肯原谅我，我越害怕我就越不敢说，我越不敢说就拖得越久，我拖得越久我就更加害怕了。"沈清欢说着说着，双眼蓄满了泪水。

沈清欢这段时间的煎熬，让她充分体验了当年林岩的那种纠结心情。越是喜欢一个人，就会越害怕。害怕伤到他，害怕伤到自己。

"去吧，跟万公子说你错了。告诉他，你喜欢他。他会原谅你的。"

"真的吗？"沈清欢含着泪看向杜若。

"真的。"杜若坚定地冲她点点头。

第六十六章　诚心道歉误会消

　　第二天一大早，沈清欢就出现在了万家，她没有带一个仆人，自己牵着小黑狗，提着许多盒点心。

　　"清欢，怎么这么早就来了？还带着这么多礼物。"万老太爷见到她时眉开眼笑。

　　"我是来找长生的。"沈清欢低着头，两只手不安地搅在一起。

　　"你找长生啊！他在屋里呢。"万老太爷笑着给她指明了方向。

　　沈清欢来到万长生的门前，却见他房门紧闭，于是又失去了勇气。她不断地给自己加油打气。不就是敲个门吗？沈清欢，你可以的，加油。然后她又伸手、缩手，胆小地蹲下身子缩成一团。反复几次之后，她终于下定了决心去敲门，"笃笃笃"。

　　"请进。"万长生扬声道。

　　"长生。"

　　沈清欢推门而入，站在门口小声地喊了他一声。

　　"哦，是沈娘子您来了呀！"

　　万长生本来正躺在床上赖床，听见她的声音立马站了起来，然后又慢吞吞地坐了回去："你来找我干什么？"

　　"那个，小黑想你了，我把它给你送来。"沈清欢抱着小黑狗，把他递到万长生面前。

　　看着小黑狗湿漉漉的眼睛，万长生心中一软接了过来，然后没好气地说道："我把狗留下了，谢谢你把它送来啊，慢走不送。"

　　"那什么，你看这是你最爱吃的芙蓉糕！我偶然经过丰乐楼随意买的，买多了送给你一些。"沈清欢抱着一摞糕点放到万长生屋里的桌子上。

　　"哦。"万长生只闷闷地应了一声，心里默默吐槽你的确买得有点多。万长生眯了眯眼睛，还有，用这么点芙蓉糕就把我打发了，当我是小猫小狗啊？"

"那个你看，这是我前两天练手绣的荷包，绣得不好，没人要，只好送给你。虽然我的绣工不太好，不过我相信它会保佑你财源广进，福迭绵长的！"沈清欢见万长生撇了撇嘴，赶紧又摸出一个精美的荷包献宝。

万长生看了看荷包，有些生气地把它放在一边，做工倒是挺精细的，可是谁稀罕财源广进，福迭绵长呀？我要的是鸳鸯戏水，比翼双飞好不好啊？

看万长生还不满意，沈清欢咬了咬下唇，又拿出一张茶园的地契："这是咱们发现白茶的那座山头的契约书，当时我把它挂在了沈家茶坊的户下，其实这树也有你的一半功劳，你把这占股合同签了吧！然后，我就再也不烦你了。"

"呵呵。"万长生被她给气笑，"小爷才不稀罕这白茶树呢？我能找到第一棵，就能再找到第二棵，第三棵……我要的只是你的一句对不起。"

"对不起，我错了！你原谅我好吗？"沈清欢跑到万长生身边，拉着他的袖子真诚地道歉。

"你的道歉真的很没诚意啊！"万长生盯着她看，认真地说道。

然后万长生"唰"一声打开折扇摇晃，一副心火太旺的样子："好，你说你错了，那你说说，你错在哪了？"

"我错在……我错在……"沈清欢张了好几次口，还是没说出自己错在哪里。

"敢情你还觉得自己没有错吗？"万长生有些生气地把扇子扔在了桌子上。

"我实在不知道自己错在哪里嘛！"沈清欢眼睛渐渐红了，"当时你那副纨绔子弟的样子，我怎么会喜欢你嘛，我要退婚也是正常的呀。难不成你要我糊里糊涂地过一辈子？"

"我也没说你退婚错了呀？"万长生见她有些带哭腔，顿时有些不知所措。"我是说你不该骗我，骗我说我爷爷死了，让我难过这么多年。"

"可是那是万爷爷定的计划呀，我答应他了总不能言而无信，出尔反尔吧？再说了，齐伯伯也骗你了，你也没对他那么生气呀。"沈清欢开始淌眼泪，一张俏脸楚楚可怜地看着万长生。

"我也没让你背信弃义呀！我不生齐伯伯的气，是因为我又不娶他当媳妇。你是我媳妇，你瞒着我，我当然生气了。"万长生见沈清欢哭了，手足无措地站起来，把她扶到椅子上坐下，拿出手帕给她擦眼泪，语气也柔了下来。

"那你说我错在哪里嘛？"沈清欢索性把头埋在桌子上，肩膀一抖一抖的。

"你……你错在不该骗我呀！"万长生见沈清欢哭得更厉害了，用手轻轻拍着她的后背，顿时理也不直了，气也不壮了。

"我都说了，我骗你是有原因的嘛。谁能想到后来，我会喜欢上你呢？"沈清欢趴着哭得呜呜咽咽道。

"行了，我原谅你了。"万长生听到喜欢两个字顿时气消怒散，把一肚子的郁闷抛到九霄云外，"你别哭了，行不行？"

"真的原谅我了？"沈清欢抬起头眼泪汪汪地问道。

"真的原谅你了，我本来是特别生气的。说实话，出于自尊，我很想拒绝你，可是我的心告诉我，我就是喜欢你，你就是吃定我了。"万长生无奈地说道，沈清欢真是命中的克星啊！

"那你刚才还凶我，还不吃我带的点心。"沈清欢抬起脸，两只含泪的眼睛委屈巴巴地看着他。

"我吃，行了吧！"万长生无奈地苦笑，我算是一辈子都栽在眼前这个人手里了。他打开糕点盒，把嘴巴塞得满满的。

"那你还不要我的荷包。"沈清欢又指着荷包说道。

万长生咽下口中的糕点，抓起荷包佩在身上，又趴在她耳边说道，"这个我先用着，我还想要一个鸳鸯戏水的。"

沈清欢羞红了脸，轻轻捶了他一下，万长生笑了笑，开始准备在占股契约上签名，却见沈清欢擦擦眼泪，把契约书一折放进了衣袖中。

"哎，你这人干吗把契约收起来，我要签名的呀！"

"可是刚才是你说，你不要的啊，你说要自己再找白茶树呢！加油，长生，我相信你肯定能找到的。至于这棵白茶树嘛，就让它给我当嫁妆吧！到时候我一嫁过来，人和东西不都是你的吗？"沈清欢笑眯眯地冲他撒娇。

"你这个小财迷呀！我严重怀疑你刚才都是装的。"万长生刮了刮她的鼻子，又是好笑又是生气又是无奈的。没办法，谁让自己就是喜欢她呢？

"我不是装的，你不理我，我确实很难过。"沈清欢认真地说道。

"那下次有什么事，你不许瞒我。"

"不会有下一次的。"沈清欢举起手发誓道。

"那你亲我一下，我就相信你。"万长生把脸凑近沈清欢。

"啾"的一声，沈清欢亲上了万长生的脸颊。

"不够！"万长生坏笑着吻上她的唇，把她搂进自己怀里。

沈清欢的好万长生接受，沈清欢的坏万长生也接受，沈清欢的一切都只能属于他。

第六十七章　两人和好定婚礼

万老太爷见孙子和沈清欢手拉着手，从房间里出来了，沈清欢的脸还红扑扑的。于是他笑着问道："你们两个和好了？"

"嗯！"两人同时点了点头。

"那咱们两家什么时候办婚礼呀？我看下个月的初五日子就很不错，不如就定在那天吧！"万爷爷已经迫不及待地想要抱到重孙子了。

万老太爷知道孙子肯定会原谅沈清欢的，因此他早早地就帮孙子和她合过八字了，算命先生给了他几个好日子，他把离得最近的日子挑了出来。

"啊，那么急呀。"沈清欢掐指一算不到半个月的时间。

"时间很急吗？"万长生睁大眼睛瞪她，她不想和自己快点成亲吗？

"啊，不急不急，你说什么就是什么。"沈清欢赶紧摇摇头，给最近易怒的万长生顺毛。

"嗯，爷爷，时间的确有点儿太急了。先不说我们要做婚礼的筹备工作，而且我们俩的好朋友，有些离咱们东京城还很远，他们赶回来还要一段时间呢。不如稍稍推迟一点？"

万爷爷笑了，他这个口是心非的孙子呀！"那就下个月二十七好了，算命先生说，那天也是好日子。"

"行吧。"万长生看了一眼沈清欢，见她同意后，也点头答应了。

"那好，清欢，我现在就去你们家提亲。"万爷爷兴冲冲地喊来管家万顺，让他把自己早就给孙子媳妇预备好的聘礼，从库里搬出来。

然后沈清欢就看见万家的下人，一趟又一趟地从她面前搬着东西而过，最后装了整整十六大车的聘礼。

"万爷爷，用不着这么多吧？！"沈清欢被震惊了，不好意思地推辞道。

"就这我还嫌少呢，不过想着到时候你嫁过来，又要把东西往回搬，我也就不想准备那么多了，不过还是要让你面子上能过得去的。"

"过得去，这太过得去了！"沈清欢喃喃自语道。

十六大车的聘礼万老太爷您还嫌少，那您想要多少车啊？还有嫌聘礼少，应该是女方的台词吧。

当万长生和沈清欢回到家里，她告诉父母自己和万长生成婚了，母亲的眼泪当场就下来了。

"娘，您别难过，别不舍得我，咱们两家住得这么近，抬抬脚就到了。"沈清欢安慰母亲道。

"娘没难过，没不舍得你呀，我这是喜极而泣，女儿你终于要成亲了。"沈母擦着眼泪诧异道。

娘，你这样我好难过，我是成为您的负担吗？我能嫁出去，都能让您高兴得都哭了。沈清欢在心里翻了个白眼，默默想道。

双方家人都为两个孩子的婚事忙翻了天，沈清欢和万长生都提笔写信，把自己要成亲的消息告诉了远方的好友。

"长生，我们能成亲要感谢一个人。我们的婚礼，我想请她来。"万长生在给东京城里的亲朋好友生意伙伴写婚礼请柬，沈清欢趴在万长生肩头说道。

"你是说杜若娘子。"万长生当然知道沈清欢说的是谁，当然他也明白了沈清欢的顾虑。毕竟杜若是一个乐籍女子，沈清欢害怕万家不会让她出席。

"如果不是杜若姐姐，我和你可能还要闹好长一段别扭。而且她帮了我好多忙，我心里对她实在感激。"

"我又没说不请她呀，我心里也万分感激她。"万长生下笔给杜若写了一封请柬，问道，"我们要不要亲自送去啊？"

"当然要啦，这样才显得我们心诚嘛。"

当两人把杜若约出来以后，恭敬双手地递上请柬，杜若突然吃惊地问道："给我的？"

"嗯！"沈清欢点点头。

杜若忍不住笑了，她没有看错人，沈清欢的确是个值得交的朋友。

"我会去的。"杜若郑重地承诺道。

婚期临近，时间越发紧迫，沈清欢正在咬着笔杆思考要如何安排座位，毕竟生意人的关系复杂，新仇旧怨，明争暗斗不断。正在苦恼之际，却见万长生笑容满面地进入屋内。

"清欢，你猜谁来了？"

"就是天王老子来了，我也不会高兴的。"沈清欢把笔杆一丢，没形象瘫了椅子上。这成亲真是累死人了，光是准备工作都要把人烦死。

"我敢打赌，见到这个人，你保准一蹦三尺高。"万长生兴致盎然地卖关子。

"谁呀？"沈清欢有些好奇，于是忍不住询问道。

"我呀！"

一道蓝色的身影从万长生身后出现，熟悉的声音顿时令沈清欢从椅子上面吃惊地站起来，她看着那张俏丽的脸庞，不禁欣喜地跑上前喊道，"绿尘姐！"

绿尘也快步上前抱住自己的好姐妹，笑嘻嘻地调侃她："清欢，是不是再过两天，我就要叫你万夫人了呀？"

"你真讨厌！来了也不告诉我一声，还光笑话人家。"沈清欢先是没好气地把她推开，然后把她按在椅子上。沈清欢对万长生说道，"你先出去，让我们姐妹俩说点闺房密语。"

"得令！"万长生俏皮地应了一声，笑嘻嘻地出门看伙计们筹备婚礼去了。

"看到你和长生在一起了，我真替你们开心。"绿尘拉她一起坐下，同时伸手去看她拟写的座位名单。

"你别光为别人操心，你过得好不好？"沈清欢从她手中拿出名单，放在一边，然后郑重地问她。

"就像我信里说的那样，挺好的呀！"绿尘笑眯眯地说着，脸上一片真诚。

"真的？"沈清欢怕绿尘骗自己。

"当然是真的了，孙家公子虽然是个卧床已久的重症病人，可他不但没有那些乖戾脾气，反而心胸开阔，爱说爱笑，是个难得的和善人。他对翠涛也不错，还特意托人把翠涛送到名门大派中学武。这不，门里管得严，翠涛这下没法来参加你的婚礼了，他托我跟你说句对不起。"

"啊，我知道，你信上说过的。不管翠涛能不能来，他都是我弟弟。"沈清欢垂下眼眸，轻声问道，"你对他感觉如何？你喜欢他吗？"

绿尘笑了笑："还可以吧，他人挺好的，我挺感激他的。我嫁过去那天，要不是他维护我，我也没法在他家立足。而且他知道我们关系好，听说你要成亲，他还特意派人把我送回来观礼呢。"

"那他的身体还能再坚持多久呢？"沈清欢犹豫了一会儿，还是问出了口。

"不知道，多则两三年，少则一年半载吧。"绿尘语气黯然地说道。

"那如果他没了，你打算怎么办？住在他家守寡一辈子吗？"沈清欢格外担心绿尘的将来，她知道那位公子身子虚弱，绿尘和他二人至今尚未圆房，如果他一旦离去，绿尘身边又无一儿半女傍身，必定会处境艰难，于是提醒绿尘要早做打算。

"他也跟我说过的，他已经告诉了他的父母，叫他们不要为难我。说等他没了，就放我自由。要是我没处可去，也可以留在他们家里。"

"我真想见见他。"沈清欢突然萌生了要见这位公子一面的想法，想要知道这位内心温暖处事周全的公子，究竟是怎么样的一个人物。

"只怕你见了会大失所望。他长得普普通通，不俊不丑，没有长生俊俏，也不似林岩公子那样阳刚。他虽略通笔墨，却不善书画，而且时不时还有点小孩子脾气。他怕黑怕虫怕吃药，爱吃爱玩爱热闹，是标标准准的俗人一个。"绿尘想起那个人，不由得露出柔和的笑容，宛如整个人沐浴在春风中。

"是吗？"沈清欢听了也跟着笑，却又暗暗担心。绿尘看样子对那位公子的感情并不是停留在还可以的层次上啊。

"这次你回去的时候，把当年给我爹开方的道士请到惠州去吧。让他给孙家公子看看病，若是能治好，也算咱们知恩图报不是？"

"好呀！"绿尘笑着点了点头，"别说我了，还是看看怎么安排嘉宾吧。"

"你看这样行不行？"沈清欢拿起名单一个一个指给绿尘看，商量着要如何处理。

第六十八章　情侣终成百年好

日升月落，乌飞兔走，时间很快来到了二十七日。

沈府上下是一片红色的海洋，万长生骑着高头大马来迎亲，一路上撒着铜钱不断散福，周围的人也是对他连声道贺。

等到了沈府，万长生才觉得自己的手有些微微抖动，他终于把这一天盼来了。

沈清欢盖上盖头，从自己闺房内去往前厅拜别父母。

"去吧！"沈老爷只说了一句话，他知道女儿一定会幸福的。

沈夫人看着女儿一步步走进花轿，泪水不住地流淌，虽然早就知道有这么一天，可是她还是舍不得女儿。

沈清欢坐在轿上心情忐忑不安，她摘下盖头掀起轿帘向外望去，悄悄地打量万长生。只见新郎今日一身红袍，胸前佩戴着大红花，一身潇洒的气派，让沈清欢迷醉。

过了一会儿，骑在马上的万长生往后一看，正和沈清欢的视线撞个正着。万长生没好气地瞪了她一眼，责怪她连成亲时也不安分，她俏皮地吐吐舌头放下了轿帘。沈清欢摸着心脏，感觉平静了许多。

一众人马欢欢喜喜地奏着乐曲，从沈府吹到万家。

万长生翻身下马，站在轿前等待自己的新娘出来，沈清欢羞涩地从喜轿中钻出，两人共持红绸的两端，缓缓地走向万府。

万长生心里着急，走得却很慢，他怕沈清欢被盖头遮住了视线，会不小心摔倒。沈清欢走得很快，心里却很平静，因为她知道她的前方有她一生的依靠。

两人共同怀着喜悦兴奋的心情，走向了万老太爷所在的方向，跟着司仪的声音开始行礼。

"一拜天地。"

两人同时感谢天地，感谢让我们相遇，我们一定会好好珍惜这段缘分。

"二拜高堂。"

万长生谢谢爷爷对他的抚养之恩，谢谢爷爷为他定下了沈清欢这个未婚妻子。

沈清欢则感谢万爷爷对他们一家的恩情，以及对自己的支持。

"夫妻对拜。"

万长生在心里对沈清欢说，遇见你我才成为了更好的自己。

沈清欢在心里感谢万长生对自己支持，理解与呵护。她何其幸运，遇到了一个能一路同行的人。

"礼成，送入洞房。"

婚礼的最后一个步骤结束了，两位新人共同入了洞房。

在经过繁琐的婚礼步骤后，万长生简直都要累疯了，他挥手让喜娘和丫环都退出房间，然后拿着喜秤挑起沈清欢的盖头。

"清欢，你今天真美！"万长生忍不住称赞道。

沈清欢身穿红色嫁衣，头上盘着妇人发髻，眉如新月，目如春水，双颊飞霞，红唇嫣然。

沈清欢娇羞地看着万长生，低下头一语不发。

万长生走上前，挨靠着她坐着，问她道："你要喝合卺酒吗？"

"嗯！"沈清欢轻轻点头。

万长生把酒杯递给沈清欢，两个人手腕交互，共同饮下杯中酒。

"少爷，前面的人还都等着看新娘子，夫人你们俩还是赶快出去待客吧。"万安在新房外催促。

万家是经商世家，没有那么多繁文缛节，因此酒宴上是夫妻两个一起出席，共同感谢亲朋好友的光临。

"咱们走吧，夫人。"万长生拉起沈清欢一同出门。

到了宴席之上，万长生和沈清欢四下张望，看见了绿尘，看见了齐飞，看见了林岩和叶静怡，却独独没有看见杜若。

"老太爷，端王爷来了。"管家万顺忙不迭地跑到万老太爷身边禀报。

"什么？真的吗？"万老太爷激动不已，这可是天大的面子啊。

"真的，马上就要过来了。"万顺也是兴奋不已。

说话间端王爷就到了，他的身边还站着杜若。

众人见了端王爷连忙行礼，端王爷含笑让众人起身："万家和沈家都是八大茶商之一，今日两家大喜，我也带着杜若娘子来讨杯喜酒喝。"

杜若上前冲着众人行了一礼："妾身杜若，知道今日是沈娘子和万公子的喜宴，所以特来抚琴助兴。"

杜若从仆人手中接过绿绮琴，只见她手下按弦，一首欢快喜悦的《鸾凤和鸣》，从她的指尖倾泻而出。

杜若甚少弹这般通俗的曲子，却依旧娓娓动人，让人感受到她对一双新人的美好祝愿。

一场宴席，宾主尽欢，众人欢饮到了月上中天。

"真是的，酒量不行，少喝点儿嘛。"沈清欢艰难地把万长生扶到床上，然后挥手让下人退下，拿着湿毛巾给万长生擦脸。

"我没醉，我骗他们的。"万长生突然睁开眼，眼神一片清明。

"你演技可真好，连我都被骗了，以为你真喝醉了呢。"

"我才不会喝醉呢，今天是我的洞房花烛夜，我当然要和我的娘子共度春宵啦。"万长生搂住她笑嘻嘻地说道。

沈清欢面上飞红，害羞地看了他一眼。

"夫人，可以吗？"万长生用额头抵着沈清欢的额头，轻声问她道。

"你问我干什么？难道我还能说不可以吗？"沈清欢抬眼看他，眼神迷离地说道。

万长生把沈清欢缓缓地放在床上，自己也躺了上去，轻轻吻了吻她的额头、眼睛、鼻子和嘴唇，然后把床帘拉了下去。

在红烛摇晃的火光中，只能看到地上交缠在一起的衣服。

第二天早上，万长生醒来发现沈清欢没有躺在自己身边，他起身开始寻找，却见沈清欢独自一人正坐在梳妆台前画眉。

万长生走了过来，冲着镜子里的夫人相视一笑，揽着她的肩说道："夫人，我给你画吧？"

沈清欢拒绝了他："你会画吗？别把我的眉毛画成了毛毛虫。"

"不会，可以学呀。"万长生趴在她的耳边厮磨，暧昧地呼气喷在沈清欢的耳边，她的耳朵顿时通红。

"好了，长生，别逗我了。咱们一会儿还要去给爷爷敬茶呢。"沈清欢受不了了，想要挣脱他的怀抱。

"你叫我一声夫君,我就不再逗你了。"万长生得寸进尺地要求道。

"夫君,我们可以走了吗?"沈清欢画好了眉毛,冲他甜甜地说道。

"当然可以了。"

万长生笑眯眯地拉起沈清欢的手,一同步出门外,向前厅走去。

"爷爷,喝茶。"

沈清欢跪下向万老太爷敬茶,万老太爷笑着摸摸胡子,喝下了孙媳妇的茶。他嘱咐道:"清欢要为万家多多添丁啊!"

十年后,万家的花园中一个看起来五六岁的小男孩正一板一眼地拿着茶筅在建盏中搅拌,眼看就要图案成型之际,就听见一个八九岁大男孩对他说:"沈羡水,别动!"

沈羡水以为有什么危险的事情,登时不敢动了。却见大男孩轻手轻脚地走到他的身边,往他肩上一扑,一只蝴蝶飞走。

"真讨厌,又没抓住。"大男孩轻声抱怨道,跟着飞舞的蝴蝶跑走了。

沈羡水看了看自己没能完成的茶水,愤怒地大喊一声:"万不羡,你赔我的茶!"

沈羡水气呼呼地冲到万不羡身边,就要和他厮打。

万不羡身高手长,他用手顶着小男孩的身体,任凭小男孩如何左扑右抓,就是打不到他。万不羡得意地哈哈大笑:"打不着,打不着,你就是打不着。"

万长生和沈清欢从屋内走出,沈清欢皱眉道:"你们兄弟两个是干什么呢?做什么又闹起来了。"

"娘,万不羡把我的茶弄坏了。"沈羡水跑到母亲跟前抱着她的腰说道。

沈清欢蹲下身子,摸着小儿子头道:"说了多少次了,你不能叫他名字,要叫他哥哥。"

"我才不叫他哥哥呢,他是万家的继承人,我是沈家的继承人,我们两个以后是竞争对手。"沈羡水仰起头一脸倔强。

"胡说,你们两个都是娘的儿子,要相亲相爱。"

沈清欢轻轻敲了敲小儿子的头,然后站起身来走到万不羡身边,揪着他的耳朵道:"臭小子,我不是让你在书房背书吗?你怎么出来了?"

"娘,疼疼疼。"万不羡踮起脚尖,来缓解耳朵的疼痛。

沈清欢见后白了大儿子一眼,松开揪他耳朵的手:"说,怎么回事?"

"娘,春天就是玩的时候,你看这春光多好啊!我却只能闷在书房里读书,那只蝴蝶飞过来飞过去，分明就是在勾引我嘛，我就只好跟着它跑出来。"

"你这孩子！明明是自己贪玩，还好意思赖蝴蝶。罚你抄《大观茶论》十遍，现在马上就去。"

"娘不要啊！"万不羡向母亲哀求道，见母亲不为所动，就抱住了父亲道，"爹，救命啊，救救你可怜的大儿子啊！"

万长生无奈地耸肩："我也得听你娘的话啊！"

"夫纲不振！"万不羡小声说着，噘着嘴慢慢地向书房走去。

沈羡水见哥哥得到了惩罚，心满意足地回到原处继续学点茶。

沈清欢看着两个儿子的表现，冲着万长生忧愁说道："羡水我倒是不发愁，可你看不羡这么调皮，他以后能撑起万家的招牌吗？"

"肯定能！"万长生笑着对沈清欢说道，"只要你给他定一个像你一样的儿媳妇就可以了。"

"讨厌。"沈清欢轻轻捶了夫君一下。

此时春光正好，一切都是如此幸福。